Katharina Sulzbach

STUTENPARADE

20. September 2012

Herzliche Grüße

Ihre

Katharina Sulzbach

Katharina Sulzbach

STUTEN PARADE

Roman

Droemer

Das vorliegende Werk »Stutenparade« ist ein Roman, alle darin auftretenden Figuren sind daher rein fiktiv. Jegliche Ähnlichkeit mit lebenden Personen und tatsächlichen Ereignissen ist rein zufällig.

Besuchen Sie uns im Internet:
www.droemer.de

FSC
www.fsc.org
MIX
Papier aus verantwortungsvollen Quellen
FSC® C019821

Ein Unternehmen der Droemerschen Verlagsanstalt
Th. Knaur Nachf. GmbH & Co. KG, München

Redaktion: Antje Steinhäuser
Umschlaggestaltung: ZERO Werbeagentur, München
Umschlagabbildung: Julia Burgwardt, design karrapa, istockfoto
Satz: Adobe InDesign im Verlag
Druck und Bindung: C. H. Beck, Nördlingen
Printed in Germany
ISBN 978-3-426-22624-7

2 4 5 3 1

HEIKE

Sie legte den Kopf in den Nacken, sog tief die herbstliche, erdige Luft ein und genoss den Blick in den mattblauen Himmel. Königstein im September war einfach herrlich: Die Lufttemperatur lag bei 22 Grad Celsius, und die Sonne hatte noch genug Kraft, dieses einmalige prickelnde Gefühl auf der Haut hervorzurufen. Nein, Heike bereute es nicht, aus dem Frankfurter Westend in den Vordertaunus gezogen zu sein. Niemand parkte einem die Einfahrt zu, Flug- und Verkehrslärm konnte man nur erahnen, und störende Geräusche verursachten allenfalls die Rasenmäher und Laubsauger in den großzügig angelegten Gärten.

Die laute Sopranstimme ihrer Nachbarin schrillte in Heikes Idyll: »Hallooo, Frau Stelzer!«

Sie entdeckte Frau Burau, gestylt wie für eine englische Fuchsjagd, die ihr zwischen den Kirschlorbeerbüschen zuwinkte: Sie trug weiße Reiterhosen, eine Schluppenbluse mit Paisleymuster und einen kurzen engen Tweedblazer. Die hohen Stiefel aus glänzendem braunem Leder sanken tief in den aufgeweichten Rasen ein. Frau Buraus brauner Labrador schickte sich soeben neben ihr an, sein großes Geschäft zu verrichten, und ließ sich weder durch Schimpfen noch durch einen Tritt in seine Richtung davon abbringen. Sabine Burau verzichtete denn auch auf jegliche Höflichkeitsfloskel und kam umgehend zur Sache: »Wir haben festgestellt, dass Sie direkt an der Grundstücksgrenze Kirschlorbeer gepflanzt haben. Leider lässt diese Pflanze ja das ganze Jahr über Blätter fallen.« Sie machte eine Pause. »Könnten Sie dann bitte alle zwei Tage das abgefallene Laub von unserem Grundstück entfernen?«

Frau Buraus Blick wanderte von dem Lehmfleck auf Heikes wollweißem Cashmerepullover zu ihren ledernen Gartenhandschuhen, die sie trug, um ihre frisch lackierten Fingernägel zu schützen.

»Sie werden doch sicher regelmäßig einen Gärtner kommen lassen, der das erledigt?«

Heike hatte durchaus einen polnischen Gärtner angeheuert, der ihr wöchentlich den Rasen mähte und sonstige Hilfsarbeiten verrichtete. Aber seit sie im Taunus wohnte, hatte sie manchmal sogar selbst Spaß am Gärtnern. Sie verkniff sich einen Hinweis auf den riesigen Bambus an der Grundstücksgrenze auf Seiten der Nachbarin, der ihren Rasen mit Blättern übersäte, und sah kühl in die von tiefschwarz getuschten Wimpern umrahmten Augen. Sie hatte in ihrem ersten Jahr in Königstein rasch gelernt, dass es einfacher war, jedem noch so abwegigen Anliegen einer Taunuslady vordergründig zuzustimmen und es zu keiner direkten Konfrontation kommen zu lassen. Das war eine simple Überlebenstechnik.

»Aber natürlich, Frau Burau, das ist doch selbstverständlich. Ich werde unserem Gärtner Ihre Bitte übermitteln. Kann ich sonst noch etwas für Sie tun?«

Frau Burau sah sie im ersten Moment misstrauisch an. Mit so wenig Widerstand hatte sie nicht gerechnet. Und fast wirkte sie enttäuscht. »Also, wenn Sie schon fragen … wir haben wieder einen Winterdienst beauftragt. Jedes Jahr wird er teurer, ich schicke Ihnen mal die Rechnung, da Sie *unsere* Privatstraße ja auch mitbenutzen, um Ihr Grundstück zu befahren. Und …«, sie räusperte sich, »… wenn Sie dann noch Ihrem Gärtner sagen könnten, dass er einmal pro Woche den Kies glatt harken möchte, bitte immer nur in Wellenlinien mit Ausrichtung nach Nordosten. Sie wissen schon – Feng Shui!«

Sie sah Heike erwartungsvoll an, die darüber nachdachte, wie wenig Feng Shui zu der Aufmachung ihrer Nachbarin als Rittmeisterin passte, dabei freundlich lächelte und nickte.

»Dann wäre eigentlich alles gesagt. Einen schönen Tag noch«, bellte Frau Burau. Mit einem drakonischen »Bei Fuß, Attila!« drehte sie sich um und marschierte zu ihrem weißen Landrover mit dem Kennzeichen HG-S 1.

Heike sah ihr nach. Vielleicht würde sie sogar das eine oder andere Mal tatsächlich ihren Gärtner zu Buraus hinüberschicken, allerdings mit dem Hinweis, dass er sich mit dem Rasen der Nachbarn beim Harken nicht besonders vorsehen müsse und sie Verständnis dafür habe, wenn das eine oder andere Loch im Rasen entstünde.

Ja, so war das hier. Die Ansprüche waren hoch, und man war es gewohnt, dass Wünsche unverzüglich erfüllt wurden. Heike hatte viel dafür getan, gleich von Anfang an ein gutes Verhältnis mit der Nachbarschaft aufzubauen. Sie war nach wenigen Wochen in den Diskussionskreis Taunus eingetreten und hatte an Literaturvormittagen und Ausstellungsbesuchen teilgenommen. Auch die Yogastunden mit Privatlehrerin, die reihum vormittags in den Villen stattfanden, waren ihr als geeignetes Mittel erschienen, in Königstein Fuß zu fassen.

In der ersten Woche nach ihrem Umzug war sie nicht dazu gekommen, während der vormittäglichen Sprechstunde zur Meldebehörde im Rathaus zu gehen, wo sie sicherlich auch über die Müllentsorgungsthemen in Königstein informiert worden wäre.

In ihrer zweiten Woche in Königstein hatte ihr prompt die Nachbarin zur Linken, Frau Eichberg, im Vorbeifahren aus dem Fenster ihres T-Modells einen Abfallkalender in die Hand gedrückt, als Heike gerade ihre Biomülltonne an die Straße stellte. »Die wird hier nur alle zwei Wochen geleert, bringen Sie sie besser wieder rein!«, rief sie ihr zu, und die zwei Kinder auf den rückwärtsgerichteten Zusatzsitzen im Kofferraum musterten Heike prüfend und winkten dann ernst.

In ihrer dritten Woche hatte Heike ihre Nachbarinnen zur Linken und zur Rechten am Nachmittag zum Tee gebeten. Sie wusste nicht, dass die Königsteinerinnen in der Regel nur vormittags und abends Einladungen annahmen. Denn die Nachmittage waren ganz mit Taxifahrten und dem Drillen der Kinder ausgefüllt. Heike hingegen hatte es für einen der Vorzüge einer Kleinstadt gehalten, dass die Kinder die meisten Wege zu Fuß oder mit dem Fahrrad erledigen konnten.

Beate Eichberg, Mutter von vier Kindern, hatte spontan abgesagt, weil sie »nachmittags immer völlig zu« sei. Aber dann hatte sie nach einem Blick in ihren kalbsledergebundenen Terminkalender kurzfristig doch noch eine halbe Stunde erübrigen können, weil der Harfenunterricht ihrer sechsjährigen Tochter Kim verlegt worden war. Natürlich konnte Heikes Nachbarin zur Rechten, Frau Burau, keinesfalls so kurzfristig kommen.

Kim, deren fünfjährige Schwester Emily sowie die achtjährige Zoey brachte Frau Eichberg mit, schließlich musste das eine Au-pair-Mädchen der Familie ihren ältesten Sohn zu seinen Musikstunden begleiten. Das andere hatte leider Gottes einen dringenden Zahnarzttermin. Heike freute sich auf einen entspannten Nachmittag, denn Chloé war mit dem Fahrrad zum Tennistraining gefahren, und ihr Sohn Carlo machte immer einen langen Mittagsschlaf. Frau Eichberg musterte die Einrichtung sehr genau, als Heike sie und die Kinder durch die drei großzügigen Wohnzimmer über das antike Eichenparkett führte.

»Haben Sie noch einmal renoviert, seit Familie Hochberg ausgezogen ist?«, fragte sie.

»Nicht allzu viel. Es musste nur noch einmal gestrichen werden, und das Parkett wurde frisch geölt.«

»Aha, interessante Farbskala. Ist das an der Wand um den Kamin Elefantengrau von Flamant? Und das Bild ist ein Sam Francis, wenn mich nicht alles täuscht …«

Heike nickte: »Ja, richtig. Sie kennen sich aber gut aus.«

Zum ersten Mal sah sie Frau Eichberg lächeln. Es bildeten sich zwei Grübchen auf ihren Wangen, und einen Moment lang sah sie jung und anziehend aus. »Ja, ich bin Innenarchitektin, aber …«, sie nickte zu ihren Kindern hin, »… dafür bleibt absolut keine Zeit.« Schon lag auf ihrem fahlen Gesicht wieder der angestrengte Ausdruck, mit tiefen Falten auf der Stirn und schmalen Lippen. »Unser Haus stammt aus den Dreißigern und steht unter Denkmalschutz, da ist es ohnehin schwierig, etwas zu ändern. Und außerdem kann man sich mit vier Kindern die meisten Verschönerungsmaßnahmen sparen, auch geöltes Parkett wäre nichts für uns. Da ist unser alter Terrazzoboden schon wesentlich praktischer.« Sie blieb vor dem Sofa stehen: »Und eine Molteni-Couch werden wir uns sicher erst wieder in zehn Jahren zulegen.« Dann setzte sie sich mit ihren drei Kindern, die alle den gleichen Pagenschnitt wie sie selbst hatten und in identische weiße Blusen sowie dunkelblaue Cardigans gekleidet waren, auf das hellgraue Sofa. Das jüngste Eichbergkind saß bei seiner Mutter auf dem Schoß.

Heike hatte sich heute bewusst dem Kleidungsstil der Eichbergs angepasst. Sie trug ein ecrufarbenes Twinset zu dunkelblauen Chinohosen und flache Tod's. Wie war das noch? »Wenn du hier in bestimmten Kreisen ankommen willst, lautet der Türöffner: Understatement … Auch wenn es schwerfällt«, klangen ihr Toms Worte im Ohr.

»Ach, das muss ja auch gar nicht sein«, antwortete Heike und schenkte Tee ein. Sie hielt den Kindern die Platte mit den Muffins hin und fragte: »Das ist ja so ein tolles Anwesen, in dem Sie wohnen. Mit diesem riesigen Park … beeindruckend. Sicher macht das auch eine Menge Arbeit, nicht wahr?«

»Ja, mein Elternhaus. Großvater hat es gebaut, er war Bankvorstand, so wie mein Mann. Der Park hat über zehntausend Quadratmeter, aber ein großer Teil ist Wald und Wiese. Ich sehe gar nicht ein, dass ich dafür ständig einen Gärtner bezahle.«

Heike war schon aufgefallen, dass das Grundstück, soweit man es von ihrem Fenster aus sehen konnte, einen erstaunlich ungepflegten Eindruck machte.

»Ich hätte auch gar nichts dagegen, mich zu verkleinern. Aber finden Sie mal einen Käufer für so ein Objekt, im Bebauungsplan sind nur die bestehenden Gebäude als Baufenster ausgewiesen. Das sind unser Wohnhaus mit achthundert Quadratmetern und die Schwimmhalle. Natürlich nimmt das keiner … zu dem Preis, den wir uns vorstellen.«

Heike war über diese Neuigkeit erleichtert. Ansonsten hätte

womöglich ein Bauträger die Parzelle zerstückelt und dicht an dicht Doppelhäuser daraufgestellt.

Frau Eichberg wirkte fahrig und nervös und sprach ohne Unterlass darüber, wie viel sie zu tun habe, dass nun auch noch ihre Mutter eingetroffen sei, eigentlich um zu helfen, aber ihr nur noch mehr Arbeit mache. Nein, sie habe eigentlich keine Zeit zum Teetrinken am Nachmittag. Das Trinken des Tees wurde zusätzlich durch Emily vereitelt, die ihrer Mutter, unabsichtlich, die Tasse aus der Hand schlug. Den Aufprall der Tasse federte Heikes neuer Seidenteppich ab, dessen camelfarbenen Flor der First Flush in einer sich ausbreitenden Lache um einige Nuancen dunkler färbte. Heike seufzte, sie wusste schon jetzt, dass die Flecken nie wieder rausgehen würden. Frau Eichberg bemerkte nur erschöpft: »Kinder eben!« Dann behandelten sie ein Thema, das Frau Eichberg offensichtlich unter den Nägeln brannte: Die weiterführenden Schulen. Auf welche Schule denn ihre Tochter gehe, fragte sie Heike. Chloé besuche das Feldberggymnasium. Frau Eichberg sah zu Boden.

»Und Ihre Kinder?«, fragte Heike.

»Alexander ist unser Ältester. Da steht dann die Frage an, auf welche Schule er in der Fünften gehen wird, und es kommt für ihn nur das St.-Andreas-Gymnasium in Frage und für die Mädchen später St. Maria.«

Heike hatte diese beiden katholischen Privatschulen für ihre Kinder nicht in Erwägung gezogen. Die St.-Maria-Schule war eine reine Mädchenschule, und das hatte Chloé von Anfang an abgelehnt. Die St.-Andreas-Schule, ein humanistisches Gymnasium, hatte Heike, mit dem Argument, moderne Sprachen seien wichtiger, von der Wahl ausgeschlossen. Tatsächlich war Latein für sie ein Trauma gewesen, und das wollte sie ihren Kindern ersparen.

Über die Aufnahmekriterien der beiden Schulen kursierten allerlei Gerüchte.

»Ist es nicht schwierig, dort angenommen zu werden?«, fragte Heike.

»Nun, die Eltern müssen natürlich in der Kirche sein, möglichst in der katholischen, und die Kinder getauft. In der vierten Klasse, erstes Halbjahr, müssen sie einen Notendurchschnitt von glatt Zwei und besser haben und außerdem während der gesamten Grundschulzeit eine Eins oder Zwei in Sozialverhalten. Außerdem sollten die Eltern sich ehrenamtlich, möglichst kirchlich und/oder schulisch engagieren«, zählte Frau Eichberg routiniert auf.

»Tja«, meinte Heike, »wenn Sie und Ihre Kinder alle diese Kriterien erfüllen, dann steht der Aufnahme ja sicher nichts im Weg. Gratuliere!«

Frau Eichberg runzelte die Stirn und zischte plötzlich aufgebracht: »Das Problem sind die ignoranten, unfähigen Grundschullehrerinnen, die einfach immer wieder den falschen Kindern die Zeugnisse versauen. Die wissen ja gar nicht, was sie ihnen damit antun. Oder ganz im Gegenteil, sie wissen es sehr wohl und tun es gezielt aufgrund dieses widerlichen Sozialneids.«

Heike war erstaunt über die Wortwahl und die unvermittelte Heftigkeit. Ganz offensichtlich hatte Alexander also nicht die Noten, die von ihm erwartet wurden.

»Es hängt jetzt alles von dem nächsten Halbjahreszeugnis ab«, fuhr Frau Eichberg sich ereifernd fort, »also an meinem Sohn liegt es jedenfalls nicht ... Alexander ist ein guter, überdurchschnittlich intelligenter Schüler, und ich gehe alle zwei Wochen in die Sprechstunde seiner Klassenlehrerin, um immer über die Notenentwicklung auf dem Laufenden zu sein. Die Frau soll schon wissen, mit wem sie es zu tun hat. Ich habe vorsorglich eine Akte über sie angelegt: Sie ist notorisch unpünktlich, fehlt häufig, gibt viel zu wenig Hausaufgaben auf und ist im Lehrplan immer hinterher. Wenn ich absehen kann, dass Alexander nicht überall Zweien und Einsen bekommt, werde ich mir diese Frau Teschke rechtzeitig vorknöpfen ...«

Kim winkelte unterdessen ganz langsam ihre Beine an, schaute Heike regungslos in die Augen und schmierte dabei ihre dreckigen Timberland-Schuhsohlen am Sofa ab, was ihre Mutter mit einem vorwurfsvollen »Also Kim!« kommentierte. Emily begann, auf ihrem Platz herumzuhopsen, und knetete in ihren kleinen Händen einen der Muffins zu einer festen, fettigen Kugel.

Zoey fragte Heike, ob sie die Muffins selbst gebacken und ob sie eine Backmischung verwendet habe. Heike war so verblüfft über die Frage der Achtjährigen, dass ihr spontan nur die Wahrheit einfiel. Ja, sie habe die gute alte Dr.-Oetker-Backmischung für Zitronenmuffins verwendet.

Zoey zögerte keinen Moment: »Das habe ich mir schon gedacht, denn wir hatten mal eine Haushälterin, die die auch gekauft hat. Aber Mama hat sie dann gefeuert, denn wir dürfen keine verarbeiteten Lebensmittel essen.« Und sie riss ihrer kleinen Schwester die Teigkugel aus der Hand und warf sie zurück auf die Kuchenplatte.

Emily fing an zu brüllen, robbte auf den niedrigen Couchtisch, um sich ihre Kugel wieder zu angeln, und verteilte dabei die übrigen Muffins auf dem Teppich.

In diesem Augenblick fühlte sich Heike veranlasst, Hilfe zu holen, und griff nach dem Telefon. Ihre Freundin Claudia war nach der Scheidung vorübergehend in die Einliegerwohnung gezogen. Jetzt setzte sie darauf, dass deren vierzehnjährige Tochter Julia sich ein paar Euro dazuverdienen wollte. Ihr war natürlich klar, dass es für eine Teenagerin, die sich, wie nicht zu überhören war, gerade exzessiv den Rhythmen von House hingab, eine Zumutung war, diese drei Satansbraten untergejubelt zu bekommen.

Sichtlich verärgert und wie üblich schlechtgelaunt, kam Julia in Jogginghosen, mit nassen Haaren, Kopfhörern über den Ohren und einer Flasche stahlblauem Nagellack zwischen den halbfertig lackierten Fingerspitzen zur Tür herein. Sie gab sich erstaunlich selbstbewusst, was Heike als neue Phase ihrer pubertären Entwicklung zur Kenntnis nahm. Lässig schob Julia den Kopfhörer nach hinten und nickte Frau Eichberg herablassend zu. Mit einem einzigen Blick auf das Geschehen im Wohnzimmer erkannte sie den Handlungsbedarf, machte ein scheinbar unbeteiligtes Gesicht und sprach ganz langsam die rettenden Worte aus: »Wir haben übrigens das neueste ›Singstar‹-Spiel für die Wii.«

Heike erwartete eigentlich eine altkluge ablehnende Antwort von Zoey. Aber nach einem kurzen Blick zu ihrer Mutter, die keine Regung zeigte, erhob sich Zoey, nahm ihre Schwestern bei den Händen und ging auf Julia zu: »Wo steht denn die Wii? Welche Lieder gibt es? Wie viele Mikrofone habt ihr?«

Julia warf Heike einen triumphierenden Blick zu, und diese wusste sofort, was er zu bedeuten hatte: Das würde sie mindestens eine unlimitierte Shoppingtour durch das Main-Taunus-Zentrum oder eine Pizzaeinladung für zwanzig Freundinnen kosten. Aber das war Heike die Unversehrtheit ihrer restlichen Wohnzimmereinrichtung und die Möglichkeit, mit Frau Eichberg wenigstens ein paar ungestörte Worte zu wechseln, durchaus wert. Diese kniff die Mundwinkel zusammen und meinte: »Na ja, Spielkonsolen verfehlen ja bekanntlich nie ihre Wirkung. Aber die Singerei geht ja noch. Unsere Kinder musizieren gerne miteinander.«

Kurze Zeit später nahm sie den Anruf eines ihrer Au-pair-Mädchen entgegen, das vergessen hatte, Alexander pünktlich vom Cellounterricht abzuholen, und nun nicht wusste, wo er sich aufhielt. Frau Eichberg wurde am Telefon ziemlich ausfallend, und Heike war im Grunde heilfroh, als sie hastig ihre Kinder zusammentrommelte und in Richtung Haustür zog. Aber sie schlug ihr noch beiläufig und natürlich ohne ernste Absichten vor, die verursachten Schäden über ihre Privathaftpflicht abzuwickeln. Heike lehnte das Angebot selbstverständlich dankend ab und bot Frau Eichberg ihrerseits Hilfe bei der Suche nach dem Sohn an. Wünschte, als diese abwinkte, viel Glück dabei und schloss erleichtert die Tür. Es war schade, dass das Zusammentreffen so anstrengend verlaufen war. Denn Frau Eichberg hielt zu Fragen aus allen Lebensbereichen präzise Antworten bereit. Etwa wie man es verhinderte, dass die Krähen die gelben Säcke aufpickten, und ob man es verantworten könne, wenn ein Au-pair-Mädchen, das die Nacht in den Frankfurter Clubs durchgefeiert hat, am nächsten Tag die eigenen Kinder beaufsichtigte? Und was war von einer Grundschullehrerin zu halten, die die Kinder in den letzten beiden Doppelstunden Deutsch vor den Ferien eine Cornelia-Funke-DVD mit FSK 12 ansehen ließ?

Immerhin hatte Heike noch in Erfahrung bringen können, dass ihre beiden Nachbarinnen, Frau Eichberg und Frau Burau, nicht besonders gut aufeinander zu sprechen waren. Es hatte etwas mit dem gegenseitigen Abwerben von Hauspersonal zu tun, was hier in Königstein ganz besonders verpönt zu sein schien.

CLAUDIA

Dreiundvierzig ungelesene E-Mails, acht Anrufe in Abwesenheit, eine unerwartete Terminvertretung, ein dreißig Zentimeter hoher Aktenstapel sowie die Mitteilung ihrer Sekretärin, dass ihr Chef sie sprechen wolle, kündigten einen hektischen Vormittag an, als Claudia die Kanzlei betrat. Ihre offiziellen Stunden täglicher Arbeitszeit würden wieder einmal nicht ausreichen, um alles zu erledigen. Kein neuer Gedanke. Aber heute nahm sie ihn nicht so leicht wie sonst. Claudia sah zuerst nach, ob Dr. Teufel da war. Er telefonierte und machte ihr ein Zeichen, dass es länger dauern würde. Also begann sie, die E-Mails mit den roten Ausrufezeichen abzuarbeiten. Gleich die zweite Nachricht war höchst unerfreulich. Eine Kollegin aus ihrem Münchner Büro, die für sie dort am nächsten Tag einen Gerichtstermin wahrnehmen sollte, stichelte:

»Vielen Dank für die ausführlichen Aktenauszüge. Leider kann ich weder daraus noch aus Ihren umfangreichen Schriftsätzen entnehmen, ob die Betriebsratsanhörung zur Kündigung ordnungsgemäß durchgeführt worden ist. Ferner ist mir bisher nicht mitgeteilt worden, ob und in welcher Ausgestaltung Vergleichsbereitschaft unseres Mandanten besteht. Aufgrund dieser Versäumnisse Ihrerseits schlage ich somit vor, dass Sie den Gütetermin morgen in München selbst wahrnehmen.«

Claudia fühlte, wie sich ihr Pulsschlag beschleunigte und ihr Hals sehr eng zusammenzog. Sie verspürte Wut über diesen frechen Umgangston, aber sie sorgte sich vor allem, ob sie wirklich einen solchen kapitalen Fehler gemacht haben könnte. Mit gerötetem Gesicht ging sie in das Aktenlager, versuchte nicht zu rennen und zog sich dort den Vorgang heraus. Den immerhin über siebzig Seiten umfassenden Ordner unter den Arm geklemmt, lief sie in ihr Büro zurück und fing an, hektisch darin zu blättern. Das konnte gar nicht stimmen, schließlich war die Betriebsratsanhörung das Erste, was man bei einer Kündigungsschutzklage prüfte. Zugegeben, Arbeitsrecht war nicht gerade ihr Spezialgebiet. Nur weil die Kollegin, die sonst diese Fälle übernahm, in Elternzeit gegangen war, hatte Dr. Teufel die Mandate unter ihnen aufgeteilt. War ihr wirklich ein so grober Schnitzer unterlaufen? Und wenn ja, was dann? Schließlich war die Klageerwiderung längst zum Gericht gefaxt worden.

Sie blätterte in der Akte, und innerhalb von wenigen Minuten konnte sie erleichtert durchatmen: Sie hatte sich nichts vorzuwerfen. Inzwischen waren acht neue E-Mails eingegangen, davon stand vor dreien das rote Wichtig-Ausrufezeichen. Aber sie musste zuerst ihrer Kollegin, Frau Bitsch, antworten. Ihr kam der Gedanke, das »s« wegzulassen.

Sehr geehrte Frau Bitch,
meines Erachtens muss sich in die Schreibweise Ihres Nachnamens ein Fehler eingeschlichen haben, Ihr unschöner Charakter lässt leider keine andere Auslegung zu. Ich erlaube mir, ihn zu verbessern. Es tut mir leid, dass Sie aufgrund Ihres fünfwöchigen Urlaubs keine Zeit gefunden haben,

meinen Schriftsatz rechtzeitig zu lesen. Denn dann hätten Sie festgestellt, dass auf Seite 2 unter Ziffer II die ordnungsgemäße Anhörung des Betriebsrats mit Datum verzeichnet ist. Das Protokoll der Anhörung ist ebenfalls beigefügt. Da der Mandant Sie, wie Sie aus meiner E-Mail vom … entnehmen können, selbst zu dem Gütetermin begleiten wird, sah ich bisher keine Veranlassung, Ihnen dessen Absichten hinsichtlich eines möglichen Vergleichs vorab mitzuteilen.

Mit freundlichen Grüßen
Dr. Claudia Neumann-Elten
Rechtsanwältin

Sie las die E-Mail durch. Nach einer Minute löschte sie die ersten zwei Sätze und klickte auf »Senden«. Eine bleierne Müdigkeit befiel sie, als sie von ihrem Outlook-Account zu dem Aktenstapel auf ihrem Schreibtisch blickte.

Um Punkt 10 Uhr stand Dr. Teufel in der Tür und holte sie zu einer Teambesprechung in den Sitzungsraum. Es ging, wie so oft, um die Billing-Modalitäten in der Kanzlei. Jeder Anruf sei in Ansatz zu bringen, schließlich werde man selbst durch ein Gespräch mit dem Sekretariat aus einer anspruchsvollen Tätigkeit gerissen … Die weitschweifige Art ihres Chefs würde Claudias Zeitplan wieder völlig durcheinanderbringen. Noch dazu musste sie heute auf jeden Fall pünktlich zu einem Gespräch mit Julias Französischlehrerin aufbrechen. Julia hatte den Umzug, ebenso wie sie und der Rest der Familie, schlecht verkraftet. Nun stand sie in Französisch auf Fünf und hatte, außer in Englisch, auch sonst keine überragenden Noten. Wahrscheinlich also blieb bald nur noch ein Internat, was die Probleme vielleicht nicht lösen, aber aus ihren Augen schaffen würde. Nur, wie sollte sie das bezahlen? Von ihrem Ex-Mann Nik bekam sie keinen Pfennig Unterhalt. Er hatte gleich nach dem rechtskräftigen Scheidungsurteil seinen Job in der amerikanischen Anwaltskanzlei gekündigt. Sie kam nur über die Runden, weil Heike sie vorübergehend in ihrer Einliegerwohnung einquartiert hatte. Da wäre es der Gipfel aller vorangegangenen Erniedrigungen aufgrund ihrer Trennung und Scheidung, vor Nik die sozialen und kognitiven Defizite ihrer halbwüchsigen Tochter eingestehen zu müssen, die dieser zweifelsohne als Ergebnis ihrer fehlgeleiteten, eigentlich aber »nicht vorhandenen« Erziehung ausschlachten würde. Sie schlug die Beine übereinander und wippte nervös mit dem Fuß: Jetzt war es schon fast 11 Uhr.

Zum Glück beendete Dr. Teufel endlich seinen Vortrag, biss in eines der Croissants, die seine Sekretärin jeden Morgen aus dem Café Laumer holen musste, und forderte die anderen Anwälte und Anwältinnen kauend auf, es ihm gleichzutun. Claudia hatte sich vorgenommen, heute einen kohlehydratfreien Tag einzulegen. Die anderen verdrückten sich schnell, nur Dr. Oesterhaus und E. A. Weinstein stürzten sich auf das Gebäck und nutzten einmal mehr die Gunst der Stunde, um sich bei ihrem Chef einzuschleimen. Sie bedachte die beiden Kollegen mit einem mitleidigen Blick, während sie ihren Notizblock und ihre I-LOVE-NY-Bürotasse einsammelte. E. A. Weinstein (E. A. stand für Erich August, und die geheimnisvolle Nennung der Anfangsbuchstaben beider Vornamen sollte den fehlenden Doktortitel ersetzen) hatte, nachdem er von Claudias Trennung gehört hatte, schon mehrere erfolglose Versuche unternommen, sich mit ihr zu verabreden. Er war ein Fliegenträger mit schütterem Haar. Aber am meisten war ihr seine kriecherische Art zuwider.

Oesterhaus hingegen sah nicht übel aus, war auch kein schlechter Anwalt und fand sich selbst eigentlich viel zu genial für ihre mittelgroße Kanzlei. Doch er wollte auch nicht in eine der großen Anwaltsfirmen eintreten, denn dort sei man doch nur ein Hamster im Laufrad, wie er ihr einmal bei einem Glas Single Malt aus seiner gutbestückten Bürobar gestanden hatte. Und nach drei Mal fourfingers auf nüchternen Magen plauderte er seine Zukunftsvision aus, indem er von »später, wenn ich den Laden hier übernommen habe« sprach. Ihr gegenüber konnte er unbesorgt so vertraut sein, denn eine Halbestelleninhaberin mit drei Kindern würde für ihn niemals zur echten Konkurrentin werden. Das wussten sie beide. Claudia hatte nach zwei Mal twofingers in Erwägung gezogen, mit ihm zu schlafen, natürlich nur, falls er ihr Avancen machen würde. Aber diese unterblieben. Deshalb war sie ein wenig in ihrer Eitelkeit gekränkt. Aber im Nachhinein konnte sie darüber mehr als heilfroh sein, denn er wurde ihr mit der Zeit immer unsympathischer.

Seine beruflichen Ziele verfolgte er weniger durch überdurchschnittliche juristische Leistungen, sondern, wie Claudia immer öfter bemerken musste, indem er sich bei Dr. Teufel andiente.

»Also Georg«, Oesterhaus war wohlgemerkt der einzige Anwalt in der Kanzlei, der sich mit Dr. Teufel duzte, »ich habe hier einmal eine Exceltabelle ausgearbeitet, in der einzelne Positionen mit dem Zeitansatz, den wir dem Mandanten in Rechnung stellen sollten, aufgeführt sind. Da wird zum Beispiel auch die Sekretariatsarbeit bei jedem Schriftsatz mit mindestens dreißig Minuten berücksichtigt …«

Georg strahlte ihn erwartungsgemäß an, schon wieder mit einem halben Croissant im Mund.

JONAS

Als der Gong ertönte, hatte es Jonas keineswegs eilig, seine Sachen einzupacken. Und als er sich schließlich der Tür näherte, warf er zunächst misstrauisch einen Blick in den Flur, konnte aber nichts Verdächtiges bemerken. Er hob seine Jacke auf, die jemand vor den Kleiderhaken auf den Boden geworfen hatte, klopfte den Dreck der Fußabdrücke ab und zog sie an. Wieder war er den ganzen Vormittag nicht auf der Toilette gewesen, und er spürte den Druck auf seiner Blase. Er hatte extra seit dem Frühstück zu Hause nichts mehr getrunken. Die Toilette lag außerhalb des Schulgebäudes im Pausenhof. Sie war alt, vergammelt, schmutzig und stank. Weil die Schule sowieso abgerissen werden sollte, war sie jahrelang nicht mehr renoviert worden. Aber das war nicht das Schlimmste. Er wusste, dass sie dort lauerten.

Er zog seinen Fahrradhelm an und ging zu den Ständern. Schon von weitem konnte er erkennen, dass mit seinem grünen Dirtbike, das er zum Geburtstag bekommen hatte, etwas nicht stimmte: Beide Reifen waren platt. Er überlegte, ob er seine Mutter anrufen sollte. Aber sie war sicher noch gar nicht zu Hause und konnte ihn jetzt nicht abholen. Also löste er das Schloss, hob das Fahrrad aus dem Fahrradständer und schob es durch die Königsteiner Altstadt. Da hörte er sie johlen. Sie amüsierten sich über ihn, lachten ihn aus. Er wurde langsamer und ließ sich zurückfallen. Diese beiden erkannte er auch von hinten: Einer der Jungen trug einen schwarzen Ranzen mit einem aufgestickten Skateboard auf dem Rücken.

Sie bogen rechts um die Ecke und waren auf einmal verschwunden. Jonas musste jetzt so dringend pinkeln, dass er sich hinter den alten Brunnen stellte. Er öffnete gerade seinen Reißverschluss, als er von hinten gepackt und mit voller Wucht gegen das steinerne Kruzifix mit dem goldenen Korpus Christi geschleudert wurde. Beim zweiten Mal spürte er Hände, die sich fest um seinen Hals legten, bevor sein Kopf gegen eine Mauer krachte. Seine Beine wurden zu Gummi, und er rutschte mit dem Gesicht nach unten auf den Boden. Er hörte schnelle Schritte. Als er sich mühsam umdrehte, war niemand mehr zu sehen. Dann spürte er die nasse Hose an seinen Genitalien.

Gertrud Lemberg fuhr mit ihrem dunkelblauen Audi durch die verkehrsberuhigte Altstadt, als sie auf den taumelnden Jungen aufmerksam wurde. Er stützte sich schwer auf ein kaputtes Fahrrad. Sie hielt an und erkannte trotz des ganzen

Schmutzes und Blutes in seinem Gesicht, dass es sich um einen ihrer Schüler handelte.

Während sie ihn samt Fahrrad nach Hause fuhr, ließ sie sich ganz genau schildern, was vorgefallen war, und vor allem, wer die Übeltäter waren.

GERTRUD

Am nächsten Morgen hielt sich Gertrud erschöpft am Geländer der Kellertreppe fest, als sie Horst von unten fluchen und ihren Namen rufen hörte. Sie hatte ihm gerade sein Frühstück gebracht, und normalerweise war er damit immer für eine halbe Stunde beschäftigt. Das war regelmäßig die beste Gelegenheit, um unbehelligt das Haus zu verlassen. Sie sah auf ihre kleine goldene Armbanduhr. Es war schon halb acht, und sie musste pünktlich in der Schule sein. Schließlich stand sie kurz vor ihrer Pensionierung und wollte sich nicht noch im letzten halben Jahr ihren Ruf ruinieren.

»Was ist denn noch, Horst?«, seufzte sie und ging die Treppe wieder nach unten. Ihr schlug der muffige Geruch entgegen, den die Lagerung von großen Mengen altem Papier verursachte. Dieser Keller! Da stand der riesige Massagesessel aus rostrotem Kunstleder, den er unbedingt hatte anschaffen müssen. Dieses grottenhässliche Ding, das überhaupt nicht zu ihrer Einrichtung passte. Auf den Regalen an der Wand stapelten sich vergilbte Papiere in Klarsichtmappen, Quittungen und alte Briefe in Pappkartons. Daneben standen unzählige Thermoskannen aus Plastik. Genauso sah es auf seinem kleinen Schreibtisch in der Ecke aus, vor dem er jetzt saß. Vorsichtig hatte sie, wie jeden Morgen, einen Stapel zur Seite geschoben, um das Tablett mit den frischen belegten Brötchen und der Thermoskanne mit heißem, gesüßtem Milchkaffee abzustellen.

»Ich weiß genau, dass ich die Steuererklärung fertiggemacht

und hier auf den Schreibtisch gelegt habe. Hast du sie weggeräumt?«

»Nein, natürlich nicht! Die Steuererklärung hast du schon im Februar ausgefüllt und abgeschickt, jetzt haben wir September.« Sie wusste, dass sie ihn mit dieser Antwort in Rage versetzen würde.

»So ein Quatsch, ich habe sie gestern geschrieben und wollte sie heute abschicken. Mit allen Anlagen. Und jetzt hast du sie weggeräumt. Wahrscheinlich hast du sie versteckt! Oder es hat jemand eingebrochen und sie mitgenommen ... und die Thermoskanne von gestern auch.«

»Warum sollte denn jemand deine Steuererklärung und eine Thermoskanne stehlen? Die Thermoskanne habe ich gestern wieder mit hochgenommen, weil mir mein Vorrat an neuen Kannen ausgegangen ist. Und hier wurde ganz sicher nicht eingebrochen!« Horst fing an, in den Schubladen des Schreibtischs zu wühlen.

»Du weißt doch, dass du die Thermoskannen nicht wieder mitnehmen darfst. Ich brauche immer heißen Kaffee, immer!«

»Horst, so viel Kaffee ist doch gar nicht gut für dich. Du trinkst ja inzwischen zwanzig Tassen am Tag.«

»Unsinn, es sind nicht mehr als vier!«

»Nein. Du kannst dich nur nie an die letzte Tasse, die du getrunken hast, erinnern.«

Er öffnete die Tür auf der anderen Seite des Schreibtischs. Horst wusste ganz genau, was los war: Sie log ihn an. Außerdem versteckte sie systematisch seine Sachen vor ihm. Und leugnete es hinterher. Es hatte lange gedauert, bis er dahintergekommen war. Das einzige Problem war, dass er es ihr bisher nie hatte beweisen können. Wie sie jetzt dastand, mit ihrem teuren knallroten Wollpullover und dem passenden Lippenstift. Warum musste eine Frau in ihrem Alter sich so herausputzen? Und beim Friseur war sie auch schon wieder gewesen. Er sah es an dieser frischtoupierten Haube aus schwarzgefärbten Haaren. Zusammen mit ihren dicken Brillengläsern ließ sie die Frisur aussehen wie ein Uhu. Bei dem Gedanken musste er kichern. Sie war eine Verschwenderin und eine Heuchlerin und ein alter Uhu mit rotem Schnabel, das wurde ihm immer klarer.

Er fand eine vollgepackte, alte Lidl-Tüte und schüttete den Inhalt mit Schwung auf den Schreibtisch über die Brötchen: Ein Sammelsurium von rostigen Schrauben, altem Werkzeug und mehreren Thermosflaschen sowie ein in grünes Papier mit bunten Elefanten eingeschlagenes Geschenk.

Gertrud nahm es in die Hand und sagte: »Ach, sieh mal, das ist ja das Geburtstagsgeschenk für unseren Moritz, das wir so lange gesucht haben. Du hast es also die ganze Zeit gehabt!«

Unvermittelt fing Horst an, sie anzuschreien: »Das hast du versteckt! Genauso wie die Steuererklärung!«

Er nahm es ihr grob aus der Hand und riss das Papier auf. Heraus fiel ein gelber Zettel, auf dem in der akkuraten Schrift einer Grundschullehrerin stand: »Am Montag Blumen bei Frau Lessing gießen!«

Triumphierend jaulte Horst auf und imitierte damit echtes Wolfsgeheul. Dabei lief ihm Spucke über das Kinn. »Da hast du es schwarz auf weiß: Das ist deine Schrift. Also hast *du* das Geschenk für unseren Enkel versteckt! Endlich habe ich einen Beweis. Den gebe ich nicht mehr her. Den bewahre ich jetzt so auf, dass du ihn nicht finden kannst. Hau ab, damit du nicht sehen kannst, wo ich ihn hintue!«

Verzweifelt sah sie ihn durch ihre dicken Brillengläser an und knetete ihre Hände. Sie musste ihre Hände festhalten, das wusste sie. Gertrud sagte sich, dass er nicht ihr Feind war, dass sie gut zu ihm sein musste. Der Arzt hatte behauptet, sie müsse nachsichtig sein. Dagegen gebe es keine Medikamente, er sei eben ein kranker alter Mann.

Mit Abscheu sah sie auf seine verknitterte alte Hose und die schmuddelige braune Strickweste, die er nie wechselte und die sie niemals waschen durfte. Sie hasste Unordnung und Ungepflegtheit.

»Hör sofort mit diesem Gejaule auf!«, befahl sie.

Er hörte nicht auf, sondern heulte noch lauter.

Ihre Hände begannen zu zittern, und sie hielt sie immer fester. Sie konnte es nicht ertragen, wenn ihr jemand nicht gehorchte. Sie ließ ihre Hände los, um sich die Ohren zuzuhalten, aber sie gehorchten ihr nicht. Ihre rechte Hand schlug ihm mit aller Kraft ins Gesicht. Sie sah noch den roten Abdruck auf seiner Wange, spürte einen stechenden Schmerz in ihrem Arm. Dann warf sie die Tür hinter sich zu und drehte den Schlüssel im Schloss um. Das war ihre erste Tat an jenem Morgen.

Gertrud hielt sich nicht an die Geschwindigkeitsbeschränkung in der Dreißigerzone. Sie fuhr sechzig. Auf der Altkönigstraße geriet sie in eine Radarfalle des Königsteiner Ordnungsamts und wurde mit dreißig Stundenkilometern über der erlaubten Geschwindigkeit geblitzt. Das war ihre zweite Tat an jenem Morgen.

Als sie auf dem Lehrerparkplatz ankam, stieg Frau Teschke gerade aus ihrem schwarzen Mini Cooper – ein schlechtes Zeichen, denn die junge Lehrerin kam notorisch zu spät. Gertrud sah auf ihre Uhr: fünf nach acht! Ihr großer Busen wogte, als sie den Weg zur Grundschule hinunterrannte und dabei ihren schmerzenden Arm hielt. Nein, sie hatte auch keine Zeit mehr, mit Frau Teschke über den Überfall auf Jonas zu sprechen. Sie nahm die Sache lieber gleich selbst in die Hand.

Die dritte Tat an diesem Morgen war, dass sie der Klasse, in der sie Englischunterricht gab, als Erstes mitteilte, was einem ihrer Mitschüler am gestrigen Tag zugestoßen war. Sie ließ es sich nicht nehmen, den Tathergang mit ein paar fehlenden Details auszuschmücken. Dem Umstand, dass sich Jonas vor Angst in die Hose gemacht hatte, schenkte sie große Beachtung, was er ihr später noch sehr übelnehmen sollte. Sie äußerte mit strenger Stimme absolute Missbilligung dieser abscheulichen Tat. Ihre Schilderung spitzte sie zu und sah in die fassungslos erstarrten Gesichter ihrer Schüler und Schülerinnen.

Nach einer dramaturgischen Pause, deren für die Kinder kaum erträgliche Spannung sie sehr genoss, endete sie mit der namentlichen Nennung der zwei Schüler, die dies ihrem Mitschüler Jonas vorsätzlich angetan hatten.

Nach Schulschluss gab es kaum eine Königsteiner Mutter, die noch nicht gehört hatte, dass Alexander Eichberg und Arthur Elten einen Schulkameraden in der Altstadt hinterrücks überfallen, gewürgt und krankenhausreif geschlagen hatten. Die Jungen waren, auf Intervention von Gertrud Lemberg, aus der Klasse geholt und anschließend von zwei Streifenpolizisten zur Anhörung auf die Königsteiner Wache gebracht worden.

CLAUDIA

In letzter Sekunde erreichte Claudia ihren Schreibtisch mit dem läutenden Telefon. Ihre Sekretärin konnte kaum ihre Verwunderung verbergen, als sie ihr mitteilte, dass ein Hauptwachtmeister der Polizei Königstein sie sprechen wolle. Claudia gelang es, sich mit ruhiger Stimme zu melden: »Dr. Neumann-Elten«, während sie fieberhaft darüber nachdachte, ob wohl in ihre Wohnung eingebrochen worden war.

»Frau Dr. Neumann-Elten, hier spricht Hauptwachtmeister Keil von der Polizei in Königstein. Sind Sie die Mutter von Arthur Elten?«

»Ja, die bin ich«, antwortete Claudia, »er hat den Nachnamen meines Mannes, äh, Ex-Mannes.«

»Wie schnell können Sie hier sein?«

»Wieso, was ist denn passiert? Ist Arthur verletzt?«

»Ihrem Sohn geht es so weit gut. Aber einem anderen Mitschüler weniger. Arthur wird vorgeworfen, ihn misshandelt zu haben. Mehr möchte ich am Telefon nicht sagen. Wir haben ihn hier zur Anhörung hergeholt. Können Sie unverzüglich auf die Wache kommen?«

Claudia spürte das zweite Mal an diesem Vormittag, wie sich ihre Kehle zusammenschnürte.

»Ja, natürlich. Kann ich meinen Sohn bitte zuerst sprechen?«

Sie hörte Schritte am anderen Ende der Leitung. Dann meldete sich Arthur mit leiser Stimme: »Mama?«

»Ja, Schatz. Ich bin es. Pass auf: Egal, was passiert ist, hab keine Angst, aber sag den Polizisten um Gottes willen gar nichts. Sag, dass du wartest, bis deine Mutter da ist. Halt deinen Mund, ja? Versprich mir das, Arthur!«

»Ja, Mama, aber ich war ...«

»Schscht, Arthur!«, fuhr ihn seine Mutter an. »Du sagst jetzt weder mir noch den Polizisten irgendetwas dazu, was passiert oder nicht passiert ist. Hast du mich verstanden? Das ist ganz wichtig!«

Arthur schniefte und hauchte nur kleinlaut »Ja, Mama« in den Hörer.

Claudia war selbst kurz davor zu weinen: »Jetzt beruhige dich, alles wird gut. Ich bin gleich da. Hol mir noch einmal den Polizisten an den Apparat.«

Als sich der Wachtmeister meldete, hatte sich Claudia wieder im Griff und fuhr ihn an: »Ich hoffe, Sie wissen, dass Sie meinen Sohn nicht in meiner Abwesenheit befragen dürfen? Es ist allein schon ein Unding, ihn mit auf die Polizeidienststelle zu nehmen. Ich bin Anwältin und kann Ihnen nur dringend raten, sich an die Strafprozessordnung zu halten. Sonst wird Ihnen das hinterher leidtun! Ich werde in zwanzig Minuten da sein, und bis dahin lassen Sie meinen Sohn komplett in Ruhe.«

Im Auto überlegte sie, was jetzt zu tun sei. Sie war zwar Rechtsanwältin, aber keine Strafrechtlerin, und wenn Arthur wirklich einem anderen Kind etwas angetan haben sollte, was sie noch nicht glauben wollte, dann musste man Vorsicht walten lassen. Auch wenn er erst zehn Jahre alt und damit natürlich noch nicht strafmündig war, konnte das Ganze unabsehbare Folgen haben. Sie ging im Geist ihre Studien- und Referendariatskollegen durch und überlegte, wer Strafverteidiger geworden war. Auf Anhieb fielen ihr nur zwei Staatsanwältinnen und eine Strafrichterin ein, die sie kannte. War es womöglich besser, gleich einen gewieften Verteidiger mit zu dieser Anhörung zu bringen? Claudia merkte plötzlich, dass sie die ganze Zeit viel zu schnell fuhr. Sie nahm den Fuß vom Gas und versuchte sich zu beruhigen. Wie gut hätte es jetzt getan, einen Ehemann und Vater anrufen zu können und alles mit ihm zu besprechen. Aber sie wusste, dass Nik nur explodieren und ihr wieder die ganze Schuld an dem Schlamassel geben würde. Kurz rief sie noch das Sekretariat der St.-Maria-Schule an, um den Gesprächstermin wegen Julia abzusagen.

In der Polizeistation wollte sie an der Pförtnerloge vorbeirauschen, wurde aber sofort in breitem Hessisch zurückgerufen. Als sie ihren Namen nannte und den Grund ihres Besuchs, musterte der Mann mit dem roten Gesicht sie genauer.

»Ach, Sie sind auch eine Mutter von dene Rabauke. Na, dann komme Se mal mit, es ist nur noch einer da, der sitzt da hinne.«

Er ging voraus und brachte sie zu einer Tür, neben der ein weißes Acrylschild mit der Aufschrift VERNEHMUNGSRAUM hing. Dort stellte er sie mit den Worten vor: »Hier ist die Mutter!«, und winkte sie in das karg möblierte Zimmer. Mit dem Rücken zu ihr saß Arthur zusammengekauert auf einem Stuhl und kam ihr viel kleiner vor als sonst.

HEIKE

Heike bog schwungvoll in ihre Einfahrt ein und trat so plötzlich auf die Bremse, dass die Kiessteinchen unter den breiten Reifen wegspritzten. Fast hätte sie ihre Putzfrau gestreift, die erschrocken in das Hortensienbeet sprang. Heike parkte ihren moccabraunen Cayenne neben der Haustür, blieb einen Moment lang sitzen und atmete tief durch. Dann stieg sie aus und warf die Tür schnell wieder zu. Sie hatte das Auto voller Einkaufstüten erkennbar teurer Modelabels, weil sie gerade von einem Einkaufsbummel auf der Frankfurter Goethestraße und ihrer Lieblingsboutique in Kronberg zurückkam. Und ihre Ausbeute wollte sie lieber vor Agatas neugierigen Blicken verbergen. Man musste ja nicht unnötig Neid und Missgunst beim Hauspersonal wecken.

»Agata, um Himmels willen! Warum stehen Sie denn mitten auf dem Weg? Heute ist doch gar nicht Dienstag!«

Agata stieg aus dem Beet und sah auf ihre mit Erde beschmierten Sneakers. »Tut mir leid, Frau Stelzer. Aber Frau Neumann-Elten haben mich für heute, 1 Uhr, bestellt. Ich klingeln, niemand machen auf. Aber hören laute Musik!«

Heike sah hoch zu der Wohnung im zweiten Stock ihrer riesigen Fachwerkvilla. Dort stand ein Fenster auf, und die tiefen Bässe der von Adoleszenten bevorzugten Musikrichtung waren nicht zu überhören.

»Das ist das Zimmer von Julia«, sagte sie mit einem vielsagenden Blick zu Agata.

Die schüttelte nur missbilligend den Kopf und drückte nochmals lange auf den Knopf, so dass man das laute Klingeln sogar draußen hören konnte, doch niemand öffnete. Heike zögerte. Sie hatte natürlich einen Schlüssel, aber eigentlich widerstrebte es ihr, in die vermietete Wohnung einzudringen. Andererseits musste es doch in Claudias Sinne sein, wenn die Wohnung zur vereinbarten Zeit geputzt wurde? Also befreite sie Carlo, den sie nach ihrer Shoppingrunde vom Kindergarten abgeholt hatte, aus seinem Kindersitz und gab ihm eine glänzende weiße Kuchenschachtel mit dem goldenen Schriftzug des Königsteiner Cafés Kreiner mit, die er ihrer neuen Haushälterin bringen sollte. »Sag Frau Albrecht, dass sie die Zitronentorte in den Kühlschrank stellen soll. Und es gibt davon nichts vor dem Mittagessen!«

Dann holte sie den Zweitschlüssel, schloss die Tür zu dem

separaten Treppenhaus auf und stieg, gefolgt von Agata, die Treppe zur Wohnung hoch. Die Wohnungstür stand offen, und die Lautstärke der Musik hier oben war unerträglich. Ihr schlug der beißende Geruch von Frittiertem, unterlegt von einem anderen, fauligen Gestank, entgegen. Im Flur mussten sie über einen Berg von Jacken, Schuhen und Taschen steigen, um sich einen Weg zu Julias Zimmer zu bahnen.

»Hallo, ist jemand zu Hause?«, rief Heike, aber es kam keine Antwort. Vor Julias Zimmer standen Stapel dreckiger Teller und leerer Cola-Zero-Flaschen. An der Tür hing ein mit Reißzwecken befestigtes Schild mit einem Totenkopf, und darunter stand mit dickem schwarzem Edding auf die weißlackierte Tür geschrieben: KEEP AWAY!!!!!

Heike sah dies mit Entsetzen. Sie hatte die gesamte Wohnung vor Claudias Einzug renovieren und die facettierten alten Zimmertüren abschleifen und neu lackieren lassen.

»Dieses kleine Biest! Na warte!«

Sie klopfte und öffnete die Tür. Der Anblick, der sich ihr bot, verschlug Heike im ersten Moment die Sprache: Der Boden war übersät mit Kleidung, Tellern, Besteck, leeren und halbleeren offenen Flaschen in frischen oder eingetrockneten Lachen auf dem alten Dielenboden. Der war ebenfalls vor dem Einzug abgeschliffen und geölt worden. Dazwischen lagen Haarbürsten, Haare, Staubflocken, Schminkzeug und Schulsachen. An der Wand standen halbausgepackte Umzugskartons herum. In der Ecke, auf einem Doppelbett, lag Julia. Sie hatte ihr aufgeklapptes MacBook vor sich und aß öltriefende braune Glasnudeln mit Stäbchen von einem Teller. Sie sah Heike erstaunlich teilnahmslos an. Doch ihre Überraschung zeigte sich daran, dass sie eine Portion Glasnudeln von ihren Stäbchen auf die Tastatur des Notebooks fallen ließ.

»Oh, fuck!« Sie fing an, mit dem Bettbezug auf den Tasten herumzuwischen, und fragte barsch: »Was willst du denn hier?«

Heike machte ihr zunächst ein Zeichen, dass sie die Musik

leiser drehen solle, worauf Julia sogar reagierte. Angesichts der wohltuenden Stille atmete Heike tief durch. »Weißt du eigentlich, dass du mit dreißig taub sein wirst, wenn du weiter so laute Musik hörst?«

Julia rollte nur die Augen zur Decke.

»Sag mal, wie kommst du eigentlich dazu, hier so eine Schweinerei zu veranstalten? Der ganze Boden ist ruiniert!« Sie begann, die ausgekippten Flaschen aufzuheben, und wies Agata an, einen Lappen zu holen. »Außerdem hast du gefälligst nicht mit Permanent Markern auf meinen Türen herumzukritzeln, und Reißzwecken brauchst du auch nicht in den frischen Lack zu drücken. Das ist alles gerade erst renoviert worden.«

»Wieso?«, antwortete Julia, ohne aufzublicken. »Ich dachte, wir haben die Wohnung von dir gemietet. Dann dürfen wir sie doch wohl auch normal benutzen!«

»Was du hier machst, nennt man versauen!«

»Oh Mann, chill doch mal, du nervst so was von ab! Genau wie Mama! Wo ist die überhaupt?«

»Woher soll ich das wissen. Hat sie nicht angerufen?«

»Bei mir nicht!«

»Und wieso bist *du* eigentlich schon zu Hause. Hast du keinen Unterricht?«

Julia wurde rot. »Hey, alles easy, wir hatten Entfall!«, war ihre Antwort.

Heike würde Claudia leider darauf hinweisen müssen, wie sehr ihre Tochter derzeit abdriftete.

Inzwischen war Agata mit Putzeimer und Lappen wieder im Zimmer erschienen, begann, die Flaschen in eine Mülltüte zu werfen und das Geschirr wegzuräumen. Sie warf Heike einen bedeutungsvollen Blick zu und verdrehte dabei die Augen. Heike ließ es sich nicht nehmen, noch einen Rundgang durch den Rest der Wohnung zu machen. Erschreckenderweise sahen die anderen Räume nicht viel besser aus. Am schlimmsten war der Zustand von Bad und Küche. Der Gestank war kaum zu ertragen. Sie musste sich ihren Ärmel vor die Nase halten, sonst wäre ihr übel geworden: In einer Ecke hinter der Küchentür entdeckte sie einen halbdurchgeweichten Umzugskarton, randvoll mit Eierschalen. Ihr fiel ein, dass Claudia grundsätzlich immer auf Lowcarb-Diät war und täglich große Mengen von Eiern in allen Variationen zu sich nahm. Aber warum warf sie sie nicht in den Mülleimer? Neben dem Karton standen mindestens fünfzig leere Flaschen, hauptsächlich Champagner der Marke Roederer. Sie wusste, dass dies Claudias Lieblingschampagner war, aber ihr war nicht klar gewesen, welchen Verbrauch sie hatte. Den konnte sie sich leisten, und die Miete blieb sie ihr schuldig, kam Heike in den Sinn.

Die Spüle war gefüllt mit schmutzigen Geschirrstapeln. Heike öffnete die Spülmaschine und hielt sich wieder den Ärmel ihres Leinenblazers vor die Nase: Auch daraus schlug ihr ein übler Geruch nach altem Fisch und Schimmel entgegen. Sie wunderte sich, warum sie nicht angestellt wurde, und ging zurück in Julias Zimmer, von der sie erfuhr, dass die drei Monate alte Maschine kaputt sei und ihre Mutter gesagt habe, für eine Reparatur habe sie im Moment kein Geld.

Heike seufzte und wies Agata an, das Geschirr zu spülen und den Müll herunterzubringen. Dann stieg sie die Treppe herunter, zurück in ihr aufgeräumtes und sauberes Haus. Ihr war klar, dass sie mit Claudia ein höchst peinliches Gespräch über die Verwahrlosung der Wohnung, ihrer Tochter und auch über den Mietrückstand würde führen müssen. Sie bestellte den Kundendienst für die Spülmaschine und sah dann in der Orangerie, in der sich Küche und Esszimmer befanden, nach ihrer neuen Haushälterin, Frau Albrecht, die gerade dabei war, das Mittagessen zuzubereiten. Es duftete herrlich nach Zürcher Geschnetzeltem, so dass Heike unbedingt mit einem kleinen Löffel kosten musste. Sie lobte Frau Albrecht überschwenglich und fragte: »Aber Sie haben doch hoffentlich keine Butter oder Sahne verwendet?«

Frau Albrecht zögerte nicht mit der Antwort: »Frau Stelzer, Sie wollen mir doch nicht ernsthaft sagen, ich solle Zürcher Geschnetzeltes ohne Fett zubereiten? Glauben Sie wirklich, es würde dann noch so schmecken?« Der schweizerdeutsche Akzent ließ ihre Gegenfrage sogar charmant wirken.

Heike sah sie verunsichert an. »Ich dachte, man könne vielleicht Olivenöl …«

»Ein kleines Bitzli Butter hat noch niemandem geschadet. Meine Herrschaft hat sich jedenfalls nie über meine Kochkünste beschwert.« Damit drehte Frau Albrecht sich um und öffnete den riesigen Kühlschrank mit Edelstahlverblendung.

Heike stand einen Moment lang ratlos da. Doch nach ihrem kurzen Ausflug in Claudias gruselige Welt wurde ihr schnell wieder bewusst, was für ein sagenhaftes Glück sie hatte. Sie sah zu Carlo, der am Herd stand und konzentriert in einem Topf mit roter Grütze rührte.

»Übrigens muss ich Ihnen recht geben.« Frau Albrecht sah sie jetzt wieder sehr freundlich an.

»Ja?«, fragte Heike hoffnungsvoll.

»Diese Null-Grad-Zone kannte ich gar nicht. Aber da bleibt sogar der empfindliche Rucolasalat erstaunlich lange frisch.«

»Ja, sehen Sie, Frau Albrecht. Ich habe mir deshalb schon manchmal überlegt, ob ich mich selbst ab und zu hineinlegen sollte …«

Frau Albrecht zögerte und lachte dann laut: »Ach, jetzt verstehe ich! Aber das haben Sie ja gar nicht nötig, Frau Stelzer, so wie Sie aussehen.«

Heike lächelte ihr dankbar zu. »Ach, sagen Sie, Frau Albrecht, haben Sie schon die Post aus dem Briefkasten geholt?«

»Ja, selbstverständlich! Sie liegt, wie immer, auf der Konsole im Entrée, in der Silberschale.«

War das schon wieder ein vorwurfsvoller Blick?, fragte sich Heike. Sie ging in die Eingangshalle, holte die Post und blätterte sie auf dem Weg zu ihrem Büro durch. Enttäuscht stellte sie fest, dass der erhoffte DIN-A5-Umschlag aus Büttenpapier mit handgeschriebener Adresse nicht darunter war. Nun musste sie wohl langsam die Hoffnung aufgeben, noch zur Geburtstagsparty von Herrn Eichberg eingeladen zu werden, über die alle sprachen. Es versetzte ihr einen Stich. Würde sie hier jemals dazugehören?

Sie ging in ihr Arbeitszimmer, wo Astrid gerade dabei war, Pakete zu packen, und setzte sich an ihren Schreibtisch, um die E-Mails zu checken. Das würde sie auf andere Gedanken bringen. Einige Stunden in der Woche arbeitete sie an ihrem Internetshop für gebrauchte Designerkleidung, der inzwischen so gut lief, dass sie sogar eine Studentin als Teilzeitaushilfe – Astrid – eingestellt hatte. Der Shop sicherte ihr ein monatliches Einkommen, das zumindest einen Teil der Ausgaben bei ihren Einkaufstouren deckte. Und Tom hatte seit ihrer Firmengründung geradezu Spaß an den Steuererklärungen.

Wenig später klingelte es, und sie hörte, wie Frau Albrecht die Tür öffnete. Schon stand Claudia, völlig außer Atem, mit leichenblassem, glänzendem Gesicht und verschmierter Mascara in ihrem Arbeitszimmer. Sie trug ihr schwarzes Businesskostüm, aber die Bluse war aus dem Rock gerutscht, und ihr langer dunkelbrauner Zopf hatte sich halb aufgelöst. Heike hatte sie nur ein einziges Mal in einem ähnlichen Zustand gesehen. Das war kurz nachdem Nik sie verlassen hatte. Heike bat Astrid, sie kurz allein zu lassen.

»Was ist denn mit dir los?«, fragte sie und schob Claudia einen der mit violettem Stoff bezogenen Eames-Stühle unter den Po.

»Ich komme gerade vom Polizeirevier: Sie haben Arthur dort verhört, weil er angeblich gestern zusammen mit Alexander Eichberg Jonas Conzen auf dem Schulweg gewürgt und blutig geprügelt haben soll. Ich weiß wirklich nicht mehr, was ich machen soll!«

Heike sah sie entsetzt an: »Und … hat er?«

»Nein, natürlich nicht! Mein Sohn ist doch kein Schläger!

Bist du jetzt auch noch gegen mich, so wie alle hier in diesem gottverdammten Königstein?«

Heike bemerkte, dass Claudias Hände zitterten und sie kurz davor war, in Tränen auszubrechen. Spontan rollte sie mit ihrem Stuhl herüber und legte ihr den Arm um die Schultern.

Claudia schluckte. »Wenn man hier nicht mit den anderen Muttis Golf spielt und den Kindergottesdienst vorbereitet, hat man doch nicht die geringste Chance, dass die einen akzeptieren. Ich hasse dieses Kaff …, sag mal, hast du vielleicht was zu trinken für mich?«

»Ja, klar, ich frage Frau Albrecht, ob sie uns einen Tee macht.«

»Tee? Ich glaube, ich hab so was schon mal getrunken. In einem Krankenhaus war das. Ehrlich gesagt, wäre mir jetzt nach was Stärkerem zumute.« Sie sah Heike nicht an, als sie weitersprach: »Gibt es nicht einen Whisky oder Martini, zur Not täte es auch Champagner oder so was …«

»Na ja, ich seh mal nach, was ich in unserer Hausbar so finde. Deinen geliebten Roederer haben wir jedenfalls gerade nicht vorrätig …«

Heike ging ins Wohnzimmer und kam mit zwei großen Gläsern Gin Tonic zurück. »Eigentlich gar kein schlechter Gedanke, sich mal einen Aperitif zu gönnen. Stell dir vor, Eichbergs … unsere direkten Nachbarn … haben es doch glatt versäumt, mich auf die Gästeliste für die Feier zu seinem Fünfzigsten zu setzen …«

Claudia sah sie an und zog spöttisch die Augenbrauen hoch: »Na, deine Sorgen möchte ich haben, aber trotzdem: Cheers! Mich haben sie übrigens auch nicht eingeladen. Und schließlich sind Alexander und Arthur in einer Klasse.«

Heike prostete Claudia zu, die nur »Auf den beschissenen Tag!« erwiderte und das Glas in zwei Zügen leerte. Natürlich war dies jetzt der völlig falsche Moment, um Claudia auch noch mit anderen unangenehmen Begebenheiten zu konfrontieren. Natürlich würden sie und Tom den Mietausfall auch noch ein paar Monate länger verschmerzen. Toms Einkommen hatte sich wieder auf einem beruhigenden Niveau eingependelt. Er hatte einen hochkarätigen Job bei einem anderen Bankhaus angenommen und verdiente längst noch besser als vor der Krise. Und natürlich würde die Welt auch nicht untergehen, wenn Claudia heute nicht erfuhr, dass ihre Tochter die Schule schwänzte und Heike die völlig verwahrloste Wohnung gesehen hatte.

»Wo ist denn Arthur jetzt?«, fragte sie.

»Er ist erst einmal in seinem Zimmer verschwunden. Ich glaube, ich muss gleich wieder hochgehen, ihn trösten und für die Kinder Mittagessen kochen. Shit, ich habe vergessen einzukaufen, na ja, es wird sicher noch eine Dose Ravioli im Schrank sein …«

Claudia mied Heikes Blick, die sie erstaunt musterte. Dosenravioli wären für Claudia, als radikaler Verfechterin einer gesunden Ernährung, noch vor wenigen Monaten undenkbar gewesen. Es blieb Heike nichts anderes übrig, als sie und die Kinder zum Mittagessen einzuladen. Soweit sie gesehen hatte, würde die Portion Zürcher Geschnetzeltes mit Rösti und Brokkoli, die Frau Albrecht gekocht hatte, sowieso ausreichen, um eine ganze Schulklasse zu versorgen.

Inzwischen war Chloé aus der Schule gekommen und saß schon neben Carlo an dem langen Refektoriumstisch, den Frau Albrecht akkurat gedeckt hatte. Neben jedem Gedeck lag eine der gestärkten, blitzweißen Damastservietten, auf deren Benutzung Frau Albrecht bestand. So gehöre sich das in einem ordentlichen Haushalt. Heike widersprach ihr nicht. Schließlich kam Frau Albrecht auf Empfehlung ihrer Freundin Susanne aus einer zwanzig Jahre währenden, ungekündigten Stellung in einem Zürcher Haushalt, dessen letztes Mitglied kürzlich verstorben war. Sie war erst seit zwei Wochen bei ihnen, und bisher betrachtete Heike ihre Einstellung als Glücksgriff.

»Frau Albrecht, wir brauchen noch drei Gedecke zusätzlich. Frau Neumann-Elten und ihre Kinder kommen zum Essen.«

Frau Albrecht verzog keine Miene und holte sogleich drei weitere Teller aus dem Schrank.

»Kommt Lorenz auch mit?«, fragte Chloé betont beiläufig.

Heike drehte sich zu ihrer Tochter um: »Ja klar, warum fragst du?«

Wie hübsch sie war. Ihr perfektes Ebenbild aus Kindertagen. Die glänzenden honigfarbenen Haare und die feinen Gesichtszüge, der lange Hals. Vielleicht nicht ganz so dünn wie sie damals.

»Nur so«, war Chloés Antwort, und Heike stellte besorgt fest, dass sie errötete und auf die Tischplatte starrte. Das hatte ihr gerade noch gefehlt: Eine verliebte Zwölfjährige.

Heike wandte sich an Claudia, die hinter ihr in die Küche kam, und fragte: »Oder meinst du, dass Julia auch mitessen möchte?« Erst als sie den Satz ausgesprochen hatte, fiel ihr wieder ein, dass Julia eigentlich noch gar nicht zu Hause sein sollte …

Julia lag unterdessen noch immer auf ihrer Matratze und klickte sich durch Facebook, verschiedene Chatrooms und anonyme Cyberwelten. Ihr ging es heute nicht besonders gut, denn seit einiger Zeit hatten sich immer mehr Mädchen in der St.-Maria-Schule gegen sie verschworen. Die Schlimmste von allen war Clara Plath, eine kleine rothaarige Schlange, die sich selbst für unwiderstehlich hielt und vor Julias Ankunft an der Mädchenschule der unumstrittene Star war. Julia hatte ihr eine Zeitlang mit ihrer Coolness die Schau gestohlen, bis Clara auf ziemlich perfide Art angefangen hatte, sie zu mobben. Gestern hatte Julia nach der großen Pause feststellen müssen, dass ihr jemand eine ganze Flasche Cola in die Schultasche gekippt hatte. Bei der Hausaufgabenkontrolle in Französisch hatte sie deshalb nur ein verschmiertes braunes Blatt vorweisen können, worauf die Lehrerin, ohne ihr auch nur einen Moment lang zuzuhören, zu ihrem Pult gegangen war und null Punkte eingetragen hatte. Da Französisch ohnehin ihr schlechtestes

Fach war, war sie daraufhin in Tränen ausgebrochen und wäre vor Scham am liebsten im Boden versunken, während sie Clara mit ihrer Nachbarin hatte kichern sehen. Sie hatte nur noch ihre triefende Schultasche genommen und auf dem Tisch vor Clara mit den Worten ausgeleert: »Glaubst du vielleicht, ich weiß nicht, dass du mir die Cola in die Tasche geschüttet hast, du blöde Schlampe?«

Ohne sich umzudrehen, hatte sie das Klassenzimmer verlassen und war danach eine Weile ziellos durch die Altstadt von Königstein gestreift. Von dem nächstbesten Strauch hatte sie sich einen langen Zweig abgerissen und damit auf Hauswände und Verkehrsschilder eingepeitscht …

Heute war sie gar nicht erst in die Schule gegangen. Sie hatte sich scheinbar auf den Weg gemacht und dann in einer Seitenstraße gewartet, bis sie ihre Mutter wegfahren sah. Danach hatte sie sich zurück in die Wohnung geschlichen. Zuerst war sie wieder eingeschlafen. Um 12 Uhr hatte sie Glasnudeln im Wok gebraten. Dann kam die Unterbrechung durch die nervige Freundin ihrer Mutter und diese blöde polnische Putze. Die hatte sich doch tatsächlich erdreistet, nachdem Heike gegangen war, ihr zu befehlen, dass sie ihr Zimmer gefälligst selbst putzen solle. Diese Kuh! Vor ihrer Mutter und vor Heike buckelte sie, aber ihr meinte sie, Befehle erteilen zu können! Julia hatte sich in ihrem Zimmer eingeschlossen und Agatas hartnäckiges Klopfen an der Zimmertür ebenso hartnäckig ignoriert. Mit Kopfhörern auf den Ohren war sie in eine andere Welt eingetaucht, die ihr allerdings in diesem Augenblick eine Gänsehaut verursachte. Auf einer Seite namens »lassdiesauraus« stieß sie auf einen Eintrag von kloakenfisch: *Gesichtet: Julia Elten auf der Mädchentoilette beim Eincremen ihrer Chlamydien! Wer hätte das gedacht? Wo hat das unschuldige Mädchen, das von der jüdischen auf die katholische Schule gewechselt ist, sich die eingefangen?* Darkside hatte dazu am 4. September folgenden Kommentar geschrieben: *Hahaha, das ist so fies! Wie gemein Kinder sein können.* Daneben waren zwei Smileys mit gebleckten Zähnen zu sehen. *Btw. Hab kürzlich gelesen, dass bis zu 10 % der jungen mädels mit chlamydien infiziert sind.* Der Kommentar von mogelbaum am 4. September lautete: *diese verhurten jüdischen bitches ich würd se alle ficken!!!!!!* Und katzenzunge schrieb dazu: *gibt es das wort unethisch wirklich?*

Julia spürte ihren Puls rasen, als sie die Einträge las. Sie konnte sich ziemlich genau vorstellen, von wem sie stammten. Aber das Gemeine war, dass dieses Internetforum absolute Anonymität garantierte.

»Juliaaa, Loreenz, Arthuur!«, hörte sie die Stimme ihrer Mutter, dann Schritte. Schnell sprang Julia auf und schloss die Tür auf. Schon wurde sie geöffnet, und Claudia stand in ihrem Zimmer.

»Ich habe gerade von Heike gehört, dass du schon da bist. Ist wieder was ausgefallen?«

»Ja, zwei Stunden Bio«, log Julia und sah ihre Mutter unschuldig an.

»Kommst du mit zum Mittagessen bei Heike? Es gibt Zürcher Geschnetzeltes!«

»Kein Bedarf. Ich habe schon was gegessen.« Sie deutete auf den Teller mit Glasnudelresten.

Claudia rümpfte die Nase und meinte: »Immer diese vielen Kohlehydrate und dieses Woköl, pass auf, dass du nicht noch verfettest. Und außerdem könntest du hier mal aufräumen!«

Sie kickte mit dem Fuß ein paar Kleidungsstücke in die Ecke.

»Fängst du jetzt auch noch damit an? Könnt ihr mich eigentlich nicht endlich alle in Ruhe lassen? Ihr nervt so elendig ab. Außerdem muss ich jetzt Hausaufgaben machen!«

Demonstrativ klappte Julia ihren Laptop zu und suchte ein paar schmuddelige Hefte zusammen.

Claudia drehte sich langsam um und schloss hundemüde die Tür hinter sich.

»Dreh dich jetzt nicht um, Sander, aber zwei Tische weiter sitzt ein alter Bekannter von uns!«, raunte Woletzki, und sein Augenlid fing an zu zucken.

Susanne sah ihn erstaunt an. Sie saßen in der Zürcher Kronenhalle, einem herrlichen alten Traditionsrestaurant, und beide hatten ihr butterzartes Chateaubriand fast aufgegessen. »Du weißt, dass ich es hasse, wenn du mich so auf die Folter spannst!«

Er sah sie ernst an und griff nach ihrer Hand. »Ja, das weiß ich, aber er sieht genau in unsere Richtung, deshalb …« Woletzki unterbrach sich, legte seine Serviette auf den Tisch und stand langsam auf, denn die Person, über die er gesprochen hatte, kam direkt auf ihren Tisch zu.

»Herr Goldenberg. Ich freue mich, Sie zu sehen. Sie erinnern sich noch an Frau Sander?«

»Selbstverständlich erinnere ich mich, wie könnte ich sie je vergessen.« Der elegante Mann mittleren Alters, mit nach hinten gekämmten, etwas schütteren, aber noch blonden Haaren und hellgrauen, wässrigen Augen drehte sich zu Susanne um, drückte ihre Hand und sah sie lange an: »Sie sind ja mittlerweile schon eine Legende in der Kunstszene, Frau Dr. Sander.«

»Oh danke, das ist sicher übertrieben, aber charmant.«

»Umso schmeichelhafter für Sie, dass Sie diesen Ruf schon in so jungen Jahren erworben haben. Sie haben meine volle Hochachtung. Und außerdem scheinen Sie mit jedem Jahr schöner zu werden!«

Woletzki räusperte sich. »Ja, sehr nett, sehr nett, Herr Goldenberg, was führt Sie nach Zürich? Sicherlich lukrative Geschäfte? Möchten Sie sich ein wenig zu uns setzen?«

»Danke, sehr gerne, man sieht sich ja nicht mehr so oft, seit Sie beide aus Frankfurt weggezogen sind. Ein Verlust, wie ich finde.«

Woletzki hob die Hand, um ein neues Gedeck und einen Stuhl für Goldenberg bringen zu lassen.

»Ich muss aber gleich wieder zurück an meinen Tisch.« Er machte seinen zwei Begleitern ein Zeichen, indem er drei Finger zwischen sich, Susanne und Woletzki kreisen ließ und fuhr fort: »Aber darf ich Sie zu einem Glas Champagner einladen, wäre Ihnen Ruinart recht? Das ist meine Hausmarke.«

Susanne zuckte mit den Schultern. »Von mir aus …« Sie musste daran denken, wie sich Goldenberg vor ein paar Jahren in Frankfurt eine sehr stattliche Summe von Lengley's ertrickst hatte und sie dabei fast um ihren Job gebracht hatte. Sie hatte das nicht persönlich genommen. Aber inzwischen hatte sie als Geschäftsführerin des Auktionshauses in Zürich noch mehr Verantwortung. Wenn Goldenberg hier den Spendablen gab, bitte. Sie war jedoch auf der Hut.

Nach mehreren Gläsern, Goldenberg hatte schon die zweite Flasche geordert und seine Begleiter hatten sich inzwischen mit einem Gruß aus der Ferne verabschiedet, fragte Woletzki: »Ihr Besuch in Zürich hat aber nichts mit der Versteigerung der Launhart-Sammlung zu tun?«

Goldenberg stellte sein Glas ab und lehnte sich in seinem Stuhl zurück. Susanne bemerkte, dass sein rechtes Bein vibrierte. »Kommen Sie, Woletzki. Was soll die Frage? Jeder Kunstkenner oder Sammler, der sich dieser Tage in Zürich aufhält, ist mehr oder weniger deshalb hier. Aber Sie haben doch damit gar nichts mehr zu tun, oder zählt Ihre Galerie etwa auch zu den Bietern? Ich dachte, Sie seien mehr an Gegenwartskunst interessiert?«

Susanne trank einen Schluck, spürte der leichten Birnennote des Champagners auf ihrer Zunge nach und hörte gespannt zu. »Ich werde den Teufel tun und selbst steigern, Goldenberg. Sie wissen doch, wie das läuft …«

Goldenberg lachte leise auf, dann fragte er Susanne: »Wer hat eigentlich die Zertifikate für die beiden Beckmann-Werke ausgestellt? War das Splüger oder Käntlein?«

Susanne schüttelte den Kopf. »Keiner von beiden. Wir haben uns jemanden gesucht, der ein wenig außerhalb des Netzwerks steht.«

Goldenberg fixierte sie.

»Jemand, der wie Splüger über Jahrzehnte unendlich viel Zeit und sein privates Geld darauf verwendet hat, das offizielle Werkverzeichnis zu Beckmann zu erstellen und herauszugeben, hat natürlich ein Interesse, irgendwann auch etwas daran zu verdienen, wenn Sie wissen, was ich meine.«

Woletzki gab Susanne unter dem Tisch einen leichten Tritt, und sie sah ihn erstaunt an.

»Darf man denn fragen, wen Sie dann ausgewählt haben?« Goldenberg sah sie gespannt an.

Susanne zögerte. »Das werden Sie noch früh genug erfahren – auf offiziellem Weg. Aber trotzdem, danke für den Champagner. Ruinart ist auch meine Lieblingsmarke. Obwohl ich einen Blanc de Blancs dem Brut vorziehe.« Sie erhob sich, und die beiden Männer standen höflichkeitshalber ebenfalls auf. »Wenn Sie mich kurz entschuldigen würden.« Sie nahm ihre Handtasche und ging auf die holzgetäfelte Wand zu, vorbei an dem herrlich altmodischen türkisfarbenen Waschbecken. Der Spiegel des ganz in grau-schwarzem Marmor gehaltenen Raums wurde von dem warmen Licht kaum erhellt. Während Susanne sich die Hände wusch, stellte sie fest, dass Goldenberg zumindest in einem Punkt nicht übertrieben hatte. Sie gefiel sich. Seit sie ihre Zahnlücke zwischen den oberen Schneidezähnen durch das vorübergehende Tragen einer unsichtbaren Schiene hatte schließen lassen und regelmäßig Lippenstift auftrug – ihre Lieblingsfarbe war Chanel pink rose –, sah sie viel besser aus. Ihre Lippen waren nicht mehr aufgesprungen. Der Seitenscheitel stand ihr zweifellos auch besser als der Pony, den sie ein paar Monate lang getragen hatte. Und ihre Haare hatten wieder ihre natürliche kastanienbraune Farbe. Außerdem war sie froh, dass sie sich, wenn auch auf Woletzkis Anstoß hin, zurückgehalten hatte, und das nach vier

Gläsern Champagner. Trotzdem war ihr klar, dass Goldenberg nicht so schnell aufgeben würde, um an Insiderinformationen zu kommen.

»Tja, Goldenberg, da haben Sie diesmal auf Granit gebissen, was? Die Ausgabe für den guten Tropfen hat sich nicht gelohnt.« Woletzki lachte leise, drehte sein Glas in der Hand, sah auf die goldgelb glänzende, kristallklare Farbe und leerte es.

Goldenberg sah ihn kalt an. »Da hat es jemand wie Sie, der direkt an der Quelle sitzt – oder sollte ich besser sagen: liegt … natürlich leichter. Sie beide sollten vorsichtig sein. Sie wissen schon, die engen Verflechtungen führen zu allerlei Gerüchten.«

Woletzki ließ sich durch diese Bemerkung nicht aus der Ruhe bringen. Er rieb sich über das Kinn und antwortete: »Sie sollten nicht von sich auf andere schließen. Und ich rate Ihnen dringend: Geben Sie Ihre Bemühungen auf, an Informationen zu kommen, die Sie nichts angehen. Sie sind bei Ihrem letzten halblegalen Manöver gut davongekommen, weil Lord Haldane und ich ein Auge zugedrückt haben. Das nächste Mal werde ich nicht mehr so großzügig sein.«

Er winkte dem Kellner und verlangte die Rechnung.

Goldenberg war sichtlich verärgert. »Soll das etwa eine Drohung sein? Sie werden sich noch wundern, Woletzki!« Er bezahlte den Champagner und verließ mit wütenden Schritten das Lokal.

CLAUDIA

Sie stand in ihrem kleinen Schlafzimmer und betrachtete sich entmutigt im Spiegel. So konnte sie unmöglich zu der Party gehen. Was war bloß los mit ihr? Früher war es ihr doch immer gelungen, sich perfekt zu stylen. Sie wusste, dass sie keine Schönheit war. Aber trotzdem konnte sie sich so attraktiv zurechtmachen, dass sie sich keineswegs verstecken musste.

Claudia zog die enge schwarze Hose und das rote ärmellose Top wieder aus und unterzog ihren vollgestopften Kleiderschrank einer neuen Inspektion. Was waren das für Zeiten gewesen, als sie noch das riesige Ankleidezimmer mit der Glasplattform in ihrer Westendvilla zur Verfügung hatte. Wie sollte sie in diesem winzigen Ikea-Schrank etwas finden? Wie sie sich nach den früheren Annehmlichkeiten zurücksehnte. Und erst danach, endlich wieder einen Mann zu haben, der sie begehrte und versorgte.

Mühsam drückte sie die Kleiderbügel auseinander und zog ein hellblaues Kleid mit Paisleymuster heraus: Etro. Endlich! Das war genau das Richtige. Sie hatte ganz vergessen, dass sie sich das Stück vor ein paar Wochen im Schlussverkauf zugelegt hatte. Jetzt schlüpfte sie hinein, genoss das luxuriöse Gefühl der Seide auf ihrer Haut und fing an, sich mit einigen Rundbürsten und Föhn an ihren dunkelbraunen langen Haaren zu schaffen zu machen.

Eine Stunde später stand sie auf dem Bankirai-Deck eines mit Menschen gefüllten, hellerleuchteten Penthouses im Frankfurter Westend und sog an einem schwarzen Strohhalm, der zwischen den gecrashten Eiswürfeln eines Caipirinhas steckte. Claudia wippte zu der Lounge-Musik, atmete genussvoll die leicht mit Abgasen versetzte Luft ein, als ihr jemand auf die Schulter tippte. Sie drehte sich um und sah dem attraktivsten Mann, dem sie je begegnet war, in die Augen. Er war nicht groß, vielleicht eins achtzig – und passte damit perfekt zu ihren ein Meter siebenundsechzig. Das Gesicht mit dem bronzefarbenen Teint und den kleinen sympathischen Krähenfüßchen neben den Augen zog sie sofort in seinen Bann. Er hatte eine gerade schmale Nase und goldblonde dichte Haare mit Seitenscheitel. Die typische Preppiefrisur stand ihm unbeschreiblich gut. Claudia sog und sog, und schon war ihr Glas leer.

»Hi, Frau Elten, erinnern Sie sich nicht an mich?«

Sie schüttelte langsam den Kopf. Fast hätte Sie gesagt: »So

jemanden wie Sie hätte ich bestimmt nie wieder vergessen.« Aber sie riss sich zusammen: »N-e-u-m-a-n-n-Elten, äh, kennen wir uns?«

»Ja, aber sicher. Vom Hockeyplatz. Nicolas de Haan. Ihre Tochter hat mal mit meiner Johanna zusammen in einer Mannschaft gespielt.«

»Ach, stimmt ja!« Claudia war enttäuscht. Dunkel erinnerte sie sich: Das war zu Zeiten gewesen, als sie andere Männer nur als Väter wahrgenommen hatte. Deshalb war sein Gesicht auch nicht in ihrem Gedächtnis abgespeichert. Und natürlich war er verheiratet. Uninteressant!

»Ihre Tochter ist ja schon mindestens seit zwei Jahren nicht mehr dabei. Sind Sie weggezogen?«

»Ja, leider. Aufs Land, nach Königstein.«

»Wieso leider? Die meisten Leute, die in den Vordertaunus ziehen, fühlen sich doch dort ganz wohl.«

Claudia schwenkte demonstrativ ihr leeres Glas hin und her. »Mag sein. Aber mir ist es dort zu provinziell und spießig. Wenigstens sind es nur ein paar Kilometer nach Frankfurt. Ich hätte jedenfalls absolut nichts dagegen, zurück ins Westend zu ziehen.«

Er kam näher, zu nah, und senkte die Stimme: »Dann war Ihr Umzug also nicht ganz freiwillig?«

»Bingo! Wäre auch ein Wunder, wenn sich das nicht rumgesprochen hätte. Aber was halten Sie davon, mir einen neuen Drink zu besorgen, dann würde ich Ihnen vielleicht mehr erzählen.«

»Oh, sorry. Das war unaufmerksam von mir. Was trinken Sie?«

»Gerne noch einen Caipi, ich setze mich solange dort drüben auf das Sofa.« Sie deutete auf eine Sitzgruppe aus schwarzem Kunststoffgeflecht mit weißen Kissen, wo Heike mit der Gastgeberin plauderte. Als Claudia dazukam, rückte Heike zur Seite, um ihr Platz zu machen. Claudia zögerte: Zwischen den beiden Schönheiten konnte man leicht wie ein hässliches

Entlein wirken. Trotzdem setzte sie sich, und Lydia Treskow legte ihr freundschaftlich den Arm um die Schultern. Heike und Lydia hätten Zwillinge sein können. Beide waren blond. Heike hatte lange glatte Haare, mit vanillefarbenen Strähnen. Lydia trug hingegen eine trendige Kurzhaarfrisur. Naturblond – wie sie immer betonte. Perfekte Figuren, die sie an diesem Abend durch sehr ähnliche Cocktailkleider hervorhoben. Heike hatte einen wachteleigrünen Neckholder an und Lydia fast das gleiche Modell in Enteneiblau. Gleich fragte Lydia: »Sag mal, man sieht dich ja kaum noch in der Stadt. Warum kommst du eigentlich so selten zu unserer Samstagsrunde ins Nespresso?«

Claudia verzog die Mundwinkel. »Was soll ich da? Als einzige Alleinerziehende? Während ihr alle eure Beute von der Goethestraße vergleicht, soll ich von meinen Erlebnissen in der Schlange zu Umkleidekabinen und Kasse bei H & M oder Zara berichten?«

Lydia kicherte. »Ach, du armes Hascherl! Aber erstens sieht das, was du da trägst, eher nach Etro aus, wenn mich nicht alles täuscht …«

Jetzt musste Claudia grinsen. »Ertappt!«

»Und außerdem«, fuhr Lydia fort, »kann ich dir versichern, dass mir die beiden von dir genannten Geschäfte auch nicht völlig fremd sind.«

Heike nickte zustimmend. »Man kann ja nicht nur bei Chanel und Gucci einkaufen. Insbesondere, wenn man so einen Verbrauch hat wie ich. Die Mischung macht's.«

Claudia: »Klar, bei euch ist es vielleicht ein Mix aus Prada und Zara. Aber bei mir ist es eine Synthese aus H & M, Zara, C & A und KiK.«

Lydia schüttelte lachend den Kopf. »Du kannst mir bestimmt nicht erzählen, dass du schon mal bei KiK warst!«

»Hm, du würdest dich wundern! Aber letztlich habe ich auch gar keine Zeit zum Shoppen. Wenn man das Geld für sich selbst und drei Kinder alleine verdienen muss und außerdem noch Haushalt und Kindererziehung am Hals hat, ist das Leben nicht mehr sehr entspannt.«

Heike betrachtete ihre taupefarben lackierten Fingernägel. Man konnte nicht gerade behaupten, dass Claudia diese Aufgaben momentan gut im Griff hatte.

Da erschien Nicolas de Haan mit zwei Drinks in der Hand. Und auch Lydia und Heike konnten sich der Ausstrahlung des auffällig gutaussehenden Mannes nicht entziehen. Umso verwunderter waren sie, dass er ganz offenbar zu Claudia wollte.

Lydia stand auf. »Komm, Nicolas, setz dich auf meinen Platz. Ich muss mich sowieso einmal wieder um die übrigen Gäste kümmern.«

Aber auch Heike erhob sich und gab vor, nach Tom zu suchen.

»Ich wollte euch aber nicht vertreiben«, sagte Nicolas de Haan und leiser zu Claudia: »Obwohl ich mir Ihre Umzugsgeschichte eigentlich lieber alleine anhöre.« Er setzte sich dicht neben sie, ihre Beine berührten sich, und legte den Arm auf die Sofalehne hinter ihr.

Zu gerne hätte Claudia Lydia oder Heike nach ihm befragt, insbesondere nach seiner familiären Situation. Eine Affäre mit einem verheirateten Mann, noch dazu, wenn er Kinder hatte, war ganz und gar nicht das, wonach sie sich sehnte. Sie sah unauffällig auf seine Hände: Einen Ehering trug er jedenfalls nicht. Aber was hieß das schon! Sie trank ein paar Schlucke von ihrem Caipi, bemerkte, wie sich das angenehm entspannte Gefühl in ihren Beinen ausbreitete und lehnte sich zurück. Warum nicht einfach mal den Augenblick genießen? Sie hatte eine harte Woche hinter sich, und die nächste würde bestimmt nicht leichter werden. Nicolas ließ den Arm von der Sofalehne auf ihre Schultern gleiten und drehte sich zu ihr. Er begann, eine ihrer Haarsträhnen zu zwirbeln. »Ich fand dich schon immer unglaublich sexy! Viel geiler als so eine Barbie da.« Er nickte in Richtung Lydia, die jetzt in einer Gruppe an der Brüstung der Terrasse lehnte und gerade auf den Messeturm deutete. »Deine tollen Haare …« Er kam noch näher und roch daran. »… duften so herrlich …«

Claudia beglückwünschte sich innerlich dazu, noch eine ordentliche Prise Narciso Rodriguez über ihrem Kopf versprüht zu haben.

»Dein Mann muss verrückt gewesen sein, so eine Frau freiwillig gehen zu lassen.« Er streifte ihre Wange mit den Lippen.

Claudia bemerkte, dass einige der Gäste zu ihnen herübersahen und tuschelten. Das Ganze ging so schnell und einen Tick zu weit. Sie konnte doch nicht auf einer Party anfangen, mit einem verheirateten Mann zu knutschen! »Was hältst du davon, wenn wir die Location wechseln?«, fragte sie.

»Nichts dagegen«, murmelte er, während er an ihrem Ohrläppchen knabberte, »können wir zu dir?«

Claudia rückte ein Stück von ihm ab. »So war das eigentlich nicht gemeint. Ich dachte, vielleicht machen wir noch einen Schlenker in die Hanauer, zum King-Kamehameha-Club?«

Als sie sich bei Lydia verabschiedete – Nicolas war schon vorgegangen, um seinen Wagen zu holen –, warf diese ihr einen vielsagenden Blick zu. »Ich hoffe du weißt, was du tust. Er sieht gut aus, keine Frage. Aber pass auf: Das ist ein Trophäenjäger. Du bist nicht die Erste und wirst auch nicht die Letzte sein!«

Als sie aus der Haustür auf die Wiesenau trat, stand schon ein dunkelgrüner Jaguar mit laufendem Motor in zweiter Reihe und wartete. Claudia versuchte, so elegant wie möglich auf den zehn Zentimeter hohen Absätzen ihrer nicht mehr ganz neuen Manolo Blahniks zur Beifahrertür zu gelangen. Er stieg nicht aus, um sie ihr zu öffnen. Kaum hatte sie sich in den Sitz sinken lassen und angeschnallt, beschleunigte er so stark, dass Claudia sicher war, ein Schleudertrauma davonzutragen. Schon lag Nicolas' rechte Hand auf ihrem Knie und rutschte weiter zur Innenseite ihres Oberschenkels – unter dem Kleid.

Hoffentlich komme ich noch angezogen in dem Club an, dachte sie.

Bereits in der Schlange vor dem Einlass kam sie sich jedoch deplaziert vor. Entweder hatte sich das Publikum weiter verjüngt oder – und das war die schlimmere Vorstellung – sie war älter geworden. Gruppen junger Männer mit blassgrünen und hellroten Hosen, gestreiften Oberhemden und Cashmerepullovern, lässig geknotet über den Schultern. Dazwischen Cliquen von Mädchen mit Chanel-Taschen und High Heels. Nicolas mischte sich mit dem Selbstvertrauen eines überdurchschnittlich gutaussehenden Menschen unter die Youngsters, und Claudia musste feststellen, dass er selbst die Blicke der jungen Mädchen auf sich zog. Sie drängten sich durch die dicht an dicht stehenden Clubbesucher, setzten sich mit ihren Drinks auf eines der Sofas neben dem Pool, und Nicolas begann sofort wieder, an Claudia herumzunesteln. Als sie sich nach vorne beugte und einen Schluck von ihrem vierten Caipirinha trank, musste sie Nicolas' Hände, die erst um ihre Taille fassten und dann nach oben und weiter nach vorne wanderten, energisch abstreifen.

Da sah sie aus dem Augenwinkel in einigen Metern Entfernung ein blondes Mädchen, das sich sofort wegduckte. Claudia knallte ihren Drink auf den Couchtisch, dass er überschwappte, sprang auf und bahnte sich einen Weg durch die Menge. Einen Moment lang hatte sie das Mädchen aus den Augen verloren, aber dann sah sie die unverkennbare blonde Mähne wieder auftauchen. Das Mädchen verschwand gerade in der Damentoilette. Claudia erreichte die Tür ein paar Sekunden später. Sie trat ein und sah sich um. Vor den Waschbecken und Spiegeln standen Trauben junger Mädchen, die, Haare bürstend und Lippen nachziehend, miteinander rumalberten. Sie ging weiter zu den Toilettenkabinen und drückte jede einzelne Klinke herunter. »Julia?«, rief sie. »Ich hab dich gesehen. Also hör mit dem Versteckspiel auf!«

Die Mädchen aus dem Vorraum drehten sich zu ihr um und

musterten sie. Eine sagte laut: »Wieder so eine Mami mit Kontrollmacke!«

Claudia ließ sich nicht beirren. »Julia, ich gebe dir genau fünf Minuten Zeit, um von alleine rauszukommen. Danach hole ich den Geschäftsführer des Lokals und lasse die Toilettenkabinen von außen öffnen.« Sie holte ihr iPhone aus der Tasche und stellte die Stoppuhr an. Laut rief sie: »Die Zeit läuft schon …«

Inzwischen hatten sich noch mehr Zuschauerinnen im Eingang gesammelt, während sich einige Kabinentüren geöffnet hatten und andere Klobesucherinnen herauskamen. Claudia versuchte den Überblick zu behalten. Nach drei Minuten war eine Kabine übrig geblieben, aus der niemand herausgekommen war. Sie bückte sich und versuchte, die Füße zu identifizieren – was ihr nicht schwerfiel. Denn in dem zwanzig Zentimeter hohen Spalt zwischen Boden und Tür waren sehr zierliche Füße mit stahlblau lackierten Nägeln zu erkennen, die in Claudias weißen Louboutin-Sandalen mit Korksohle steckten. Sie klopfte an die Tür und sagte, jetzt mit gedämpfter Stimme: »Die fünf Minuten sind abgelaufen. Letzter Aufruf: Sonst lasse ich aufschließen.«

Nach einer weiteren halben Minute hörte sie, wie der Riegel geöffnet wurde. Claudia wartete noch einen Moment, drückte dann die Klinke herunter und öffnete die Tür. Julia stand vor ihr und sah sie herausfordernd an. Sofort stellte Claudia fest, dass Julia nicht nur, ohne zu fragen ihre Schuhe genommen hatte, sondern auch noch ihre Chanel-Tasche. Sie strich ihrer Tochter behutsam eine Strähne ihrer blonden langen Haare aus dem Gesicht. »Was soll ich nur mit dir machen?«

»Du könntest mich bestrafen.«

»Womit?«

»Eine Woche Ausgehverbot?«

»Wohl eher einen Monat!« Sie legte ihrer Tochter den Arm um die Schulter und führte sie nach draußen. Vor der Tür der Damentoilette wartete Nicolas.

»Ach so, jetzt wird mir einiges klar!«, sagte er, und Claudia warf ihm einen dankbaren Blick zu. »Nett, dass du gewartet hast. Könntest du uns vielleicht ein Taxi rufen?«

»Auf keinen Fall«, antwortete er, jetzt ganz Gentleman, »selbstverständlich fahre ich euch nach Hause.«

Julia starrte Nicolas an, dann beugte sie sich zu ihrer Mutter. »Mama, was macht der denn hier? Ist das etwa dein Date? Krass, das ist doch der Vater von Johanna de Haan!«

Claudia errötete und stammelte: »Quatsch, das ist doch kein Date, wir sind nur was trinken gegangen. Woher soll ich wissen, dass ich im King Ka meine minderjährige Tochter treffe?« Jetzt gewann sie wieder die Oberhand. »Die hier im Übrigen nichts, aber auch gar nichts zu suchen hat! Wie bist du überhaupt reingekommen. Hast du etwa auch so einen gefälschten Ausweis?«

Julia sah auf ihre blauen Fußnägel, hob dann trotzig das Kinn und antwortete: »Glaubst du vielleicht, den brauche ich?«

Jetzt schaltete sich Nicolas ein. »Also Julia, dann wollen wir mal. Es ist schließlich schon nach eins, da wird es für dich allerhöchste Zeit …«

Julia würdigte ihn keines Blickes und wandte sich demonstrativ an ihre Mutter: »Du kannst deinem Date sagen, dass er hier bloß nicht die Stiefpapirolle spielen soll. Besser kümmert er sich mal um seine eigene Tochter. Von der hört man nämlich die interessantesten Dinge … und übrigens müssen wir noch jemanden mitnehmen. Ich war schließlich nicht alleine hier …«

Julia verschwand in der Menge und kam nach wenigen Minuten mit zwei langhaarigen Mädchen wieder, die Claudia nicht in die Augen sehen konnten. Sie kannte die beiden und wusste, dass sie nicht älter waren als ihre Tochter.

Minuten später ließen Julia, ihre Freundinnen und Claudia sich in die Ledersitze des Fonds sacken. Nicolas drehte sich zu ihnen um und fragte mit einem charmanten Lächeln: »Wenn ihr mir freundlicherweise eure Adresse verraten würdet?«

Nach kurzem Schweigen erwiderte eines der Mädchen leise: »Königstein, Parkstraße.«

»Na dann, nichts wie los!«, antwortete Nicolas und fuhr wieder so zügig an, dass alle Insassen in die Sitze gepresst wurden.

Claudia betrachtete die blonden Härchen auf seinem gebräunten Handrücken und musste sich eingestehen, dass sie diese Hand zu gerne wieder auf ihrer Haut spüren wollte.

Nachdem sie die Mädchen zu Hause abgesetzt und angesichts der Uhrzeit auf ein Gespräch mit den Eltern verzichtet hatten, hielten sie in der Kieseinfahrt der Stelzervilla neben Heikes Cayenne. In der Villa war alles dunkel. Julia stieg sogleich aus und verschwand mit einem gemurmelten »Ich geh schon mal rein …« im Haus. Im selben Moment lag Nicolas' Hand auf Claudias Oberschenkel, glitt auch gleich weiter nach oben. Sein Sicherheitsgurt klickte, er beugte sich über sie, tastete nach dem Schalter an ihrem Sitz, und Claudia merkte, wie sich ihre Lehne mit einem Summen nach hinten neigte. Schon fuhren Nicolas' Hände über ihr Kleid. Sie schienen überall zu sein. Gerade spürte sie sie noch in ihrem Nacken, da waren sie schon auf ihren Brüsten und zwischen ihren Beinen. Dann suchten sie offenbar nach Knöpfen. »Wo geht denn dieser nette Fummel auf?«, raunte Nicolas, wartete ihre Antwort gar nicht ab und schob ihr, noch bevor sie protestieren konnte, das Kleid über den Kopf. Fast in derselben Sekunde öffnete er ihren BH, dann seine Hose. Claudia war völlig durcheinander, alles ging so rasend schnell. Sie hatte zu viele Caipis intus, und hier war dieser unglaublich gutaussehende Mann, der jede haben konnte und ausgerechnet mit ihr schlafen wollte. Die Scheiben beschlugen. Wenigstens kann niemand in den Wagen sehen, dachte Claudia, da hatte Nicolas ihr den Slip ausgezogen, spreizte ihre Beine, rückte sie ein wenig in Position und stieß mit einem lauten Stöhnen zu.

Der Jaguar mit seiner geschmeidigen Federung begann sich langsam in dem unverkennbaren Rhythmus zu bewegen. Ein Augenpaar am Fenster der dunklen Villa sah aufmerksam zu.

BEATE

Die Bibliothek der Königsteiner Grundschule war ein ehemaliges Klassenzimmer, in dem Eltern Reihen grau lackierter Metallregale aufgestellt hatten. Beate Eichberg saß hinter einem Tisch mit mehreren Karteikästen darauf. Vor ihr stand eine Schlange wartender Kinder, die Bücher zurückbrachten und neue ausliehen. Sie hatte die ehrenamtliche Tätigkeit als Schulbibliothekarin nur aus zwei Gründen angenommen: Erstens war sie ein positives Kriterium für die Aufnahme ihrer Kinder in die katholischen Privatschulen, wo man nur die Kinder engagierter Eltern wollte. Zweitens hörte man alle Neuigkeiten über Schüler, Eltern und Lehrer aus erster Hand.

Schon als sie das Treppenhaus betreten hatte, war sie Frau Teschke begegnet. Die Lehrerin ihres Sohnes, die sie für völlig unfähig hielt, hatte im Flüsterton um eine Unterredung gebeten. Normalerweise lief das umgekehrt. *Sie* hatte Frau Teschke mindestens vierzehntägig zum Gespräch einbestellt, dessen Verlauf sie immer klar dominierte.

Doch unter den unangenehmen Umständen blieb ihr gar nichts anderes übrig, als der Aufforderung nachzukommen. So hatten sie sich gleich für die sechste Schulstunde verabredet. Noch schlimmer war die Begegnung mit Frau Lemberg verlaufen. Die alte abgehalfterte Lehrerin hatte ihr doch tatsächlich auf den Kopf zu gesagt, dass ihr Sohn Alexander ein gefährlicher Schläger sei, der in eine Sonderschule gehöre. Dabei hatte sie sie durch ihre dicken Brillengläser mit riesigen Eulenaugen scharf angestarrt. Entgegen ihrer sonstigen Art war Beate ohne eine Erwiderung im Bibliotheksraum verschwunden. Die wartenden Kinder tuschelten und kicherten miteinander. Ein paarmal glaubte sie, den Namen ihres Sohnes zu hören, aber keiner der Schüler sprach sie offen auf Alexander an. Sie kannte sie fast alle und fragte jedes Kind, das zu ihr kam, freundlich, ob es alles gefunden habe oder ob noch Hilfe nötig sei. Doch heute bekam sie nur einsilbige Antworten.

Dann stand auf einmal ein dunkelblondes Mädchen vor ihr und sagte ohne Umschweife: »Ich glaube nicht, dass der Alexander den Jonas zusammengeschlagen hat. Der würde das nie tun.« Sie hielt Beate ein Buch hin. »Dies hier würde ich gerne ausleihen.«

»Nett, dass du das sagst. Aber leider sind die meisten wohl anderer Meinung.«

Beate drückte einen Stempel in das Buch, klappte es zu und besah sich den Titel: »Smaragdgrün, Liebe geht durch alle Zeiten« von Kerstin Gier. *Das* Lieblingsbuch aller halbwüchsigen Mädchen in diesem Sommer. Sie gab dem Mädchen das Buch zurück; es blieb aber vor ihrem Tisch stehen und sah sie gespannt an.

»Ist noch was?«, fragte Beate.

Die wartenden Kinder in der Schlange hinter dem Mädchen wurden unruhig: »Mann, Lea, hast du's bald?«

»Da war ein Zettel für Sie drin«, raunte das Mädchen, zog ein Stück Karopapier aus dem Buch, drückte es Beate in die Hand und verschwand. Ungeduldig und einsilbig fertigte Beate die übrigen Schüler ab. Sie war erleichtert, als der Gong ertönte und die Bibliotheksstunde endlich vorbei war. Hinter dem letzten Schüler schloss sie die Tür und fand endlich Zeit, Leas Zettel zu lesen:

Ich kan für ihren Sohn aussagen, wenn sie wolen. Treffen um 1 Uhr hinter den Kloos

Die Rechtschreibfehler ließen nur die Deutung zu, dass Leas Mutter sich nicht genügend um deren schulische Leistungen kümmerte, stellte Beate fest. Aber dies änderte nichts an der Tatsache, dass sie selbst jede Hilfe brauchen konnte. Also hatte sie heute gleich zwei Termine, in denen es um die Zukunft ihres Sohnes und ihrer Familie ging.

Frau Teschke erwartete sie im leeren Klassenzimmer. Sie war eine hübsche zierliche Frau mit aschblondem Kurzhaarschnitt. Beate fand allerdings, dass sie ihre Patek-Philippe-Armbanduhr mit einem zu langen Blick bedachte. Frau Teschke bot ihr einen der niedrigen Stühle an und sah ihr ernst in die Augen. »Wie geht es Alexander?«

Beate blieb stehen, schnaufte verächtlich. »Na, wie soll es ihm schon gehen. Er wird in der Schule geschnitten oder beleidigt, und keiner seiner sogenannten Freunde will sich mehr mit ihm verabreden.«

Frau Teschke nickte verständnisvoll. »Ja, ich kann mir vorstellen, dass er eine harte Zeit durchmacht. Ich habe auch beobachtet, dass er von seinen Klassenkameraden nicht gerade nett behandelt wird. Glauben Sie, es wäre leichter für ihn, wenn er eine Weile zu Hause bleiben könnte? Dann würde ich Ihnen die Unterrichtsmaterialien geben ...«

»Das könnte Ihnen so passen!«, fuhr Beate sie an. »Damit Sie sich alle Probleme vom Hals schaffen. Er hat nichts Unrechtes getan; das sind alles gemeine Verleumdungen. Und nun soll er auch noch vom Unterricht ausgeschlossen werden? Kommt nicht in Frage!« Sie schrie die Sätze mit schriller Stimme heraus, und ihr schmales Gesicht verzog sich dabei zu einer hässlichen Grimasse.

Frau Teschke zuckte zurück und sah sie erschrocken an. »Frau Eichberg, beruhigen Sie sich erst einmal. Soll ich Ihnen vielleicht ein Glas Wasser holen?«

»Ich brauche kein Wasser, ich brauche endlich fähige Lehrer, die sich den Herausforderungen stellen und nicht immer den einfachsten Weg gehen!« Beate ließ sich auf den Stuhl sacken und schlug die Hände vor das Gesicht. Ihre Schultern zuckten, als sie anfing zu schluchzen.

Ratlos stand Frau Teschke vor ihr. Dann nahm sie sich einen der Stühle und setzte sich neben Beate. »Sie haben mich völlig missverstanden. Ich will mir kein Problem vom Hals schaffen. Ich dachte nur, dass sich Alexander im Moment zu Hause wohler fühlen würde, nur so lange, bis sich alles aufgeklärt hat … aber wenn Sie das nicht wollen …«

Beate stand so ruckartig auf, dass der Stuhl umfiel, und zischte: »Nein, das haben Sie ganz richtig verstanden. Ich will es nicht! Mein Sohn geht hier zur Schule und wird den Unterricht weiter besuchen. Und unterstehen Sie sich, diesen unaufgeklärten Vorfall zum Anlass für eine schlechte Note in Sozialverhalten zu nehmen. Ich kann Ihnen schon jetzt versichern, dass ich Sie verklagen würde.« Damit ließ sie die verdutzte Lehrerin stehen und rauschte hinaus.

Erst die frische kühle Luft im Schulhof ließ sie wieder zu sich kommen. Sie atmete ein paarmal tief durch, ging dann zur Mädchentoilette und ließ sich kaltes Wasser über die Hände und Unterarme laufen. Aus dem Spiegel sah ihr ein graues Gesicht mit tief in den Höhlen liegenden roten Augen entgegen. Sie spritzte sich ein wenig Wasser ins Gesicht, trocknete sich mit einem Papiertaschentuch ab und kämmte sich die kinnlangen Haare. Dann trat sie wieder ins Freie und ging um das Toilettengebäude herum. Schließlich hatte sie noch eine Verabredung.

Sie konnte niemanden entdecken, sah noch einmal auf ihre Uhr: Ja, es war bereits fünf Minuten nach eins. Womöglich war das Mädchen schon wieder gegangen? Sie ging um die Ecke, und da lehnte es an der Wand, einen Fuß lässig abgewinkelt an die Mauer gestellt, beide Hände in den Hosentaschen. Beate trat näher, und ihr fiel auf, dass die Haut des Mädchens mit großen unregelmäßigen Sommersprossen übersät war, so dass sie von weitem fast braungebrannt aussah. Sie kaute Kaugummi.

»Und … was wolltest du mir sagen?«, fragte Beate.

»Ich wollte Ihnen gar nichts sagen«, antwortete die Kleine selbstbewusst. »Ich habe nur geschrieben, dass ich für Ihren Sohn aussagen kann.« Sie ließ eine Kaugummiblase zerplatzen.

»Ja, schön. Aber was kannst du denn für ihn aussagen? Hast du gesehen, wie Jonas verprügelt wurde? Oder hast du Alexander zu der Zeit an einem anderen Ort gesehen?«

»Das kommt darauf an …«

»Worauf kommt das an, Lea?« Beate kam noch näher und musterte sie. Dieses zur Schau gestellte Selbstbewusstsein bei einer Zehnjährigen sah man nicht sehr häufig, allerdings war sie es von ihrer Tochter Zoey, die sogar noch jünger war, gewohnt und wusste damit umzugehen.

Lea stieß sich mehrfach mit dem Rücken von der Mauer ab und ließ sich dann wieder zurückfallen. »Na darauf, was Sie hören wollen und was es Ihnen wert ist.«

Beate entfuhr ein »Oh«. Sie überlegte einen Moment lang. Damit hatte sie nicht gerechnet. Das war für ein zehnjähriges Mädchen aus Königsteiner Kreisen wirklich ungewöhnlich. Dieses Kind bot ihr an, gegen Geld eine Falschaussage zu machen. Sollte sie das Angebot annehmen? Bis jetzt hatte sie noch keine einzige Tatsache gefunden, die zugunsten von Alexander sprach. Außer, dass er und auch dieser Arthur Elten behaupteten, es nicht gewesen zu sein. Aber sie waren von mehreren Personen auf ihrem Weg von der Schule nach Hause gesehen worden, genau zur Tatzeit. »Ich werde es mir überlegen«, sagte sie zu Lea. »Wie kann ich dich erreichen?«

Lea antwortete routiniert: »Gar nicht. Ich melde mich bei Ihnen, mobil. Überlegen Sie sich's. Sagen wir: Morgen 20 Uhr? Sonst sieht's für Alexander eher negativ aus.«

HEIKE

Heike stand nun schon seit zwei Minuten auf einem Bein und presste die Handflächen vor ihrer Brust gegeneinander. Sie merkte, dass sie nicht mehr lange durchhalten würde, und sah sich verstohlen um. Die anderen fünf Frauen standen erstaunlich ruhig vor ihren Yogamatten. Da klingelte ihr Handy. In der Tasche ihrer Yogahose. Sie bemerkte die Seitenblicke, und schon wurde sie von der Yogalehrerin Martina ermahnt.

»Ich hatte euch eigentlich gebeten, die Mobiltelefone in der Garderobe zu lassen. Wir brauchen absolute Ruhe.«

Heike wurde rot. »Ja, ich weiß, Entschuldigung. Aber Chloé ist heute nicht in der Schule, wegen eines Darminfekts … und da wollte ich für sie erreichbar sein.«

Martina runzelte die Stirn. »Wenn ihr Infektionskrankheiten in der Familie habt, wäre es mir lieber, ihr kämt so lange nicht zum Yoga.«

Alle anderen Frauen starrten Heike an.

»Also, ich fühle mich eigentlich kerngesund …«

»Ja, aber wir wissen ja alle, wie schnell so was umgeht. Doch von mir aus kannst du heute ausnahmsweise trotzdem bis zum Ende bleiben, Heike. Bring nur bitte das Mobiltelefon in die Garderobe und stell den Ton aus.«

Heike nickte gehorsam und durchquerte auf Zehenspitzen das Wohnzimmer von Kerstin Camberg. Es war ein langer Weg, denn der sparsam möblierte, ganz in Mauve und Taupe gehaltene Raum war mindestens zwanzig Meter lang. Ihr fiel wieder auf, wie geschmackvoll Architektur und Einrichtung des neuerbauten Hauses waren. Der mindestens vier Meter hohe Raum mit deckenhohen geöffneten Schiebefenstern vermittelte den Eindruck, als ginge er nahtlos in Terrasse und Garten über. Dort lag ein rechteckiger Natursteinpool, gesäumt von geschwungenen Dedon-Liegen und Kübeln mit exotischen Pflanzen. Auf dem matten Granitboden des Wohnzimmers standen vereinzelt große Windlichter aus schwarzem Kristallglas mit weißen brennenden Kerzen. Immerhin verpasste Heike auf diese Weise die letzten Lektionen. Kurz nachdem sie zurückgekommen war, rollten die Frauen auch schon ihre Matten ein und begannen zu plaudern. Diese wenigen Minuten des Austauschs waren der einzige Grund, weshalb Heike an dem Unterricht teilnahm. Den Übungen konnte sie nichts abgewinnen.

Caroline Kissel, eine superschlanke eins achtzig große Blondine mit langen glatten Haaren in einer pinkfarbenen Yogahose, hob ihre Hermès Birkin auf, holte einen Briefumschlag heraus und stopfte das Handtuch hinein.

Sie hielt den Umschlag hoch. »Habt ihr auch schon die Einladung bekommen? So was Abgefahrenes!«

Heike sah sie erstaunt an. Das hörte sich ja fast wie Claudia an und machte sie ihr nahezu sympathisch. Sie wusste von ihr bisher nur, dass ihr Mann Partner bei einem Private-Equit-Unternehmen war und sie regelmäßig fast die gesamte neu eingetroffene Kollektion der teuersten Kronberger Boutique zur Auswahl mit nach Hause nahm. Über ihre Zahlungsmoral kursierten allerdings allerlei unschöne Gerüchte.

Kerstin Camberg deutete nur wortlos auf eine Schale aus schwarzem Kristallglas, wo exakt der gleiche DIN-A5-Umschlag lag.

»Eine Geburtstagsparty unter dem Motto ROCKY HORROR PICTURE SHOW mit Kostümzwang! Das muss man sich mal vorstellen«, gickelte eine der anderen Frauen.

»Also ganz ehrlich: Das hätte ich Helmut Eichberg wirklich nicht zugetraut!«, meinte Caroline Kissel. Sie hatte die Einladung aufgeschlagen und hielt das Foto von Dr. Frank N. Furter in die Runde. »Könnt ihr euch Helmut mit Mieder, Strapsen und hochhackigen Schuhen vorstellen? Also, ich könnte mich ausschütten!«

»Tja, stille Wasser sind bekanntlich tief!«, meinte eine kleine stämmige Frau mit kurzen Haaren und knallrotem Lippenstift. Heike hatte über sie gehört, dass ihr Mann für den Vorstandsposten einer Großbank gehandelt wurde.

»Ihn kann ich mir noch eher in so einem Kostüm vorstellen als Beate«, fuhr Iris Sommer fort. »Geht sie dann etwa als Magenta oder Columbia? Mir kommt sie immer vor, als habe sie einen Stock verschluckt, mit ihren gedrillten Kindern, alle in Dunkelblau. Übrigens habe ich gehört, dass sie hundertfünfzig Gäste eingeladen haben. Vielleicht so eine Art ›Jetzt-erst-recht-Aktion‹, meint ihr nicht?«

Heike war angestrengt damit beschäftigt, die Contenance

zu wahren und mitzulachen. Denn sie war offenbar die Einzige, die nicht eingeladen worden war.

»Ehrlich gesagt, habe ich so meine Zweifel, ob – nach allem, was mit dem Eichbergsohn vorgefallen ist – überhaupt viele kommen werden. Ihr seid doch Nachbarn, Heike …«, sprach sie nun Kerstin Camberg direkt an, »… hast du schon gehört, ob es viele Absagen gibt?«

Heike zuckte mit den Schultern und log: »Also, die Einladungen sind ja erst vor ein paar Tagen rausgegangen. So schnell kommen da wahrscheinlich keine Zu- oder Absagen, oder? Bis wann sollte man noch mal antworten?«

Caroline Kissel sah auf den Einladungstext: »R.S.V.P. 30. September«, las sie vor. »Stimmt, da haben sich bisher nur die ganz Fixen gemeldet! Und was machen wir?«, fragte sie in die Runde. »Gehen wir hin?«

»Auf keinen Fall: An dem Abend findet ein Cellokonzert der Kronberg Academy in der Johanneskirche statt, ich verstehe gar nicht, wie Beate da eine Konkurrenzveranstaltung ansetzen konnte! Und außerdem hat diese Einladung schon einen Beigeschmack, findet ihr nicht?«, gab Kerstin Camberg zu bedenken.

Iris Sommer zog sich einen roten Pullover mit V-Ausschnitt über den Kopf und meinte: »Ach, sei doch nicht immer so defätistisch, Kerstin! Wahrscheinlich hat sie die Überschneidung mit dem Konzert übersehen. Kann ja mal vorkommen, bei den vielen Terminen, die man so hat. Ich habe allein drei Einladungen an dem Abend. Aber ehrlich gesagt: Nach all den verregneten Sommerfesten dieses Jahr – wie oft standen wir bei fünfzehn Grad unter einem tropfenden Sonnenschirm und bekamen Miniquiches mit Prosecco gereicht – hätte ich schon mal wieder Lust auf eine richtig gelungene Party. Da ist es mir egal, was der Eichbergsohn angestellt hat. Das Cellokonzert verspricht ohnehin nur gähnende Langeweile, und gerade der Beigeschmack, wie du es nennst, ist doch das Verlockende daran.«

»Soweit ich gehört habe«, schaltete sich jetzt die fünfte Frau ein, die die ganze Zeit geschwiegen hatte, »wurde Herkert mit dem Catering beauftragt, unter Taittinger tun sie's auch nicht, Beate hat eine Riesenband und einen super DJ, übrigens den Sohn von Sarkozy, bestellt, und ein Feuerwerk soll es auch noch geben.«

»Außerdem«, fuhr jetzt Iris Sommer fort: »Wer will sich denn die Gelegenheit entgehen lassen, die ganze Hautevolee Frankfurts und des Vordertaunus in Rocky-Horror-Kostümen zu sehen?«

Jetzt mussten alle kichern.

»Abgemacht, Mädels!«, rief Caroline Kissel vergnügt und warf die Einladung in ihre Tasche zurück. »Dann sehen wir uns das Ganze mal aus der Nähe an ...«

TOM

Die Besprechung in der Anwaltskanzlei im Financial District hatte sich länger hingezogen als erwartet. Nun wurde die Zeit knapp. Toms Limousine wartete schon vor dem Gebäude, und er bat den Fahrer, ihn in die 798, Lexington Avenue zu bringen. Der Fahrer schüttelte den Kopf, murmelte etwas über den Stau auf dem Weg zum JFK-Flughafen und gab zu bedenken, wie knapp die Zeit war. Aber Tom bestand auf dem Umweg. Nach vierzig Minuten hielt die Limousine vor einem Laden. AMERICAN KENNELS stand in großen gelben Leuchtlettern über dem Eingang. Tom stieg aus, ging auf das Schaufenster zu und sah in zwei schwarze Hundeaugen. Sie gehörten zu einem von mehreren Golden-Retriever-Welpen, die höchstens zehn Wochen alt sein konnten. Die Tiere rangen miteinander auf grellgrünem Kunstrasen. Der kleine Rüde, den Tom zuerst entdeckt hatte, war dunkler als die anderen. Als Tom näher trat und die Hand an das Fenster legte, sprang er an der Scheibe hoch und leckte sie mit seiner rosa Zunge ab. Tom sah ihn fasziniert an, als ihm sein Fahrer zurief, wie knapp die Zeit werde. Er beobachtete, wie der Welpe sich auf einen seiner Spielgefährten stürzte und ihn ganz klar dominierte. Wunderbar! Ein Alphatier. Sofort hatte er den Namen im Kopf: Easy. Wenn er mit dem Welpen nach Hause käme, schoss es Tom durch den Kopf, wäre er der Held bei seiner Familie ... und schließlich hatte doch in Königstein jeder einen Retriever. Er fragte den Chauffeur, wie viel Zeit er, nach Abzug jeglicher Toleranz, noch habe.

»None«, lautete die Antwort.

Trotzdem verschwand Tom in dem Laden und kehrte nach genau acht Minuten mit einer zappelnden Hundetragetasche zurück. Er sprang in den Fond der dunklen Limousine und stellte die Tasche, aus der ein jämmerliches Fiepen zu hören war, neben sich ab.

Sie kamen, wider Erwarten, rechtzeitig eine Stunde vor Abflug seiner Maschine am Flughafen an, und Tom marschierte mit seinem Alukoffer und der Tasche mit den Luftlöchern direkt zum Lufthansa-First-Class-Check-in. Dort stellte er den Koffer auf das Transportband, zückte seine Senatorcard, strahlte die junge Lufthansamitarbeiterin an und öffnete die Tragetasche.

»Ich hätte hier noch einen kleinen Begleiter, den ich aus einem New Yorker Schaufenster gerettet habe. Das ist doch sicher kein Problem, oder?«

Der Welpe steckte den Kopf heraus, schüttelte sich, so dass seine Schlappohren schlackerten, und setzte einen herzerweichenden Blick auf, als wisse er genau, um was es ging.

Die Bodenstewardess riss die Augen auf und fragte: »Kennen Sie denn nicht unsere Bedingungen für die Beförderung von Haustieren, Herr Stelzer? Wenn der Hund über acht Kilo wiegt, muss er in eine Transportbox und kommt in den Frachtraum des Flugzeuges. Sie haben hoffentlich alle erforderlichen Papiere?«

Tom lächelte noch breiter als zuvor, hielt ihr den Hund, der wie auf Knopfdruck anfing zu winseln, vor das Gesicht und sagte mit sanfter Stimme: »Ja, natürlich habe ich die Papiere. Der Hund ist geimpft, entwurmt und gechipt. Aber Sie können doch nicht allen Ernstes verlangen, dass dieses hilflose kleine Wesen zehn Stunden alleine in einer Box im Gepäckraum sitzt. Ich möchte einfach nicht glauben, dass Sie so herzlos sind, dafür sind Sie viel zu hübsch …«

Unerbittlich forderte ihn die pummelige junge Frau am Counter auf, den Hund auf die Waage zu setzen. »Er ist hundert Gramm zu schwer!«, sagte sie in gleichgültigem Ton.

Tom beugte sich zu ihr vor, bis sie nur noch fünf Zentimeter trennten. »Das glaube ich nicht! Sehen Sie noch mal nach! Ich habe First gebucht und bezahlt, und ich bin Senator!«

Ohne den Blick abzuwenden, insistierte sie: »Er ist zu schwer!«

Toms Halsschlagader pulsierte. »Sie aber auch!«

Das war die falsche Antwort, aber zu Toms Glück wurde die Rache der Frau durch eine Vorgesetzte, die zufällig hinzukam und sie sofort in ihre Schranken wies, vereitelt.

Wenig später streckte er sich auf seinem Sessel in der First Class aus, und zwei entzückte Stewardessen versicherten ihm, sich während des gesamten Fluges um Easy zu kümmern.

»Weißt du eigentlich, was du mir damit antust?« Heikes Stimme klang schrill.

Tom massierte seine Schläfen.

»Endlich sind die Kinder aus dem Gröbsten raus, da schleppst du mir, ohne zu fragen, einen Welpen an. Der ist doch noch nicht einmal stubenrein. Man kann ihn nicht allein lassen und auch nirgendwohin mitnehmen. Aus einem Schaufenster in New York gerettet … wenn ich das schon höre. Sag mal, hast du sie noch alle? Wenn schon, dann kauft man so was bei einem deutschen Züchter.«

Tom sah durch die Sprossenfenster nach draußen in den Garten, wo seine Kinder mit Easy herumtollten. Sie waren jedenfalls begeistert über sein Mitbringsel. »Tja ... und ich dachte, das Hündchen würde dir Spaß machen. Schließlich haben hier im Vordertaunus alle einen, wolltest du nicht unbedingt dazugehören?«

»Möglich, aber nicht auf die Art. Ich jedenfalls bin nicht bereit, jetzt wieder zu Hause zu sitzen und auf ihn aufzupassen!« Heike stampfte aus der Orangerie und knallte die Tür hinter sich zu.

Sofort steckte Frau Albrecht ihren Kopf herein. »Machen Sie sich keine Sorgen, Herr Stelzer. Bei meiner früheren Herrschaft gab es immer Hunde. Ich übernehme gerne seine Versorgung.«

Tom sah sie an und nickte dankbar. Dann kam ihm ein Gedanke: Hatte sie etwa an der Tür gelauscht?

SUSANNE UND WOLETZKI

Susanne streifte ihre Pumps ab, ließ sie auf den Boden fallen, stellte die Stereoanlage an und streckte sich zu den ersten Klängen von Amy Winehouses kehliger Stimme auf dem Sofa aus.

»Schon schade um sie, nicht wahr ... so ein Talent ... soll ich dir etwas zu trinken bringen, Sander?«, fragte Woletzki.

»Nein danke, im Moment nicht. Weißwein habe ich jedenfalls für heute genug getrunken. Der Fendant war gar nicht so übel, und es war eine absolut gelungene Vernissage. Ich glaube, du hast auch schon einiges verkauft, oder? Da waren ziemlich viele rote Punkte neben den Bildern ...«

Woletzki nickte, setzte sich zu ihr auf die Couch und begann, sanft ihren Fuß zu massieren. »Ja, fünf große Tafeln sind weggegangen und eine ganze Serie Zeichnungen. Aber Astrid Köppe ist auch eine tolle Künstlerin, und sie scheint den Trend zu treffen. Frau Dierksen aus Köln hat zwei der Emaille-Tafeln für ihre Sammlung gekauft. Und die hat einen guten Riecher.«

Susanne stöhnte voller Wonne, als Woletzki begann, ihren

anderen Fuß zu kneten. »Womit habe ich dich bloß verdient?«, seufzte sie.

»Das frage ich mich auch immer wieder ...«

Sie warf ein Kissen nach ihm, und er fing es mit einer Hand auf.

»... aber vielleicht liegt es daran, dass du das charmanteste, hübscheste und intelligenteste Wesen bist, das mir je begegnet ist«, säuselte er.

Daraufhin kroch sie auf seine Seite des Sofas und strich ihm durch die braunen, von vereinzelten grauen Strähnen durchzogenen Locken im Nacken. Dann schlang sie langsam die Arme um ihn, und sie küssten sich lange.

»Du bleibst doch heute Nacht hier, hoffe ich«, flüsterte Woletzki ihr ins Ohr.

»Vielleicht ... nur, wenn du Kaffee besorgt hast. Du weißt, wie dringend ich morgens einen starken Arabica brauche.«

»Oh, das habe ich vergessen, Frau Bechthold aufzuschreiben. Aber wir können doch zu Sprüngli zum Frühstück gehen, oder?«

Als das Telefon klingelte, machte er eine abwehrende Bewegung mit der Hand. Sie ließen es klingeln, bis der Anrufbeantworter ansprang.

»Wendelin, bist du zu Hause?«, hallte eine Frauenstimme aus dem Lautsprecher. Sie küssten sich weiter, aber Susanne schielte in Richtung Telefon. »Wendelin, geh doch bitte ran. Ich weiß, dass du da bist, in deiner Wohnung brennt Licht!«

Jetzt sprang Susanne auf und wollte zum Fenster laufen, aber Woletzki hielt ihre Hand fest. »Geh nicht. Das ist nur ein Bluff. Ich kenne diese Frau gar nicht.«

»Wie bitte? Das hört sich aber ganz anders an. Sie nennt dich beim Vornamen!«

»Ja, mag sein, aber egal, wie es sich anhört, trotzdem kenne ich sie nicht.«

Susanne riss sich von ihm los, ging zum Telefon und nahm ab. »Hallo?« Sie hörte nur noch das Freizeichen. »Sie hat einfach aufgelegt. Kommt dir das nicht seltsam vor?«

Woletzki verschränkte die Hände hinter dem Kopf und atmete hörbar ein. »Ja, das kommt mir seltsam vor, aber ich kann es trotzdem nicht ändern. Glaubst du mir etwa nicht?«

»Na ja, es fällt mir zugegebenermaßen schwer. Warum sollte denn eine wildfremde Frau um Mitternacht bei dir anrufen? Sie kennt deine Privatnummer, sagt nicht einmal ihren Namen, nennt dich beim Vornamen und sieht, dass bei dir Licht brennt.«

Woletzki klopfte mit der flachen Hand auf den leeren Platz neben sich. »Komm, setz dich wieder zu mir.«

»Nein danke.« Susanne trat ans Fenster und spähte an dem Gardinenschal aus weißem Leinen vorbei auf die mit altmodischen Gaslaternen beleuchtete Straße, konnte aber niemanden entdecken, außer einem Mann mit Hut, der seinen Hund ausführte. Sie drehte sich wieder um und sah Woletzki herausfordernd an.

»Sie hat schon öfter angerufen, stimmt's?«

Woletzki zog seinen violetten Pullover aus. Dann nickte er. »Ja, stimmt!«

»Und was will sie von dir, wo du sie doch angeblich nicht kennst?«

»Das ist unterschiedlich ...«

»Ja, ich höre dir zu ...«

»Einmal wollte sie sich mit mir in einem Café treffen. Dann fragte sie, ob ich in ein bestimmtes Modegeschäft komme, weil sie gerade nicht genug Geld dabeihat ...«

Susanne öffnete den Mund und ließ sich auf den Sessel gegenüber von ihm fallen. »Das kann doch nicht wahr sein. Also kennst du sie doch! Und du machst das alles mit? Hast du etwa mit ihr geschlafen?«

»Bist du verrückt?« Woletzki sprang auf, lief durch das Zimmer und stellte die Musik ab. Die Stille wirkte bedrückend. »Ich habe ihr nur einmal Geld gegeben, weil sie in dieser Boutique in einer unangenehmen Situation war. Sie tat mir leid. Und außerdem ...« Er blieb vor dem Scherbenbild von

Julian Schnabel, das einen Polospieler zeigte, stehen und drehte sich langsam um.

»Ja?« Susanne sah ihn aus ihren grünen Augen starr an. »… ist sie die Stiefschwester von Fabienne, meiner verstorbenen Frau.«

GERTRUD

In der Nacht hatte Gertrud Lemberg kaum Ruhe gefunden. Horst hatte unzählige Male die Toilette aufgesucht und sie jedes Mal geweckt, weil er nicht zurück ins Schlafzimmer fand. Er rief nicht ihren Namen, sondern setzte sich auf die Treppe oder auf den Boden und jaulte. Dieses Jaulen verfolgte sie in ihren Träumen, wenn sie endlich wieder einschlief. Sie konnte manchmal nicht mehr unterscheiden, ob der Wolf heulte, der sie gerade in ihrem Traum durch den Wald gehetzt hatte, oder ob Horst schon wieder im Haus herumirrte.

Am nächsten Morgen erwachte sie ausgezehrt und müde aus einem unruhigen Dämmerschlaf. Sie sah zu Horsts Seite ihres Ehebetts. Sie war leer. Dann nahm sie ihren kleinen schwarzen Wecker vom Nachttisch und ließ ihn vor Schreck fast fallen: schon 9 Uhr. Jetzt war es passiert! Sie hatte zum ersten Mal in ihrem Leben verschlafen. Gertrud schlug die Decke zurück, sprang aus dem Bett, schlüpfte in ihre Pantoffeln und rannte ins Bad. Nein, sie würde die Pfützen jetzt nicht aufwischen. Der Geruch war so beißend, dass sie sich die Nase zuhalten musste. Erst als sie in die Küche kam, fiel ihr ein, dass heute Sonntag war. Erleichtert ließ sie sich auf einen Stuhl mit abgewetztem, graumeliertem Plastikbezug sinken. So kam sie wenigstens noch rechtzeitig zum Gottesdienst, dachte sie. Sie stellte den Ofen an und legte Aufbackbrötchen aus dem Gefrierschrank hinein. Nachdem sie Horst sein Frühstück in den Keller gebracht und hinter sich abgeschlossen hatte, trug sie vor dem Garderobenspiegel roten Lippenstift auf und verließ das Haus.

Schon als sie die kleine neugotische Kirche durch das schwere Eichenportal betrat und das Glockengeläut hörte, fühlte sie sich besser. Sie schritt mit hocherhobenem Kopf durch den Mittelgang zwischen den bereits gut besetzten Bänken hindurch und grüßte nach links und rechts in die Reihen. Es war der Sonntag, an dem die Eltern der Konfirmanden zu einem Pflichtbesuch mit anschließendem Brunch im Gemeindezentrum gebeten worden waren. Gertrud kannte jeden hier, wurde, wie sie glaubte, geachtet und respektiert. Sie setzte sich an ihren angestammten Platz in der ersten Reihe vor die Konfirmanden und wurde von Pfarrer Stein persönlich mit einem langen Händedruck begrüßt. Voller Inbrunst sprach sie die Gebete mit, sang mit lauter Stimme die Kirchenlieder und vergaß alles Elend, das sie zu Hause zurückgelassen hatte.

Der Höhepunkt des Gottesdienstes kam, als sie vor den Altar treten durfte, denn sie hatte für den heutigen Tag eine Fürbitte vorbereitet. Sie holte tief Luft, sah auf ihren Zettel, dann einige Zeit in die Gesichter der Gemeindemitglieder und genoss den Augenblick, als jeder in der Kirche ihr seine volle Aufmerksamkeit entgegenbrachte. Mit fester, lauter Stimme hob sie an: »Ich bitte für Jonas Conzen und seine Familie. Ein kleiner Junge, der auf grausame und verabscheuungswürdige Art hinterrücks von seinen eigenen Schulkameraden überfallen und krankenhausreif geschlagen wurde. Herr erbarme dich!«

Die Orgel stimmte die liturgisch vorgesehene Melodie an, und die Gemeindemitglieder sangen dreimal die Zeile mit: »Herr erbarme dich.«

Gertrud Lemberg machte eine bedeutungsvolle Pause, sah die Gottesdienstbesucher wieder einzeln durch ihre von den dicken Brillengläsern vergrößerten Augen an und fuhr dann fort: »Und ich bitte für die Täter und ihre Familien. Für Alexander Eichberg und für Arthur Elten. Zwei arme, verirrte Kinderseelen, die durch falsche Vorbilder und fehlgeleitete Erziehung zu Sündern wurden. Herr erbarme dich!«

Ein Raunen ging durch die Reihen. Zwei Paare standen abrupt auf. Gertrud warf ihnen einen strengen Blick zu und erkannte, dass es sich bei einer der Frauen um die Schwester von Beate Eichberg handelte. Die vier drängten sich an den übrigen Besuchern in den Bänken vorbei und verließen demonstrativ die Kirche. Der Organist stimmte dessen ungeachtet die Melodie an, und die verbliebenen Gemeindemitglieder sangen mit. Die Stimmen klangen leiser und zögerlicher als zuvor, so dass Gertruds Alt noch deutlicher den Ton angab. Als die Gemeinde verstummte, blieb sie noch einen langen Moment stehen. Das Murmeln und Raunen hatte wieder eingesetzt. Dann ging sie ganz langsam zu ihrem Platz zurück und setzte sich.

CLAUDIA

Sie schob ihren Einkaufswagen durch den Supermarkt und erwog kurz, die Ständer mit den Sonderangeboten in Augenschein zu nehmen. Nein, dachte sie, so tief bin ich noch nicht gesunken: Ich werde mir keine Unterwäsche bei Aldi kaufen ... oder? Sie kam näher, sah auf das Display über dem Wühltisch und nahm abschätzig eine der Pappschachteln in die Hand: Slip und BH für 6 Euro 95. Immerhin reine Baumwolle! Ach, warum nicht, dachte sie, fürs Büro ist das allemal gut genug ... und warf zwei der Schachteln in ihren Einkaufswagen, legte aber sofort eine Packung Toilettenpapier darauf.

Und prompt kam ihr vor dem Kühlregal die Mutter eines Klassenkameraden von Lorenz entgegen. Die Jungs hatten sich schon öfter verabredet, und die Mutter war Claudia nicht unsympathisch, jedenfalls war sie interessanter gestylt als so manche andere Taunusbewohnerin. Nicht dieser langweilige Timberland- und Barbour-Typ. Claudia blieb stehen, grüßte und wollte ein Gespräch beginnen, aber Frau Lehmann sah sie nur kurz an und ging an ihr vorbei, als sei sie Luft. Ohne einen Gruß, ohne ein Zeichen des Erkennens. Mit offenem Mund stand Claudia einen Moment lang da, besann sich aber und schob mit rotem Kopf ihren Einkaufswagen weiter in Richtung Ausgang. Sie konnte sich nicht mehr daran erinnern, was sie noch einkaufen wollte. Wahllos legte sie im Vorbeigehen ein paar Packungen Räucherlachs, Eier und Tomaten in den Wagen und stellte sich an der Kasse an.

Nachdem sie die Einkäufe im Kofferraum ihres Voyagers verstaut hatte, stieg sie ein, startete den Motor, und augenblicklich schossen ihr Tränen in die Augen. Mit verschleiertem Blick bog sie an der Kreuzung vom Parkplatz auf die Frankfurter Straße ab. Was war bloß los mit ihrem Leben? Warum lief bei ihr in den letzten Jahren alles, aber auch alles schief? Ihr Mobiltelefon klingelte, und sie begann, in ihrer Handtasche auf dem Beifahrersitz mit einer Hand danach zu suchen. Sie schniefte und schluchzte, fand ihr Handy schließlich und sah kurz auf das Display: Die angezeigte Mobilnummer kannte sie nicht. Trotzdem nahm sie den Anruf entgegen: »Neumann-Elten.«

»Hier spricht Nicolas de Haan. Wie geht es der heißesten aller Königsteiner Muttis?«

Claudia schluckte und versuchte ihrer Stimme nicht anmerken zu lassen, dass sie gerade geweint hatte.

»Oh Nicolas, hi ... ich habe, ehrlich gesagt, nicht damit gerechnet, dass du dich noch mal meldest.«

»Also hör mal, für was hältst du mich?«

»Nein ... ist ja auch egal. Wie geht es dir?«

»Pass auf! Ich mach mich gleich auf den Weg nach Frankfurt, ins Westend genauer gesagt, in die Altkönigstraße. Seh mir da eine Wohnung an und dachte, du hast vielleicht Zeit und Lust, mich zu begleiten.«

Claudia wollte gerade nach links in die Herrnwaldstraße einbiegen und musste sich auf den Gegenverkehr konzentrieren. »Wieso besichtigst du denn Wohnungen?«, fragte sie neugierig. »Ihr habt doch ein Haus im Dichterviertel, soweit ich gehört habe.«

»Ja, schon … das erkläre ich dir später. Also, wie ist es – kommst du mit?«

Claudia wusste nicht, was sie von diesem Angebot halten sollte. Sie sah auf die Uhr auf ihrem Armaturenbrett: Es war jetzt 16 Uhr. Eigentlich müsste sie mal zu Hause nach den Kindern sehen, und sie hatte sich Akten mitgenommen, die sie bis morgen durcharbeiten wollte. Aber andererseits hatten Arthur und Lorenz sowieso Tennis- und Hockeytraining, die Akten konnten noch warten, und vielleicht würde sie ein Ausflug ins Westend auf andere Gedanken bringen. »Okay, ich muss nur noch meine Einkäufe ausladen. Holst du mich ab?«

»Na, wer sagt's denn. Ich bin um halb fünf bei dir.«

Claudia bog in die Einfahrt der Villa ein und parkte ihren Wagen rückwärts, so dass er mit dem Heck direkt vor der Eingangstür zu ihrem Treppenhaus stand. Sie ließ den Kofferraum offen stehen und schleppte die Einkaufstaschen die Treppen hoch. Wie immer hörte sie schon auf der Treppe Julias vollaufgedrehte Bässe hämmern. Sie stieg über Jacken und Schultaschen im Flur und rief die Namen der Kinder, bekam aber keine Antwort. Nachdem sie die Einkaufstaschen in der Küche abgestellt hatte, sah sie in den Kinderzimmern nach. Lorenz und Arthur hatten die dunkelgrünen Vorhänge zugezogen und saßen gemeinsam vor dem Bildschirm der Xbox. Sie fuhren ein virtuelles Autorennen durch die Straßen Monte Carlos. Wenigstens kein Ballerspiel, dachte Claudia, ein wenig erleichtert. Sie sammelte die Schüsseln mit Cornflakes-Resten ein, hob leere Chipstüten vom Boden auf, und erst jetzt wurde sie von ihren Söhnen wahrgenommen. Sie wendeten ihre Augen keinen Moment vom Bildschirm ab, während sie ihre Mutter grüßten.

»Müsst ihr nicht zum Training?«, fragte Claudia mit einem Blick auf die Uhr.

»Nee, erst um fünf!«, lautete die Antwort.

»Hast du eingekauft, Mama?«, fragte Lorenz.

»Ja, ihr könntet mir beim Auspacken helfen.«

»Okay … gleich … hast du auch Tiefkühlpizza mitgebracht?«

»Nein, hab ich nicht. Es muss endlich mal wieder Schluss sein mit diesem Fast Food. Ihr könnt heute Abend Rührei und Salat essen. Und übrigens weiß ich, was euer *gleich* heißt: Du kannst mich mal!« Sie drückte unvermittelt auf die Aus-Taste der Spielkonsole, zog das Netzkabel ab und wickelte es zusammen.

»Mann, Mama, spinnst du! Wir haben gar nicht gespeichert!«

Ohne auf den Protest der beiden zu achten, ging Claudia weiter zu Julias Zimmer und öffnete die Tür. Aber Julia war nicht da, obwohl ihr iPhone auf dem Receiver steckte und die Musik lief. Claudia stellte sie aus, ging zurück in die Küche und rief im Vorbeigehen in Lorenz' Zimmer: »Wisst ihr, wo Julia steckt?«

»Die ist weggegangen!«

»Und wohin?«

»Hat sie nicht gesagt.«

»Na toll!« Claudia seufzte, machte sich daran, die Taschen auszupacken und die Lebensmittel in den Kühlschrank zu räumen. Die Küche sah wieder einigermaßen ordentlich aus, nachdem Agata aufgeräumt und geputzt hatte und die Spülmaschine repariert worden war. Da hörte Claudia schon eine Autohupe in der Einfahrt. Konnte Nicolas eigentlich nicht aussteigen und klingeln? Nun würde Heike unweigerlich von ihrer Verabredung erfahren. Aber sie war selbst schuld, dachte sie. Warum musste sie sich auch von ihm abholen lassen? Hastig warf sie die restlichen Packungen in die Kühlschrankfächer. Die halbvollen Einkaufstaschen ließ sie stehen, hoffte, dass darin nichts allzu Verderbliches war, und rannte zum Fenster.

Nicolas de Haan war ausgestiegen. Aber zu Claudias Erleichterung machte er keine Anstalten, zu ihr hinaufzukommen – er telefonierte, lief dabei im enggeschnittenen schwarzen Anzug mit rosakariertem Hemd vor der Villa auf und ab und winkte ihr lässig zu. Mein Gott, dachte sie, wie kann jemand nur so gut aussehen? Claudia rannte ins Bad und versprühte eine ordentliche Prise Narciso Rodriguez über ihren gesamten Körper.

»Warum hast du denn Hosen an?«, fragte Nicolas statt einer Begrüßung.

»Vielleicht, weil es kalt ist?«, antwortete Claudia.

»Merk dir bitte, dass ich dich in Kleidern oder Röcken sehen will … am liebsten ohne Höschen!«

Claudia sah ihn von der Seite an. Er verzog keine Miene. »Du wolltest mir noch erklären, warum du dir eine Wohnung im Westend ansiehst«, wechselte sie das Thema.

Sein Mundwinkel zuckte leicht. »Ich dachte, du wolltest unbedingt wieder zurück nach Frankfurt ziehen?«

»Ja, schon, trotzdem verstehe ich nicht …«

»Warte doch einfach mal ab.«

Eine halbe Stunde später parkte Nicolas den Wagen in der Tiefgarage seiner Firma, und sie gingen um die Ecke, zur Altkönigstraße. Vor einem renovierungsbedürftigen Stilaltbau blieb Nicolas stehen, holte einen Schlüssel aus der Tasche seines Jacketts und schloss die doppelflügelige Haustür auf.

»Woher hast du den?«, fragte Claudia.

»Von einem Bekannten, mehr verrate ich noch nicht …«

Die Treppe war mit gelblichem Laminat beklebt, die Wände in einem schmutzigen Braunton gestrichen, aber das Treppengeländer schien original zu sein, mit einem angenehm glatten Handlauf aus Nussbaum. Sie stiegen in den vierten Stock hinauf.

»Gibt's keinen Aufzug?«, murrte Claudia.

»Soll das ein Witz sein?«, war Nicolas' Antwort.

In der vierten Etage änderte sich plötzlich das Bild: Eine moderne Wand aus Teakholz, durchsetzt mit Milchglasscheiben, diente als Wohnungsabschluss. Sie schien ganz neu zu sein, denn das Holz duftete noch sehr intensiv. Nicolas schloss die Wohnungstür auf, trat zur Seite und machte eine ausladende Geste mit der Hand. Claudia sah sich um: ein Altbauflur, von dem eine Betontreppe ohne Geländer nach oben führte. Auf ihren fragenden Blick hin grinste Nicolas verschmitzt. »Nur zu, fühl dich wie zu Hause!«

Sie konnte nicht anders und stieg als Erstes die Treppe hoch. Oben angekommen, stockte ihr der Atem. Ein riesiger verglaster Raum, mit geseiftem, fast weißem Dielenboden führte auf eine Dachterrasse. Diese war mit Holzbohlen, Bambuskübeln und einem weißgepolsterten Daybed ausgestattet. Der Blick ging über die Dächer des Westends und die Frankfurter Skyline. Claudia ging wieder hinein, öffnete eine Tür und stand in einem Bad mit hellen Natursteinplatten und Philippe-Starck-Badewanne. Sie brachte nur ein »Wow« hervor, was Nicolas offenbar zufrieden stimmte. Dann stiegen sie hintereinander wieder nach unten. Dort gab es vier weitere Räume, alle mit den gleichen weißen Holzdielen ausgestattet, noch ein schlicht weiß gefliestes Duschbad und eine geräumige Küche. Sie war mit Einbauten versehen, die die Handschrift eines talentierten Schreiners trugen, ebenfalls aus dem Teakholz, das so wunderbar roch.

Claudia öffnete zwei Unterschränke und drehte sich zu Nicolas um, der ihr durch alle Räume gefolgt war. »Das sind ja zwei Spülmaschinen nebeneinander!«

Nicolas verschränkte die Arme und grinste. »Nein, es sind drei. Rechts daneben ist noch eine.«

Claudia schüttelte den Kopf. »Und was soll das?«

»Das war meine Idee. Warum soll man das Geschirr immer wieder aus der Spülmaschine in die Schränke räumen und umgekehrt? Völlig überflüssige Handgriffe! Stattdessen wird das Geschirr in der Spülmaschine aufbewahrt. Wenn es schmutzig ist, stellt man sie an, fertig!«

»Gar nicht mal so übel …«, murmelte Claudia.

»Von wegen – die Erfindung ist genial!«

»Jedenfalls ist die Wohnung ein Traum! Hier würde ich sofort einziehen, wenn ich es mir leisten könnte. Also, was ist, klärst du mich jetzt endlich auf?«

Nicolas setzte sich im Schneidersitz mitten in der Küche auf den Boden und streckte die Hand nach ihr aus, woraufhin sie es ihm gleichtat.

»Pass auf: Ein Bekannter von mir hat das ganze Haus gekauft … Steuersparmodell, Geldanlage, günstige Gelegenheit, so was in der Art. Jedenfalls war nur diese eine Wohnung frei, die anderen sind alle auf ewig vermietet. Müsste man entmieten, langes Verfahren, hohe Gerichts- und Anwaltskosten oder hohe Vergleichszahlung – er hat's jedenfalls gelassen. Also hat er nur diese Wohnung hier entkernt, aufgestockt … nicht schlecht, oder?«

Claudia nickte. »Okay, und was haben du und ich damit zu tun? Du weißt, dass ich nicht das Geld habe …«

Er legte ihr den Finger auf den Mund. »Du brauchst gar nicht weiterzusprechen: Ich werde diese Wohnung mieten, voraussichtlich brauche ich nur die Adresse für eine Firma und einen Raum, aber das würde jetzt zu weit führen, und du kannst hier einziehen. Wenn es sein muss, auch mit den Kindern.« Nicolas strahlte, und Claudia musste wieder zugeben, dass er einfach unwiderstehlich aussah.

Es fiel ihr schwer, aber sie sah ihn mit unbewegtem Gesicht an. »Klingt super, und wo ist der Haken? Nachdem wir einmal miteinander gevögelt haben, willst du mir eine Top-Wohnung finanzieren? Also irgendetwas stimmt da nicht …«

Jetzt stand Nicolas auf, ging zum Kühlschrank und öffnete die Tür. Darin lagen, wie Claudia auf den ersten Blick überschlug, ungefähr zwanzig Flaschen Champagner ihrer Lieblingsmarke: Louis Roederer. Woher wusste er das, oder war es Zufall? Die hellgoldenen Kapseln blitzten im Licht der gelben Kühlschrankbeleuchtung. Nicolas nahm eine Flasche heraus, holte zwei Sektflöten aus einer der Spülmaschinen und ließ den Korken knallen. Sie stießen an, die Gläser klirrten, und beide tranken ihr Glas hastig in einem Zug leer. Er schenkte nach, und sie sah ihm erwartungsvoll in die Augen.

»Ich habe noch nie eine Frau getroffen, die mich auf den ersten Blick so angetörnt hat«, raunte er in ihr Ohr und begann sie zu küssen. Claudia konnte nicht anders und erwiderte gierig seinen langen Zungenkuss. Er stellte sein Glas ab, und schon waren seine Hände wieder überall auf ihrem Körper. Mit dem Finger fuhr er das V ihres Ausschnitts nach. »Zieh dich aus«, sagte er ruhig. »Zieh dich einfach aus …«, wiederholte er leise. »Oh mein Gott«, stöhnte er einen Moment später, als Claudia ihre Bluse und Hose ausgezogen und hinter sich geworfen hatte.

Sie trug nur noch einen dunkelblauen Spitzen-BH mit dem passenden Tanga und dachte: Oh mein Gott, ich danke dir, dass ich nicht die Aldi-Unterwäsche anhabe!

BEATE

Beate gab Emily und Kim einen Gutenachtkuss und stand auf. Im Türrahmen blieb sie einen Moment stehen und sah auf die zarten Mädchengesichter und die kleinen unschuldigen Hände, dann ging sie die Galerie im ersten Stock entlang und warf einen Blick in die übrigen Kinderzimmer. Zoey lag im Bett und las mit ihrem typischen ernsten Gesichtsausdruck. Alexanders Zimmer war leer, aber mit Befriedigung hörte Beate aus dem Musikzimmer im Erdgeschoss die Klänge eines leidlich gut gespielten Cellos. Sie ging hinunter, öffnete die Tür nur einen Spalt weit und betrachtete Alexander, der hochkonzentriert auf die Noten vor sich starrte und mit dem Bogen über die Saiten schrammte. Die kratzigen Töne waren fast schmerzhaft. Wie sie dieses Kind liebte. Eine warme Welle der Fürsorge stieg in ihr auf, und ihr wurde bewusst, dass sie bereit war, wie eine Löwenmutter um seine Zukunft zu kämpfen.

Beate hatte schon seit 19 Uhr alle fünf Minuten auf die Uhr

gesehen und sich gefragt, ob Lea pünktlich anrufen würde. Um 19 Uhr 50 zog sie ihre Barbourjacke an und teilte ihrer Mutter mit, sie müsse noch einmal mit dem Hund raus. Die sah sie erstaunt an, denn normalerweise ließ sie Spencer um diese Zeit nur noch in den Garten. Etwas anderes tat Beate auch nicht, als sie mit dem cremefarbenen Labrador auf ihrem Grundstück verschwand. Sie ging an der dunklen Schwimmhalle vorbei und weiter zwischen den alten Fichten hindurch in ihren Wald, wie sie es nannte. Hier konnte sie wenigstens sicher sein, dass sie niemand belauschte. Beate setzte sich auf einen Baumstumpf und ließ Spencer nach Mäusen graben. Sie sah nervös auf das Display ihres Telefons und vergewisserte sich, dass der Empfang gut genug war.

Um Punkt 20 Uhr klingelte es, das Display zeigte »Unbekannter Anrufer«. Sie nahm ab: »Beate Eichberg?«

»Hier spricht Lea«, sagte das Mädchen am anderen Ende. »Und … haben Sie es sich überlegt? Soll ich für Ihren Sohn aussagen?«

Beate hatte in den letzten Tagen an kaum etwas anderes denken können, trotzdem zögerte sie jetzt. Sie wollte Lea so wenig wie möglich in ihren Plan einweihen, denn einer zehnjährigen Erpresserin konnte man wohl kaum trauen. »Ja, habe ich«, antwortete sie nach einer Weile. »Weißt du, Lea, es ist Folgendes. Jonas hat ja gar nicht gesehen, wer ihn verprügelt hat. Alexander war es jedenfalls nicht«, beeilte sie sich anzufügen, »wie du ja schon selbst vermutet hast. Und ein Strafverfahren hat Alexander natürlich auch nicht zu befürchten, aufgrund seines Alters. Deshalb musst du auch nicht für ihn aussagen, wie du es nennst.«

»Ach so …« Lea schien enttäuscht zu sein.

»Aber du könntest mir vielleicht behilflich sein, seinen Ruf hier in Königstein wieder ein wenig aufzupolieren …«

»Ja … und was genau soll ich tun?«

»Nun, fürs Erste könntest du die Aufmerksamkeit auf andere lenken, zum Beispiel auf diesen Arthur Elten. Du weißt schon, euer Klassenkamerad, der mit auf dem Schulweg war und auch verdächtigt wird.«

»Und wie soll ich das machen?«

»Also, es sollte einfach jeder wissen, dass er Jonas allein verprügelt hat. Erwähne es immer wieder, bei jeder Gelegenheit, die sich bietet. Und dann wird sich mit Sicherheit immer mal ein Anlass finden ... zum Beispiel, wenn er mit jemandem zusammenstößt, jemanden schubst, ihm ein Schimpfwort herausrutscht oder so etwas, dann spiel es hoch und erzähle es in der Schule und überall in Königstein herum. Oder ... reize ihn doch mal ein wenig ...«

Es herrschte einen Moment lang Stille. »Ich weiß nicht, ist das nicht ein bisschen gemein, ich meine, das ist ja was anderes, als jemandem aus der Patsche zu helfen, so wie ich es Ihnen angeboten habe.«

Beate horchte auf. »Na ja, es müssen ja nicht so ganz schlimme Dinge sein. Es geht nur darum, dass nicht mehr so viel über Alexander gesprochen wird. Bei diesem Arthur ist das doch nicht so wichtig, der wird kaum vorhaben, auf die St.-Andreas-Schule zu wechseln. Obwohl, ich glaube, seine Schwester ist sogar auf St. Maria. Na ja, egal, jedenfalls ist das keine alteingesessene Königsteiner Familie, die einen Ruf zu verlieren hat. Also, was ist, machst du nun mit oder kneifst du?« Als von Lea keine Reaktion kam, legte Beate nach: »Wir haben ja noch gar nicht über deine Belohnung gesprochen.« Das Wort »Bezahlung« mied sie ganz bewusst. »Was hast du dir denn vorgestellt?«

»Ein iPhone 4GS, und Sie übernehmen für zwei Jahre alle Kosten im Tarif Complete Mobile M«, kam es wie aus der Pistole geschossen.

Ein ganz schön unverschämter Wunsch für ein zehnjähriges Mädchen, dachte Beate, und antwortete: »Einverstanden. Aber du musst vorleisten. Ich gebe dir zwei Wochen, dann möchte ich nur noch Negatives über Arthur und entweder gar nichts oder nur Positives über Alexander hören.«

»Und wie kann ich sicher sein, dass ich dann auch das iPhone von Ihnen kriege?«

»Darauf gebe ich dir mein Wort!«

Lea schien zu überlegen. Eine Weile war von ihr nichts zu hören, und Beate befürchtete schon, sie habe aufgelegt. »Na gut. Ich mache es.«

»Ich weiß, dass du das kannst, Lea, also ruf mich spätestens heute in zwei Wochen an, zur gleichen Zeit, ja?«

»Okay, tschüs!«

Beate atmete erleichtert auf und steckte ihr Handy in die Jackentasche. Ihr Plan war zwar noch nicht fertig ausgeführt, aber zumindest war es ihr gelungen, den Spieß umzudrehen und das Spiel nach ihren Regeln zu spielen. Man würde sehen, wie brauchbar das Mädchen wirklich für ihre Zwecke war. Sie sah sich nach Spencer um. Es war inzwischen schon dämmrig, und zwischen den Bäumen konnte man nicht mehr viel erkennen. Sie fröstelte und versuchte sich ein wenig Wärme in die Oberarme zu reiben.

»Speeencer!«, rief sie und pfiff durch zwei Finger. Unschlüssig blieb sie einige Minuten stehen. Dann machte sie sich auf den Weg zurück zu ihrem Haus. Als sie am Grundstück der Stelzers vorbeikam, meinte sie, in deren Garten ein Licht aufflackern zu sehen. Als Beate genauer hinschaute, bemerkte sie eine Gestalt, die direkt am Zaun hinter einem der kleineren Rhododendren stand. Jetzt konnte sie auch erkennen, woher das Licht kam, es war ein Handydisplay. Ganz langsam duckte sich Beate hinter die schwarze Limousine ihres Mannes, die inzwischen auf dem Vorplatz stand. Sie sah vorsichtig durch die Scheiben hindurch. Von der Statur her musste es eine Frau sein, so viel konnte sie in der Dämmerung noch erkennen. Und sie sah nicht zu ihr herüber, sondern in Richtung der Stelzervilla. Völlig unbeweglich stand sie dort. Nur das Handydisplay leuchtete noch ein paarmal auf. Beate sah auf die Uhr: Viertel vor neun.

Für Helmut hatte der Arbeitstag heute außergewöhnlich früh geendet. Beate wusste nicht, ob sie sich darüber freuen sollte. Auf keinen Fall durfte er etwas von ihrem Plan mit dem Mädchen erfahren. Als sie die Tür aufschloss, sah sie Spencer auf seinem Kissen vor der Treppe liegen. Er war bereits im Halbschlaf. »Du untreue Seele!«, versetzte Beate.

Sie ging in das Arbeitszimmer und holte die Unterlagen für die Geburtstagsparty aus einem Hängeregister. Dann begrüßte sie Helmut in der Küche mit einem Kuss auf die Wange, als er sich gerade ein großes Stück luftgetrockneter Salami in den Mund stecken wollte.

»Kinder schon im Bett?«

Beate nickte.

»Deine Mutter auch?«

»Ich nehme an, dass sie im Gästezimmer fernsieht. Heute kommt ›Bauer sucht Frau‹, das verpasst sie doch nie. Soll ich dir etwas Kartoffelgratin vom Mittagessen aufwärmen?«

Helmut verzog das Gesicht. »Nein danke! Du weißt doch: Montignac! Außerdem war ich heute Mittag schon im Opéra. Übrigens habe ich mit Till Berger geluncht. Er wird jetzt ganz heiß für den Finanzvorstandsposten gehandelt. Hätte ich ihm gar nicht zugetraut!«

»Und ich dachte, der Sommer kriegt den Job. Iris läuft jedenfalls schon seit einiger Zeit mit so hocherhobener Nase durch Königstein, dass es fast reinregnet.«

»Hm, Sommer wird es ganz sicher nicht. Aber sollen sie es ruhig noch eine Weile glauben.« Er lachte auf.

Beate setzte sich an den Shaker-Küchentisch und strich mit ihren langen dünnen Fingern über die Unterlagen. »Besonders viele Zusagen habe ich noch nicht für deine Party, gerade mal zehn. Aber ich nehme an, dass die meisten dic Frist ausreizen, das machen wir ja auch immer so.«

Helmut steckte sich eine Scheibe Serrano-Schinken in den Mund. Dann schlenderte er gemächlich zu seinem Weinregal im Vorratsraum und kam mit einer Flasche Mouton Cadet zurück. »Ich glaube, den Achtundneunziger könnte man mal öffnen. Trinkst du ein Glas mit?«

Beate sah es mit gemischten Gefühlen, wenn Helmut abends eine Flasche Bordeaux öffnete. Immer öfter blieb es nicht nur bei der einen. Doch es hatte für sie, wie sie fand, den unbestreitbaren Vorteil, dass er nach dem Genuss von eineinhalb Flaschen sofort einschlief und keinen Sex mehr einforderte. »Na ja, Montignac würde sich zwar im Grabe umdrehen, aber von mir aus. Schade, man hätte ihn eigentlich früher öffnen müssen.«

»Jeder Mensch braucht ein Laster, Montignac hin oder her ... und was die Party angeht: Die Leute werden schon kommen. So was hat's hier noch nicht gegeben. Und außerdem ist es letztlich ein Charity-Event mit dem Spendenaufruf für die Krebshilfe statt Geschenken. Das ist doch immer ein guter Vorwand, ohne schlechtes Gewissen ausschweifend zu feiern. Hat dieser DJ, dieser Sarkozy-Sohn, eigentlich zugesagt?« Er entkorkte den Wein und begann, ihn ganz langsam in eine Kristallkaraffe, die ihm Beate hingestellt hatte, zu dekantieren.

»Ja, hat er, ist allerdings auch schon ziemlich abgehoben, was dieser junge Mensch für eine Gage verlangt. Der ist schließlich erst sechsundzwanzig. Dann die Band, das Feuerwerk, da kommt ganz schön was zusammen. Und schließlich diese Schnapsidee ... oder sollte ich besser sagen: Rotweinidee mit dem Dresscode. Aber du wolltest es ja so.«

Helmut goss die zwei bauchigen Gläser halbvoll, und sie stießen an. Der Klang des Kristalls hallte durch die große Küche. »Man wird nur einmal im Leben fünfzig. Und ich glaube, ich habe mir mal ein richtig hysterisches Fest verdient.« Damit setzte er das Glas an und nahm einen großen Schluck, den er lange zwischen Gaumen und Zunge hin und her spülte.

»Etwas anderes, Helmut: Hast du dich endlich mit dem Kircheneintritt befasst? Du weißt doch, dass es nicht ausreicht, wenn nur ich drin bin. Alexander wird keine Chance bei der St.-Andreas-Schule haben, wenn du nicht Mitglied der Kirche bist.«

Helmut stieß einen tiefen Seufzer aus und trank sein Glas fast leer. Er strich sich über seine kurz geschorenen grauen Haare, faltete die Hände und betete gespielt theatralisch: »Oh Herr, warum stellst du mich nur so auf die Probe: Neun Prozent Kirchensteuer! Damit finanziere ich das gesamte Jahresgehalt des Pfarrers. Können unsere Kinder nicht einfach aufs Feldberggymnasium gehen? Das ist doch auch nicht schlecht.«

»Kommt überhaupt nicht in Frage, und du weißt das. Bei meinen Eltern wurde die Kirchensteuer überhaupt nie thematisiert. Das war wie der Mitgliedsbeitrag in einem exklusiven Club. Man zahlte, nutzte dafür die Infrastruktur und schwieg ... vornehm. Aber tröste dich, sobald Emily in St. Maria untergebracht ist, kannst du sofort wieder austreten. Dann kräht kein Hahn mehr danach.«

Helmut lachte auf. »Das Ganze kommt mir, mit Verlaub, ein ganz klein wenig verlogen vor.«

HEIKE, CLAUDIA UND SUSANNE

»Gute Idee, mal ins Heimat zu gehen!« Claudia sah sich in dem Fünfziger-Jahre-Pavillon des Restaurants um und setzte sich so an den Tisch, dass sie Aussicht auf die Fassade des ehemaligen Bundesrechnungshofs hatte. Susanne und Heike hatten schon auf der geschwungenen schwarzen Kunstlederbank Platz genommen.

»Na ja, der Ivory Club wäre mir lieber gewesen, aber da wolltet ihr ja partout nicht hin«, murrte Heike und sah sich mit zusammengekniffenen Mundwinkeln um.

»Also wirklich, der ist so was von Mainstream. Aber wenn du darauf bestehst ...«, sagte Claudia und tätschelte ihr die Hand, »... treffen wir uns das nächste Mal dort und lästern ein bisschen über die Snobs und Möchtegernpromis, die dort abhängen. Allerdings übersteigen die Preise da bei weitem mein Budget ... Ach, es ist so schön, dich wieder hier in Frankfurt zu haben, Susannchen. Wie konntest du uns das nur antun und auswandern?«

Susanne lächelte ihre beiden Freundinnen an. Sie trug eine curryfarbene Hose mit schmalem Pythongürtel und einen engen blauen Pullover. »Danke, danke. Ich fühle mich eigentlich ziemlich wohl in der Schweiz. Obwohl ich euch natürlich schrecklich vermisse! Aber sag mal, Claudia, wie ich höre, hast du dem Westend jetzt auch den Rücken gekehrt und den Großstadtdschungel gegen das Landleben eingetauscht? Und das bei einer so eingefleischten Städterin wie dir?«

»Ja, leider. Und obwohl man schon Frankfurt schwerlich als Großstadt bezeichnen kann – im Vergleich zu Königstein ist es real heaven ... geradezu eine pulsierende Metropole. Ich sage dir, an diesem Kaff ist etwas grundverkehrt. Auch wenn ich Heike natürlich zutiefst dankbar bin, dass sie mich aufgenommen hat«, beeilte sie sich anzufügen.

»Na, das will ich meinen!«, antwortete diese.

»Jedenfalls gehen mir die ganzen Großfamilien mit den Bewusst-zu-Hause-gebliebenen-Mamis und den Bankvorstand-Papis tierisch auf den Geist«, fuhr Claudia fort. »Ich glaube, es gibt dort überhaupt keine normalen Menschen. Zuzugsvoraussetzung beim Einwohnermeldeamt: Jahresgehalt über eine Million!«

»Ach, du spinnst ja, und was sind schon normale Menschen?« Heike winkte die Kellnerin heran. »Da bedienst du nun wirklich das billigste Klischee. Im Übrigen hast du, meine Liebe, bis vor kurzem noch einige dieser Kriterien selbst erfüllt, wenn ich dir dies ins Gedächtnis rufen dürfte.«

Claudia seufzte: »Das waren noch Zeiten!«

»Na siehst du, dann sei nicht so scheinheilig!«, versetzte Susanne und schlug die Speisekarte auf.

»In einem Punkt verstehe ich dich«, stimmte ihr Heike zu, »es gibt dort einige Familien, die glauben, sie seien was Besseres, nur weil sie schon seit Generationen in Königstein wohnen, alle Familienmitglieder auf die St.-Maria- oder St.-Andreas-Schule gegangen sind und Mitglied im Kirchenvorstand, im Königsteiner Tennisverein, im Kronberger Golfclub sind …«

»Schöner Club übrigens, aber zum Golfspielen völlig ungeeignet!«, schaltete sich Susanne ein.

Die beiden anderen sahen sie an und warteten auf die Erklärung.

»Na, ich habe da ein paar Golfturniere mitgespielt. Und der Platz taugt einfach nichts: Zu kurz, zu hügelig, die Grüns halten nicht, sind nicht treu, und wenn du einmal einen zu langen Ball spielst, dann Gnade dir Gott …«

»Ah ja«, meinte Claudia und rollte mit den Augen, »wie interessant. Spielst du überhaupt noch Golf?«

»Gelegentlich … zu wenig Zeit, und Woletzki hasst Golf, vermutlich weil seine verstorbene Frau nicht nur mit Golf anfing, sondern zeitgleich ein Techtelmechtel mit dem Clubmanager, ja, das war ein ganz seltener historischer Zufall … sagt mal, Mädels, Themenwechsel: Wollen wir heute mal Gin Tonics als Apéro nehmen? Wie in ganz alten Zeiten?«

Heike und Claudia mussten lachen. »Komisch, wir hatten neulich haargenau die gleiche geniale Idee«, erklärte Claudia.

»Vor dem Mittagessen, mitten in der Woche«, ergänzte Heike.

»Also nicht dass du jetzt denkst, wir würden uns ab mittags die Lichter ausschießen, das war wirklich eine Ausnahme«, beeilte sich Claudia zu erklären. »Aber es war einfach so ein verdammter Mist-Tag!«

»Wieso? Was war denn los?«, fragte Susanne.

Claudia erzählte ihr von dem Ärger mit ihrer Anwaltskollegin und ihrem Besuch auf dem Polizeirevier. Inzwischen brachte die Kellnerin die Gin Tonics. Die drei prosteten sich zu.

»Wie ist denn die Sache mit Arthur und der angeblichen Prügelei ausgegangen?«, fragte Susanne.

»Strafrechtlich können sie ihm ja nichts anhaben, weil er

erst zehn ist, also noch nicht strafmündig. Aber natürlich werden er und ich und womöglich auch Julia und Lorenz überall gemieden, und der Gossip ist in vollem Gange. Das ist es ja, was ich meine. Eine Kleinstadt, in der alle nur auf so einen Skandal gewartet haben. Dabei stimmt es ja nicht einmal …«

»Und woher weißt du das, ich meine, dass es nicht stimmt?«, fragte Susanne.

»Ganz einfach: Weil Arthur zu der Zeit, als es passiert ist, gerade in einer Bäckerei war und sich seine blöden Gummischlangen gekauft hat. Ich habe das sogar nachgeprüft. Er hat sich wohl nicht gleich getraut, das zuzugeben, weil er weiß, wie empfindlich ich auf seinen Süßigkeitenkonsum reagiere.«

»Und da dachte er, es ist besser, im Verdacht zu stehen, einen Mitschüler hinterrücks überfallen als Gummischlangen gegessen zu haben? Du scheinst ihm ja ganz schön zuzusetzen, mit deinem Wir-essen-keine-Kohlehydrate-Gebot!«, schaltete sich Heike ein.

»Sei du lieber still, oder wie war das mit deinem Ist-da-etwa-Butter-dran?-Thema«, konterte Claudia und leerte ihr Glas.

»Fangt bitte nicht wieder damit an!«, schimpfte Susanne. »Und apropos: Wir sollten mal langsam das Essen bestellen, diesmal dann vielleicht jeder ein Gericht für sich alleine, denn ich möchte weder auf Kohlehydrate noch auf Fett verzichten, wenn ihr nichts dagegen habt.«

Die anderen beiden nickten nur, und alle drei sahen wieder in die Speisekarte, um dann noch zwei Gin Tonics und, entgegen ihrer Gewohnheit, jede für sich selbst einen Vor- und Hauptgang zu ordern.

»Trinkst du nichts mehr, Heike?«, fragte Susanne.

»Ich muss euch doch fahren, ab jetzt nur noch Perrier.«

»Stimmt ja, du Arme, Perrier doesn't make you merrier!«, murmelte Susanne, und Claudia nahm das Gespräch wieder auf: »Wo waren wir noch mal stehengeblieben? Ach so, eigentlich bei der Sache mit Arthur … also ich hatte das Gefühl, als gebe es da noch einen anderen Grund, weshalb er mir nichts Genaueres erzählen wollte ... letztlich glaube ich, dass er jemanden deckt.«

Heike sah sie nachdenklich an. »Wie meinst du das? Weiß Arthur, wer diesen Jonas verprügelt hat? Da kommt doch dann eigentlich nur der Eichbergsohn in Frage, oder war der mit in der Bäckerei?«

»Das ist es ja: Alexander Eichberg ist angeblich schon weitergegangen und war nicht mit beim Gummischlangenkauf. Allerdings ist die Bäckerei nur einen Katzensprung von dem Brunnen entfernt, an dem die Sache passiert ist, so dass ...«

»... er es also tatsächlich alleine war«, vollendete Heike den Satz.

Claudia nickte langsam. »Ich weiß nicht, vielleicht steckt noch mehr dahinter. Arthur hat sich in so viele Widersprüche verwickelt, als ich ihn befragt habe, und plötzlich wollte er gar nichts mehr sagen. Er ist seitdem wie zugeknöpft.«

»Was mich einmal interessieren würde ...«, fragte jetzt Susanne, »... was ist eigentlich aus diesem Jungen – Jonas hieß er – geworden? Ich meine, wie schlimm sind seine Verletzungen? War oder ist er noch im Krankenhaus?«

Heike runzelte die Stirn. »Er hat ganz schön was abgekriegt. Soweit ich weiß, hat er zwei Schneidezähne verloren, und ein Jochbein ist gebrochen. Komplizierte Sache, glaube ich. Er war eine ganze Weile im Krankenhaus. Also wenn das meinem Kind passiert wäre ...«

»Wie schrecklich! Und ist er wieder in der Schule?«

»Nein«, antwortete Claudia, »noch nicht, aber das hat wohl auch noch andere Gründe, soviel ich von Arthur weiß ... mit mir redet ja keine der Mütter mehr, dafür über mich umso mehr. Seit das passiert ist, muss Arthur mindestens jeden zweiten Tag zum Direktor, und der lässt ihn dann fünfzig Mal die Schulordnung abschreiben. An dem einen Tag hat sich ein Mädchen im Pausengedrängel auf der Treppe den Arm verstaucht, schon soll es Arthur gewesen sein. Am nächsten Tag bekommt ein Mädchen den Ball beim Fußballspielen an den Kopf, und wieder heißt es, Arthur war es. So geht das dauernd seit diesem Vorfall.«

Susanne lehnte sich zurück, als die Kellnerin einen Teller mit Suppe vor ihr abstellte.

»Aber wenn er doch den Jungen gar nicht verprügeln konnte, weil er ein Alibi hat?«

»Das interessiert doch keinen. Wenn unter den Taunusmüttern erst mal ein Gerücht in Umlauf ist, dann gibt es kaum noch ein Zurück.« Sie lachte heiser.

»Klingt idyllisch! Da habt ihr euch ja ein hübsches Örtchen ausgesucht«, versetzte Susanne. Sie wartete, bis die anderen ihre Vorspeisen vor sich stehen hatten, und tauchte den Löffel in die Suppe.

»Quatsch, Claudia übertreibt maßlos!«, schaltete sich Heike ein und unterzog dabei den Austernpilz auf ihrer Gabel einer genaueren Untersuchung. »Mit Chloé und Carlo gab es jedenfalls noch keine Probleme. Sie haben beide sehr angenehme und ... passende Freunde gefunden. Und außerdem ist es einfach schön dort, mit den ganzen Gärten und Parks, der Altstadt, der Burg, den schicken Geschäften. Das muss ich übrigens wirklich sagen: Es gibt kaum noch einen Grund, über die Goethestraße zu gehen, außer vielleicht ... alte Gewohnheit. Kronberg und Königstein haben eine solche Dichte an Modeläden!«

»Ist das demnach der Vordertaunusschick, was ihr da tragt?«, fragte Susanne.

»Also es gibt dort zwei Fraktionen: Zu der einen gehören die Mamis, die nachmittags Kommunionsunterricht erteilen und abends mit steifer Oberlippe bei den Benefiz-Cello-Konzerten an der Kasse sitzen. Da sind Timberlandschuhe, Barbourjacken und Rollkragenpullover oder gestreifte Blusen der Dresscode. Die anderen trinken jeden zweiten Vormittag im Laden von Susanne Wray ihren Espresso, und während sie sich über den neuesten Klatsch und Tratsch informieren, probieren sie nebenbei ein paar der frisch eingetroffenen neuesten Stücke an. Das sind die, die mit Ende vierzig und darüber noch Lederhosen von Dolce & Gabbana oder Animal-Print-Jeans von 7 For All Mankind tragen.«

Susanne hatte interessiert zugehört. »Klingt spannend. Und zu welcher Fraktion gehört ihr?«

Heike grinste und deutete auf ihren figurbetonten Alberta-Ferretti-Blazer aus dunkelrotem Samt, unter dem sie nur einen schwarzen Push-up-BH trug: »Na, jedenfalls nicht zur Ersteren. Claudia, steh doch mal auf.«

Claudia lehnte sich zurück und streckte ihr Bein hoch, so dass die beiden anderen ihre schwarzen Lederleggings sehen konnten. »Ist allerdings Kunstleder und leider nicht von Dolce. Dazu reicht es bei mir momentan nicht.«

Susanne nickte anerkennend. »Sieht aber trotzdem super aus. Hätte mich auch gewundert, wenn ihr beide eurem Modefimmel abgeschworen hättet.«

HEIKE UND SUSANNE

Am nächsten Morgen frühstückten Heike und Susanne zusammen in der alten Orangerie. Susanne biss in ein Croissant mit Orangenmarmelade, das Frau Albrecht in aller Frühe aus der Bäckerei geholt hatte, und sah durch die dunkelgrüngerahmten Sprossenfenster in den Garten.

»Diese Rhododendronbüsche sind gigantisch. Die müssen an die sechs Meter hoch sein, oder?«

»Ja, das könnte hinkommen. Pawel, unser Gärtner, düngt sie auch regelmäßig. Obwohl es wahrscheinlich überflüssig ist. Sie sind sozusagen das Königsteiner Unkraut: lila Rhododendron.«

»Vom ästhetischen Standpunkt aus kann ich wirklich verstehen, dass ihr hierhergezogen seid. Eure Villa ist unbeschreiblich schön, mit diesen riesigen Räumen, den Kaminen und erst der Orangerie, das alles stellt ein englisches Herrenhaus in den Schatten. Aber … so glanzvoll es hier auch aussieht – nach dem was Claudia erzählt, scheint es doch ziemlich spießig zuzugehen.«

Heike stellte Susannes Tasse erneut unter den Hahn der Nespresso-Maschine.

»Weißt du, Claudia hat momentan so viele Probleme, nicht jedes davon hat mit dem Ort und den Leuten hier zu tun. Sie hat ihr Leben einfach nicht mehr im Griff, du solltest dir mal die Wohnung ansehen. Wenn Tom das wüsste, würde er sie sofort rauswerfen. Und mit ihren drei Kindern läuft gar nichts mehr rund. Aber sie hat es auch schwer. Nik zahlt weder ihr noch den Kindern einen Cent Unterhalt, sondern verprasst alles mit seiner Simone und ihrem gemeinsamen Sohn. Ich möchte jedenfalls nicht in Claudias Haut stecken.«

»Nik ist eben ein Mistkerl! Ehrlich gesagt, konnte ich ihn noch nie leiden, aber weißt du … wenigstens sind es ihre eigenen Kinder, die sie großzieht.«

Heike zog die Augenbrauen hoch. »Wie soll ich das verstehen?«

»Na ja, eine Zeitlang habe ich mich in Zürich gefühlt, als sei es die beste Zeit meines Lebens. Aber jetzt … zum Glück wohne ich nicht mit Woletzki zusammen. Obwohl er mich dauernd fragt, werde ich meine eigene Wohnung auch so bald nicht aufgeben. Ich habe einfach keine Lust, für seine missratenen Söhne die Ersatzmami zu spielen. De facto tue ich das natürlich doch, sobald ich einmal ein paar Nächte hintereinander bei Woletzki bin. Sofort gerät man in diese Schiene und fängt an, abends zu kochen und Hausaufgaben zu kontrollieren. Fürchterlich! Tja, und dann merkt man auch noch, dass man belogen wird …«

Susanne sah starr auf den Schaum in ihrer Tasse und zog mit dem Löffel ein Muster hinein.

»Von wem belogen? Von den Kindern oder von Woletzki?«

»Von beiden! Der eine Sohn raucht Pot und lügt, der andere

schwänzt die Schule und lügt, und Woletzki betrügt mich und lügt. Ich habe eigentlich gar keine Lust mehr, zurückzufahren.«

»Na toll, dann kann ich hier ja bald ein Frauenhaus aufmachen. Glaubst du denn, es ist was Ernstes bei Woletzki?«

Susanne zuckte mit den Schultern und versuchte cool zu bleiben, aber sie merkte, wie ihre Augen feucht wurden und ihr das Blut in den Kopf stieg.

Heike holte ein Papiertaschentuch aus einer Schublade und hielt es ihr wortlos hin.

»Ich weiß eigentlich gar nicht, was ich davon halten soll. Erst war ich sicher, er trifft sie nicht mehr, dann sehe ich sie zufällig aus seiner Galerie kommen, als ich ihn zur Überraschung zum Mittagessen abholen will. Und ich habe angefangen, seine SMS und seine Anrufe zu kontrollieren. Ist das nicht furchtbar? Ich meine, wie tief bin ich gesunken? Aber ich werde auch immer fündig. Er scheint dauernd mit ihr in Kontakt zu stehen. Und was am schlimmsten ist …« Heike hörte auf, in ihrem Kaffee zu rühren und sah sie gespannt an. »Ich habe den Verdacht, dass er sie mit Insiderinformationen über die bevorstehende Auktion bei Lengley's versorgt.«

»Hä, das verstehe ich nicht. Was denn für Informationen, und was will sie damit?«

»Also wir versteigern im nächsten Monat die Launhart-Sammlung, die Hinterlassenschaft des Stahlmagnaten Oskar Launhart. Seine Erben haben erst versucht, sie als Ganzes zu verkaufen, aber kein Sammler oder Museum hat die Summe geboten, die sie sich erhofft haben. Eigentlich ein Frevel, so eine Sammlung zu zerschlagen, aber für mich ist das natürlich eine Wahnsinnssache.«

»Und wieso ausgerechnet bei Lengley's in Zürich? Das ist doch eine deutsche Familie.« Heike war froh, wenigstens mit etwas Wissen aufzutrumpfen.

Susanne nickte. »Tja, das habe ich wohl nicht nur meinem zugegeben guten Namen in der Kunstwelt zu verdanken, sondern insbesondere alten Familienbanden. Die Launharts sind auch aus dem Rheinland, und wir Unternehmerfamilien kennen uns halt untereinander, schade nur, dass ich die zu erwartende Provision nicht in die eigene Tasche stecken kann. Dann würde ich meine eigene Sammlung begründen.«

»Und um wie viel geht es da so circa?«, fragte Heike neugierig.

»Insgesamt sicher um einen dreistelligen Millionenbetrag. Wenn alles gut läuft, reden wir über an die einhundert Millionen.«

Heike stieß einen anerkennenden Pfiff aus. »Also das lohnt sich richtig. Und was sind das für Insiderinformationen, an die diese Frau ranwill?«

»Da geht es um Zertifikate. Einige der Bilder sind erst kurz vor Launharts Tod in die Sammlung gekommen und waren bis dahin unbekannt. Insbesondere zwei Beckmanns. Da holen wir Echtheitszertifikate von mehreren Gutachtern ein. Das ist dann sozusagen der Ritterschlag, der Millionen wert ist und die Werke marktfähig macht. Entscheidend ist natürlich, wer diese Zuschreibung ausstellt … Wenn man das vorher weiß, kann man ihn eventuell beeinflussen oder man erfährt von ihm bestimmte Details, die der Auktionator womöglich nicht in der Form veröffentlichen würde … also die Gelegenheiten sind vielfältig. Lengley's hat die Namen noch nicht veröffentlicht, da ein Gutachten noch nicht vorliegt. Jedenfalls habe ich eine SMS von Woletzki an diese Nicole gelesen. Sie bestand nur aus Abkürzungen, und zufällig waren darunter auch die Initialen des einen Gutachters. Eine unglaubliche Indiskretion.«

Susanne stand auf und ging zu dem Hundekorb. Sie bückte sich und streichelte dem dösenden Easy über den rosa Bauch. Der Kleine begann sofort, mit dem Schwanz zu wedeln und ihre Hand abzulecken.

»Wie süß, so einen hätte ich auch gerne. Mir fehlt einfach mein Kater, seit ich ihn an die Tochter meiner Nachbarin verschenkt habe. Tiere sind so dankbar, oder?«

Heike schien nicht überzeugt. »Ja, er ist süß und kuschelig, und manchmal neige ich fast dazu, sentimental zu werden. Aber er macht auch jede Menge Arbeit.«

Susanne lächelte schon wieder, aber Heike kam zurück auf das unangenehme Thema: »Ist denn diese Frau auch aus der Kunstszene, oder wozu braucht sie diese Informationen?«

Susanne nahm den Welpen mit zu ihrem Platz. »Darüber habe ich natürlich auch schon nachgedacht. Ich kenne sie nicht und weiß nur, dass sie die Schwester von Fabienne, der verstorbenen Frau von Woletzki ist. Halt, nein: Die Stiefschwester, aber leider ist sie mindestens genauso attraktiv, wie Fabienne es war.«

»Also, das klingt alles so irreal ... so gestellt, ganz so, als sei beabsichtigt, dass du es erfährst. Man gibt doch nicht in einer SMS eine Information von solcher Tragweite weiter. Und wenn sie eine Affäre hätten, die sie geheim halten möchten, dann würden sie sich doch nicht ausgerechnet in seiner Galerie treffen.«

»Da hast du vielleicht sogar recht. Denn ich kam ja überhaupt erst darauf, dass Woletzki etwas mit ihr hat, weil sie bei ihm in der Wohnung angerufen und auf den Anrufbeantworter gesprochen hat, während ich da war. Und sie hat auch noch gesagt, sie könne sehen, dass in seiner Wohnung Licht brennt. Woletzki hat erst abgestritten, dass er sie kennt, und dann aber schnell zugegeben, wer sie ist. Also ich stehe vor einem Rätsel. Spielen sie mir diese Affäre wirklich nur vor? Aber warum bloß?«

Heike schnitt auf ihrem Teller eine frische Feige in zwei Hälften und biss dann in das körnige rosa Fruchtfleisch. »Entweder halten sie dich für sehr naiv und dumm. Oder sie wollen dich von etwas anderem ablenken.«

Susannes Augen weiteten sich. »Heike! Ich glaube, du hast den Nagel auf den Kopf getroffen.« Sie stand abrupt auf und hielt ihr den Welpen hin. »Ich bin dir ewig dankbar, und jetzt muss ich sofort den nächsten Flieger zurück nach Zürich nehmen. Kann ich kurz online in den Flugplan sehen?«

Heike nahm ihr den Hund ab. »Was, so schnell musst du zurück … na dann komm mit in mein Büro!« Sie öffnete die Tür und stieß fast mit Frau Albrecht zusammen, die sofort begann, mit fahrigen Bewegungen ihre weiße Schürze glatt zu streichen. »Ach, zu Ihnen wollte ich gerade, Frau Stelzer: Ich habe eben den Getränkebestand überprüft. Könnten Sie bitte wieder Wasser und Apfelsaft für die Kinder bestellen? Das Leergut habe ich schon vorsortiert.«

»Ja, danke, Frau Albrecht. Ich rufe nachher den Getränkemarkt an. War sonst noch etwas?«

»Soll ich mit dem Hund Gassi gehen?«

»Ja, das wäre nett.« Sie legte ihr den Welpen in die Arme, ging mit Susanne weiter in ihr Arbeitszimmer und öffnete das Lufthansa-Internet-Portal an ihrem PC.

»Frau Albrecht war seltsam, oder? So aufgeregt …«

Susanne sah auf den Bildschirm. »13 Uhr 50 geht der nächste Flug, den ich noch erwischen könnte … und Frau Albrecht, tja, ich weiß ja nicht, wie sie sonst ist. Bist du denn nicht mit ihr zufrieden?«

»Doch, den Haushalt führt sie tipptopp! Aber ich kann nicht gerade sagen, dass sie mir sympathisch ist. Ich werde einfach nicht warm mit ihr …«

Eine halbe Stunde später hielt das Taxi in der Kieseinfahrt. Susanne warf ihren Prada-Weekender lässig in den Kofferraum. Die Freundinnen umarmten sich, und Susanne nahm Heike das Versprechen ab, mit dem Gegenbesuch nicht lange zu warten.

»Schade, dass du Claudi jetzt gar nicht mehr siehst … und ruf an, wenn du angekommen bist!«, rief Heike ihr nach.

Sie winkte immer noch, als das Taxi hinter dem hohen dunkelgrünen Eisentor verschwand, das der elektrische Motor langsam wieder zuschob. Gerade wollte sie zurück ins Haus gehen, als sich das Fußgängertor öffnete und Frau Albrecht mit dem hektisch an der Leine ziehenden Easy hereinkam. Zu Heikes Erstaunen wurde sie von Frau Burau und Attila begleitet. Die Frauen waren in ein angeregtes Gespräch vertieft.

Heike nahm zur Kenntnis, dass Frau Burau zum Hund-Ausführen ein enges Etuikleid im unverkennbaren Burberrykaro und Pumps trug. Sie hielt etwas in der Hand, das von weitem aussah wie eine CD- oder DVD-Hülle. Die beiden Frauen blieben stehen. Frau Albrecht nahm die Hülle in die Hand, betrachtete sie und schüttelte langsam den Kopf. Dann sah sie hoch, genau in Heikes Augen.

Kurz darauf öffnete sich die Pforte noch einmal und Julia kam herein. Sie trug löchrige abgeschnittene Jeansshorts, Gummistiefel, einen Schal mit Monstergesichtern und einen Tweedhut. In ihren Ohren steckten weiße Apple-Ohrhörer. Heike stellte bewundernd fest, was sie für lange, schlanke Beine hatte. Mit ihrem zerknitterten Blazer und den zerzausten langen Haaren ähnelte sie Kate Moss zu ihren besten Drug-Chic-Zeiten. Julia sah angestrengt zu Boden, als sie den Kiesweg entlang an den beiden Frauen vorbeitrippelte. Erst als sie direkt vor Heike angekommen war, hob sie kurz den Kopf, murmelte »Hi« und verschwand in der Tür zum Treppenhaus.

Viel zu sehen hier, dachte Heike und zog gerade die Tür hinter sich zu, als Frau Albrecht zusammen mit Frau Burau hereinkam.

»Frau Burau wollte Sie kurz sprechen. Ich hoffe, es kommt Ihnen nicht ungelegen?«, fragte Frau Albrecht, während sie sich schon wieder ihre weiße Schürze umband.

Heike sah die beiden Frauen erstaunt an. »Nein, nein, um was geht es denn?«

Frau Albrecht machte ein paar Schritte rückwärts in Richtung Orangerie. »Also ich muss jetzt dringend in die Küche, das Mittagessen vorbereiten. Soll ich Ihnen noch einen Tee bringen?«

Heike sah Frau Burau fragend an. »Möchten Sie?«

Diese strich sich gerade vor dem Spiegel zwei braune Haarsträhnen hinter die Ohren, die aus ihrer starren Föhnfrisur herausgeschlüpft waren. »Ich denke nicht, dass Tee bei unserer Unterredung passend wäre.«

Womöglich wieder ein Gin-Tonic-Gespräch, dachte Heike, führte Frau Burau ins Wohnzimmer und bot ihr einen Sessel an. »Also, was kann ich für Sie tun, Frau Burau?«

Frau Burau holte aus ihrer Manteltasche eine durchsichtige Plastiktüte mit der DVD-Hülle, die Heike schon von weitem gesehen hatte. »Dies hier habe ich in Ihrem Garten gefunden, direkt am Zaun zu unserem Grundstück. Und ich muss schon sagen … es fehlen mir eigentlich die Worte.«

Heike beugte sich nach vorn, und der Schreck traf sie wie ein Peitschenschlag. Das Foto auf der Hülle zeigte eine deftige Pornoszene: Eine schwangere, sehr junge Frau, sie sah nicht älter aus als fünfzehn, kniete auf allen vieren und wurde von einem muskulösen Mann in Polizistenuniform von hinten genommen. Darunter stand in grellroter Schrift: »Lüsterner schwangerer Teenager sucht …«

»Oh«, sagte Heike.

»Oh? Ist das alles? Etwas Besseres fällt Ihnen dazu nicht ein? Also, ich finde das einfach unglaublich!«

Heike griff nach der Tüte und fragte: »Ist da eine DVD drin?«

»Nein, es ist nur die Hülle. Demnach ist die DVD noch in Benutzung …« Dabei drehte sie den Kopf mit bedeutungsvollem Blick in Richtung des großen Flatscreen-Bildschirms an der Wand des Wohnzimmers.

Heike folgte ihrem Blick, und heiße Wut stieg in ihr hoch. »Sie wollen doch nicht etwa andeuten, dass dieser … dieser … Film von uns stammt?«

Frau Burau sah sie starr an. »Selbstverständlich nicht. Aber ich bin ehrlich, und dafür können Sie mir dankbar sein. Denn die anderen hier würden Ihnen das nicht ins Gesicht sagen: Ihre seltsame Wohngemeinschaft mit dieser alleinerziehenden Mutter und ihren verwahrlosten Kindern, die täglich ihren Abfall und ihre Pausenbrote in unsere Buchsbaumhecke werfen und das Muster in unserem Kiesweg mutwillig zerstören, ihre Mitschüler verprügeln und die Schule schwänzen, ist …«,

Frau Burau suchte nach dem richtigen Wort, »… unangebracht. Und meines Wissens ist es strafbar, kinderpornografische Filme im Besitz zu haben. Wer auch immer diese Hülle dort hingeworfen hat, sie war in *Ihrem* Garten. Ich glaube jedenfalls nicht an Heinzelmännchen, und schon gar nicht an solche, die Kinderpornos ansehen!« Damit stand sie abrupt auf und forderte: »Geben Sie sie mir zurück.«

»Wenn diese Hülle auf unserem Grundstück lag, sehe ich keinen Grund, sie Ihnen zu überlassen. Im Übrigen ist sie allenfalls ein Indiz dafür, dass es einen unerwünschten Eindringling in unserem Garten gab. Wann haben Sie sie eigentlich entdeckt, und wie sind Sie überhaupt auf die andere Seite des Zauns gekommen?«

CLAUDIA

Kaum betrat Claudia die Räume der Kanzlei, stand auch schon Dr. Teufel mit ernstem Gesichtsausdruck vor ihr.

»Kommen Sie bitte gleich mit in mein Büro, Frau Neumann-Elten.«

Claudia folgte ihm mit einer unangenehmen Vorahnung. Wahrscheinlich hatte sich Frau Bitsch über sie beschwert. Dr. Teufel bat sie, auf einem der betagten Leder-Freischwinger Platz zu nehmen, setzte sich in den Sessel ihr gegenüber und fing sofort an zu wippen. Sein hellblaues Hemd spannte ein wenig über dem Bauch, aber Claudia wusste, dass er schon fülliger gewesen war. Eigentlich sah er heute nicht schlecht aus, mit seinen weißen Haaren und der noch frischen Urlaubsbräune. Und er hatte eine neue Brille mit rotem Gestell.

»Ich habe gestern einen Anruf bekommen, vielleicht haben Sie es auch schon in den Nachrichten gehört oder in der Zeitung gelesen …« Er sah sie einen Moment lang erwartungsvoll an.

»Nein, ich komme zurzeit kaum dazu …«, setzte Claudia an.

Dr. Teufel winkte ab. »Spielt ja auch keine Rolle. Blankenberg ist tot. Autounfall, zusammen mit seiner Frau.«

»Oh, wie schrecklich!« Claudia hielt sich die Hand vor den Mund.

»Ja, tragisch. Er wollte den Geburtstag seiner Frau in Pontresina feiern, aber sie kamen dort nie an. Er hatte mit seinem Bentley in einem Tunnel am Walensee einen Auffahrunfall. Verbrannt. Aus bisher ungeklärten Gründen ging der Wagen in Flammen auf.«

Claudia hatte sofort ein Bild vor Augen: Der Sportpresseball. Enno Blankenberg im engen Smoking und seine dralle blonde Frau mit geliftetem Gesicht im zu kurzen Kleid. Zwar hatte sie ihn häufig vor Gericht vertreten, aber zu den Prozessen war er nie selbst erschienen. Ab und zu war er in der Kanzlei aufgetaucht, hatte kurz den Kopf in ihr Büro gesteckt, und je nachdem, ob sie sein letztes Verfahren gewonnen oder verloren hatte – die meisten gewann sie –, war seine Laune. Danach war er immer sofort in Dr. Teufels Büro verschwunden.

»Tja, jetzt müssten wir mal schleunigst prüfen, wie es mit der Firma Kormoran Kapitaldienste ohne ihn weitergeht. Und wer die Erben sind, meines Erachtens liegt kein Testament vor – bei mir ist jedenfalls keines hinterlegt –, wer das Unternehmen vertritt, Frau Neumann-Elten. Könnten Sie das übernehmen? Und bitte behandeln Sie die Angelegenheit vordringlich.« Dr. Teufel wippte immer hektischer mit seinem Stuhl.

»Ja, natürlich, Herr Dr. Teufel. Haben Sie hier auch noch Unterlagen dazu, oder finde ich alles im Aktenlager?«

Dr. Teufel zögerte einen Moment, schüttelte dann entschieden den Kopf und wurde rot. »Nein, ich habe hier nichts über Kormoran. Aber wenn Sie Hilfe brauchen, lassen Sie es mich wissen.«

Nachdenklich ging Claudia zurück in ihr Büro. Warum verhielt sich Dr. Teufel so merkwürdig? Sie war sich sicher, dass er Unterlagen zu Blankenbergs Firma in seinen Räumen hatte. Jedenfalls hatte sie dort schon Ordner mit dem Firmenlogo auf dem Rücken im Schrank stehen sehen. Aber offenbar sollte die niemand zu Gesicht bekommen.

Schon klingelte ihr Telefon, und sie nahm den Hörer ab. Es war Nik. »Oh, gibt es dich noch!«

»Das sagst du jedes Mal, wenn ich anrufe.«

»Vielleicht liegt es daran, dass du dich nur drei Mal im Jahr meldest.«

»Ich komme heute Abend bei euch vorbei und bringe Julia ihr Geburtstagsgeschenk.«

»Sie hat aber erst nächste Woche Geburtstag, außerdem gehe ich heute Abend in die Oper.«

»Gut! Ist mir sowieso lieber, wenn ich dich nicht sehen muss. Nächste Woche bin ich verreist, also kann sie ihr Geschenk entweder vorher oder nachher kriegen.«

»Oh, hast du etwa Geld, um in Urlaub zu fahren? Dem Gerichtsvollzieher hast du doch mitgeteilt, du seist derzeit ohne laufendes Einkommen.«

»Tja, erstens hat Simone wieder angefangen zu arbeiten, und zweitens ist es keine Urlaubsreise.«

»Was denn dann, etwa eine Geschäftsreise? Aber das hieße doch ebenfalls, dass du wieder …«

»Nein, es ist auch keine Geschäftsreise. Ich besuche meinen Vater, weil er einen Schlaganfall hatte und ins Pflegeheim muss.«

»Oh, das tut mir leid.«

Es entstand eine Pause, in der sie Nik atmen hörte.

»Ist es schlimm?«

»Wie man's nimmt. Er kann nicht mehr sprechen. Aber angeblich kann er das wieder lernen.« Er lachte sarkastisch. »Also, soll ich das Geschenk heute bringen?«

Claudia zögerte keinen Moment. »Ja, bring es heute. Was sie hat, das hat sie. Was ist es denn?«

»Eigentlich geht dich das nichts an. Aber wenn du es unbedingt wissen willst: ein iPad.«

»Ziemlich überflüssig und zu teuer!«

»Sie hat es sich gewünscht, und wir haben dafür gespart.«

»Mir kommen die Tränen. Aber du musst ja wissen, was du tust. Sie könnte besser ein paar Sachen zum Anziehen gebrauchen. Ihre Schuhe sind alle kaputt.«

Nik räusperte sich. »Na gut, schick mir die Kinder mal, wenn ich wieder zurück bin. Dann kann Simone mit ihnen was kaufen gehen.«

»Oh, super, die Kinder werden begeistert sein. Sicher finden sie zusammen in einem richtig angesagten Veganer-Shop ein paar schöne Schuhe aus Kunstleder oder Hanf.«

Nik ignorierte ihre letzte Bemerkung, zumal er die ausgeprägte Neigung zum Tierschutz bei seiner Lebensgefährtin eher duldete als teilte. Claudia kannte Niks Taktik. Auf keinen Fall wollte er ihr das Geld für die Kleidung der Kinder geben, um zu verhindern, dass sie womöglich etwas für sich selbst abzwackte. Sie nahm sich vor, Julia davon zu überzeugen, das iPad bei eBay zu verkaufen.

»Okay«, sagte sie knapp, »aber komm nicht so spät. Schließlich haben die Kinder morgen Schule und müssen früh raus.«

»Gut, ciao!« Das Gespräch war beendet.

Claudia legte langsam den Hörer auf und versuchte ihren Ärger herunterzuschlucken, den die Telefonate mit Nik regelmäßig bei ihr auslösten, und sich wieder auf ihre Arbeit zu konzentrieren. Aber es gelang ihr nicht. Kurzerhand holte sie zwei Tassen Kaffee und ging zum Büro ihrer Kollegin am Ende des Gangs.

Annegret Reiter war eine Juristin von altem Schrot und Korn. Sie war achtundfünfzig Jahre alt, nie verheiratet gewesen und lebte mit ihrer Mutter zusammen. Für Claudia war sie der einzige Mensch in der Kanzlei, zu dem sie grenzenloses Vertrauen hatte. Allerdings war Frau Reiter Kettenraucherin. Deshalb hatte man sie auch an das hintere Ende des Gangs verbannt.

Claudia öffnete die Tür und hielt die Kaffeetassen hoch.

Frau Reiter sah auf und fragte ohne Umschweife: »Na, wo brennt's denn?« Sie war hager und hatte leider die gelben Zähne einer starken Raucherin. Aber davon abgesehen war sie eine aparte Erscheinung, mit perfekt sitzenden halblangen blondierten Haaren, edlen Gesichtszügen und der Grandezza einer alternden Catherine Deneuve.

»Wussten Sie, dass es Blankenberg erwischt hat?«, fragte Claudia.

Frau Reiter nickte. »Ja, klar. Dr. Teufel hat es heute Morgen sofort herumposaunt. Außerdem kam es in den Nachrichten. Tja, schade um ihn.«

Claudia nahm einen Schluck Kaffee. »Wissen Sie eigentlich, ob Dr. Teufel über unser Mandat als Prozessvertreter hinaus noch mehr mit Blankenberg und seiner Firma zu tun hatte?«

Frau Reiter drehte sich auf ihrem Bürostuhl zu ihr um und schlug die Beine übereinander. Sie zündete sich die nächste Zigarette an, sah einen Augenblick lang zu der geschlossenen Glastür und legte gleichzeitig den Finger auf den Mund. Dann schrieb sie etwas auf einen Zettel:

Teufel ist Pate der Tochter von Blankenberg. Erbin-Vormund? Außerdem haben Blankenberg und Teufel Häuser auf Zypern und in der Schweiz, die sie abwechselnd oder auch gemeinsam nutzen. Von mir wissen Sie nichts!

Nachdem Claudia den Zettel gelesen hatte, hielt ihn Frau Reiter über ihre Untertasse und zündete ihn mit ihrem Feuerzeug an. Beide sahen zu, wie das Papier verbrannte.

»Was macht ihr Ex? Zahlt er endlich?«, fragte Frau Reiter währenddessen lauter als üblich.

»Nein, er hat angeblich keinen Job mehr. Nur seine Simone arbeitet jetzt wieder, aber immerhin reicht es für ein iPad als Geburtstagsgeschenk für meine Tochter.«

»Also wenn ich Sie wäre, würde ich ihn auspressen wie eine Zitrone.«

»Tja, ich könnte natürlich Unterhaltsvorschuss beim Jugendamt beantragen, aber bis jetzt bin ich noch nicht so weit. Das liegt mir zu nah an Hartz IV.« Sie sah auf ihre Armbanduhr und erschrak: »Oh, jetzt ist der Morgen schon wieder fast rum, und ich habe noch überhaupt nichts gearbeitet. Entschuldigen Sie, Frau Reiter, aber ich muss endlich loslegen und ...«, sie dämpfte ihre Stimme, »... danke!«

GERTRUD

Der heutige Schultag hatte sie ihre letzte Kraft gekostet. Sie öffnete die Haustür und musterte sich im Garderobenspiegel: eine alte rundliche Frau mit schweißverklebten, schwarzgefärbten Haaren. Musste sie sich das wirklich noch zumuten? Ihr Blick fiel auf die Kellertür hinter ihrem Spiegelbild. Sie hatte sie heute früh wieder abgeschlossen, bevor sie gegangen war. Langsam schlich sie herüber, legte ein Ohr an die Tür und lauschte: Alles war still. Ungewöhnlich still. Normalerweise sprach Horst immer leise vor sich hin, sang oder jaulte. Aber still war er eigentlich nie.

Gertrud schloss die Kellertür auf und stieg die Treppe herunter. Täuschte sie sich, oder war der Geruch weniger muffig, weniger beißend als sonst? Fast kam es ihr vor, als wehte ihr ein Hauch frischer Luft entgegen. Vielleicht lag es daran, dass sie sich schon wieder etwas besser und erholter fühlte. Sie betrat den Kellerraum und stieß einen schrillen Schrei aus: Das Kellerfenster stand weit offen. Die Metallschüssel, die sie ihm immer zum Pinkeln hinstellte, war umgestoßen, und auf dem uringetränkten, abgewetzten Perserteppich lag das aufgebrochene Vorhängeschloss, daneben eine Stahlzange. Horst war verschwunden, geflohen aus seinem Verlies.

SUSANNE

Gleich nachdem ihre Maschine in Zürich gelandet war, rief Susanne Goldenberg an, die Nummer war noch in ihrem BlackBerry gespeichert, da sie ihn früher oft persönlich über interessante Auktionslose informiert hatte. Soviel sie wusste, hatte er ein Apartment in New York. An der Ostküste musste es jetzt 9 Uhr 30 sein. Keine schlechte Zeit. Schon hörte sie seine Stimme.

»Hallo?«

»Herr Goldenberg, hier ist Susanne Sander.«

»Oh, how nice! Frau Sander!«

»Sie sind in den Staaten?«

»Nein, in London. Nur für einen Tag. Aber heute Abend fliege ich weiter nach New York ... das heißt, ich kann meine Pläne auch noch ändern ...«.

»Das wäre schön. Denn ich würde Sie sehr gerne über ein paar Werke informieren. Persönlich, wenn Sie wissen, was ich meine ...« Susanne setzte sich auf einen der schwarzen Ledersessel im Wartebereich des Flughafens und stellte die Reisetasche zwischen ihren Knien ab.

»So ist das? Und Sie glauben, die interessieren mich?«

»Definitiv! Es sei denn, Sie hätten die Branche gewechselt.«

Als Goldenberg weitersprach, hatte seine Stimme einen schmeichelnden, tieferen Ton: »Jetzt machen Sie mich neugierig! Warum waren Sie denn neulich so zugeknöpft, woher dieser Sinneswandel?«

»Herr Goldenberg, das würde ich Ihnen viel lieber bei einem Abendessen oder wenigstens einem Glas Champagner erklären. Und diesmal lade ich Sie ein. Sozusagen als Entschuldigung für mein Verhalten.«

»Das hört sich gut an. Dann buche ich um, und wir können uns heute Abend in Zürich treffen. Oder möchten Sie nach London kommen?«

Susanne überlegte einen Moment. Fast fand sie die Aussicht

verlockend. Sie liebte London, und natürlich könnte sie den Ausflug mit einem Abstecher zu Lengley's Stammsitz und ihrem obersten Chef, Lord Haldane, verbinden. Aber dann erwachten schlechte Erinnerungen. Gerade die Verflechtung der beiden Namen Haldane und Goldenberg hatte bisher nichts Gutes eingebracht. »Nein, das geht leider nicht. Ich muss heute ins Büro. Also ich lasse einen Tisch reservieren und gebe Ihnen noch Bescheid, wo wir uns treffen. Wann könnten Sie?«

»Ab 20 Uhr stehe ich ganz zu Ihrer Verfügung!«

Das glaube ich dir sogar aufs Wort, dachte Susanne, als sie das Gespräch beendete und zum Taxistand ging. Kaum saß sie im Wagen, klingelte es: Woletzki.

»Sander?«

»Na endlich! Wieso gehst du eigentlich tagelang nicht an dein Telefon, wie vom Erdboden verschluckt. Hat man in Königstein keinen Empfang?«

»Ja, das muss wohl ein größeres Funkloch gewesen sein.«

»Und wo bist du jetzt?«

»In Frankfurt«, zwang sie sich zu sagen.

»Wann kommst du zurück?«

»Morgen Vormittag.«

»Ich vermisse dich, Sander. Können wir uns dann gleich zum Mittagessen sehen? Ich reserviere im Greulich, ja?«

»Von mir aus. Ich hoffe, dass ich es schaffe. Bitte dann erst um zwei.« Susanne merkte, wie ihre Hände feucht wurden. Sie war es nicht gewohnt, so ungeniert zu lügen.

Vor dem Gebäude von Lengley's in der Pelikanstraße ließ sie sich absetzen. Das Haus war bei weitem nicht so imposant wie die Gründerzeitvilla am Beethovenplatz, in der die Frankfurter Filiale untergebracht war. Doch der äußere Schein trog. Im Erdgeschoss waren elegante Ausstellungsräume und ein hochmoderner Auktionssaal, der gut zweihundert Personen fasste, untergebracht. Und Susannes Büro war wesentlich repräsentativer als in Frankfurt. Sie grüßte die Rezeptionistin und fuhr im Aufzug nach oben.

Ihre Sekretärin Frau Stöckli strahlte. »Grüezi, Frau Sander. Hän Sie en guete Flug gha?«

Susanne hatte inzwischen gelernt, das Zürichdeutsch der jungen dunkelhaarigen Frau mit der strengen Hochsteckfrisur und der schwarzgerahmten Nerd-Brille zu verstehen.

»Ja, alles bestens, Frau Stöckli. War etwas Besonderes während meiner Abwesenheit?«

»Freiherr von Woletzki hat mehrfach ahgelütet. Die anderen Ahrufe hän i Ihne ja wietergleitet. Und alles Suschtige liegt für Sie bereit, uf Ihrem Schreibtisch.«

»Danke. Ach, und könnten Sie mir für heute Abend einen Tisch in der Wirtschaft Flühgass bestellen? Für zwei Personen, 20 Uhr.«

»Ja, gerne, Frau Sander.«

Susanne ging in ihr Büro, stellte die Reisetasche in den Schrank und setzte sich hinter ihren Schreibtisch. »Autsch«, sagte sie und rieb sich das Knie. Der Schreibtisch sah zwar imposant aus, Mahagoni mit Lederauflage, doch hatte er einen unbestreitbaren Nachteil: Die Knieöffnung war zu niedrig, und sie stieß jedes Mal an, wenn sie versuchte, die Beine übereinanderzuschlagen. Ich glaube, ich gebe dieses Monstrum doch in die nächste Antiquitätenauktion, dachte sie. Ein original Hepplewhite-Pedestal-Desk aus dem 18. Jahrhundert würde bestimmt einiges einbringen.

Ohne großes Interesse sah sie ihre Post durch und holte dann einen Aktenordner aus dem Schrank. Darin waren die Fotos aller Werke der Launhart-Sammlung in Klarsichtmappen abgeheftet. Sie blätterte und fand schnell, was sie gesucht hatte: Die Abbildungen der beiden Beckmann-Werke, an denen Goldenberg so interessiert war. Sie nahm das eine Foto aus der Klarsichthülle heraus. Es zeigte zwölf Personen, die in Smoking und Abendkleid bei einem Empfang beisammenstanden. Die typischen Beckmann-Körper und -Gesichter mit kantigen Zügen und starken Kontrasten. Die Kolorierungen der Haut reichten von Weiß bis Violett, bei einer Figur gingen sie ins Dunkelbraune. Susanne drehte das Foto um. Darauf stand in einer schwungvollen Handschrift:

> *Titre: Paris Society No. II, 1931, Oil on canvas 109, 2x 175, 6 cm.*
> *L'œuvre reproduite va figurer dans le catalogue raisonné Max Beckmann qui paraît sous ma direction, le sousigné, René Splüger.*

Die Erben der Sammlung, Paul und Sunny Launhart, hatten darauf bestanden, entgegen Susannes Empfehlung, Splüger für die Zertifizierung auszuwählen, und sie konnte das einerseits verstehen. Nur wenn die Bilder in das offizielle Werkverzeichnis Max Beckmanns aufgenommen wurden, waren sie wirklich marktfähig. Dennoch hatte sie eine zweite Meinung eingeholt. Dieser Gutachter hatte darauf hingewiesen, dass es für Beckmann ungewöhnlich sei, von einem bewegten Motiv mehrere großformatige Ölbilder anzufertigen. Und es hing ein ganz ähnliches Werk Beckmanns im New Yorker Guggenheim-Museum. Sie schob das erste Foto zurück in die Klarsichthülle, blätterte um und holte die nächste Abbildung heraus. Es zeigte eine Frau in grünem Negligé, die sich im Spiegel betrachtete. Man sah sie von hinten, und nur ihr Gesicht spiegelte sich. Auch hier hatte Splüger die Zuschreibung zu seinem Werkverzeichnis handschriftlich auf der Rückseite des Fotos vorgenommen. Der zweite Gutachter hatte in diesem Bild ein seltenes Blaupigment gefunden, das Rätsel aufgab. Kein seriöser Auktionator konnte die Werke noch guten Gewissens versteigern, ohne diese belastenden Informationen zu veröffentlichen. Man würde ihm sonst grob fahrlässiges Handeln vorwerfen können, wodurch sein Haftungsausschluss hinfällig wäre.

Susanne hatte Paul und Sunny Launhart noch nicht über die Ergebnisse der beiden neuen Gutachten informiert, und etwas hielt sie zurück, es zu tun. Am Anfang war es nur ein flüchtiger Gedanke gewesen, aber langsam formte er sich in ihrem

Kopf zu einem festen Plan. Erst durch Heikes Hinweis auf das mögliche Ablenkungsmanöver war sie auf die Idee gekommen, dass Goldenberg etwas mit dieser Nicole zu tun haben könnte – dass er auf diesem Weg versuchte, an Informationen zu kommen. Nur Woletzkis Rolle in dem Spiel war ihr noch nicht klar.

Frau Stöckli steckte den Kopf zur Tür herein und informierte sie, dass es mit der Tischreservierung geklappt hatte. Daraufhin schrieb Susanne eine SMS mit dem Namen und der Adresse des Restaurants an Goldenberg. Die gemütliche Wirtschaft Flühgass hatte sie gewählt, weil sie ein wenig außerhalb der Zürcher Innenstadt lag. Dort würden sie sicher ungestört sein. Sie schob die beiden Fotos in einen Umschlag, verstaute ihn in ihrer Handtasche und begann, ihre E-Mails abzuarbeiten. Doch sie war nicht richtig bei der Sache, und ohne weiter darüber nachzudenken, öffnete sie ihren Internetserver und gab den Namen Nicole Schneider in die Suchmaschine ein. Schneider war der Mädchenname von Fabienne, der Stiefschwester Nicoles und Woletzkis verstorbener Ehefrau. Daran konnte sich Susanne erinnern. Von den 256 Einträgen verfolgte sie nur die ersten Seiten, und die brachten keine hilfreichen Angaben. Bei der Internetseite »Fotofinder« stellte sie nur fest, dass die Nicole, die sie suchte, nicht dabei war. Sie stützte das Kinn auf ihre rechte Hand und dachte nach. Vielleicht war Nicole verheiratet oder verheiratet gewesen und trug nicht mehr ihren Mädchennamen. Hatte Woletzki jemals etwas von dieser Stiefschwester seiner verstorbenen Frau erwähnt? Sie erinnerte sich nur an einen Neffen, der auch zwei- oder dreimal zu Besuch war. Dessen voller Name war in ihrem Gedächtnis haften geblieben, was daran lag, dass er ungewöhnlich und hochtrabend war: Golo Le Touzet. Ob es sich dabei um Nicoles Sohn handelte?

Ihr fiel auf, wie wenig sie im Grunde über Woletzkis Vergangenheit wusste. Aber bisher hatte sie das nie gestört. Sie tippte den Namen Le Touzet ein, und an dem Profilfoto seines

Facebook-Accounts sah sie sofort, dass es der Richtige war. »Ach du Schande«, sagte sie laut, als sie auf seine öffentliche Freundesliste mit 1024 Einträgen stieß. Sie ging sie der Reihe nach durch – ohne Erfolg. Dann besah sie sich sein Fotoalbum und stieß auf einen Hinweis: Er hatte Bilder einer Shishaparty hineingestellt: In Rauchschwaden gehüllte halbwüchsige Jungs in einem unaufgeräumten Jugendzimmer. Auf einem Foto lagen die vier Kopf an Kopf auf dem Boden und kommentierten das Bild selbst mit »Doppelkinnmafia« und »seeeehr schmeichelhafte Aufnahme ... ich nenne das eher Dreifachkinn«. Aber viel interessanter war der Kommentar von einer Nicole Schwarzkopf, die dazu gepostet hatte: »Heeerrrlicher Abend.« Ihr eingeblendetes Profilfoto zeigte die richtige Nicole, ihr schönes Gesicht an den zierlichen Kopf eines Schimmels schmiegend.

»Heeerrrlicher Zufall«, sagte Susanne laut und klickte auf Nicole Schwarzkopfs Profil. Bereits der Name kam ihr bekannt vor. Sie starrte auf den Bildschirm und konnte nicht glauben, was sie da sah: Warum war sie nicht früher daraufgekommen, mit wem sie es zu tun hatte? Kein Zweifel. Diese Frau war mindestens so gut im Kunsthandel vernetzt wie sie selbst.

Um 18 Uhr verließ Susanne das Büro und ging zu Fuß zu ihrer Wohnung, zwei Straßen weiter. In dieser Hinsicht hatte sie sich gegenüber Frankfurt merklich verschlechtert. Wohnraum war in Zürich so unerschwinglich, dass ihr das Frankfurter Westend dagegen wie ein Schnäppchenmarkt für Mieter vorkam. Ihre schöne Altbauwohnung hatte sie gegen eine dürftige Dreizimmerwohnung in einem Haus aus den Siebzigern eingetauscht. Die Maklerin hatte sie ihr als Luxuswohnung angepriesen. Aber schon Parkettboden und Vollverkachelung von Badezimmern katapultierten eine Wohnung in Zürich in die Luxuskategorie, und der Parkplatz in der Tiefgarage unter dem Haus diente als Rechtfertigung für einen Luxuspreis. Wenigstens kamen in dem schlichten Ambiente der Wohnung Susannes wenige klassische Designermöbel und Kunstgegenstände voll zur Geltung. Ihr »Knitted Chair« von Cappellini machte sich gut vor dem Fenster. Und selbst die originalgetreue Kopie der Weltkarte von Boetti, gewebt von der Tochter eines alten Freundes, hob das Niveau des Apartments.

Susanne ließ ihre Reisetasche im Schlafzimmer auf den Boden fallen, zog sich aus und ging unter die Dusche. Dann stand sie im Bademantel vor ihrem Kleiderschrank, um den Kopf einen Handtuchturban. Was sollte sie heute Abend anziehen? Susanne holte ein grünseidenes Wickelkleid aus dem Schrank, hielt es sich an und drehte sich vor dem Spiegel. Viel zu aufgedonnert. Es landete auf dem Bett. Einen Hosenanzug? Nein, zu konservativ. Rock und Bluse? Auch nicht gerade originell. Sie griff ein schmal geschnittenes Shiftkleid aus gepatchter Wolle in Grautönen: Rena Lange. Fertig angezogen, die Haare geföhnt, sorgfältig geschminkt, betrachtete sie ihr Spiegelbild. Nicht übel, dachte sie.

Erst als sie mit ihrem gelben Alfa Spider aus der Tiefgarage in die Löwenstraße einbog, fiel ihr ein, dass ihr Auto eigentlich zu auffällig war. Sie hätte ein Taxi nehmen sollen. Wenn Woletzki oder einer seiner Bekannten sie jetzt sehen würde, käme sie in arge Erklärungsnot. Aber jetzt war es zu spät, um zurückzufahren und auf das Taxi zu warten. Die Straße führte am Seeufer entlang, und Susanne versuchte, sich über den Blick auf den glitzernden Zürichsee zu freuen. Aber ihre Gedanken kreisten um das bevorstehende Gespräch und die Frage, ob Goldenberg anbeißen würde.

Als sie das gemütliche, gutbesetzte Restaurant mit den dunklen Deckenbalken betrat, sah sie ihn schon auf einer Eckbank sitzen. Er stand auf, als er sie bemerkte. Kurz taxierten sie sich gegenseitig: Dezent karierter Blazer, hellblaues Hemd ohne Krawatte, blassgrüne Hose. Passt, dachte sie.

Exquisites Kleid, tolle Figur. Die hat schon was, dachte er und rückte Susanne den Stuhl zurecht. »Oder möchten Sie lieber auf der Bank sitzen?«

»Nein danke, so ist es gut.« Sie faltete die Hände auf der Tischplatte und blickte in seine kalten wässrigen Augen.

»Schön, Sie endlich einmal alleine zu sprechen«, begann er mit leiser Stimme, »nur schade, dass es bei uns immer nur um Geschäfte geht. Was möchten Sie trinken?«

»Wie gesagt, heute lade ich Sie ein, aber ich wähle auch aus.«

Susanne bestellte eine Flasche Ruinart Blanc de Blancs. Nachdem sie die ersten Schlucke getrunken hatten, zog sie den Umschlag aus ihrer Handtasche und legte die beiden Fotos vor Goldenberg auf den Tisch.

Er sah erst die Bilder an, dann sie und fragte: »Ja, die Abbildungen habe ich schon gesehen. Und?«

Susanne drehte die Fotos um, und Goldenberg nahm eines in die Hand. Er setzte eine goldgerahmte Brille auf und begriff innerhalb von Sekunden. »Also doch! Es hätte mich auch gewundert, wenn die Launharts Ihre Entscheidung so einfach hingenommen hätten.«

»Welche Entscheidung?«, fragte Susanne.

»Hatten Sie nicht bei unserem letzten Treffen gesagt, Sie würden Splüger nicht mit der Zuschreibung beauftragen?«

Susanne nickte. »Ja, ich habe meine Meinung geändert, wie Sie sehen.«

»Na gut, damit ist die Sache für mich erledigt.«

Er gab ihr die Bilder zurück, ließ ihnen beiden Champagner nachgießen, und sie bestellten das Essen. Goldenberg lehnte sich zurück und verschränkte die Arme. »Ich könnte jetzt fragen: Und dafür haben Sie mich nach Zürich kommen lassen? Aber ich will ehrlich sein: Eigentlich ging es mir gar nicht in erster Linie um die Beckmanns.« Er griff nach ihrer Hand und beugte sich wieder nach vorne, wodurch ihre Gesichter sich sehr nah kamen. »Was machen wir jetzt mit dem angebrochenen Abend?«

Susannes Gesicht fing an zu glühen. Sie zog ihre Hand weg, begann umständlich die Fotos in den Umschlag zu schieben und in ihrer Handtasche zu verstauen. Dabei versuchte sie,

Zeit zu gewinnen. Eigentlich hatte sie vorausgesehen, dass Goldenberg das Interesse an den Bildern verlieren würde. Die Werke würden durch Splügers Zertifizierung voraussichtlich einen so hohen Preis erzielen, dass nur ganz wenige Sammler oder Museen noch ernsthaft bieten konnten. Goldenberg hingegen war, soweit Susanne wusste, grundsätzlich an Stücken von zweifelhafter Provenienz interessiert, die dann entweder unter Wert verkauft wurden oder bei denen er im Nachhinein den Preis drücken konnte.

»Ich könnte Ihnen vielleicht eine Möglichkeit vermitteln, die Ihr Interesse eventuell wieder wecken würde.« Jetzt beugte sie sich zu ihm vor und sah ihm direkt in die Augen. Ohne mit der Wimper zu zucken, sprach sie weiter: »Was würden Sie davon halten, wenn Sie die beiden Werke vorweg, außerhalb der Auktion angeboten bekämen ... zu einem guten, vielleicht sogar einem sehr guten Preis?« Sie sah das Flackern in seinen Augen. Er schien angebissen zu haben.

»Ich kann mir kaum vorstellen, dass das im Bereich des Möglichen liegt. Die Launharts wären schön dumm, wenn sie dem zustimmen würden, oder fressen Ihnen die beiden mittlerweile schon aus der Hand? Bei Paul Launhart wäre das denkbar, er hat bekanntlich was übrig für schöne Frauen. Aber dann gibt es immer noch Sunny ... und mit der ist meines Wissens nicht zu spaßen, ein ziemlich trockenes Brötchen.« Er machte eine Pause und aß zwei Gabeln von seiner Kalbskopfsülze. »Gibt es da vielleicht etwas, das Sie mir verheimlichen?«

Susanne stocherte unkonzentriert in ihrem Carpaccio. Endlich waren sie auf dem richtigen Weg. Sie musste herausfinden, wie viel er über die beiden weiteren Gutachten wusste, ohne ihm im Gegenzug zu viele neue Informationen zuzuspielen. Wieder sah sie ihm gerade in die Augen. »Ich weiß nicht, was Sie meinen, Herr Goldenberg«, log sie und beobachtete ihn dabei genau.

JULIA

Mit der gefälschten Entschuldigung für eine verpasste Woche in der Tasche betrat Julia um 7 Uhr 48 den Schulhof der St.-Maria-Schule, genau zwei Minuten vor dem offiziellen Unterrichtsbeginn. Mit hocherhobenem Kopf und unnahbarer Miene steuerte Julia auf das Klassenzimmer zu. Sie stolzierte in den Raum bis nach vorne zur zweiten Reihe und blieb vor einem vollbusigen Mädchen aus Claras Clique stehen.

»Such dir gefälligst einen anderen Platz, du sitzt nämlich auf meinem.«

Julia holte einen Schnellhefter und einen vergoldeten Cross-Kugelschreiber aus ihrer Tasche und legte beides demonstrativ vor das Mädchen auf den Tisch. Mein Revier. Diese blickte sich verunsichert um, doch als keine Reaktion aus den anderen Reihen kam, räumte sie das Feld.

»Am besten setzt du dich in die Nähe der Tür, für den Fall dass dein o.b. super wieder mal nicht saugstark genug ist«, legte Julia nach.

Ein Raunen ging durch die Klasse. Es lief nicht übel. Ganz bewusst hatte sie ihren Wiedereinstieg so gelegt, dass Englisch ihr erstes Fach sein würde. Darin konnte sie glänzen, und der Englischlehrer, gleichzeitig ihr Klassenlehrer, mochte sie. Als er den Klassenraum betrat, stand sie auf und übergab ihm ihre selbstverfasste Entschuldigung, die er sogleich in seinem Aktenkoffer verstaute.

»Are you feeling better today, Julia?«

»Yes, Mr. Wendel. A terrible cold, with temperature, but it's much better now.«

»Clara, did you inform Julia about the homework for the last week, as I asked you?«, fragte Herr Wendel.

Clara errötete. Natürlich hatte ihr die kleine Schlange nicht ein einziges Mal die Hausaufgaben mitgeteilt. Und das, obwohl sie nur fünf Häuser weiter in derselben Straße wohnte. Nun, die Frage war nur, wie Julia diese Tatsache ausschlachten konnte. Bevor Clara eine Antwort einfiel, ergriff Julia wieder das Wort und sah kurz in Claras blassblaue Augen. Was sie dort sah, war: Angst! Gut so, dachte sie.

»Oh, of course Clara kept me informed. She was very considerate. Every day she brought me the homework and the work sheets. But I actually was so ill, that I was even unable to do the homework. I am really very sorry, but you can read it in the letter of my mother, or do you need a medical certificate?«

Herr Wendel schüttelte erwartungsgemäß den Kopf und brummte nur: »Dann arbeite es eben nach, möglichst zeitnah, wir schreiben nächste Woche die Arbeit.«

Julia warf Clara einen langen intensiven Blick zu, den Clara unter ihrem dichten, die Augenbrauen verdeckenden Pony hervor erwiderte. Schwer zu sagen, ob sie so schnell schon klein beigeben würde, dachte Julia. Sie konzentrierte sich auf den Englischunterricht und meldete sich bei jeder Frage.

In der Mittagspause knallte Julia die Gucci-Tasche ihrer Mutter auf den Tisch in der Schulcafeteria und fing genüsslich an, ihre fetttriefenden Pommes zu essen.

»Hi.« Jaqueline ließ sich neben sie auf einen Stuhl fallen und stellte schlechtgelaunt den Joghurt mit zwei Prozent Fett auf die Tischplatte.

»Ich verstehe einfach nicht, wieso du dir regelmäßig dieses fettige Zeug reinziehen kannst und nie auch nur ein Gramm mehr als sechsundfünfzig Kilo wiegst.«

Julia beneidete Jaqueline um ihre braunen Locken, die immer glänzten wie frisch geröstete Kaffeebohnen – aber nicht um ihre Figur. Sie hatte mindestens fünf Kilo Übergewicht, und das obwohl sie nahezu immer auf Diät war und jeden Tag zwei Stunden Dressurreiten musste.

»Da scheine ich sogar mal ein Glückspilz zu sein. Ich kann den ganzen Tag essen und nehme nie zu. Meine Mutter treibt das übrigens auch fast in den Wahnsinn.«

Jacky war ihre beste Freundin. Nun gut, sie kriegte nicht

jeden Trend mit, aber ihre Eltern waren in nahezu jedem Verein, Ausschuss und jeder Wohltätigkeitsorganisation des Vordertaunus, und Julia war dringender denn je darauf angewiesen, so jemanden auf ihrer Seite zu haben.

Da schlenderten Clara und ihre beste Freundin Toni wie zufällig vorbei.

»Hey«, sagte Clara. »Am Samstag habe ich Geburtstag. Und ich mache eine Party. Wenn ihr Lust habt, könnt ihr vorbeikommen.«

Wie bitte? Julia kniff die Augen zusammen. Seit wann lud Clara sie zu ihrem Geburtstag ein? Das war ein bisschen viel der Dankbarkeit dafür, dass sie sie nicht bei ihrem Englischlehrer verpfiffen hatte.

»Na, ihr könnt es euch ja überlegen.«

»Wie nett von dir«, sagte Julia mit vor Sarkasmus triefender Stimme. »Aber zufällig hat keine von uns Lust, zu deiner Langweilerparty zu kommen, solange du nicht endlich damit aufhörst, auf Facebook über meinen kleinen Bruder herzuziehen. Und falls du es noch nicht gehört hast: Er war gar nicht derjenige, der diesen Jungen zur Schnecke gemacht hat. Er hat nämlich ein handfestes Alibi.«

Clara straffte sich und höhnte: »Ach wirklich? Wer gibt ihm denn das Alibi? Etwa du, als du gerade die Schule geschwänzt hast?«

Julia merkte, wie ihr das Blut in den Kopf rauschte. Ihr ganzes mühsam zur Schau gestelltes Selbstbewusstsein war plötzlich dahin.

Da hörte sie neben sich Jaquelines Stimme: »Er war genau zu der Zeit im Bäckerladen und hat sich Gummischlangen gekauft. Die Verkäuferin hat es bestätigt. Das weiß in Königstein mittlerweile jeder. Aber zu euch ist mal wieder nichts vorgedrungen!«

Toni, ein großgewachsenes Mädchen mit dunkelblondem Pferdeschwanz und Keramikbrackets, das neben Clara stand, fragte: »Wer soll es denn dann gewesen sein?«

Jaqueline antwortete prompt: »Alexander Eichberg hat es alleine getan, was glaubst du denn?«

»Interessant«, antwortete Toni. »Ich hoffe, du weißt, was du da sagst. Die Eichbergs werden das nämlich nicht so einfach auf sich sitzen lassen.«

Julia erwachte aus ihrem Selbstmitleid und zischte wütend: »Ach ja? Und du meinst, die Mitglieder meiner Familie kann man mal eben so verleumden, ohne dass es Folgen hat?«

Claras Antwort kam prompt und mit der ihr so selbstverständlichen Arroganz: »Selbst wenn es eine Verleumdung wäre, was ich noch lange nicht glaube, lautet die Antwort: *Ja!* Am besten macht ihr endlich, dass ihr zurück in euren Slum nach Frankfurt kommt.«

Damit drehten sie und Toni sich um und schlenderten zum Ausgang der Cafeteria.

HEIKE UND TOM

»Also was sagst du nun zu dieser Sache?«, fragte Heike.

»Welche Sache?« Tom hatte sich auf einen entspannten Saunaabend ohne viel Gerede gefreut.

»Das fragst du? Natürlich die mit der Porno-DVD. Hast du eine Erklärung, wie sie in unseren Garten gekommen ist? Das war so entsetzlich peinlich, gestern mit Frau Burau!«

»Kann ich mir vorstellen. Aber vergiss die Zicke einfach! Von mir ist die DVD jedenfalls nicht.«

»Das weiß ich doch. Nur, wer wirft denn so eine Hülle auf unser Grundstück? Noch dazu so etwas Ekelhaftes.«

Tom begann zu schwitzen und rieb sich über die nassen Arme und die Brust. »Tja, vielleicht war es Frau Burau selbst? Damit wir in Zukunft immer spuren, wenn sie wieder ihren Kiesweg geharkt und den Winterdienst bezahlt haben möchte.«

Heike schüttelte nachdenklich den Kopf. »So weit würde sie doch nicht gehen …«

»Und hast du schon mal deine Freundin Claudi und ihre wohlerzogenen Kinderchen gefragt?«

»Du spinnst wohl!« Heike setzte sich abrupt auf und funkelte Tom entrüstet an, dabei bemerkte sie seinen Blick auf ihre Brüste. »Hör auf, meinen Busen anzustarren!«

»Wieso, wir sind schließlich verheiratet, und ich muss sagen, sie sind immer noch ziemlich gut in Form.« Er streckte die Hand aus, um sie zu berühren, aber Heike rückte ein Stück weiter weg. »Arthur und Lorenz sind doch noch gar nicht alt genug für so was!«

»Na, wenn du dich da mal nicht täuschst ...«

Heike versuchte nachzudenken. »Vielleicht hat die Hülle wirklich jemand mit Absicht da hingeworfen. Extra so, dass die Nachbarn es sehen können. Aber wer? Übrigens ist gestern auch noch etwas passiert, womit ich überhaupt nicht mehr gerechnet habe ...«

Tom musterte sie und bemerkte, wie entspannt sie auf einmal aussah. Es musste etwas Positives sein. »Sind wir endlich in den Kronberger Golfclub aufgenommen worden?«, fragte er hoffnungsvoll.

»Nein, viel besser!«

»Claudia hat eine andere Wohnung gefunden?«

»Blödmann, sie sucht doch gar nicht!«

»Na umso schlimmer.«

»Also sei doch nicht so herzlos. Nein, ich sag's dir: Frau Eichberg hat zwei Einladungen für die Geburtstagsparty ihres Mannes vorbeigebracht. Eine für uns und eine für Claudia. Ist das nicht toll? Sie meinte, da wir so nah nebeneinanderwohnen, wollte sie sie mir doch gerne persönlich übergeben, und sie würde sich angeblich sehr freuen, wenn wir kämen.«

»Heuchlerin. Wahrscheinlich haben sie zu viele Absagen.«

Heike lief jetzt auch der Schweiß über den Körper, und ihr Gesicht lief langsam rot an. »Du musst nicht immer alles so negativ sehen. Aber dass sie sogar Claudia eingeladen hat, überrascht mich schon. Nach der Sache mit den Jungs ...«

Tom sprang plötzlich auf. »Also ich brauche jetzt eine Abkühlung!« Er öffnete die Glastür der Sauna, ging hinüber zu der mit schwarzem Mosaik gefliesten Dusche und brauste sich unter lautem Prusten mit kaltem Wasser aus dem Schlauch ab.

Heike folgte ihm.

»Kommst du mit in den Pool?«, fragte er.

»Jetzt noch? Es ist doch schon dunkel.«

»Ach, hab dich nicht so!«

Sie zogen sich ihre weißen Bademäntel an, gingen nach unten und durch die Terrassentür in den Garten. Easy, der in seinem Hundekorb gelegen hatte, kam neugierig angetapst und folgte ihnen. Tom schaltete die Außenbeleuchtung an, machte einen Köpper in das Becken und pflügte mit gleichmäßigen, starken Zügen durch das Wasser. Heike steckte zuerst einen Zeh hinein, zog dann langsam ihren Bademantel aus und ließ ihn auf das Teakholzdeck fallen. Dann stieg sie über die Edelstahlleiter in das ungeheizte Wasser und stöhnte auf: »Das ist ja eisig. Wie viel Grad hat das überhaupt noch?«

»Ich bin heute Morgen schon geschwommen. Es sind noch mindestens zehn Grad.«

»So was Verrücktes«, sagte Heike und schwamm mit hektischen Bewegungen die Längsseite des Pools entlang. Sie wollte so schnell wie möglich wieder ins Trockene und Warme.

Tom schwamm auf sie zu und umfasste ihre Schultern. Er presste sich von hinten an ihren nackten Körper, seine Hände rutschten nach vorne und griffen nach ihren Brüsten. Plötzlich fing Easy an zu bellen, Heike stieß einen schrillen Schrei aus, und Tom murmelte: »Sei doch nicht immer so spröde!«

Wie erstarrt flüsterte Heike: »Da steht jemand im Garten. Dahinten!« Sie zeigte auf die Rhododendronbüsche an der Grundstücksgrenze zu Eichbergs.

In dem Moment sah auch Tom die Gestalt auf dem Rasen und kraulte sofort los. Er stützte sich mit den Armen auf den Beckenrand und hievte sich aus dem Wasser. Ein Blitzlicht erhellte für den Bruchteil einer Sekunde den Garten. Tom spurtete über die Rasenfläche. Der Eindringling hatte sich schon umgedreht und bahnte sich einen Weg durch die Büsche. Heike hörte die brechenden Zweige laut knacken. Sie war zur Leiter geschwommen, hatte sich ihren Bademantel übergezogen und war Tom in den hinteren Teil des Gartens gefolgt. Er hatte sich ebenfalls einen Weg durch die dichten Rhododendren geschlagen, und sie hörte ihn keuchen. Das musste ziemlich schmerzhaft sein – ohne Kleidung. Easy bellte immer noch wie verrückt und war dem Eindringling dicht auf den Fersen.

Am Maschendrahtzaun, der das Grundstück zu Eichbergs hin umsäumte, holte Tom den Eindringling ein. Er bekam etwas Weiches, Wollenes zu packen und hörte eine hohe verstellte Frauenstimme: »Ihr kriegt mich nicht. Aber ihr werdet noch von mir hören ... und bezahlen.«

Auf einmal jaulte Easy auf. Die Frau war über den Zaun geklettert und hatte Easy vorher noch einen Tritt verpasst. Sie rannte über das Grundstück der Eichbergs davon. Tom hielt ihre Strickjacke in der Hand und versuchte, den winselnden Hund zu beruhigen.

Vor den Büschen wartete Heike und rief besorgt: »Tom, ist dir was passiert?«

»Nein, schon gut! Aber Easy hat eine Platzwunde an der Lefze.«

Er bahnte sich mit dem Hund auf dem Arm einen Weg zurück, und sie gingen zum Haus, um Easys Schnauze zu desinfizieren. Als Heike Tom in der hellen Beleuchtung ansah, erschrak sie: Sein ganzes Gesicht war aufgeschürft, und auch auf Brust und Armen hatte er lauter Kratzer. Sie lief hinaus, um Pflaster zu holen, da bemerkte sie eine Bewegung auf der Treppe und erschrak ... Dann erkannte sie, dass Frau Albrecht gerade die Stufen hinaufstieg. Ohne sich umzudrehen, raunte sie nur ein »Guten Abend« und eilte weiter. Kopfschüttelnd ging Heike zurück in die Küche und begann, Tom mit Desinfektionsspray und Pflastern zu verarzten.

»Eben war Frau Albrecht auf der Treppe, und sie war schon wieder so seltsam.«

Tom holte sich ein Weizenbier aus dem Kühlschrank und sagte: »Ich weiß, was du denkst. Aber ich glaube, du irrst dich: Sie ist in Ordnung. Jedenfalls wurde der Haushalt doch noch nie so perfekt geführt, oder, Schatz?«

Heike konnte ihm in dem Punkt nicht widersprechen. Sie sah mit einem Schaudern auf die erbeutete tannengrüne Strickjacke, die über einer Stuhllehne hing.

»Na jedenfalls werde ich morgen die Polizei anrufen. Hier haben wir immerhin so etwas wie Aschenputtels Schuh.«

»Ich weiß nicht, ob das eine gute Idee ist. Wer weiß, wie viele Fotos sie schon ohne Blitz geschossen hat …«

CLAUDIA

Sie stellte ihren Voyager vorsorglich im Grüneburgweg ab und nicht auf ihrem Kanzleiparkplatz. Dann sah sie zu der verspiegelten Fassade des Gebäudes hoch. Zu dumm, dass man nicht erkennen konnte, ob in einem der Büros noch Licht brannte. Claudia sah auf die Uhr: kurz vor zehn. Als der Aufzug im dritten Stock hielt und die Tür sich langsam öffnete, stellte sie mit Erleichterung fest, dass im Flur alles dunkel war. Sie schloss die Glastür auf und ging zuerst in ihr eigenes Büro. Die Sekretärin hatte ihr einige Telefonnotizen auf den Schreibtisch gelegt, die Claudia kurz durchsah. Dann zog sie ihre Lederjacke aus, legte sie über einen Stuhl und ging leise durch den Flur, um in jeden der Büroräume einen Blick zu werfen. Sie musste ganz sicher sein, dass niemand mehr da war.

Zum Schluss stand sie vor der geschlossenen Tür von Dr. Teufels Büro. Die einzige Tür, die nicht aus Glas bestand, sondern aus weißlackiertem Holz. Nach einem leisen Klopfen drückte sie die Klinke herunter und öffnete sie. Sie machte kein Licht, sondern benutzte eine Taschenlampe, ging zu den

Wandschränken und begann den Inhalt systematisch zu durchsuchen. Jeden Aktenordner nahm sie heraus und blätterte ihn durch. Auf keinen Fall konnte sie sich darauf verlassen, dass die Rücken der Ordner, die sie suchte, groß und deutlich mit den Namen Enno Blankenberg, Kormoran oder Albatros gekennzeichnet sein würden. Wenn wirklich etwas mit Blankenberg und dem Unternehmen nicht stimmte, wie es ihr ein deutliches Gefühl sagte, dann würde selbst ihr Senior nicht so naiv sein und die Unterlagen für alle sichtbar in seinem Schrank deponieren. Es war umso schwieriger, als sie gar nicht genau wusste, nach was sie eigentlich suchen musste. Es gab ganze Aktenschränke voller Ordner über die Gerichtsverfahren, die sie und Dr. Teufel für Blankenberg geführt hatten. In allen Fällen war seine Gesellschaft von Anlegern verklagt worden, die ihr Geld bei Warentermingeschäften verloren hatten.

Als sie den dreißigsten Ordner ohne Ergebnis durchgeblättert und nur noch fünf vor sich liegen hatte, sah sie wieder auf die Uhr: schon zwölf. Es schien aussichtslos. Wahrscheinlich hatte er die Unterlagen doch mit nach Hause genommen. Da fiel ihr ein, dass sie Dr. Teufel einmal überrascht hatte, als er ihr Klopfen an der Tür nicht gehört hatte. Er war gerade dabei gewesen, das Ölbild über dem Besuchertisch gerade zu rücken, aber seine Reaktion war so überzogen gewesen, als habe sie ihn bei etwas Verbotenem erwischt.

»Können Sie nicht anklopfen?«, hatte er sie angefahren.

Claudia trat näher an das Bild heran – eine Beckmann-Kopie mit dem Porträt einer Frau in grünem Negligé vor einem Spiegel. Vorsichtig tastete sie den Rahmen auf der Rückseite ab, hob es dann ein wenig an und löste die Drahtschnur über dem Nagel. Das Bild war schwer, und sie hatte Mühe, es langsam auf dem Boden abzustellen. Als sie sich aufrichtete, stand sie vor einem Safe mit Zahlenschloss. Das war also das Ergebnis ihrer zweistündigen Suche. Nun würde sie unverrichteter Dinge nach Hause gehen. Es sei denn … er hätte eine Zahlenkombination gewählt, die leicht zu knacken war. Claudia versuchte es mit Dr. Teufels Geburtsdatum. 25.03.52. Claudia drückte zuerst die Tasten und anschließend den Knopf mit dem grünen Schlüssel darauf. Nichts. Sie versuchte die Zahlen in verschiedenen Reihenfolgen. Nichts. Die Geburtsdaten seiner Frau und seiner Kinder kannte Claudia nicht. Doch dann fiel ihr ein, dass Dr. Teufel sich noch nie hatte Zahlen merken können. Nicht einmal seine eigene Telefonnummer wusste er auswendig. Deshalb notierte er sich alle wichtigen Nummern fein säuberlich auf dem Papierbogen in seiner ledereingefassten Schreibtischauflage. Sie las die Zahlenkolonnen. Bei S.: 70 63 05 hielt sie inne. Es sah zwar aus wie eine Telefonnummer, aber vor diesen standen überall ausgeschriebene Namen. Sie ging wieder zu dem Safe und tippte den Code ein. Als sie diesmal den grünen Schlüssel drückte, ertönte ein mechanisches Rattern und die Tür sprang auf.

Das Fach im Inneren des Tresors war nur fünfzig mal fünfzig Zentimeter groß. Die erhofften Aktenordner fanden sich darin nicht. Aber unter einigen Geldbündeln – es mussten an die zwanzigtausend Euro sein – lag eine dicke Dokumentenmappe. Sie schob das Geld nach hinten, holte die Mappe heraus und legte sie auf den Besuchertisch. Während sie sich setzte, öffnete sie den umlaufenden Reißverschluss und klappte den Deckel auf. Obenauf lagen ein abgelaufener grüner und ein offenbar aktueller roter Reisepass von Dr. Teufel … und ein zweiter. Sie öffnete ihn: Es war Blankenbergs Pass. Aber warum lag der hier im Safe von Dr. Teufel, überlegte sie. Darunter fanden sich Kontoauszüge einer Bank in Zypern. Unter der Kontonummer M 3670 waren die Eingänge verbucht. Claudia blätterte weiter und stutzte: Nach der jüngsten Bareinzahlung am 18. August wies das Konto ein Guthaben von dreihunderteinunddreißig Millionen Euro auf. Ihr kam sofort das Geldwäschegesetz in den Sinn, wonach schon verdächtige Einzahlungen über fünfzehntausend Euro an die zuständigen Strafverfolgungsbehörden gemeldet werden mussten. Daran hielten sich allerdings nicht die Banken eines Offshore-

Finanzplatzes wie Zypern. Claudia erinnerte sich an das, was ihre Kollegin ihr über die Ferienhäuser dort und in der Schweiz mitgeteilt hatte. Aber war nicht auch ein Rechtsanwalt, der in derartige Transaktionen eingebunden wurde, verpflichtet, sie zu melden? Eine Kollision mit der Schweigepflicht. Soweit sie sich erinnerte, musste er in solchen Fällen zumindest die Rechtsanwaltskammer informieren. Das schien aber Dr. Teufel nicht gekümmert zu haben. Claudia bekam einen Adrenalinschub: Was, wenn man auch ihr anhängen würde, dass sie von den Transaktionen Blankenbergs gewusst hatte? Schließlich war er in erster Linie ihr Mandant. Das hatte sie zumindest bis heute geglaubt.

Sie legte die Kontoauszüge zur Seite und griff den nächsten Schnellhefter: Auszüge einer Londoner Bank. Dieses Konto war Claudia wohlbekannt, denn es handelte sich um das offizielle Geschäftskonto der Kormoran GmbH. Sie feuchtete ihren Finger an und blätterte die Ausdrucke zügig durch. Auch dieses Konto wies Einzahlungen großer Summen auf – Überweisungen. Aber am 11. August tauchte plötzlich ein Minuszeichen hinter dem verbliebenen Kontostand in Höhe von 12,01 Pfund Sterling auf. Davor waren mehrere größere Barabhebungen vorgenommen worden. Dieses Konto hatte jemand leer geräumt. Das Ganze schien einfacher zu sein, als sie erwartet hatte.

Claudia legte die Kontoauszüge zur Seite und besah sich den nächsten Stapel. Als sie ihn hochhob, fiel ein Foto zu Boden. Claudia hob es auf. Es zeigte Dr. Teufel und Blankenberg, die zusammen mit zwei anderen Männern vor Blankenbergs Flugzeug posierten. Claudia leuchtete nacheinander jedes der Gesichter mit der Taschenlampe an. Die Männer trugen alle Sonnenbrillen. Einer davon war kleiner als die anderen, und die Taschenlampe fiel ihr fast aus der Hand, als sie erkannte, wer es war: Nicolas de Haan. Was hatte er mit Blankenberg und Dr. Teufel zu tun?

Langsam ließ sie das Foto sinken und suchte unkonzentriert

in den anderen Unterlagen: Ein Handelsregisterauszug der Kormoran GmbH. Den kannte sie in- und auswendig. Blankenberg war als Gesellschafter und Geschäftsführer eingetragen. Ein handgeschriebener dreiseitiger Brief, in schwer zu entziffernder Schrift. Konnte das sein Testament sein? Claudia versuchte den Brief zu lesen, aber es schien sich nicht um Blankenbergs letzten Willen zu handeln, sondern es ging um eine Reise nach Pontresina. Der Name des Orts in den Schweizer Alpen tauchte mehrfach auf. Doch Claudia hatte nicht die Ruhe, um die übrigen Wörter zu entschlüsseln. Sie spürte ihre Müdigkeit gemischt mit zunehmender Nervosität. Mehr war in dem Dokumentenbündel nicht enthalten. Sollte sie die Unterlagen kopieren? Claudia sah wieder auf die Uhr: schon halb zwei. Sie entschied sich dagegen. Dann versuchte sie, die Unterlagen wieder so in der Mappe zu ordnen, dass Dr. Teufel nichts merken würde, und legte sie zurück in den Safe.

Als sie in ihrem Voyager saß und schon auf der A66 entlangfuhr, gingen ihr tausend wirre Gedanken durch den Kopf. Lag das Geld noch auf diesem Nummernkonto in Zypern, oder hatte das auch schon jemand geleert? Was, wenn die Anleger merken würden, dass das Geschäftskonto kein Guthaben mehr aufwies? Wie sollten die Einlagen ausgezahlt werden? Und was hatte Nicolas de Haan mit Blankenberg zu tun?

GERTRUD

Gertrud stürzte die Kellertreppe hinauf und zu ihrem Auto. Das Getriebe grollte, als sie sich verschaltete. Kurz darauf raste sie rückwärts aus der Ausfahrt und stieß fast mit einem VW Sharan zusammen. Erst auf der Frankfurter Straße wurde sie ruhiger und versuchte sich einzureden, dass Horst gar nicht allzu weit gekommen sein konnte. Sollte sie die Polizei informieren? Aber wie konnte sie erklären, dass sie ihren Mann normalerweise im Keller einschloss, wenn sie wegging? Vermutlich würde man dafür wenig Verständnis aufbringen. Wer von denen konnte überhaupt ermessen, was es hieß, sich um einen Menschen mit dieser Krankheit kümmern zu müssen und alleine die Verantwortung für ihn zu tragen?

Langsam fuhr sie in Richtung Altstadt und hielt rechts und links Ausschau nach einem alten, gebückt laufenden Mann mit weißen zerzausten Haaren und dunkelgrauer Strickjacke. Was konnte sein Ziel sein, wenn er überhaupt eines hatte? Der Bäcker, die Apotheke, die Buchhandlung? Deren Inhaber war Horst besonders vertraut gewesen; er hatte so viel gelesen! Und über die Bücher konnten sie sich stundenlang unterhalten. Damals! Gertrud standen auf einmal Tränen in den Augen. Warum musste er bloß so krank werden?

Sie parkte ihr Auto auf dem Adenauer Platz und überquerte zu Fuß die Königsteiner Straße. In der Marienapotheke fragte sie als Erstes nach, dann lief sie zur Millennium-Buchhandlung.

»Der Herr Lemberg war schon so lange nicht mehr hier«, stellte eine Mitarbeiterin fest. »Wir haben uns manchmal gefragt, wo er denn geblieben ist.«

Gertrud schüttelte abwehrend den Kopf. Blieb noch der Bäcker am Ende der Fußgängerzone. Sie rannte die Hauptstraße hinunter. Als sie durch das Schaufenster blickte, fing ihr Herz an zu klopfen. Da stand er vor der Vitrine: Ein alter Mann in einer Gruppe von Kindern. Mit zurückgebeugtem Kopf hielt er sich eine grüne Gummischlange über den Mund. Ganz langsam ließ er sie darin verschwinden. Die Kinder johlten. Sie lachten ihn aus. Dann griff er in das Glas mit den Schlangen und verteilte sie an die Kinder, darunter waren einige ihrer Schüler. Sie langten zu und rissen ihm die Gummischlangen aus der Hand. Eine Verkäuferin stand hinter der Theke und beobachtete die Szene mit unbewegtem Gesicht. Gertrud stieg das Blut in den Kopf. Sollte sie einfach weitergehen? Sicher wusste keines der Kinder, dass Horst ihr Ehemann war. Aber sie wollte nicht kneifen. Also spannte sie ihren Rücken, hob das Kinn und betrat den Laden. Die Kinder starrten sie an, und Horst versuchte hastig, sich die restlichen Schlangen in die Jackentasche zu stecken, wobei einige auf den Boden fielen.

»So, Kinder, der Spaß ist vorbei. Ihr seht am besten zu, dass ihr nach Hause kommt und Schulaufgaben macht!«, blaffte Gertrud in ihrem gewohnten Befehlston, woraufhin die Kinder hastig den Laden verließen. Gertrud zahlte, bevor sie Horst am Arm packte und hinauszerrte. Auf der Stufe stolperte er, ging in die Knie, doch Gertrud riss ihn am Ellbogen hoch. Ohne ein Wort zu sprechen, zog sie Horst durch die Fußgängerzone in Richtung Parkplatz. Passanten blieben stehen und starrten sie an. Erstaunlicherweise entwand sich Horst nicht dem eisernen Griff von Gertruds Hand, und er sagte auch nichts. Entgegen seiner sonstigen Gewohnheit, wenn ihm etwas nicht passte, jaulte und heulte er nicht, sondern war still. Seine Erregung war nur daran zu sehen, dass ihm unaufhörlich Spucke über das Kinn rann und heruntertropfte. Erst als sie im Auto saßen, sagte er: »Du hast wieder den roten Pullover an. Ich hasse diesen Pullover!«

Sie drückte sich mit drei Fingern in die Mitte der Stirn und senkte den Kopf. »Sag mir die Wahrheit, Horst? Bist du schon mal weggelaufen?«

Horst sabberte immer mehr. »Man darf doch nicht einfach in den Brunnen pinkeln. Das ist doch verboten. Pinkeln darf man nur in die Toilette oder in die Schüssel. Nein, niemand darf in den Brunnen oder auf den Boden pinkeln. Das ist eine Schweinerei.«

HEIKE

»Wenn es unbedingt sein muss, sollen sie eben kommen. Aber dann am besten gleich nächste Woche, danach habe ich wirklich keine Zeit mehr. Dann geht in meinem Internetshop der Weihnachtsverkauf los. Außerdem bin ich, wie du vielleicht weißt, seit kurzem betreuende Mutter im Tennisclub und muss die Weihnachtsfeier ganz alleine organisieren«, fügte sie nicht ohne Stolz hinzu und räumte einige Kissen und Decken vom Boden auf, die Chloé mit ihren Freunden gestern im Kinoraum hinterlassen hatte.

Es war das alte Thema: Ihre Schwiegereltern hatten sich angekündigt. Und da sie inzwischen über zwei geräumige Gästezimmer mit eigenem Bad verfügten, gab es noch weniger Ausreden. »Und bitte nur drei Tage, du weißt ja, dass wir sonst wieder aneinandergeraten …«

Doch passte es diesmal gar nicht so schlecht, denn dann würden sie auf Chloé und Carlo aufpassen, wenn Heike und Tom bei der Party von Eichbergs eingeladen waren, zumal Frau Albrecht in dieser Woche zur Hochzeit ihrer Nichte nach Bern fahren wollte.

Nachdem sie aufgelegt hatte, fiel ihr ein, dass sie noch das Magenta-Kostüm anprobieren musste. Sie lief die Treppe hoch in ihr Ankleidezimmer und öffnete das Paket von Yatego. Das schwarze Minikleid fühlte sich zwar billig an. Aber als Heike in dem Kostüm vor ihrem riesigen Spiegel stand, musste sie dennoch zugeben, dass sie wahrscheinlich eine der wenigen Frauen auf der Gästeliste der Eichbergs war, die tatsächlich noch die Figur für so ein Kostüm hatten. Die Einzige, die ihr in dieser Hinsicht noch das Wasser reichen konnte, war Caroline Kissel, überlegte Heike selbstzufrieden. Alle anderen waren entweder verknöchert oder verfettet. Nun musste noch ein Outfit für Tom her. Sollte sie ihm ein Riff-Raff-Kostüm und eine blonde Langhaarperücke verpassen? Oder würde er sich besser als Meat Loaf in kurzärmeliger Nietenlederjacke machen?

Unterdessen plante auch Julia bereits den Abend, an dem Heike, Tom und Claudia auf der Party der Eichbergs eingeladen waren. Sie hatte auf ihrer Pinnwand bei Facebook gepostet, dass sie am 13. Oktober ihren fünfzehnten Geburtstag nachfeiern würde und sogar Clara und Toni dazu eingeladen. Dann würde sie den beiden einmal zeigen, wie man richtig abfeierte.

Arthur und Lorenz, auf die sie an dem Abend aufpassen sollte, waren mit ihrem harterarbeiteten Babysittergeld bestochen. Jeder der beiden bekam fünfzig Euro, wenn er dichthielt. Die eine Hälfte hatte sie ihnen schon gegeben, damit sie nicht schon vorher etwas ausplauderten, die andere Hälfte gab es erst nach der Feier. Jetzt musste sie nur noch diese lästige Haushälterin von Heike aus dem Weg räumen, aber dafür hatte sie sich bereits eine Lösung überlegt …

Elisabeth und Richard trafen nach einer langen Fahrt aus Hamburg am Freitagnachmittag ein. Heike hatte sich vorgenommen, diesmal perfekt die Schwiegertochterrolle zu spielen. Zumal sie noch vor Weihnachten den Einbau eines Whirlpools plante und Tom milde gestimmt werden musste. Sie breitete die Arme aus und empfing ihre Schwiegereltern mit gespielt warmherziger Wiedersehensfreude. Elisabeth und Richard Stelzer wechselten einen erstaunten Blick, als Heike ihr Gepäck ins Haus trug.

»Leider ist unsere neue Haushälterin, Frau Albrecht, diese Woche nicht da. Deshalb habe ich selbst das Abendessen zubereitet: Roastbeef mit Bratkartoffeln und grünen Bohnen. Ihr müsst doch hungrig sein nach der langen Reise?«

Heikes Schwiegereltern sahen sich schon wieder erstaunt an. »Ach, könnten wir uns nur kurz frisch machen, Heike?«, fragte Elisabeth.

»Ja, natürlich, ich bringe eure Sachen hoch.« Sie führte die beiden in das Gästezimmer, das Frau Albrecht noch vor ihrer Abreise vorbereitet hatte. Heike hatte sogar frische Blumen besorgt und auf den kleinen Tisch am Fenster gestellt. Es sah wirklich einladend aus, fand sie, mit der strahlend weißen Bettwäsche, den neuen violetten Vorhängen, davor die Glasvase mit den weißen Lilien.

»Oh, Lilien«, war Elisabeths Kommentar. »Von dem Geruch kriege ich immer sofort Kopfschmerzen.«

Geruch? Wie konnte man diesen herrlichen Blumenduft nur

als Geruch bezeichnen, dachte Heike. Schon hatte Richard die Vase gepackt und trug sie in den Flur. Elisabeth riss das Fenster auf und wedelte die frische Luft in den Raum.

Heike murmelte: »Na wie ihr wollt. Kommt ihr dann zum Essen in die Orangerie, wenn ihr so weit seid?«

Richard nickte ihr freundlich zu, als sie die Treppe herunterging. Zum ersten Mal in ihrem Leben band sich Heike eine Schürze um. Sie holte das Roastbeef aus dem Kühlschrank, das sie fertiggebraten beim Metzger Klein geholt hatte, und wollte es schnell in der Mikrowelle aufwärmen, bevor die beiden herunterkamen. Nach dreißig Minuten fragte Chloé, wo denn Oma und Opa blieben, als Easy plötzlich anfing zu knurren und zur Haustür lief.

»Sieh doch mal nach, wer da an der Tür ist, bestimmt kommt Papa heute zur Feier des Tages schon früher nach Hause«, sagte Heike und fügte leise hinzu: »Für mich hat er das in seinem Leben erst drei Mal geschafft. Einer der Anlässe war meine geplatzte Fruchtblase …«

Während sie die tiefgefrorenen Bratkartoffeln in der Pfanne umrührte, hörte sie einen spitzen Schrei und ein hysterisches Bellen. Das ist aber eine sehr überschwengliche Begrüßung für Tom, dachte sie und griff nach dem Salzstreuer, um ihn im selben Moment fallen zu lassen. Vor ihr standen mindestens fünf Polizisten mit Helmen und gezückten Waffen, einer davon hielt Chloé am Oberarm fest. Carlo begann zu weinen.

»Sind Sie Frau Stelzer?«

Heike wurde blass und nickte. »Ja, die bin ich. Und was tun Sie hier?«

»Sie haben also nicht den Überfallknopf gedrückt?«, lautete die Gegenfrage.

Im Flur waren Schritte zu hören, und zwei andere Polizisten führten Elisabeth und Richard herein. Elisabeth zitterte am ganzen Körper, und einer der Polizisten schob ihr einen Stuhl unter den Po.

»Diese Leute hier behaupten, Ihre Schwiegereltern zu sein,

Frau Stelzer, stimmt das? Wir haben sie in einem der oberen Stockwerke aufgegriffen.«

Heike nickte wieder. »Ja, das sind sie.«

»Dann geben Sie ihnen am besten mal ein Glas Wasser!«, sagte der Einsatzleiter und klappte das Visier seines Helms hoch. Er machte den anderen Polizisten ein Zeichen, woraufhin sie die Waffen sinken ließen.

Carlo und Chloé rannten zu Heike und pressten sich an ihren Körper. Sie holte zwei Gläser aus dem Schrank und füllte sie mit Leitungswasser. »Also ich habe ganz bestimmt nicht den Alarmknopf gedrückt, ich war hier in der Küche und habe gekocht …« In dem Moment, als sie es aussprach, wusste sie, was passiert war, und der schuldbewusste Blick von Elisabeth verriet, dass sie mit ihrer Vermutung richtiglag.

»Weißt du eigentlich, was uns die Sache kosten wird?«, fragte Heike, nachdem sich ihre Schwiegereltern zurückgezogen hatten. Diese Frage stellte sonst immer Tom. »Das war ein zehnköpfiges Überfallkommando, und dafür zahlt man mindestens tausend Euro. Jedenfalls hat das Iris Sommer neulich erzählt, bei der ist das auch schon passiert.«

Tom saß mit einer Flasche Bier auf dem Sofa und starrte auf den Fernseher.

»Das sind schließlich alte Leute, und für sie ist hier im Haus alles neu. Die hatten noch nie etwas mit einer Alarmanlage zu tun.«

Tom sah weiter wie gebannt auf den Bildschirm – die Autoverfolgungsjagd in einem alten James-Bond-Film.

»Und sie hätten auch nichts mit der Alarmanlage zu tun bekommen müssen. Wie kann man denn den Lichtschalter mit dem Überfallknopf verwechseln? Erstens ist er in einer Höhe von einem Meter dreißig angebracht, da wo sich in keinem Haus der Welt die Lichtschalter befinden, und zweitens ist er doch extra mit einem Papierschutz versehen, den man mit dem Finger durchstoßen muss.«

»Meine Güte, ich weiß es doch auch nicht. Aber wir werden den einen Polizeieinsatz wohl verschmerzen. Wenigstens wissen wir jetzt, dass die Alarmanlage funktioniert!«

DIE ROCKY-HORROR-PARTY

Heike stöckelte die Kiesauffahrt zur Villa der Eichbergs hoch. Sie hatte sich bei Tom eingehakt, der sich hatte breitschlagen lassen, die Original-Eddie-Perücke zur alten, vom Änderungsschneider mit Leopardenfellimitat aufgemotzten Motorradjacke aufzusetzen. Den Weg säumten brennende Fackeln, die Fassade des Hauses war in orangefarbenes Licht getaucht. An eine Hauswand wurde mittels Laserstrahl ein geöffneter Mund mit knallroten Lippen geworfen, und es tönten Fetzen von Rock 'n' Roll-Musik aus der Villa. Das Portal aus gelbem vergittertem Glas im Siebziger-Jahre-Stil bewachte ein blonder hünenhafter Türsteher mit freiem Oberkörper und schwarzer Lederhose. Der perfekte Rocky. Er hatte ein Klemmbrett und einen Stift in der Hand, und erst nachdem er sie auf der Gästeliste abgehakt hatte, trat er beiseite.

Sie standen in der riesigen Eingangshalle, von der die Treppe nach oben zu einer Galerie mit mindestens zehn Türen führte, wie Heike überschlug. Rechts an der Wand des Erdgeschosses hing ein überdimensioniertes Acrylbild von Erró, das Tausende von surrealistischen Vögeln in allen Variationen zeigte. Eine Kellnerin servierte Champagner. Sie trug exakt das gleiche Magenta-Kostüm wie Heike. Beate und Helmut Eichberg kamen ihnen entgegen. Heike musste zugeben, dass Frau Eichbergs Kostümproblem elegant gelöst war. Sie hatte einen dunkelblauen Frack und eine rote lockige Perücke an. Herr Eichberg war tatsächlich als Transvestit Frank N. Furter verkleidet. Aber offenbar hatte ihn seine Frau davon abhalten können, in Strapsen aufzutreten. Vielmehr steckte er in dem grünen OP-Kittel aus einer der späteren Szenen des Films, trug dazu eine

Kette mit Perlen, groß wie Murmeln, und eine schwarzgelockte Perücke. Hinsichtlich des Make-ups hatte er allerdings tief in den Farbtopf gegriffen. Er begrüßte Heike mit einem anerkennenden Zwinkern. Beate war die perfekte Gastgeberin und gab Heike für einen Augenblick das Gefühl, sie und Tom seien ihre wichtigsten Gäste.

»Wie schön, dass Sie kommen konnten. Toll sehen Sie beide aus.«

Sie stießen an, und Helmut Eichberg sagte im Brustton der Überzeugung: »Cin Cin und herzlich willkommen, Nachbarn!«

Beate Eichberg gab ihnen noch ein freundliches »Amüsieren Sie sich gut!« mit auf den Weg und drehte sich zu den nächsten eintreffenden Gästen um.

Beschwingt gingen Tom und Heike weiter in den Salon, der mit seinen Ausmaßen mehr als geeignet zum Repräsentieren war. Der riesige Raum mit Fensterfront zum raffiniert beleuchteten Park verfügte über eine der ersten originalen Fußbodenheizungen mit messingumrahmten Schlitzen, die in Deutschland gebaut worden war, wie ihnen Ralf Camberg sofort bereitwillig mitteilte, als sie sich zu ihm und seiner Frau stellten. Der Raum war bereits gefüllt. Es war nichts davon zu spüren, dass die gute Gesellschaft des Vordertaunus die Party der Eichbergs boykottierte, wie Kerstin Camberg vermutet hatte. An der kurzen Seite des Saals war eine Bühne aufgestellt. Darauf spielte eine fünfköpfige Band die Lieder des Rocky-Horror-Picture-Soundtracks. Dahinter lief der Film auf einer Videowand. Zwischen den Gästen war mindestens ein Dutzend Kellnerinnen und Kellner damit beschäftigt, Champagner und Fingerfood anzubieten. Ausnahmslos steckten sie in stilechten Magenta- und Riff-Raff-Kostümen. Von den geladenen Damen trug hingegen keine einzige das Kellnerinnen-Kostüm aus dem Film. Die prickelnden Empfindungen, mit denen Heike den Raum betreten hatte, wichen einem der unangenehmsten Gefühle, das eine Frau haben konnte: underdressed zu sein. Einige der Damen trugen Frack, einige das brave grüne Hochzeitskleid der Janet, und manche hatten einfach enge schwarze oder silberfarbene Kleider und Lockenperücken gewählt, doch zwei stachen heraus: Die eine war Caroline Kissel, die ihre Modelfigur in einem glitzernden Columbia-Kostüm mit Hotpants, Bustieroberteil und passendem Zylinder zur Schau stellte. Doch fast noch besser stand das gleiche Kostüm – und Heike traute kaum ihren Augen – Iris Sommer. Sie war zwar klein und vollschlank. Mit ihren kurzen dunklen Haaren und ihrem Hang zur Selbstironie verkörperte sie die Figur der Columbia aber absolut gekonnt.

Heike griff sich das zweite Glas Champagner von einem Tablett und kippte es herunter, so dass Tom die Augenbrauen hochzog und flüsterte: »Muss das sein? Du weißt doch, dass du nichts verträgst!«

Heike sah ihn wütend an. Wie konnte er sie vor den Cambergs so zurechtweisen? Aber dann besann sie sich und stellte fest: Zumindest mit der Wahl seines Kostüms hatte sie nicht danebengelegen: Unter den männlichen Gästen gab es etliche Eddies, doch keiner sah so gut aus wie Tom.

Cambergs entschuldigten sich und stellten sich zu einer anderen Gruppe von Gästen. Heike liebte ihren Mann, aber dass sie auf einer Stehparty alleine mit ihm dastand, hatte etwas Demütigendes. Als hätten sie keine Freunde. Hatten sie denn welche?

Claudia drehte sich vor ihrem Spiegel und war seit langer Zeit einmal wieder zufrieden mit dem, was sie sah. Sie war in ein futuristisches silbernes Kostüm geschlüpft, das Magenta und Columbia am Ende des Films trugen. Erst nach ausgiebiger Recherche hatte sie es in einem Kostümverleih gefunden. Das Kleid war kurz, aber durch eine verschärfte Atkins-Diät hatte sie in den letzten Wochen vier Kilo abgenommen und konnte sich den Minirock fast leisten. Sie steckte den Kopf zu Julias Zimmertür herein, die auf ihrer Matratze saß und sich die Fingernägel graphitfarben lackierte. »Oh, du hast ja aufgeräumt, und seit wann hast du diese schwarzen Vorhänge und die Felldecken und -kissen, die kenne ich noch gar nicht?«

»Hm, habe ich letzte Woche mit Jaqueline und ihrer Mutter bei Ikea gekauft. Die haben mich mitgenommen. Jaqueline bekommt ja jedes Jahr eine neue Zimmereinrichtung. Und da habe ich diese Accessoires …«, dem Wort »Accessoires« gab sie eine ironische Betonung, »… gesehen und gedacht, die könnten bei mir reinpassen … und von meinem Babysittergeld bezahlt. Sieht doch ganz gut aus, oder? Gefallen sie dir?«

Claudia starrte ihre Tochter erstaunt an. So gesprächig hatte sie sie schon lange nicht mehr erlebt. »Doch, sieht cool aus, Schatz. Also pass auf die Jungs auf und geht nicht zu spät ins Bett, ja?«

»Klar, Mama, mach dir keine Sorgen. Das Kostüm steht dir übrigens super!«

Claudia ignorierte einen aufkommenden Anflug von Misstrauen. »Danke, danke, die Konkurrenz schläft schließlich nicht! Gute Nacht! Und wenn was sein sollte, ich bin gleich nebenan.«

»Ach, was soll schon sein, Mama.«

Claudia verabschiedete sich von ihren Söhnen und lief die Treppe herunter. An der Tür stieß sie fast mit Nicolas zusammen, der gerade auf die Klingel drücken wollte.

»Oh, das war ja gutes Timing!« Er küsste sie und langte mit einer Hand unter ihren Rock. »Strapse, geil! Aber den Slip hättest du dir sparen können!«

»Wäre doch langweilig, wenn da gar nichts zum Enthüllen wäre …«

Nicolas trug eine Variante des Meat-Loaf-Kostüms. Mit schwarzer Lederhose und Jacke, gegelten Haaren, non-permanenten Tattoos und dunkler Sonnenbrille. Diesem Mann steht einfach alles, dachte Claudia. Eigentlich hatte sie ihn noch vor der Party fragen wollen, ob er sich wirklich öffentlich mit ihr outen wolle. Aber wäre er sonst hier? Außerdem interessierte es sie brennend, wie er auf dem Foto mit Blankenberg und Dr. Teufel gelandet war.

Julia verfolgte den Abgang ihrer Mutter vom Fenster aus. Sie sah auf die Digitalanzeige ihres iPhones: Schon 20 Uhr 30. Für halb zehn hatte sie den Beginn ihrer Party geplant, und es war noch einiges vorzubereiten. Sie schrieb Jaqueline eine SMS, und fünfzehn Minuten später stand diese vor der Tür. »Du warst aber schnell hier!«

»Ja, meine Eltern haben mich gefahren. Sie sind auch bei den Eichbergs eingeladen.«

»Und, darfst du übernachten?«, fragte Julia.

»Ja, klar!«

»Cool! Dann komm schnell, wir müssen die Getränke und das Essen aufbauen.«

Sie liefen nach oben, holten Bier-, Cola- und Wasserkisten aus Julias Schränken und stapelten alles in einer Zimmerecke.

»Hast du eigentlich was von Jan gehört? Meinst du, er und seine Freunde kommen?«, fragte Jacky.

Julia schüttelte den Kopf. »Keine Ahnung. Er hat ziemlich desinteressiert ausgesehen, als ich ihn gefragt habe. Und auf meine Facebook-Einladung hat er gar nicht reagiert.«

»Ach, ich wusste gar nicht, dass er dich geaddet hat. Aber das ist doch ein gutes Zeichen, oder?«

Julia zuckte mit den Schultern. »Mag sein. Aber das heißt noch lange nicht, dass er sich hier blicken lässt. Schließlich ist er achtzehn.«

Aus Lorenz' Schrank holten sie den Karton mit Salzstangen, Erdnussflips, Nachos und Chips. Julia bemerkte mit einem Blick, dass mindestens die Hälfte der Tüten fehlte, die sie gekauft hatte. »Mann, Mist! Jetzt habe ich viel zu wenig für die Party, du verfressener Spacko!«

Es klingelte, und als Julia aus dem Fenster sah, machte ihr Herz einen Luftsprung. Vor dem Haus stand ein weißer Lieferwagen, und einige Jungs waren dabei, eine Anlage mit Mischpult und ziemlich imposanten Boxen auszuladen: Jan und seine Kumpels. Sie wollte ihnen entgegenlaufen, als Lorenz beiläufig seinen Trumpf ausspielte. Er war ihr zum Fenster gefolgt. »Übrigens gibt es eine gute und eine schlechte Nachricht. Welche willst du zuerst hören?«

Julia sah ihn misstrauisch an. »Was soll der Blödsinn? Na von mir aus, die gute zuerst, aber mach schnell.«

Lorenz leckte sich über die Hand und strich sich seinen langen Pony schräg ins Gesicht.

»Also was ist jetzt?«, fragte Julia ungeduldig.

»Na schön, die Albrecht ist abgereist. Hat mir Chloé gestern erzählt.«

»Oh klasse, dann können wir ja richtig auf den Putz hauen … und was ist die schlechte Nachricht?«

Lorenz platzte prustend heraus: »Aber dafür sind ihre Großeltern übers Wochenende gekommen und passen auf. Ich weiß ja nicht, wie taub die schon sind, aber wenn ich sehe, was für Material deine Leute da ausladen, könnte ich mir vorstellen, dass das selbst Scheintote aus dem Schlaf reißt!«

Julia stieg das Blut in den Kopf. Sie hatten einen perfekten Plan ausgearbeitet, um die Albrecht schachmatt zu setzen, aber auf die Großeltern war sie nicht vorbereitet. »Und das sagst du mir erst jetzt? Chloé sollte doch der Albrecht diese Tropfen in ihren Pflümli tun, den sie immer süffelt. Du bist so ein Idiot! Warum hab ich mich bloß auf dich verlassen?«

»Könnt ihr mal leise sein? Ich hör gar nichts mehr von dem Film!«, schrie Arthur.

»Ach, halt's Maul!« Völlig entmutigt lief Julia zurück in ihr Zimmer.

Jan und seine Freunde waren schon geschäftig dabei, die Anlage aufzubauen. »Hey, Kate. Ziemlich minimaler Platz«, raunte Jan, ohne aufzusehen. Er hatte sie schon bei ihrer ersten Begegnung so genannt, in Anspielung auf ihre Ähnlichkeit mit dem englischen Model.

Julia hatte sich ziemlich geschmeichelt gefühlt, als er sie bei einem Hockeyspiel gegen die Wiesbadener Mannschaft mit dem Spitznamen Katy angefeuert hatte. Er selbst war einer der besten Spieler des Vereins, obwohl er eigentlich zu groß für den Sport war. Außerdem sah er bei weitem am besten aus, wie Julia fand. Mit seinen dunklen welligen Haaren und dem kantigen Kinn.

»Wenn ich gewusst hätte, dass das eine Kinderzimmerparty wird, hätte ich nicht diese Teile hier mitgebracht.«

Heike stand zwischen zwei Frauen in grünen Susan-Sarandon-Hochzeitskleidern, die steif an einem Cocktail nippten und sich seit einer halben Stunde, an ihr vorbei, über einen der letzten Elternabende an der St.-Andreas-Schule ereiferten. Längst hatte Tom einige Geschäftspartner getroffen und unterhielt sich angeregt. Verzweifelt kippte Heike das fünfte Glas Champagner hinunter und sah sich hilfesuchend um, als sie erleichtert Claudia und Nicolas auf der anderen Seite des Saals entdeckte. Die Kellner verteilten Tüten mit Reis, Wunderkerzen und Wasserpistolen.

Als Heike ihre Freundin fast erreicht hatte, wurde plötzlich die Musik und das Licht ausgestellt, an der Längsseite des Raums gingen mehrere Spots an und beleuchteten die perfekt gestylten Schauspieler: Janet und Brad. Auf der Videowand lief die Anfangssequenz, und die Band spielte das passende Lied. Es folgte der Heiratsantrag von Brad Majors, dann die Hochzeit, und zögernd begannen einige Gäste mit Reis um sich zu werfen. Auch Heike griff in ihre Tüte und wollte gerade einige Körner in die Luft werfen, als sie eine volle Ladung mitten ins Gesicht traf. Völlig perplex sah sie in die Richtung, aus der der Reis gekommen war, doch es war nicht zu erkennen, wer das gewesen war. Ihre Wange brannte. Langsam kam Bewegung in die Gesellschaft. Von überall regnete es Reiskörner, und unter Gekreische und Gejohle begannen einige zu klatschen und zu tanzen. Heike setzte ihren Weg zu Claudia fort.

»Was ist denn mit dir passiert?«, fragte diese statt einer Begrüßung. »Du hast ja eine knallrote Backe!«

Heike hielt ihre Hand an die Wange. »Kein Wunder! Ich habe eben eine volle Ladung abbekommen. Das ist ja lebensgefährlich hier!« Sie zeigte auf Nicolas, der gerade mit dem kräftigen Wurfarm eines Handballers eine Portion unter die Leute brachte. Im Film folgte die Regensituation während der Fahrt des Hochzeitspaares, und als der Wagen vor Frank N. Furters Anwesen hielt, sah Heike entsetzt, dass einige der Gäste ihre Wasserpistolen aus der Tüte holten. Und schon spürte sie die ersten Spritzer an ihrem Hinterkopf. Sie drehte sich sofort um, aber wieder konnte sie niemanden ausmachen, der auf sie gezielt hatte. Sie griff in die Tüte, umschloss den Griff der Pistole, zog sie heraus, feuerte einmal in die Luft und dann in die Menge.

Mit einen Mal hielt sich keiner mehr zurück. Hemmungslos wurden die Wasserpistolen eingesetzt, und zwar keineswegs mehr nur, wie eigentlich von den Gastgebern geplant, als Regen von oben. Einige lieferten sich regelrechte Gefechte, und Heike hatte das Gefühl, dass sie und Claudia besonders viel Wasser abbekamen. Aber die beiden teilten auch ordentlich aus. Claudia zielte zwischen die Schulterblätter von Frau Lehmann, der Frau, die sie im Aldi wie Luft behandelt hatte, und drückte ab. Der dünne silbrige Stoff des Kleides verfärbte sich dunkel, und Frau Lehmann drehte sich um. Claudia ließ die Pistole wie ein Westernheld um ihren Zeigefinger kreisen und hauchte anschließend die Mündung an. Am Rande ihres Blickfelds sah sie, wie sie von ihrer Widersacherin angestarrt wurde. Kaum hatte sich Frau Lehmann wieder umgedreht, spritzte Heike auf deren Beine und durchnässte ihre Netzstrumpfhosen. Diesmal wandte sich Frau Lehmann schneller um, aber Claudia war darauf gefasst, hielt die Pistole nach unten und tat so, als würde sie sich unbekümmert mit Heike unterhalten. Tapfer ignorierte sie den Strahl aus Frau Lehmanns Pistole, der ihre Schläfe traf und ihr Rouge zum Zerlaufen brachte.

»Gut sehen wir aus, oder?« Claudia deutete auf Heikes triefende lange Strähnen und fasste dann in ihre eigenen nassen Zotteln.

»Hoffnungslos! Da hätten wir uns die ganze Mühe mit dem Styling sparen können«, antwortete Heike und verspritzte einen Strahl auf die Schulter von Frau Burau, die aufkreischte, sofort zurückschoss und Heikes Brust traf.

Schließlich waren auch die letzten Wasserspeicher leer, und längst war die Regensequenz im Film vorbei. Als das Lied »There's a Light« erklang, nestelten die Ersten schon die Wunderkerzen aus der Plastikverpackung, und die Kellner liefen mit Feuerzeugen durch die Reihen.

»Wenigstens kann hier jetzt so schnell nichts abbrennen«, sagte Heike zu Claudia. »Also wie man sich seine Einrichtung freiwillig so ruinieren kann, ist mir ein Rätsel!«

Claudia nickte, hielt dem Kellner ihre Wunderkerze zum Anzünden entgegen und sang: »... over at the Frankenstein's place. There's a light, burning in the firecase ...«

Claudias Wohnung war gefüllt mit Jugendlichen, und der Strom von neuen Gästen ebbte nicht ab. Immer mehr Leute drängten sich durch die offene Tür und an denjenigen vorbei, die auf der Treppe saßen, weil es innen keinen Platz mehr gab. Die Musik dröhnte aus den offenen Fenstern, und auch vor dem Haus standen schon einige herum und tranken Bier. Julia lehnte an der Arbeitsplatte in der Küche, und Jan hatte einen Arm um ihre Taille gelegt. Er hielt eine Flasche Wodka in die Höhe und sah sie fragend an. Sie schüttelte den Kopf. »Nein, lass mal. Ich vertrag das Zeug nicht.«

»Hast du es überhaupt schon mal probiert?«

»Ja, und ich musste kotzen.«

Jemand rief mehrfach ihren Namen, woraufhin sie sich von Jans Arm befreite und einen Weg zur Tür bahnte. Sofort goss er einen großen Schuss Wodka in ihr Colaglas.

»Hey, Julia, das Klo ist verstopft, habt ihr irgendwo noch eins?«, wollte Claras Freundin Toni wissen. Julia öffnete die

Badezimmertür und hielt sich die Nase zu. Sie schloss den Klodeckel und riss das Fenster auf. »Mann, was hast du denn da reingeworfen? Scheiße!«

»Im wahrsten Sinne des Wortes …«, kicherte Toni, »… und ich hab da gar nichts hineingetan. Es war schon in dem Zustand. Jetzt muss ich aber wirklich dringend!«

Julia schloss das Badezimmer von außen ab und steckte den Schlüssel in ihre Hosentasche. »Moment, komm mit!« Sie suchte nach Lorenz, der mit Chloé direkt vor einer der Boxen stand und hin und her wippte. Beide hielten eine Flasche Bier in der Hand. Julia nahm ihnen die Flaschen ab und stellte sie in ein Regal. »Mann, ihr seid erst dreizehn. Kommt bitte mal kurz mit!« Sie gingen zu dritt die Treppe herunter, und Toni folgte ihnen. Als sie aus der Tür kamen, erschrak Julia: Der ganze Vorplatz war inzwischen mit Menschen gefüllt. Alleine hier draußen standen bestimmt achtzig Jugendliche herum, die sie zum Teil gar nicht kannte. Es lagen etliche Flaschen und Scherben im Kies. Das nächste Mal würde sie nur Dosenbier kaufen, nahm sich Julia vor. Aber ihr Getränkevorrat war ohnehin schon längst aufgebraucht. Die Besucher hatten offenbar selbst für Nachschub gesorgt. Einige lehnten an den Autos, und eines der älteren Mädchen saß mit angezogenen Beinen auf der Motorhaube von Heikes Cayenne. Hoffentlich gibt das keine Dellen, dachte Julia, doch sie traute sich nicht, vor allen anderen etwas zu ihr zu sagen. Sie kamen an dem Hortensienbeet vorbei, in das sich gerade einer der Halbwüchsigen übergab, und Julia verzog angewidert das Gesicht. »Ich verstehe das gar nicht. Woher wissen die eigentlich alle von der Hausparty, ich habe doch nur meine Freunde auf Facebook eingeladen …«, sagte sie mehr zu sich selbst.

»Na ja, also das stimmt nicht ganz«, bemerkte Lorenz. »Die Party war als öffentliche Veranstaltung gekennzeichnet, und jeder im Netz konnte sie sehen.«

Julia wurde blass. »Und wie werde ich die jetzt alle wieder

los?« Dann wandte sie sich an Chloé und flüsterte: »Hat das mit deinen Großeltern geklappt?«

Chloé nickte. »Ja, ich habe die Tropfen in die Kanne mit dem Kräutertee getan, den sie abends trinken, und dann wurden sie ziemlich schnell müde und sind auch gleich ins Bett gegangen. Carlo hat ja eh schon geschlafen. Waren das K.-o.-Tropfen?«

»Quatsch, nur ein bisschen Baldrian, vollkommen harmlos. Äh, sag mal, Chloé … kann Toni eure Gästetoilette benutzen? Unsere ist leider verstopft.«

»Von mir aus.« Chloé schloss die Haustür auf und zeigte Toni den Weg. Dann ging sie mit Julia und Lorenz zurück in deren Wohnung. Julia drängte sich durch den mit Menschen verstopften Flur zurück in die Küche, die noch voller geworden war.

»Katy, da bist du ja endlich wieder!«, rief ihr Jan zu und hielt ihr das Glas entgegen. Sie war durstig und trank es in einem Zug aus. »Hat sich doch ganz gut entwickelt, deine Party, dank meines Supports.«

»Ein bisschen zu gut, wenn du mich fragst. Ich weiß gar nicht, was das alles für Leute sind, die hier rumhängen.«

»Ach, mach dir keine Sorgen. Ich kenne die meisten, die sind schon in Ordnung.« Er drehte sich um, schenkte ihr Glas noch einmal mit derselben Mischung voll und flüsterte in ihr Ohr: »Gibt es hier eigentlich irgendeinen Ort, wo wir ungestört sein können?«

Julia griff nach dem Glas.

Mit dem Auftritt von Dr. Frank N. Furter hatte die Stimmung bei Helmut Eichbergs Party einen Höhepunkt erreicht. Auf der Bühne gab sich ein Musical-Nachwuchstalent redlich Mühe mit dem Song »The Time Warp«, bis fast alle Gäste mittanzten und -sangen. Es dauerte nicht lange, und Caroline Kissel tanzte auf der Bühne mit dem Schauspieler einen gekonnten Rock 'n' Roll. Sie genoss es sichtlich, mit ihrem sexy

Kostüm im Mittelpunkt zu stehen, und schwenkte aufreizend die Hüften.

»Tja, leider muss man zugeben, dass sie es richtig gut kann, und an ihrem Aussehen ist bedauerlicherweise auch nichts auszusetzen«, raunte Claudia in Heikes Ohr.

Heike nickte und bemerkte, dass sie mittlerweise ziemlich wackelig auf den Beinen war. Ihr Blick fiel auf Iris Sommer, die mit Helmut Eichberg tanzte. »Auch nicht schlecht«, seufzte sie anerkennend und sah sich nach Tom um. Sie hatte ihn schon eine ganze Weile nicht mehr gesehen.

In dem Moment ging ein Raunen durch den Saal, und Beate Eichberg drängte sich mit zusammengepressten Lippen an ihnen vorbei, in Richtung Ausgang. Helmut Eichberg zog seinen OP-Kittel aus, schleuderte ihn einige Male durch die Luft und warf ihn in die Menge. Darunter kam das Kostüm mit Strapsen und Lederkorsage zum Vorschein. Wie besessen wirbelte er die grinsende Iris Sommer durch den Saal. Die übrigen Gäste bildeten einen Kreis um die beiden und klatschten und johlten im Takt. Heike schwankte, und Claudia führte sie kurzerhand in die Eingangshalle, wo sie sie auf die Samtkissen eines stilechten Armlehnsessels aus den Dreißigern drückte.

Julia war ebenfalls ziemlich wackelig auf den Beinen, als sie mit Jan an der Hand aus der Küche ging. Sie kam an Clara vorbei, die ihr mit einem falschen Lächeln zuraunte: »Tolle Party. Richtig gute Stimmung!«, und den Daumen in die Luft reckte. Julia starrte sie aus glasigen Augen an, und, ohne zu antworten, wankte sie mit Jan zur Badezimmertür und schloss auf. Sie konnte nicht sehen, wie sich Clara und Jan, während er die Tür zuzog, hinter ihrem Rücken Zeichen machten. Er nahm ihr den Schlüssel aus der Hand und schloss von innen ab, dann drückte er sie an die Tür, nahm ihr Gesicht in beide Hände und begann, sie zu küssen. Julia hatte das Gefühl, dass sich alles um sie herum drehte, und hielt sich am Handtuchhalter fest. Jan hatte plötzlich eine Aluverpackung mit einem

Kondom in der Hand und mühte sich mit ihrem Hosenknopf ab. Falsche Reihenfolge, konnte Julia noch denken, dann knickten ihr die Beine ein. Toni kam die Treppe hoch und winkte Clara, damit sie ihr folgte. Unterwegs forderten die zwei Mädchen alle auf, die sie trafen, mit herüber in die Villa zu kommen. Die Tür stand weit offen, und aus dem Wohntrakt schallte ihnen House-Musik entgegen. Toni hatte ihren iPod angedockt. Die Jugendlichen strömten in die Wohnzimmer, ließen sich auf die Sofas und Sessel fallen, und einige der Jungs okkupierten die Hausbar. In der Mitte des größten Raums fingen einige Paare mit Flaschen und Zigaretten in der Hand an zu tanzen. Sie achteten nicht weiter darauf, dass ab und zu ein Schluck Bier auf das Parkett schwappte, und auch die Asche ließen sie auf den Boden fallen. Easy, der zwischen den ungewohnt zahlreichen Besuchern aufgeregt hin und her lief, begann sofort, gierig das Bier aufzulecken. Einige zeigten auf den Hund, fingen an zu lachen und filmten Easy mit ihren Handys. »Mann, guck mal, der Alki-Wauwau! Wem gehört der überhaupt?« Unbemerkt machten sich Clara und Toni auf den Weg ins obere Stockwerk und öffneten leise einige Zimmertüren. Aus einem der dunklen Zimmer tönte lautes Schnarchen, und erschrocken schlossen sie schnell wieder die Tür. Schließlich fanden sie, was sie suchten: Heikes Ankleidezimmer.

Heike saß noch immer bleischwer in dem Sessel. Sie hörte, wie im Salon Pierre Sarkozy alias DJ Mosey angekündigt wurde, dann den Applaus, danach wechselte die Musikrichtung. Trotz der Lautstärke, mit der ein Coldplay-Song durch das Haus dröhnte, wäre sie beinahe eingenickt. Als Beate Eichberg sie plötzlich an der Schulter berührte, fuhr sie hoch.

»Frau Stelzer, geht es Ihnen nicht gut? Soll ich Ihren Mann suchen?«, fragte sie besorgt.

Heike besann sich. »Ja, bitte, ich glaube, es wäre besser. Mir ist gerade nicht gut.«

»Okay, dann warten Sie hier. Soll ich Ihnen inzwischen ein Glas Wasser … oder besser noch: einen starken Kaffee bringen lassen?«

Heike sah ihr einen Moment lang in die grauen Augen, bis sie realisierte: Beate Eichberg wusste ganz genau, dass sie betrunken war.

Jacky unterhielt sich mit einem von Jans Freunden, als ihr auffiel, wie sich die Wohnung langsam leerte. Sie sah auf die Uhr ihres Handys: Es war doch erst Mitternacht! Na gut, die Jüngeren mussten jetzt natürlich nach Hause, dachte sie.

»Hast du in letzter Zeit mal Julia gesehen?«, fragte sie Pascal.

Der blonde Junge mit weichlichem Gesicht zuckte mit den Schultern. »Nö, aber vorhin war sie noch mit Jan in der Küche.«

Jacky hielt Ausschau nach Lorenz und Chloé, fand sie engumschlungen auf Julias Matratze, neben dem fest schlafenden Arthur, und fragte die beiden nach Julia. Sie schüttelten den Kopf.

»Dann könnt ihr mir suchen helfen. Denn ich glaube, wir müssen hier noch aufräumen, bevor eure Eltern nach Hause kommen, oder was meint ihr?«

Lorenz antwortete gleichgültig: »Ist ja nicht meine Party!«

Chloé hatte es auf einmal eilig. »Ich glaube, ich gehe jetzt besser mal wieder rüber.«

Die Tanzfläche war voll, und Claudia rockte richtig ab. Sie fühlte sich cool und sexy in ihrem Kleid und stellte begeistert fest, dass Nicolas auch noch ein guter rhythmischer Tänzer war. Neben ihr tauchte das fahle, angestrengte Gesicht von Beate Eichberg auf. Man sah ihr an, dass sie schon längst genug von der Feier hatte. »Haben Sie Herrn Stelzer gesehen?«

Claudia deutete auf eine Stelle vor der Bühne. Tom tanzte einen Discofox mit einer Frau in schwarzem Lederkleid und echten roten Haaren, Claras Mutter. Anscheinend amüsierte er sich prächtig. Als Beate Eichberg ihn fragte, ob er seine Frau nach Hause begleiten könne, rollte er mit den Augen.

»Ja, gleich. Sie soll schon mal vorgehen«, sagte er und tanzte unbekümmert weiter.

Beate sah ihn noch ernster an. »Aber Herr Stelzer! Wissen Sie denn gar nicht, in welchem Zustand sich Ihre Frau befindet? Sie ist unpässlich.«

»Oh, na dann …«, sagte Tom und schrie seiner Tanzpartnerin eine Entschuldigung ins Ohr.

Darauf nickte Frau Plath verständnisvoll und rief zurück: »Ja, vielleicht sollten Sie auch einmal zu Hause nach dem Rechten sehen. Wer hat eigentlich die Hausparty von Julia, der Tochter Ihrer Untermieterin, beaufsichtigt? Die Mutter ja wohl nicht …« Sie nickte mit dem Kinn zu der wild mit Nicolas tanzenden Claudia hin.

»… na ja, Clara musste sowieso um elf zu Hause sein.«

Tom sah Frau Plath einen Moment voller Unverständnis an, dann wandte er sich abrupt Claudia zu und zog sie zur Seite. »Weißt du eigentlich, dass deine Tochter zu Hause eine Party schmeißt, während du hier sorglos feierst?«

Claudia schüttelte den Kopf. »Quatsch, die schläft längst. Ich habe vor zwei Stunden angerufen, und Lorenz hat gesagt, sie seien alle im Bett.«

»Na, wenn du dich da mal nicht täuschst. Vielleicht solltest du zur Sicherheit nachsehen!«

Chloé und Jacky gingen gemeinsam die Treppe herunter und sahen schon von weitem, dass die Haustür der Villa weit offen stand. Sie folgten der dröhnenden Musik und dem Stimmengewirr und stellten fest, dass Julias Party in die drei Wohnzimmer der Stelzers verlagert worden war. Mindestens hundert Jugendliche saßen, lagen und standen herum oder tanzten in einer Bierpfütze vor dem Kamin. Auf dem lederbezogenen Couchtisch standen mehrere dampfende Shishas, an deren

Schläuchen abwechselnd gezogen wurde. In einer Ecke lag Easy zusammengerollt neben einer Lache von Erbrochenem.

Jacky ging zur Stereoanlage und stellte die Musik ab. Sofort gab es Rufe wie: »Hey, was soll das? Mach die Musik wieder an!« und »Verpiss dich, wenn du so ein Spielverderber bist!«

Jacky zog ihre Schuhe aus, kletterte auf den Klavierhocker und rief so laut sie konnte: »Leute, geht nach Hause, die Party ist vorbei. Chloés Eltern und Julias Mutter sind im Anmarsch, also macht bitte schnell, dass ihr hier rauskommt, sonst gibt es richtig Ärger!«

»Häh, wer ist Chloé? Was ist das überhaupt für ein Name?«, rief jemand.

Keiner bewegte sich von der Stelle, und schon hatte irgendein Mädchen die Musik wieder angestellt.

Jacky drehte sich zu Chloé um und raunte ihr zu: »Wir müssen die Leute hier sofort rausschaffen, sonst gibt es ein Unglück. Hast du eine Idee?«

Chloé dachte kurz nach und nickte. »Ja, die habe ich.« Sie ging ins Treppenhaus und drückte auf den Überfallknopf.

Tom half Heike aus dem Sessel. Der Kaffee hatte bewirkt, dass sie sich ein wenig besser fühlte. »Danke, aber es geht schon. Wenn du möchtest, kannst du ruhig noch bleiben. Ich schaffe es auch alleine nach Hause.«

Tom zögerte einen Moment, doch sein Anstandsgefühl gewann die Oberhand. »Ich gehe natürlich mit. Aber sollten wir uns nicht noch bedanken?«

»Ich glaube, die Eichbergs sind zu beschäftigt, lass uns das schriftlich machen.«

In dem Augenblick, als Heike und Tom ihr eigenes Grundstück betraten, ging bei Eichbergs im Garten das Feuerwerk los, und Heike zuckte zusammen. Sie bogen um die Kurve der Kieseinfahrt. Und standen vor fünf Polizeiwagen mit blinkendem Blaulicht.

SUSANNE

Der Wecker klingelte um sieben Uhr, und Susanne wälzte sich auf die Seite. Sie wehrte sich gegen das Aufwachen. Von weiter Ferne hörte sie die Zürcher Stadtgeräusche, die Trambahn, die Autos, und hielt sich ihr Kissen über den Kopf. Sie wollte zurücktauchen in ihren letzten Traum. Aber wie jeden Morgen, seit sie Woletzki mit dieser Nicole gesehen hatte, bahnte sich die Realität umbarmherzig einen Weg in ihr Bewusstsein. Und die unangenehme Erinnerung fühlte sich an wie eine spitze Stecknadel: Woletzki hatte eine Affäre mit einer anderen Frau, und sie war alleine und einsam. Auf einmal war ihr Verlangen nach ihm so brennend. Er hatte noch am Abend mehrfach bei ihr angerufen, und sie hatte ihn sogar ein paarmal weggedrückt. Jetzt wünschte sie, sie hätte es nicht getan und er läge hier neben ihr.

Sie drehte sich um und seufzte: Bis zu dem gemeinsamen Mittagessen im Greulich lag noch ein ganzer einsamer Vormittag vor ihr. Oder sollte sie ihn doch zum Frühstück überraschen und behaupten, sie sei unplanmäßig noch gestern Abend spät zurückgekommen? Eigentlich hatte sie im Büro genug zu tun, aber … sie gab sich einen Ruck, griff nach ihrem BlackBerry und drückte auf Woletzkis Nummer. Ohne dass es tutete, meldete er sich sofort: »Sander! Wie schön, dass du anrufst! Ich habe gestern Abend dauernd versucht, dich zu erreichen!«

»Ja, da muss ich wohl im Flieger gewesen sein. Ich bin doch schon gestern zurückgeflogen. Und dann war es so spät, da wollte ich dich nicht mehr stören.« Langsam begann Susanne, sich für diese Lügen zu hassen.

»Du hättest ruhig noch anrufen können oder noch lieber vorbeikommen. Du fehlst mir irrsinnig, mein Liebling!«

Seine Stimme klang so weich, dass sich in Susanne etwas zusammenkrampfte. Vielleicht lösten sich ihre bösen Vermutungen auf einmal alle in Luft auf. »Ja, du fehlst mir auch. Wollen wir ... ich meine ... willst du vielleicht doch schon mit mir zusammen frühstücken?«

Woletzki zögerte einen Moment. »Oh, das geht nun leider nicht mehr. Ich habe schon um neun einen Termin in der Galerie. Ein wichtiger Kunde aus Bombay. Kauft gerade im großen Stil junge Kunst ein. Das kann ich leider auf keinen Fall verschieben, selbst für dich nicht ... sei mir nicht böse ... Wir sehen uns dann heute Mittag im Greulich, ja? Ich freu mich wahnsinnig auf dich, salü, Sander.«

Susanne sah auf ihr stummes Mobiltelefon und merkte, dass ihr die Tränen in die Augen schossen. Was hatte sie erwartet?

Sie sprang entschlossen aus dem Bett und ging ins Bad.

Diesmal war sie zuerst im Restaurant und wartete schon sehnsüchtig, als Woletzki mit wehendem Mantel zur Tür hereinkam. Sie stand auf, ging ihm entgegen, und sie umarmten sich lange. »Wie schön, dich endlich wieder zu spüren!«, flüsterte sie, schmiegte sich an ihn, küsste ihn zärtlich auf seine glattrasierten Wangen und dann auf den Mund. Und in diesem Moment hatte sie die Gewissheit, dass dies der Mann ihres Lebens war, den sie unter gar keinen Umständen kampflos einer anderen Frau überlassen würde.

»Stell dir vor, dieser Inder hat mir gerade fünfzehn Werke abgekauft, auch einige größere Sachen. Da haben wir einen Grund zu feiern. Außerdem, natürlich, dass du wieder da bist. Wo hast du gesessen?«

Susanne führte ihn zu einem kleinen Tisch am Fenster des schnörkellos eingerichteten Restaurants. Woletzki zog seinen grauen Wollmantel aus und legte ihn ordentlich über eine freie Stuhllehne.

»Das ist ja großartig! So ein Erfolg. Was hat er denn alles gekauft?«, fragte Susanne.

Woletzki begann, ihr die Kunstwerke zu beschreiben. Währenddessen tunkten sie kleine Stückchen Ciabatta in die mit Olivenöl gefüllten Porzellanschälchen und steckten sie in den

Mund. Susanne genoss das entspannte Geplauder. Nur widerwillig dachte sie an ihren ursprünglichen Plan zurück. Immer weiter schob sie den Gedanken von sich weg. Zwischendurch nahm Woletzki häufig ihre Hand und hielt sie fest.

»Glaubst du, er hängt sich die Bilder alle auf? Bestimmt hat er einen Palast!«, sagte sie, als Woletzkis Mobiltelefon klingelte. Er sah auf das Display, stand sofort auf und nahm das Gespräch an. Susanne hörte ihn noch leise sagen: »Was gibt es denn so Dringendes? Du weißt doch, dass ich heute mit ihr zu Mittag esse …«

Als Woletzki zum Tisch zurückkam, entschuldigte er sich: »Das war Robert, er hat Freistunden und steht vor der Wohnungstür ohne Schlüssel. Aber da kann ich ihm auch nicht helfen …« Er räusperte sich, und Susanne glaubte ihm kein Wort. Jeder gab vor, mit seinem Essen beschäftigt zu sein.

»Übrigens …«, nahm Susanne die Unterhaltung wieder auf, »… habe ich mich entschieden, die zwei neuen Gutachten zu den Beckmann-Werken nicht zu veröffentlichen und die Bilder mit den offiziellen Zuschreibungen von Splüger in die Auktion zu geben.«

Woletzki sah sie an und hörte einen Moment lang auf zu kauen. Dann begann er geschäftig, sein Kalbsfilet in immer kleinere Stücke zu schneiden. »Du wirst deine Gründe haben.«

Es war genau die Reaktion, die Susanne befürchtet hatte. Unter normalen Umständen hätte Woletzki sie entrüstet darüber aufgeklärt, dass sie das auf keinen Fall tun könne. Wenn er noch die Person gewesen wäre, in die sie sich verliebt hatte, der Mann, den sie aufgrund seiner Integrität und seines unübertroffenen fachlichen Urteilsvermögens bewundert hatte, hätte er sie jetzt beschworen und ihr klargemacht, was sie riskierte: Nicht allein ihren und den Ruf von Lengley's, sondern handfeste juristische Konsequenzen, falls die unterdrückten Gutachten bekannt würden. Und das würden sie.

CLAUDIA

Sie war an diesem Tag schon fünf Mal mit ihrem Voyager zwischen Königstein und dem Westend hin- und hergependelt. Jedes Mal war das Auto randvoll mit ihrem Hausrat gepackt. Die Möbel hatte am Morgen ein Transporter gebracht. Auch wenn Nicolas sie beschworen hatte, den Ikea-Plunder gleich zu entsorgen, mit dem Versprechen, er werde ihr neue Möbel besorgen. Schließlich hatte Claudia auch ihren Stolz, zumindest ein Teil davon war ihr geblieben.

Es machte den Umzug leider nicht einfacher, dass ihre neue Wohnung im vierten Stock ohne Aufzug lag. Doch Claudia versuchte, dies von der sportlichen Seite zu betrachten. Vielleicht würde sie das Treppensteigen ihrer Traumfigur ein paar Schritte näher bringen.

Als sie gerade mit zwei Koffern in der dritten Etage angelangt war, rief Heike an. »Hi, wie weit bist du?«

Claudia schnaufte: »Im dritten Stock, und das heute zum fünften Mal, aber bald habe ich alles oben.«

»Claudi, es tut mir so leid. Ich weiß gar nicht, wie oft ich das noch sagen soll.«

»Kein einziges Mal mehr, Süße. Es ist doch nicht deine Schuld. Offen gesagt, kann ich Tom sogar verstehen. Ich hätte uns auch rausgeschmissen!«

»Ja, aber nicht von einem auf den anderen Tag.«

»Na wir sitzen ja nicht auf der Straße, und das Gute an der Sache ist doch, dass ich endlich in mein geliebtes Westend zurückziehe.«

»Ach Claudi …«, seufzte Heike, »… wenn ich irgendwie helfen kann?«

»Nein, kannst du nicht. Höchstens, indem du die Wogen bei deinem Mann ein wenig glättest!«

»Ja, das habe ich versucht. Aber zwischen uns ist gerade ziemlich Sendepause. Ich glaube, er würde mich am liebsten auch rausschmeißen.«

»Oh, wie schrecklich. Und wir sind der Grund. Aber glaube mir. Er liebt dich viel zu sehr, als dass er das tun würde.«

»Ich weiß«, sagte Heike selbstbewusst. »Er würde sich nie von mir trennen, aber er kann manchmal ziemlich lange schmollen. Obwohl ich ja noch mehr Grund dazu hätte. Schließlich sollten seine Eltern an dem Abend auf Chloé und Carlo aufpassen und sind stattdessen einfach ins Bett gegangen. Außerdem wurden mir die drei Hermès-Gürtel und die Louis-Vuitton-Taschen geklaut und nicht ihm.«

»Du, Heike, sei mir nicht böse. Aber ich muss jetzt unbedingt noch meine letzte Ladung hochbringen, dann hole ich die Kinder ab zu unserem ersten Abendessen in der neuen Wohnung – vom Thai-Express. Ich rufe dich nachher an, wenn ich wieder da bin. Dann können wir uns kurz verabschieden, falls Tom noch nicht da ist.«

TOM UND NIK

Tom war sich im Klaren, dass Heike von diesem Treffen nie etwas erfahren durfte. Es gab klare Fronten, seit der unschönen Trennung von Nik und Claudia. Natürlich hatte sich Heike auf Claudias Seite geschlagen. Dabei hatte es Tom nie behagt, dass Claudia mit ihren schlechterzogenen Kindern in seine Einliegerwohnung gezogen war. Fast sah er die missglückte Party von Julia als Befreiungsschlag an, da er nun endlich einen triftigen Grund hatte, Claudia mitsamt ihren Kindern an die Luft zu setzen.

Tom sprang in den Paternoster, der ihn ganz nach oben, in die Bar des Flemings brachte. Er hatte eine nostalgische Freude daran, damit zu fahren, denn es erinnerte ihn an seine Zeit bei der Treuhand in Berlin, kurz nach der Wende. Damals hatte er mit einer Truppe übermotivierter westdeutscher, blutjunger Berater ein paar, wie sie es damals sehr salopp ausdrückten, verkommene »Ossi-Butzen« auf Vordermann gebracht. Eine tolle Zeit, voller Aufbruchstimmung mit diesem unbeschreiblichen Gefühl, jung, ungebunden und zu allem bereit zu sein. Auch das alte Treuhandgebäude war mit einem Paternoster ausgestattet gewesen, in dem sie damals ihre Späße getrieben hatten.

Als Tom oben ankam, öffnete sich gleichzeitig auf der gegenüberliegenden Seite des Flurs die Fahrstuhltür, und Nik kam heraus. »Hallo, Tom, also dass du freiwillig mit diesem antiquarischen Ungetüm fährst!«

»Grüß dich, Nik. Das ist allerdings ein neuer Zug an dir. Oder hast du deinen Oldtimern inzwischen auch abgeschworen?«

Sie gingen aufeinander zu und musterten sich gegenseitig. Nik trug mittlerweile eine Vollglatze, sein Gesicht war hager geworden. Zwei tiefe Nasolabialfalten gaben ihm eine ungewohnte Schärfe, und sein Teint hatte eine unnatürliche Färbung, die den häufigen Gebrauch von Bräunungscreme verriet. Dagegen sah Tom mit seinem runden jungenhaften Gesicht und den vollen braunen Haaren wesentlich jünger aus, obwohl beide im gleichen Alter waren.

Als sie das Restaurant betraten und zu ihrem Tisch gingen, deutete Nik auf eines der vielen Hochhäuser, die man durch die hohe Fensterfront sah. »Da drüben ist übrigens mein neues Büro. Aber verrate das bloß nicht weiter. Ich habe mich nämlich selbständig gemacht.«

Tom beugte sich nach vorne. »Ach, im Japan-Tower sitzt du jetzt? Was treibst du denn so?«

»Immobilien.«

»Na da hast du ja in der Tat einige Erfahrung. Wohnst du noch in deinem Wasserschloss?«

»Klar. Simone und unser Sohn fühlen sich da so wohl, ich glaube kaum, dass sie dort so bald wieder wegmöchten. Und ich wüsste auch nicht, wo man die vielen Tiere sonst unterbringen könnte.«

»Tiere?«

»Simone hat Tiere. Die Zusammensetzung wechselt, je nachdem, wo gerade wieder ein Tierpark oder ein Tierheim zugemacht hat. Im Moment sind es Bergziegen, Esel, ein Zwergpony, einige südafrikanische Warzenschweine, unzählige Kaninchen und Meerschweinchen …«

Tom schüttelte ungläubig den Kopf und grinste. »Wie du das aushältst! Und dein Fuhrpark?«

»Die Sportwagen habe ich alle zu ganz miserablen Preisen abstoßen müssen, um meinen Lebensunterhalt zu finanzieren. Wir fahren nur noch einen alten Defender.« Er zwinkerte Tom zu. »Du weißt doch, dass ich offiziell keine Einnahmen haben darf. Nach diesem Scheidungsurteil wird mir alles unter dem Hintern weggepfändet. Das war wirklich das Pech des Jahrhunderts, dass ich ausgerechnet noch an so einen Familienrichter gerate, der das neue Unterhaltsrecht einfach ignoriert. Nicht nur, dass ich für die Kinder aufkommen muss. Nein, dieser alte Rechtsbeuger war der Ansicht, meine Ex-Frau müsse allenfalls halbtags arbeiten, solange unser jüngstes gemeinames Kind noch in die Grundschule geht. Na ja, diese Zeit ist ja jetzt zum Glück bald vorbei, aber bis dahin sehe ich mich gezwungen, der Gerechtigkeit durch andere probate Mittel Raum zu verschaffen.«

Tom sah ihn nachdenklich an und zog die Augenbrauen hoch. »Und die wären?«

Nik senkte die Stimme. »Ist doch logisch: Das offizielle Einkommen möglichst niedrig halten. Ich konnte unmöglich Sozius bei Laker & Partners bleiben. Oder glaubst du vielleicht, ich habe Lust, mich abzustrampeln, damit sich Claudia einen Lenz in eurem Luftkurort macht? Im Zweifel zahlt sie dir doch noch nicht einmal Miete, oder?«

Tom grinste. »Tja, das hat sich inzwischen erledigt. Ich musste ihr leider nahelegen, aus meiner Wohnung auszuziehen. Eure gemeinsame Tochter hat am letzten Wochenende eine klitzekleine Party gefeiert, netterweise nicht nur in den von deiner Ex-Frau bewohnten Räumen, sondern auch in unseren. Sie hatte das Ganze wohl nicht so richtig im Griff, hat via Facebook halb Königstein eingeladen und war selbst innerhalb kürzester Zeit sturzbetrunken … lag fast im Koma.«

Niks Augen weiteten sich, und er strich sich über den unbehaarten Schädel. »Oha, das wusste ich noch gar nicht. Aber ein gutes Argument für das Jugendamt, falls wir doch noch mal über das Sorgerecht verhandeln sollten. Obwohl ich eigentlich gar nicht so scharf darauf bin, mir die drei auch noch aufzuhalsen. Wäre nur zu schön, Claudia noch mal eins reinzuwürgen. Dann sitzt sie jetzt also auf der Straße, ja?« Er winkte dem Kellner. »Könnten wir endlich mal bestellen?«

Nachdem sie ihren Lunch ausgesucht hatten, fragte Nik: »Sind sie schon ausgezogen?«

Tom nickte und trank einen Schluck von seiner Cola light. »Soviel ich weiß, hat sie eine Wohnung im Westend aufgegabelt. Ich weiß ja nicht, ob du informiert bist … sie hat einen neuen Lover, Nicolas de Haan.«

Nik machte eine plötzliche Bewegung mit der Hand und stieß fast sein Glas um. Seine gelbliche Gesichtsfarbe wechselte in einen Rotton, der noch unnatürlicher aussah. »Nein, das ist mir neu. Was ist das denn für ein Bursche?«

»Hm, schwer zu sagen. Laut Heike hat er irgendeine dubiose Beratungsfirma, auch im Westend. Aber ich persönlich habe vorher noch nie von ihm und seiner Firma gehört. Scheint ziemlich bedeutungslos zu sein. Ist ein Frauentyp, Claudia ist ihm jedenfalls restlos verfallen.«

Nik lehnte sich zurück und verschränkte die Arme. »Und jetzt zieht sie mit meinen Kindern zu ihm in die Wohnung? Also das gefällt mir nicht. Aber andererseits, wenn sie mit ihm in einer häuslichen Lebensgemeinschaft wohnt, müsste ich direkt mal prüfen, ob das nicht Einfluss auf meine Unterhaltspflicht hat.«

Der Kellner servierte den Salat.

Tom meinte kauend: »Ich weiß gar nicht, ob er auch dort

wohnt. Heike hat nur erzählt, dass Claudia in eine Wohnung, die ihm gehört, einzieht. Das heißt ja noch nichts …«

Nik zuckte mit den Schultern. »Keine Sorge, das werde ich rausfinden.«

»Apropos rechtliche Konsequenzen. Soll ich dir mal aufzählen, was durch die Eskapaden deiner Tochter alles zerstört wurde? Da deine Ex-Frau natürlich für nichts aufkommen kann, weil sie – wie immer – vollkommen blank ist … wie steht es eigentlich mit dir?«, erkundigte sich Tom und sah Nik herausfordernd an. »Es kommt schon einiges zusammen: Vom Parkett im gesamten Erdgeschoss, das abgeschliffen werden muss, über eine Molteni-Couch, zwei Ledersessel, einen Seidenteppich – völlig versaut, einer neuen Kloschüssel, weil die alte – wie auch immer die das geschafft haben – einen Sprung abbekommen hat, bis hin zu einer neuen Motorhaube für Heikes Cayenne, mehreren Designerstücken aus Heikes Garderobe, die geklaut wurden, und zu guter Letzt mussten wir das Wasser im Pool austauschen, weil irgendwelche Schweine da reingepinkelt haben.«

Nik schüttelte empört den Kopf. »Jetzt mach aber mal einen Punkt. Das kann unmöglich alles auf Julias Konto gehen, und schon gar nicht auf meines. Du hast doch gerade gehört, wie knapp ich bin!«

Tom zog mit dem Zeigefinger langsam sein unteres Augenlid herunter. »Du kannst vielleicht Claudia, den Richter und den Gerichtsvollzieher an der Nase herumführen, aber mich nicht. Ich weiß genau, dass du immer noch genug Geld gebunkert hast und auch verdienst. Aber keine Angst, ich werde dich nicht verklagen und auch nicht verpfeifen. Ich dachte nur, dass du dich vielleicht anstandshalber beteiligen würdest. Wir haben ja neben den Kosten auch noch den ganzen Ärger am Hals. Außerdem hat Chloé, um die ganzen Leute, die Julia in unser Haus eingeladen hat, wieder loszuwerden, auch noch das Überfallkommando der Königsteiner Polizei gerufen … kostet mich noch einen Tausender.«

»Dafür kann ich nun aber wirklich gar nichts, wenn deine Tochter auf so eine absurde Idee kommt. Und wo wart ihr eigentlich an dem Abend?«

Jetzt war es Tom, der errötete. »Wir waren bei den Nachbarn auf einer Geburtstagsfeier, und meine Eltern haben gesittet. Leider sind sie etwas zu früh schlafen gegangen. Aber wenn ich so darüber nachdenke, war es schon seltsam, dass sie bei dem Krach gar nicht wach geworden sind.« Er trommelte ungeduldig mit den Fingern auf den Tisch. »Wo bleibt eigentlich unser Hauptgang?« Wütend hob er die Hand. »Was ist das hier eigentlich für ein Saftladen? Ein Steak – rare – kann doch nicht eine halbe Stunde dauern!«

Der Kellner versprach, dass das Essen sofort käme, es habe eine kleine Panne in der Küche gegeben.

»Ja, bei mir wird die Zeit auch langsam knapp. Aber Tom, sei doch mal ehrlich. Du kannst es doch nicht mir anhängen, wenn deine Eltern ihre Aufsichtspflicht verletzen.«

»Wenn deine Tochter das Ganze nicht angezettelt hätte, wäre ja gar nichts passiert! Aber lassen wir das, ich habe keine Lust, mich in meiner Mittagspause auch noch zu ärgern.«

Endlich wurden die Steaks serviert. Gierig stürzte sich Nik auf das blutige Stück Fleisch und säbelte ein großes Stück ab. »Du kannst dir gar nicht vorstellen, wie ich mich auf diese Gelegenheit gefreut habe. Das Leben mit einer militanten Veganerin kann einen manchmal zum Raubtier werden lassen.« Er fletschte die Zähne und gab ein leises »Grrrr« von sich. »Wenn es nach Simone geht, darf ich noch nicht mal ein Lederarmband an meiner Uhr tragen. Keine Lederschuhe kaufen, keine Eier essen, keine Milch trinken …«

»Klingt nach Lebensfreude pur. Wie hältst du das aus?«

Nik schob sich schon das dritte Stück Fleisch in den Mund, legte den Kopf in den Nacken und machte wieder einen Moment lang die Augen zu. »Tja, ab und zu gönne ich mir diese kleinen Eskapaden, die halten mich am Leben. Aber ich muss vorsichtig sein. Simone ist ziemlich wachsam. Demnächst wird sie noch auf die Idee kommen, Stuhlproben zu nehmen, um zu kontrollieren, ob ich wieder Tiere gegessen habe.«

Tom schüttelte den Kopf. »Aber sonst ist alles in Ordnung bei euch?«

»Klar, alles bestens. Simone ist meine Traumfrau.«

Das klang einstudiert, fand Tom. Aber er fragte nicht näher nach.

Stattdessen erkundigte sich Nik: »Wie läuft's eigentlich in der Bank? Man hört, du seist wieder gut im Geschäft?«

»Ja, es geht. Es ist halt ständig Kreativität gefragt. Wir müssen ein paar illiquide Anlagen loswerden. Gerade habe ich einen Deal mit zwei Versicherungen eingefädelt. Die kriegen unsere Unternehmenskredite ohne Investmentstatus, und wir bekommen im Gegenzug Papiere, die die EZB als Pfand akzeptiert. Dadurch nutzen wir die Schuldenkrise voll aus und sind bis zum Quartalsende wieder flüssig.«

Das letzte Stück des riesigen Steaks verschwand in Niks Mund, und er wischte ihn sich mit der Serviette ab. »Mann, war das gut. Ich könnte gerade noch so eins bestellen. Aber dann kriege ich nachher auf dem Laufband vermutlich die Füße nicht vom Gummi.« Er schluckte. »Subtil, was du da erzählst. Ihr Banker findet auch immer einen Weg. Die Zeche zahlen dann wieder wir armen Schlucker.«

GERTRUD

Geschäftig ging Gertrud durch die Gänge des Drogeriemarkts und legte Deo, Duschgel und Handcreme in ihren roten Kunststoff-Einkaufskorb. Als sie vor dem Regal mit den Dr.-Scholl-Produkten nach der Hühneraugentinktur suchte, sah sie aus dem Augenwinkel eine Frau mit strähnigen Haaren und einem einfachen braunen Mantel auf sich zukommen. Sie wollte sich gerade wegdrehen, als sie auch schon angesprochen wurde.

»Guten Tag, Frau Lemberg. Schön, Sie zu treffen. Ich wollte mich sowieso noch einmal bei Ihnen bedanken. Sie haben meinem Sohn ja so geholfen.«

Gertrud sah die Frau durch ihre dicken Brillengläser fragend an. »Guten Tag, Frau …«

»Ruth Conzen. Die Mutter von Jonas, falls sie sich erinnern …«

Der Stich in ihrer Magengrube war schmerzhaft. Es war das erste Mal in ihrem Leben, dass die Begegnung mit der Mutter eines Schülers ihr so ein unangenehmes Gefühl verursachte. Sie hatte Angst. Angst vor dem, was diese Frau vielleicht noch herausfinden würde. Aber sie riss sich zusammen und brachte eine Art Lächeln zustande. »Ach ja, natürlich weiß ich, wer Sie sind. Doch bei den vielen Namen … und man wird ja nicht jünger. Ich hoffe, es geht Jonas wieder besser!« Sie wünschte sich inständig eine positive Antwort.

Ruth Conzens Gesicht verfinsterte sich, ihre Augenlider mit den blassen Wimpern wirkten so schwer, als würden sie gleich zufallen. »Leider sind seine Verletzungen nicht gut verheilt. Das Jochbein war gesplittert, und er musste nun doch operiert werden. Die OP ist aber nicht richtig geglückt. Die Zeit in der Klinik hat ihn natürlich in der Schule noch einmal zurückgeworfen. Vermutlich muss er das Schuljahr wiederholen. Und dann wird alles noch schlimmer.«

Gertrud sah entsetzt, dass Ruth Conzens Augen feucht wurden. Sie lehnte sich gegen das Regal. Gerade wollte Gertrud sie zurückreißen, da lösten sich auch schon zwei Regalböden aus ihrer Verankerung, fast das gesamte Dr.-Scholl-Sortiment rollte in einer Lawine von Flaschen und Tuben zu Boden und bedeckte die graugesprenkelten Fliesen. Ruth schluchzte auf und hielt sich die Hand vor den Mund. Hilfesuchend sah sich Gertrud um, und schon kamen zwei Verkäuferinnen auf sie zu.

»Können Sie nicht aufpassen?«, raunzte die Ältere der beiden. Dann erkannte sie Gertrud und entschuldigte sich sofort.

»Ach, Sie sind es, Frau Lemberg. Na ja, ist ja nicht so schlimm. Kann jedem mal passieren.«

Gertrud sah sie streng an. Natürlich war auch sie die Mutter einer Schülerin von ihr. Und Gertrud würde sich ihre spontane Reaktion gut merken. Sie reichte Ruth Conzen ein Papiertaschentuch. »Jetzt fassen Sie sich. Am besten bringe ich Sie nach draußen.« Mit einem Blick auf die beiden Verkäuferinnen fügte sie hinzu: »Sie kriegen das sicher wieder hin, nicht wahr?«

Gertrud nahm ihren Einkaufskorb und schob Ruth Conzen hinaus. »Geht es wieder, Frau Conzen?«

Ruth Conzen nickte schwach. »Ich muss nach Hause. Unsere Tochter fühlt sich sowieso schon vernachlässigt, weil sich alles immer nur noch um Jonas dreht.«

Gertrud fasste ihren Mut zusammen. »Hat er denn inzwischen noch Genaueres zu dem Vorfall erzählt?«

Ruth Conzen musterte sie erstaunt. »Nein, wieso? Er hat doch schon alles gesagt, was er weiß. Das Einzige ist, dass er inzwischen auch nicht mehr glaubt, dass Alexander Eichberg mitgemacht hat.«

Gertrud atmete erleichtert auf. Demnach hatte Jonas tatsächlich nichts gesehen. »Wirklich schlimm, wozu Kinder fähig sind. Aber dieser Arthur Elten ist auch ein ganz fürchterlicher Bengel. Zum Glück hat er endlich die Schule gewechselt. Unfassbar, dass er ungestraft davonkommt.« Sie kramte eine verknitterte Visitenkarte aus ihrer Handtasche und hielt sie Ruth Conzen hin. »Rufen Sie mich jederzeit an, wenn ich noch etwas für Sie oder Ihren Sohn tun kann. Soll ich Sie noch ein Stück mitnehmen?«

Ruth Conzen nahm die Karte aus billigem Papier entgegen, auf der in Schreibschrift gedruckt stand:

Gertrud Lemberg
Lehrerin
Im Haderheck 12 b, 61462 Königstein
Telefon 06174/958833

Das Angebot, mitzufahren, lehnte sie dankend ab. Sie sei selbst mit dem Auto da.

Langsam schlenderte Ruth Conzen durch die Fußgängerzone. Wie nett und hilfsbereit Frau Lemberg gewesen war. Gerade wollte sie die Straße überqueren, um zum Parkplatz zu gehen, da sah sie das Blumengeschäft, und ihr kam die Idee, Frau Lemberg etwas zu schenken. Sie suchte bei Blumen Böhning ein rosa Alpenveilchen aus und beschloss, es der Lehrerin sogleich vorbeizubringen. Ruth Conzen las noch einmal die Adresse auf der Visitenkarte, und zehn Minuten später hielt sie vor Gertruds Haus, einem einfachen, gepflegten Einfamilienhaus aus den siebziger Jahren. Sie nahm ihr Geschenk in die Hand, ging zum Gartentor, das offen stand. Dahinter lag ein kleiner, akkurat mit Buchsbaumkugeln und Winter-Stiefmütterchen bepflanzter Vorgarten.

Sie wollte gerade auf die Klingel drücken, als sie von drinnen Stimmen hörte. Ruth Conzen ließ ihre Hand sinken und lauschte. Sie kamen aus dem Kellerfenster, links neben der Haustür. Es waren unverkennbar Frau Lembergs Stimme und die eines Mannes.

»Was hast du dir bloß dabei gedacht. Weißt du eigentlich, in was für eine Situation du mich damit bringst?«, schrie Gertrud.

»Aber man darf doch nicht irgendwo hinpinkeln ... du sagst das doch immer: nur in die Toilette oder in die Schüssel und deshalb ...« Der Rest des Satzes ging in ein Jaulen und Heulen über. Ein lautes Patschen war zu hören, und das Jaulen wurde noch lauter.

»Du wirst so etwas nie wieder tun, verstehst du?«, hörte man Gertrud schreien. Sie klang schriller als zuvor. »Sonst schicke ich dich in eine Anstalt. Merk dir das!« Ihre Stimme überschlug sich. »Und zu essen kriegst du heute von mir auch nichts mehr ... und keinen Milchkaffee.« Es folgte eine Pause. Dann hörte Ruth Conzen wieder Frau Lembergs Stimme, diesmal leiser: »Ich kann einfach nicht mehr, verstehst du?«

Horsts Jaulen war einem Wimmern gewichen, und man hörte, wie die Tür zugeschlagen und verschlossen wurde, danach schnelle Schritte auf der Kellertreppe. Erschrocken und verstört presste sich Ruth Conzen an die Hauswand. Sie stellte das Alpenveilchen vor der Haustür ab. Dann ging sie zurück zu ihrem Auto, startete und fuhr nach Hause.

SUSANNE

»Schön, Susanne. Dann steht dem Beginn der Auktion ja nichts mehr im Wege.« Paul Launhart gab ihr den Ordner mit den Expertisen seiner Sammlung zurück und erhob sich mit einem zufriedenen Lächeln. Der einen Meter neunzig große Mann hatte die Figur eines Fünfzigjährigen, der sein Leben lang keinen Sport getrieben hatte. Dabei wusste Susanne, dass er erst Ende dreißig war. Die klassischen Züge seines Gesichts waren durch den Lebenswandel bereits teigig geworden. Er trug einen kurzen Kinn- und Oberlippenbart, glattrasierte Wangen, dunkelblonde Haare – kinnlang. Paul Launhart war in Jeans, weißem Hemd und schwarzem Leinensakko erschienen. Um den Hals hatte er einen hellgrünen Schal geschlungen. »Ja, vor allem da wir schon für drei Lose Garantien und unwiderrufliche Gebote in Höhe von insgesamt 62 Millionen haben.«

»Oh, das wusste ich gar nicht. Welche sind das?« Sein rheinländischer Akzent weckte bei Susanne immer wieder Heimatgefühle.

»Die Warhols und der Liechtenstein.«

Paul Launhart runzelte die Stirn. »Und die Gebote entsprechen deinen Taxierungen? Soweit ich mich erinnere, waren die höher, oder?«

»Ja, ich bin eigentlich davon überzeugt, dass sie mehr einbringen. Aber ich wollte mich nach unten absichern. Und Third-Party-Guarantees sind heute bei allen Auktionshäusern üblich, wie du vielleicht weißt.« Sie sah ihn fragend an. »Wir können natürlich jederzeit zu einem höheren Preis den Zuschlag geben. Dann bekommt der Garant allerdings einen Anteil daran.«

»Ja, ich weiß, Susanne. Aber den müsst ihr dann übernehmen.«

»Halbe-halbe«, sagte Susanne, stand von ihrem Schreibtischstuhl auf und kam ihm entgegen.

Schon legte er den Arm auf ihren Rücken, und sie fühlte seine weiche Hand durch den dünnen Stoff ihrer Bluse.

»Werden du und deine Schwester anwesend sein? Oder möchtet ihr telefonisch auf dem Laufenden gehalten werden?«

Er drehte ihr das Gesicht zu, und sie roch eine leichte Bierfahne.

»Ich weiß nicht, was Sunny vorhat, aber ich werde mir die Versteigerung nicht entgehen lassen. Ach, ich habe ganz vergessen zu fragen, wer eigentlich der Auktionator sein wird.«

Susanne versuchte, ein wenig Abstand zwischen sie zu bringen, indem sie einen Schritt vortrat und die Tür öffnete. »Fernand Lallier, in bewährter Manier. Er ist einfach ein Routinier, da lasse ich mich auf keine Experimente ein, schon gar nicht bei einer so bedeutenden Sammlung. Du wirst sehen, Paul, die Versteigerung wird deine Erwartungen übertreffen. Aber da wäre noch etwas ...« Sie schloss die Tür wieder und bedeutete ihm mit einer Geste, noch einmal Platz zu nehmen. »Ich habe lange überlegt, ob ich dir das überhaupt antragen soll, aber ich denke, ich bin dazu gezwungen. Hoffentlich verstehst du mich nicht falsch ...«

Paul Launhart ließ sich in den roten Bibendum-Sessel von Eileen Gray sinken. »Jetzt machst du mich aber neugierig.«

Susanne setzte sich diesmal direkt ihm gegenüber in den anderen Besuchersessel. Genauso hatte sie den Ablauf ihres Gesprächs geplant. Als sie weitersprach, war ihre Stimme leiser als zuvor. »Paul, bist du dir wirklich ganz sicher, dass du die beiden Beckmanns mit in die Versteigerung geben möchtest?

Denn ich hätte da eventuell noch eine andere Lösung.« Sie hob den Kopf, verengte die Augen und fixierte ihn genauso suggestiv, wie sie es eingeübt hatte.

Paul Launhart starrte zurück. »Wie meinst du das? Warum sollte ich nicht?«

»Es gibt dafür natürlich überhaupt keinen greifbaren Grund, das wissen wir beide …«, wieder machte sie eine bedeutungsvolle Pause, »… aber dennoch darf ich dir das Angebot zum Vorabverkauf nicht vorenthalten. Ich kenne den Interessenten schon sehr lange und kann dir versichern, dass er absolut seriös ist.«

Paul Launhart runzelte die Stirn, und Susanne überlegte einen Moment lang, ob sie eventuell zu dick aufgetragen hatte. »Ich weiß ja nicht, ob man es noch seriös nennen kann, wenn jemand kurz vor der Auktion versucht, hochklassige Werke zum Schnäppchenpreis zu ergattern.«

»Aber davon kann doch gar nicht die Rede sein. Man sollte manchmal nicht allzu leichtherzige Entscheidungen fällen, sondern in Ruhe alle Vor- und Nachteile abwägen. Wir hatten zum Beispiel einen Fall …«

»Ja, schon gut …«, unterbrach er sie und wickelte sich nervös die Fransen seines Schals um die Finger. »Was bietet er denn?«

Susanne sah ihn mit einiger Befriedigung an und ließ ihn zehn Sekunden zappeln. »Drei Millionen.«

Paul Launhart atmete hörbar aus. »Je Bild, nehme ich an, alles andere wäre eine Unverschämtheit.«

»Natürlich. Schließlich habe ich alleine das Frauenporträt auf viereinhalb taxiert. Vorausgesetzt, es ist echt.« Nun hatte sie es ausgesprochen.

Paul Launhart zuckte mit dem Mundwinkel. »Angesichts der Zuschreibungen durch Splüger gibt es daran ja nun nicht die geringsten Zweifel mehr, meine Liebe. Insofern weiß ich immer noch nicht, warum ich mich auf den Deal einlassen sollte.«

»Ich habe dir ein Angebot übermittelt, ohne jede Wertung. Das ist alles. Entscheiden müssen du und Sunny selbst.« Susanne war klar, dass sie vorher einen anderen Eindruck erweckt hatte. Ganz bewusst. »Leider habe ich jetzt den nächsten Termin. Also wir sehen uns dann am Donnerstag.«

Sie erhob sich. Paul Launhart stand auch auf, und sie gingen zur Tür. Dann blieb er plötzlich stehen, nahm einen Montblanc-Füller und eine Visitenkarte aus der Innentasche seines Jacketts. Er legte die Karte umgedreht auf den Schreibtisch, schrieb im Stehen etwas darauf und reichte sie ihr zwischen Zeige- und Mittelfinger. Susanne nahm sie entgegen, ohne zu lesen, was er geschrieben hatte. Ihre Blicke begegneten sich. »Na gut, Susanne, ich werde darüber nachdenken. Bis wann können wir die beiden Werke noch aus der Auktion rausnehmen?«

»Allerspätestens drei Tage vorher müsste ich Bescheid bekommen. Ich bin sicher, dass du das Richtige tun wirst.«

»Aber du solltest es dir auch überlegen.« Er fuhr sich mit der Hand über den Kinnbart. »Komisch, wenn ich dich so sehe, muss ich immer daran denken, was du früher für ein goldig' Tanzmarieche warst.«

Susanne musste grinsen. »Ja, lang ist's her, alter Karnevalsprinz, die Veedelszüge in Düsseldorf, nicht wahr?« Er nickte, hielt sich zwei Finger grüßend an die Schläfe und drehte sich um.

Sie schloss die Tür hinter ihm, ging zum Fenster und sah erst jetzt auf die Karte. Darauf stand die Zahl 200 000.

Während sie mit der Karte unablässig auf ihren linken Daumen tippte, blickte sie herunter auf die Straße. Nach zwei Minuten sah sie Paul Launhart auf den Bürgersteig treten. Mit der einen Hand winkte er einem vorbeifahrenden Taxi. Mit der anderen hielt er erwartungsgemäß sein Mobiltelefon an das Ohr. Susanne hatte eine ziemlich konkrete Vermutung, wer sein Gesprächspartner war: Nicht etwa seine Schwester Sunny, sondern entweder Arthur Goldenberg oder Nicole Schwarzkopf.

CLAUDIA

»Mama, in welchem Alter hört man eigentlich auf, Sex zu haben und so weiter?«

Claudia zuckte zusammen und hätte fast den Karton mit Eiern fallen gelassen. Sie drehte sich zu ihrer Tochter um, die mit aufgestützten Ellbogen am Frühstückstisch saß und Nutella aus dem Glas löffelte. »Hör endlich auf, diese Schokocreme zu essen. Wer hat das Zeug eigentlich schon wieder gekauft?«

»Du lenkst ab!«, antwortete Julia und leckte genüsslich den nächsten Löffel ab.

»Stimmt! Ich weiß auch wirklich nicht, was die Frage soll und wie ich sie dir beantworten sollte.«

»Du hast doch sonst auf alles eine Antwort.« Julia zog die Beine auf den Stuhl und faltete sie zum Schneidersitz, während sich Claudia eine riesige Portion Rührei auf den Teller lud.

»Na schön, ich nehme an, dass es bei jedem Menschen unterschiedlich ist. Aber falls du meinst, ob ich persönlich bereits mein Klimakterium erreicht habe, lautet die Antwort: nein!«

Julia zeigte mit dem Löffel auf ihre Mutter. »Eigentlich habe ich gemeint, wann du endlich aufhörst, die halbe Nacht unüberhörbar mit diesem ekelhaften Nicolas de Haan zu vögeln. Das ist wirklich nicht mehr zum Aushalten.« Sie warf den Löffel auf den Küchentisch, wischte sich mit dem Ärmel ihres Nachthemds über den Mund und stand auf.

Claudia hielt sie am Arm fest. »Jetzt will ich dir mal was sagen: Mein Liebesleben und meine Verabredungen gehen dich rein gar nichts an. Schließlich rede ich dir auch nicht permanent rein. Insbesondere was in dieser Hinsicht auf deiner wundervollen Party passiert ist, habe ich bisher tunlichst vermieden, anzusprechen.«

»Wieso, was soll denn da passiert sein?« Julia sah sie mit unschuldigem Augenaufschlag an.

»Immerhin haben wir dich halb bewusstlos auf dem Badezimmerboden gefunden. Mit heruntergezogener Hose und einer leeren Kondompackung daneben. Und was schließen wir daraus?«

Julia wurde rot. »Na und? Das hat überhaupt nichts zu bedeuten.«

»Gar nichts. Ist klar.«

Julia ließ sich wieder auf den Stuhl sinken. »Verdammt, ich kann mich einfach an nichts mehr erinnern. Ich weiß nur noch, dass ich Toni rüber zu Stelzers gebracht habe, und Chloé hat ihr aufgeschlossen, weil sie aufs Klo musste. Unseres war verstopft. Dann bin ich wieder in die Küche gegangen. Da waren so viele Leute, und da war … Jan. Der wollte unbedingt, dass ich Wodka trinke …« Sie schlug sich die Hände vor das Gesicht. »Und was dann passiert ist, weiß ich einfach nicht.«

Claudia schlang den Arm um ihre Tochter. Ihr wurde klar, dass sie nicht gerade sensibel vorgegangen war. »Ist gut, ist ja schon gut …«, tröstete sie sie. »Ehrlich gesagt, habe ich auch keine Erfahrung, was man in so einem Fall macht. Aber um noch irgendwelche Schritte gegen ihn zu unternehmen, hätten wir wahrscheinlich früher tätig werden müssen. Dich untersuchen lassen … und so weiter. Ich hatte ja keine Ahnung, dass man dich betrunken gemacht und verge…«

»Nein«, schrie Julia und presste ihrer Mutter die Hand auf den Mund. »Sag es nicht. Das stimmt nicht. Es kann einfach nicht stimmen.« Sie fing an zu weinen, legte ihren Kopf auf Claudias Schulter und krallte ihre Finger in die hellgraue Seide ihres Morgenmantels.

Claudia strich über ihre verfilzten Haare. »Was ist denn die letzte Erinnerung, die du hast? Da war der Wodka. Weißt du noch, ob du den getrunken hast? Und was war dann?«

Julia schluchzte noch heftiger. Sie antwortete nicht.

»Weißt du noch, ob du mit Jan ins Bad gegangen bist?«

»Ich habe noch diese fiese Clara vor Augen, die irgendwas von ›tolle Party‹ gesagt hat. Und dann bin ich wohl wirklich mit ihm ins Bad gegangen, und er hat von innen abgeschlossen und dann ...« Ihr Weinen wurde lauter.

Claudia streichelte weiter ihren Kopf. »Ich glaube, diese Clara und diesen Jan werde ich mir mal vorknöpfen.«

Julia hob den Kopf und sah sie mit ihrem roten, geschwollenen Gesicht an. »Oh nein, Mami. Tu das bitte nicht. Versprich es mir. Wenn sich jemand die beiden vorknöpft, dann ich.«

Claudia schüttelte den Kopf. »Nein, ich glaube, ehrlich gesagt, dass das inzwischen eine Nummer zu groß für dich ist. Schließlich bin ich Rechtsanwältin. Und ich kann dir versichern, ich weiß, was ich tue.«

Sie hörten einen Schlüssel im Schloss der Wohnungstür, Schritte, und schon stand Nicolas mit bester Laune in der Küche. Er hielt eine Papiertüte hoch und rief: »Guten Morgen, ihr Langschläfer. Frische Brötchen, Croissants, die *Bild* und außerdem ...« Er zog aus seiner Manteltasche ein kleines rosa Plüschschwein, drückte auf einen Knopf an dessen Bauch und setzte es auf den Tisch. Es grunzte.

Die beiden sahen ihn fassungslos an. Sofort stand Julia auf, rannte in ihr Zimmer und knallte die Tür zu. Nicolas sah ihr kopfschüttelnd nach. »Was ist denn mit ihr los?« Er warf die Tüten auf die Arbeitsplatte und öffnete eine der Spülmaschinen. Mit angewidertem Gesichtsausdruck ließ er die Tür sofort wieder zuklappen. »Die ist voll und stinkt, warum stellst du sie dann nicht an?« Bei der nächsten war es nicht anders. Erst in der dritten fand er einen sauberen Teller. Er holte zwei Reinigertabs aus dem Schrank und setzte die Maschinen in Gang. Mit einem Blick auf den überquellenden Abfalleimer meinte er: »Und den Müll könnte man auch mal runterbringen, es stehen ja auch schon drei volle Beutel vor deiner Wohnungstür, das ganze Treppenhaus mieft.«

Claudia runzelte die Stirn. »Ehrlich gesagt, finde ich es nicht so toll, dass du hier einfach so reinschneist. Wir hatten gerade ein ziemlich ernstes und wichtiges Gespräch. Wer weiß, wann Julia sich mir noch einmal so anvertraut.«

»Ach, diese pubertierenden Gören. Hat sie denn noch nicht genug angerichtet mit ihrer verdammten Party? Andererseits hätte ich dich sonst vielleicht nicht so schnell dazu gekriegt, hier einzuziehen …« Er zog Claudia von ihrem Stuhl hoch, umarmte sie und begann, sie zu küssen.

Sie wehrte ihn ab: »Nicolas, lass das jetzt. Ich bin wirklich nicht in der Stimmung. Außerdem esse ich weder Brötchen noch Croissants. Ich dachte, das wüsstest du inzwischen. Und auf grunzende Plüschschweine stehe ich auch nicht.«

Nicolas zuckte mit den Schultern, nahm sich ein Croissant und faltete die Zeitung auseinander.

Claudia musterte ihn. »Übrigens müssen wir in Zukunft ein wenig vorsichtiger sein. Julia hat gestern Nacht alles mitbekommen.«

Nicolas betrachtete eingehend den nackten Riesenbusen eines Mädchens auf Seite sechs.

Claudia verzog das Gesicht. »Und du hast mal gesagt, du magst keine Barbies.«

Nicolas sah sie ernst an. »Warum bist du eigentlich so zickig? So kenne ich dich ja gar nicht.«

»Keine Ahnung. Aber ich glaube, Julia hat ziemliche Probleme, und ich habe das die ganze Zeit gar nicht mitbekommen oder wenn ich ehrlich bin … ignoriert. Da ist es nicht gerade hilfreich, wenn sie mich dann noch in der Nacht mit dir hört …«

»Ja, du warst ganz schön laut. Aber das ist es ja gerade, was mir an dir gefällt. Vielleicht sollten wir die Türen isolieren.«

»Vielleicht sollten wir es auch einfach mal eine Weile lassen, wenn die Kinder zu Hause sind.«

Nicolas machte ein Gesicht, als hätte er in eine Zitrone gebissen. »Es lassen? Wie meinst du das? Zu einem normalen Familienleben gehört auch ein Sexualleben. Das ist etwas ganz Natürliches.«

»Aber doch nicht mit einem anderen Mann als dem Vater. Und selbst dann müssen es die Kinder nicht haarklein mitbekommen.«

»Hm«, brummte er, »ich glaube, im Vergleich zu dem, was die sich den lieben langen Tag so alles im Internet und Fernsehen reinziehen, ist das, was wir machen, harmlos.«

»Aber das kann man doch nicht vergleichen. Es ist live, und ich bin ihre Mutter.« Claudia verlor allmählich die Geduld. »Weißt du was? Frühstücke du in aller Ruhe und lies deine *Bild*-Zeitung. Ich gehe jetzt unter die Dusche.« Damit ließ sie ihn stehen, lief die Treppe hoch und öffnete die Tür zu ihrem neuen Traumbad. Sie streifte den Morgenmantel ab und betrat die riesige Walk-in-Dusche. Genüsslich schamponierte sie sich die Haare, ließ anschließend eine Kur einwirken und verrieb langsam ein Peelinggel auf ihrer Haut. Sie tippte auf eine Taste des Touchscreen-Bildschirms an der Wand, und sofort sprudelte heißes Wasser aus zehn Duschköpfen im Massagemodus auf ihren Körper.

Als sie gerade mit geschlossenen Augen die Kur aus ihren Haaren spülte, wurde sie plötzlich an den Schultern gepackt. Sie stieß einen schrillen Schrei aus. Nicolas legte ihr sofort die Hand auf den Mund. Sie riss die Augen auf und spürte das Brennen der Ölkur auf den Bindehäuten. »Bleib ganz ruhig, Baby, und genieße es einfach.«

Claudias Augen tränten, und sie begann, mit beiden Händen darin zu reiben. Nicolas griff nach einem Waschlappen, tupfte ihr vorsichtig die Augen ab und ließ sie dabei seine Erektion spüren. Erst als er merkte, dass sie sich entspannte und nachgab, hob er sie hoch, presste sie an die Wand und nahm sie im Stehen.

»Du bist einfach unglaublich versaut!«, keuchte sie.

»Aber das ist es doch, was du brauchst, oder etwa nicht?«

Eine halbe Stunde später lag Nicolas mit hinter dem Kopf verschränkten Armen auf Claudias neuem Kingsize-Bett. Er hatte ihr zu ihrem Einzug einen Wunsch erfüllt und ein Polsterbett von Fendi, ganz in Weiß, liefern lassen. Jetzt sah er ihr zu, wie sie einen schwarzen BH anzog und in eine Jeans schlüpfte.

»Was ich dich schon die ganze Zeit fragen wollte«, sagte Claudia ohne aufzusehen, »kennst du eigentlich Dr. Teufel und Enno Blankenberg?« Sie versuchte, den Satz beiläufig klingen zu lassen.

»Ja, klar, wieso?«

»Ich habe dich auf einem Foto gesehen. Zusammen mit den beiden, vor Blankenbergs Privatmaschine. Woher kennst du sie?«

»Kanntest. Blankenberg ist tot, falls du es noch nicht gehört hast.«

»Doch, natürlich habe ich das gehört. Er war schließlich mein Mandant.«

Nicolas nickte. »Ja, ich weiß.«

Claudia sah ihn erstaunt an. »Und woher weißt du das?«

»Weil er es mir erzählt hat.« Sie setzte sich zu ihm auf das Bett.

»Ihr habt über mich geredet? War das bevor wir …?«

»Keine Ahnung. Warum willst du das eigentlich so genau wissen?«

Nicolas sah sie an, und seine Augen verengten sich. Sie drehte sich zu ihrem Nachttisch um und griff nach ihrer Armbanduhr. Während sie das Stahlarmband schloss, betrachtete er ihren Rücken, die fast weiße Haut, ihre Schulterblätter. Er streckte die Hand aus und zeichnete mit den Fingern ihre Wirbelsäule nach. Claudia wandte sich wieder um, fasste nach seiner Hand und verschränkte ihre Finger mit seinen. Mit der anderen Hand strich sie zart über die blonden Härchen auf seinem Handrücken. Er zog sie an sich, und sie küssten sich.

»Wie wäre es, wenn wir uns an diesem verregneten Novembersonntag die Beckmann-Ausstellung im Städel ansehen? Die Jungs muss ich erst heute Nachmittag abholen.«

Nicolas flüsterte: »Ich hätte da auch noch ein Alternativ-Programm, wie wir den Tag verbringen könnten …«

Keiner der beiden erwähnte mehr den Namen Blankenberg.

HEIKE

Heike bog in das Woogtal ein, und ihre neuen violetten Hunter-Gummistiefel versanken in hohen Laubbergen. Sie bückte sich, öffnete den Karabinerhaken der Hundeleine und ließ Easy frei. Sofort rannte er übermütig auf die Wiese und verschwand in den Nebelschwaden. Heike hörte das laute aufgeregte Bellen mehrerer Hunde. Sie waren nicht alleine. Aus dem Nebel tauchten zwei Labradore auf, die mit Easy herumtollten. Als sie Beate Eichberg und Iris Sommer erkannte, wäre Heike am liebsten weitergegangen, aber das hätte zu deutlich nach Flucht ausgesehen.

»Guten Morgen, Heike. Und, hast du inzwischen alle Schäden beseitigt?«, fragte Iris Sommer.

Heike hatte sie seit der Party bei Eichbergs nicht mehr gesehen, und es war ihr völlig neu, dass sie sich duzten, doch sie ließ sich nichts anmerken. »Ganz so schnell geht das leider nicht. Wir wollten keine Kompromisse eingehen, haben Teppich und einige Möbel direkt ausrangiert und neu bestellt. Die waren sowieso nicht mehr aktuell.«

»Ja, vor allem die italienischen Möbelfabrikanten haben teilweise abenteuerliche Lieferfristen.«

»Ist es wirklich so schlimm gewesen mit dieser Facebook-Party eurer Untermieter? Ich wusste gar nicht, dass es so etwas überhaupt gibt – und das hier bei uns in Königstein. Deine Tochter soll ja auch nicht unbeteiligt gewesen sein, was man so hört …«, bemerkte Beate Eichberg.

Heike sah ihr misstrauisch in die tief in den Höhlen liegenden Augen. Auch mit Frau Eichberg hatte sie sich bisher nicht geduzt.

»Nein, alles halb so wild«, antwortete sie mit gespielter Selbstsicherheit. »Und Chloé hatte damit gar nichts zu tun.« Sie wusste natürlich, dass Julias Katastrophen-Party das neue Gesprächsthema in Königstein und Umgebung war. Doch auch sie hatte inzwischen gelernt, dass striktes, ausdrückliches

Leugnen und Herunterspielen von Gerüchten die einzige adäquate Lösung war, um ihre Verbreitung einzudämmen. Schnell wechselte sie das Thema. »Und bei dir? Ihr habt doch sicher auch einige Aufräumarbeiten gehabt. Tolle Party übrigens. Danke noch mal.«

»Ja, du hast dich ja schon mit deiner netten Karte bedankt. Aber konntest du dich denn gar nicht mehr daran erinnern, dass wir uns alle gegenseitig das Du angeboten haben?«

Heike öffnete den Reißverschluss ihrer Daunenjacke. Ja, richtig, auf der Dankeskarte hatte sie Beate und Helmut Eichberg gesiezt. »Doch, natürlich, aber es war einfach noch zu ungewohnt und dann auch noch schriftlich ... da bin ich höflichkeitshalber noch einmal beim Sie geblieben.«

Iris Sommer und Beate Eichberg wechselten einen vielsagenden Blick. »Und ging es dir am nächsten Morgen wieder besser?«, fragte Iris Sommer.

Heike wurde rot. »Ja, natürlich. Gar kein Problem.«

Plötzlich sprang ein langbeiniger pudelartiger Hund auf die anderen zu und begann mit ihnen zu spielen. Den tapsigen Bewegungen nach zu urteilen, musste er noch ein Welpe sein. Eine große schlanke Frau folgte ihm.

»Was ist denn das für ein seltsamer Hund?«, fragte Beate Eichberg.

»Das ist Carolines Labradoodle«, erklärte Iris Sommer. »Ein Allergiker-Hund. Er haart nicht.«

Caroline Kissel trug eine schwarze Lederjacke zu roter Denim-Hose und eine dunkle Sonnenbrille. »Hi, ihr seid ja auch so früh unterwegs. Ich muss mich erst noch daran gewöhnen, jetzt jeden Morgen mit dem Hund zu gehen. Aber wenn er ausgewachsen ist, darf ich wenigstens mit ihm joggen.«

»Tja, man kann es als Vorteil oder als Nachteil sehen, dass man bei jedem Wetter dreimal am Tag rausmuss«, sagte Beate Eichberg und stieß zwei kurze Pfiffe aus. Drei Sekunden später saß ihr brauner Labrador hechelnd vor ihren Füßen und bekam zur Belohnung einen Hundekeks. »Aber ich lasse

Spencer auch manchmal nur in den Garten, wenn ich keine Zeit habe. Dann jagt er stundenlang Mäuse oder Eichhörnchen und hat genug Bewegung.«

»Und die Hinterlassenschaften?«, fragte Iris Sommer. »Apropos …«, und alle sahen sprachlos zu, wie der Labradoodlewelpe sein Frauchen umkreiste, den Rücken wölbte und einen dampfenden braunen Haufen auf ihren linken Schuh setzte.

»Pfui, Enzo, du Wutz!«, schimpfte Caroline Kissel.

Beate Eichberg zog eine Visitenkarte aus der Tasche ihrer fellgefütterten Wachsjacke und hielt sie ihr wortlos hin. Sie nahm die Karte entgegen und las laut vor:

Erziehung auf vier Pfoten: Königsteiner Hundeschule

»Schon möglich, dass wir dort mal einen Termin vereinbaren sollten.«

»Und die Hunter-Gummistiefel gibt es da übrigens auch, die haben nämlich auch einen netten Laden für Hund und Herrchen, beziehungsweise Frauchen«, setzte Heike mutig hinzu, während sie alle drei zusahen, wie Caroline Kissel vergeblich versuchte, ihren hellroten Tod's-Schuh aus Veloursleder mit einem Papiertaschentuch zu säubern.

»Das ist übrigens ähnlich wie mit der Kindererziehung«, bemerkte Beate Eichberg, »man muss von Anfang an konsequent sein. Spencer bekommt zum Beispiel nur zu fressen, wenn er gehorcht hat.«

»Kein Wunder, dass er aussieht wie ein Skelett mit Fell«, bemerkte Iris Sommer. »Und bei deinen Kindern praktizierst du das auch so?«

Beate Eichberg warf ihr einen warnenden Blick zu. »Selbstverständlich nicht. Aber liebevolle Strenge hat noch keinem geschadet. Wir sollten uns alle ein Scheibchen von Amy Chua und den anderen Tigermüttern abschneiden, die züchten schließlich die künftige Konkurrenz unserer Kinder heran.«

Unterdessen wurde Spencer von der gelben Labradorhündin besprungen. Beate Eichberg schrie entsetzt auf: »Iris, ruf sie bitte sofort zurück. Die ist wohl falsch gepolt?«

Iris Sommer packte ihre bullige Hündin am Halsband und zog sie von dem dürren Spencer herunter. »Cleo ist eben eine Alphahündin«, sagte sie keuchend. »Etwas anderes wäre mir auch nicht ins Haus gekommen. Ich verabscheue Unterwürfigkeit!«

»Und was sollte Spencer dann deiner Meinung nach sein? Ein Omegarüde?«

»Tja, wie der Herr, so das Gescherr …«

Beate Eichbergs Blick war eiskalt. »Ach, wollen wir jetzt auf das Niveau?«

Caroline Kissel machte eine Handbewegung, als habe sie sich verbrannt, nahm grinsend ihre Sonnenbrille ab und raunte Heike zu: »Uiuiui, wollen wir noch ein Stück weiter ins Tal gehen? Meine Schuhe sind jetzt sowieso versaut. Und ich glaube, unsere beiden Vierbeiner haben sich gerade richtig angefreundet.« Sie deutete auf Easy und Enzo, ein einziges lehmiges Fellknäuel, das durch die Wiese kugelte.

Als sie nicht mehr in Hörweite der beiden anderen waren, meinte sie: »Beates Hardcore-Ansichten in Erziehungsfragen sind nicht jedermanns Sache. Ab und zu muss ihr da mal jemand Kontra geben. Und sie sieht immer grauenhaft fad aus. Aber genau genommen kann sie einem sogar leidtun. Erst die Sache mit ihrem Sohn, und jetzt wird ihr Mann auch noch vorzeitig aus dem Vorstand der Bank entlassen.«

»Waaas?« Heikes Stimme war eine Spur zu schrill.

Caroline Kissel nickte, befriedigt über diese Reaktion. »Ja, offenbar hat sich sein Auftritt in Strapsen ziemlich schnell in der Vorstandsetage und beim Aufsichtsrat herumgesprochen. Aber das ist auch kein Wunder. Der Ehemann seiner Tanzpartnerin scharrt ja schon mit den Hufen …«

»Sie glauben wirklich, dass …«

»Stopp! Wir waren beim Du, weißt du das nicht mehr?«

Also doch. Offenbar hatte Heike wirklich so etwas wie

einen Filmriss. »Doch, doch. Natürlich … die Macht der Gewohnheit … Also *du* glaubst doch nicht etwa, dass Herr Sommer über diese private Party in der Bank geplaudert hat und Helmut Eichberg deshalb gefeuert wird?«

»Na was denn sonst? Alles andere sollte mich angesichts des äußerst auffälligen zeitlichen Zusammenhangs sehr wundern.«

»Aber das allein kann doch keinen Bankvorstand zu Fall bringen.«

»Das allein vielleicht nicht, es gab da wohl schon mal ein paar Insidergeschäfte … ziemlich an der Grenze. Und Upgrades bei privaten Urlaubsreisen, Compliance-Themen … Jakob … mein Mann hat da immer mal was erzählt.«

»Und dann stehen Iris Sommer und Beate Eichberg noch zusammen auf der Hundewiese?«

»Ich glaube nicht«, antwortete Caroline Kissel, »dass es zu einem weiteren Schlagabtausch kommt. Beate hat da ihre eigenen Methoden …«

Heike sah sie gespannt an, doch Caroline Kissel schien nicht die Absicht zu haben, sie über Beates Praktiken aufzuklären. Sie waren am Bachlauf der Woog angekommen und sahen zu, wie Easy begeistert in das eiskalte Wasser sprang, während Enzo skeptisch am Ufer stehen blieb, was Caroline Kissel entsprechend kommentierte: »Bei Enzo scheint das Pudelgen über den Labbi zu dominieren, so wasserscheu, wie der ist. Aber sag mal, was mir gerade einfällt, hat Beate dir eigentlich keinen Hinweis gegeben, dass das Magenta-Kostüm bei der Feier durch die Kellnerinnen belegt sein würde?«

Heike schüttelte den Kopf. Deshalb hatte also keine der eingeladenen Frauen dieses Outfit getragen. Ihr dämmerte langsam die erschreckende Wahrheit, dass sie hier im Vordertaunus absolut niemandem trauen konnte.

»Dann hat sie es entweder vergessen oder … auch nicht … egal, ich wollte dir noch etwas ganz anderes sagen …«

Caroline Kissel legte den Finger auf den Mund. »Meine Tochter war zwar nicht auf der Party in eurer Villa dabei, was sie übrigens ziemlich bedauert!« Sie zwinkerte Heike zu. »Aber sie hat äußerst verlässliche Informationen darüber, wo deine Taschen und Gürtel gelandet sind … ich gebe dir mal ihre Mobilnummer. Natürlich unter der Voraussetzung, dass die Polizei nichts davon erfährt!« Sie nannte Heike die Nummer ihrer sechzehnjährigen Tochter, die diese sofort in ihrem Mobiltelefon speicherte.

»Super. Da war nämlich meine absolute Lieblingstasche dabei. Tausend Dank. Ich werde schweigen wie ein Grab.«

»Na bis jetzt hast du sie ja noch nicht zurück.«

Die beiden Frauen lächelten sich an. Das hübsche Gesicht von Caroline Kissel mit den hohen Wangenknochen und der zierlichen Nase zeigte jetzt ein paar sympathische Krähenfältchen. Heike hätte zu gerne daran geglaubt, in ihr eine allererste Königsteiner Freundin gefunden zu haben, aber sie war auf der Hut.

SUSANNE

»Natürlich kennt so ziemlich jeder das Lyceum Alpinum«, sagte Susanne. »Es hat einen Ruf, das ist richtig. Aber ich habe, offen gesagt, nicht nur Gutes gehört. Es ist nämlich auch eine Ansammlung reicher Söhnchen und Töchterchen, die dort mit Z 4ern und 911ern einlaufen. Wie wäre es denn, wenn du zum Beispiel nach Salem oder Le Rosey gehen würdest, noch besser aber – nach England? Ich halte übrigens sehr viel von einer Schuluniform …«

»Ach, du hast ja keine Ahnung. Ich dachte immer, du bist auf meiner Seite, aber da habe ich mich wohl getäuscht!«, schrie Marcel und drehte sich zu seinem Vater. »Und dir kann man es sowieso nie recht machen.« Er warf seine Serviette auf den Tisch und rannte in sein Zimmer.

Woletzki war im Begriff, ihm zu folgen, aber Susanne legte die Hand auf seinen Arm. »Lass ihn. Du wirst heute Abend nichts mehr retten können.«

Er setzte sich wieder an den Esstisch. »Ist das nicht verrückt? Noch vor einem Jahr hätte ich mir nicht träumen lassen, dass mein dauerbekiffter Sohn, immer in Clochard-Klamotten, null Interesse an Schule, beseelt von der Vorstellung, Sänger zu werden, plötzlich in Cordhose und Cashmerepullover vor mir steht und partout auf das feinste Internat der Schweiz gehen möchte.«

Susanne reichte ihm die Salatschlüssel und hielt ihm ihr leeres Weinglas entgegen. Woletzki schenkte nach. »Dann sieh es doch positiv. Schließlich hätte er die Schule auch abbrechen können. Lass ihn sich einfach in Zuoz bewerben, und überlass die Entscheidung der Schule.«

»Vielleicht hast du recht. Die guten Noten hat er im Übrigen dir zu verdanken. Du hast ihm eine Art Familienleben geboten, mit ihm abends noch gelernt, und das trotz deines Jobs.« Er sah ihr liebevoll in die Augen. »Durch dich wurde er davor bewahrt, womöglich erst von Dieter Bohlen harte Worte zu Selbstüberschätzung und Nichtskönnen zu hören. Ich selbst war da viel zu inkonsequent.«

»Jetzt übertreibst du aber.«

»Sag mal, was wünschst du dir eigentlich zum Geburtstag? Wenn ich mich recht erinnere, ist der in zwei Tagen«, fragte Woletzki plötzlich.

»Gar nichts«, war ihre spontane Antwort. »Außer vielleicht …« Sollte sie jetzt schon wieder auf das unangenehme Thema der bevorstehenden Auktion kommen?

Die Entscheidung wurde ihr abgenommen. »Übrigens habe ich auch einen Kunden, der an den Beckmanns aus der Launhart-Sammlung interessiert ist. Hast du schon Garantien für die beiden Lose?«

Susannes Augen weiteten sich. »Nein … noch nicht.«

»Nun, dann solltest du sein Angebot vielleicht in Erwägung ziehen. Eine solche Absicherung wäre schließlich vorteilhaft.«

Fragt sich nur, für wen, dachte Susanne und sagte: »Ja, das klingt interessant. Du weißt doch sicher auch schon, was ihm im Gegenzug für eine Beteiligung im Falle des Unterliegens vorschwebt? Allerdings ...«

Woletzki hob die Augenbrauen.

»... gibt es im Moment ein Angebot zum Abverkauf vor der Auktion.«

Woletzkis Augenlid begann zu zucken. Er trank einen Schluck Weißwein, während Susanne die leeren Teller zusammenstellte. Das schien eine Neuigkeit für ihn zu sein. Sie war eigentlich davon ausgegangen, dass der Informationsfluss zwischen den vieren besser lief.

»Und haben die Geschwister Launhart schon signalisiert, ob sie dazu bereit sind?«

»Doch, Paul will mir bis Dienstagabend Bescheid sagen.«

»Nun, vielleicht spricht sogar einiges dafür, dass sie es machen. Wie hoch ist denn das Angebot?«

»Drei Millionen.«

Woletzki runzelte die Stirn. »Je Bild ... tja, sicherlich, wenn sie annehmen würden, wäre Lengley's aus dem Schneider, haftungstechnisch meine ich, stimmt's?«

Susanne sah ihn überrascht an und nickte langsam.

»Dann wäre es vielleicht besser, die beiden würden gar nichts von dem Garantieangebot erfahren, nicht wahr?«

Susanne nickte wieder. Ein fast unmerkliches Lächeln erschien in ihrem Gesicht. »Weißt du, was ich absolut nicht verstehen kann?«, fragte sie und trank ihr Glas leer. Woletzki sah sie aufmerksam an.

»Paul Launhart wird zusammen mit seiner Schwester in drei Tagen über neunzig Millionen zusätzlich auf dem Konto haben. Soviel ich weiß, hat er zudem einiges an Aktien und Immobilien geerbt. Warum muss er dann auf Teufel komm raus noch diese beiden verdammten Beckmanns verkaufen? Warum ist es so wichtig, noch einmal sechs oder acht Millionen obendrauf zu kriegen? Bekommen diese Leute den Hals eigentlich niemals voll?«

Woletzki nahm die leere Weinflasche in die Hand und stand

auf. »Nun, das ist wohl so eine Art Sog oder auch Sucht – nach Geldvermehrung.« Er griff nach dem Stapel mit den leeren Tellern und ging in die Küche.

Susanne folgte ihm, brachte das restliche Geschirr und die Servietten mit und stellte es auf die steinerne Arbeitsplatte neben den La-Cornue-Gasherd. Woletzki hatte auf dem riesigen Luxusgerät aus Gusseisen, das aussah wie Uromas Ofen, bestanden, als er die Wohnung einrichtete. Zugegeben, er kochte oft und gut. Aber er gab auch gerne Geld aus. Nachdenklich sah Susanne ihn an: Was hatten sie ihm wohl geboten? Gemeinsam räumten sie die Spülmaschine ein.

Woletzki warf die letzten Gabeln in den Korb, dann ging er zum Weinkühlschrank und holte eine neue Flasche heraus. »Noch einmal den Elsässer Riesling? Oder sollen wir lieber eine Flasche Champagner öffnen?«

Sie zögerte und dachte an den nächsten Morgen. So kurz vor der wichtigen Auktion würde sie früh anfangen müssen, um das Tagespensum zu bewältigen. »Ach, weißt du, mein Wecker wird unbarmherzig um halb sechs klingeln. Aber ein Glas können wir uns vielleicht noch gönnen.«

Woletzki lächelte. »Wunderbar, ich gehe schon mal vor ins Wohnzimmer. Kommst du dann gleich nach?«

Susanne nickte und sah zu, wie er zwei Sektgläser aus dem Schrank nahm. Sie atmete tief durch. Nach seiner Reaktion auf das Angebot an die Launharts steckte er vielleicht doch nicht so tief in der Sache drin. Goldenberg hätte ihm doch sonst schon längst davon erzählt, dass sie die Beckmann-Bilder ausgerechnet ihm angeboten hatte.

Von der Arbeitsplatte neben der Spüle kam ein kurzer Klingelton. Susanne sah, dass dort Woletzkis BlackBerry lag. Eine neue E-Mail war eingegangen, und sie ging zögernd auf das Smartphone zu. Der Bildschirm leuchtete noch, und sie drehte sich zur Tür um. Woletzki war längst im Wohnzimmer. Hastig tippte Susanne den Code ein, den sie auswendig wusste. Der Bildschirm ging auf, er hatte die Zahlen nicht geändert. Die

E-Mail war uninteressant, aber sie konnte nicht anders, scrollte weiter nach unten und überflog seine letzten Nachrichten. Und da war sie: Die E-Mail von

N.Schwarzkopf@t-online.de: Liebster Wendelin, vergiss nicht unsere Verabredung am Mittwoch und denk an den klitzekleinen Gefallen, den du mir schuldest. Deine Nicole wäre sonst sehr enttäuscht …

Susanne hielt sich die Hand vor den Mund. Sie hatte an diesem Abend Hoffnung geschöpft, dass bald alles vorbei sein würde. Dass sie die Beckmann-Werke aus der Versteigerung nehmen und dabei ihr Gesicht wahren konnte, ohne es zu einer offenen Konfrontation mit den Beteiligten kommen zu lassen. Aber in diesem Moment wurde ihr klar, wie naiv sie gewesen war. Es war kein Ablenkungsmanöver. Diese Nicole würde nicht so schnell aufgeben, und Susanne glaubte auf einmal genau zu wissen, was zu tun war. Sie legte den BlackBerry zurück, stieß die Küchentür auf und stampfte durch das Esszimmer weiter ins Wohnzimmer.

Woletzki goss gerade das zweite Glas voll und reichte es ihr. Als er in ihre Augen blickte, sah er die Veränderung in ihrem Gesicht und erschrak. Sie nahm das Glas, prostete ihm zu und trank es aus. Mit einer Hand drückte sie gegen seine Brust, so dass er auf den Sessel sank. »Setz dich, ich muss dir etwas sagen. Ich glaube, es wird Zeit, dass wir endlich einmal offen miteinander sind: Ich weiß inzwischen ziemlich genau über deine Freundin Nicole Schwarzkopf Bescheid. Sie ist kein unbeschriebenes Blatt in der Kunstszene. Ich habe nur nicht von Anfang an ihren Nachnamen gekannt. Sonst wäre mir vieles wesentlich schneller klargeworden. Sie ist entweder selbst eine Fälscherin oder eine Agentin für Kunstfälschungen oder was auch immer es da sonst noch für kriminelle Möglichkeiten gibt. Jedenfalls sind die beiden Beckmanns keine Originale, und du, Goldenberg, diese Nicole und die Launharts versuchen seit Wochen, mich dazu zu bewegen, sie offiziell mit den Zuschreibungen von Splüger, der natürlich auch von euch bezahlt wurde, zu versteigern. Du weißt genau, dass mich das meinen und den Ruf von Lengley's kosten wird. Dass ich dafür sogar in den Knast gehen kann. Und ich sage es dir nur einmal und denke, das ist unmissverständlich: Ich mache da nicht mit!«

Sie setzte sich auf das alte englische Ledersofa und fing seinen Blick auf. Und in diesem Augenblick wusste sie, dass sie falsch gehandelt hatte. Sie hätte sich niemals zu diesem Bekenntnis hinreißen lassen dürfen.

CLAUDIA

»Schöner macht es auch nicht gerade«, sagte Claudia zu ihrem Spiegelbild, nachdem sie mit dem Fahrrad die zwei Blocks zur Kanzlei gekommen war. Sie versuchte, ihre an den Kopf geklatschten Haare mit Bürste und Haarspray wieder in Form zu bringen. Es klopfte, und obwohl Claudia »Moment« rief, wurde die Tür geöffnet. Ihr Kollege Oesterhaus trat ohne Begrüßung ein, ließ sich auf einen ihrer Besucherstühle fallen und streckte beide Arme über die Rückenlehne. Er betrachtete sie ungeniert.

»Regnet es?«, fragte er spöttisch.

Claudia schnitt eine Grimasse in seine Richtung. »Ich bin mit dem Fahrrad gekommen. Aber mit einer Frisur wie deiner kennt man solche Probleme natürlich nicht.«

Oesterhaus hielt grinsend die Hände über seine gegelten kurzen Haare.

»Was willst du eigentlich?«

»Hast du eine Ahnung, was mit Teufel los ist?«, erwiderte er.

Claudia ließ die Haarbürste sinken und drehte sich um. »Wieso, was meinst du?«

Oesterhaus stand wieder auf und schloss die angelehnte Tür.

Als er weitersprach, senkte er die Stimme: »Du warst ja letzte Woche nicht da … stimmt, du bist umgezogen, wieder ins Westend, deshalb auch neuerdings das Fahrrad, oder? Ist eigentlich nur eine Frage der Zeit gewesen, irgendwann kommt jeder zurück. Egal, jedenfalls hat sich unser Senior tagelang in seinem Büro eingeschlossen. Den ganzen Tag – verstehst du? Reingekommen – Schlüssel umgedreht – dringeblieben. Normalerweise braucht er doch immer haufenweise zu essen. Morgens die Croissants, zwischendurch Sandwiches und Kekse, mittags immer zwei Stunden ausgiebiger Lunch, meistens mit mir … Aber nein, neuerdings hockt er nur noch in seinem Kämmerchen. Stundenlang Stille, dann hört man ihn plötzlich wüten, Akten auf den Boden werfen und so.« Oesterhaus rieb mit den Händen über seine Oberschenkel und sah Claudia ratlos an.

»Und was könnte ich da wissen?«, fragte Claudia.

»Ich vermute, dass es etwas mit Kormoran und Blankenberg zu tun hat. Die Anleger rennen uns inzwischen die Bude ein, nachdem der Laden die Schotten dichtgemacht hat. Und das Mandat hast du betreut. Gibt es da irgendetwas, das ich wissen müsste?«

Claudia überlegte. War es sinnvoll, Oesterhaus einzuweihen? Würde er ihr bei der Aufklärung der Angelegenheit nützlich sein? »Wie kommst du darauf, dass es mit Kormoran zu tun hat?«

Er hielt eine Akte von Kormoran hoch. »Also, was ist jetzt mit Blankenbergs Firma los? Steckt da überhaupt noch Geld drin?«

»Tja, das ist der springende Punkt«, rutschte es Claudia heraus.

Oesterhaus reckte gespannt das Kinn nach vorne. »Hab ich's mir doch gedacht. Sie ist pleite, stimmt's?«

»Wie kommst du darauf?«, fragte Claudia, nun wieder vorsichtiger geworden.

»Na wie wohl. Seit Blankenbergs Unfall laufen hier die Telefone heiß. Das Sekretariat musste auf AB umstellen. Aber dann standen plötzlich zwei ziemlich dubiose Gestalten bei uns im Flur. Teufel natürlich nicht zu sprechen … du im Urlaub – und ich armes Würstchen muss hier die heißen Kartoffeln aus dem Feuer holen. Die behaupten, sie hätten über dreihunderttausend Euro in Warentermingeschäften angelegt. Und die Berater von Kormoran haben ihnen 23 Prozent Rendite versprochen. Na ja, du kennst das ja. Jedenfalls bestehen sie gar nicht auf dem Gewinn. Sie verlangen nur ihr Geld zurück.«

Claudia lachte sarkastisch auf. »*Nur* ihr Geld zurück! Bist du so naiv, oder tust du nur so?«

»Ich finde, das ist ein recht nachvollziehbares Anliegen.«

Claudia ging zu ihrem Aktenschrank, zog die Hängeregistratur heraus und griff zielsicher nach einem Hochglanzprospekt. Sie senkte den Kopf und sah Oesterhaus durchdringend mit hochgezogenen Augenbrauen an, als sie ihm das Schriftstück in die Hand drückte. Er begann desinteressiert darin zu blättern. »Ja … und?«

»Na dort sind doch die Risiken der Optionsgeschäfte *und* die Vermittlungsgebühren genau aufgeführt. Es wird ausdrücklich darauf hingewiesen, dass diese sowohl bei Gewinnen als auch bei Verlusten anfallen. Da findest du es nachvollziehbar, wenn diese Loser *nur* ihr Geld zurückwollen? Hast du dich noch nie mit Warentermingeschäften befasst?«

Oesterhaus errötete. »Doch … aber ich bin nicht richtig tief eingestiegen …«

Claudia zeigte ihm die fettgedruckten Hinweise. »Na ja, Hendrik, das ist schon fast Allgemeinbildung.«

Oesterhaus überflog die Seite. »Schön, und was ist nun mit dem Geld der Anleger passiert?«

Claudia hob die Achseln. »Woher soll ich das wissen?«

»Du hast doch vorhin zugegeben, dass Kormoran das Geld verzockt hat.«

»Gar nichts habe ich zugegeben. Aber es gibt gewisse Anhaltspunkte dafür, dass jemand die Konten leer geräumt hat … vor kurzem.«

»Ich nehme an, es waren Barabhebungen.«

»Na klar. Aber das Geld ist sogar wieder aufgetaucht. Auf dem Konto einer Bank in Zypern.«

Oesterhaus wurde hellhörig. »Jetzt wird es aber richtig interessant. Wie hast du das eigentlich herausgefunden? Kann ich die Kontoauszüge mal sehen?«

»Nein, das geht leider nicht.« Claudia versuchte, sich nicht anmerken zu lassen, wie unsicher sie war. Oesterhaus tat zwar unwissend. Aber woher konnte sie sicher sein, dass er sie nicht nur aushorchen sollte, um Teufel brühwarm über ihren Wissensstand Bericht zu erstatten?

»Warum nicht?«

»Weil sie nicht mehr hier sind … sie waren in einem Ordner im Aktenlager, aber der ist verschwunden.«

»Mysteriös«, sagte Oesterhaus, und es war schwer einzuschätzen, ob er Claudia glaubte. »Und was sollen wir jetzt mit den geprellten Anlegern anstellen?«

»Wieso ist das eigentlich unser Problem? Ich habe für Kormoran nur die Rechtsberatung und Prozessvertretung gemacht. Da bin ich doch nicht dafür zuständig, wie die Anleger ihr Geld zurückbekommen.«

»Aha, du spielst also Pontius Pilatus, ja?«

»Jetzt tu mal nicht so, als ob es bei dir anders wäre. Aber wenn du so interessiert daran bist, diesen Leuten zu helfen, dann müsstest du mal herausfinden, ob das Geld noch in Zypern ist und wem eigentlich dieses Konto gehört. Mich würde auch interessieren, ob Blankenberg überhaupt noch Gelder in Futures and Options investiert hat, oder …«

Oesterhaus nahm einen Hefter vom Schreibtisch und fing an, damit die Seiten des Prospekts zusammenzutackern. Claudia hob missbilligend die Augenbrauen. »… oder ob es sich vielleicht um eine Art Schneeballsystem handelte, ungefähr so wie bei Bernie Madoff …«, vollendete er ihren Satz.

»Ganz genau«, sagte Claudia erstaunt.

»Gut!«, rief Oesterhaus, legte den Hefter weg und klopfte sich auf die Schenkel. »Wo fangen wir dann an zu suchen?« Claudia ärgerte sich inzwischen, dass sie keine Kopien von den Unterlagen in Teufels Safe gemacht hatte. Aber sie war sicher, dass dort kein Name des Kontoinhabers erkennbar gewesen war, sondern nur eine Nummer. Vielleicht gab es aber inzwischen noch neuere Dokumente. Jedenfalls wurde ihr klar, dass sie noch einmal nachsehen musste. Kurz entschlossen sagte sie: »Wir treffen uns heute um 23 Uhr hier im Büro. Dann zeige ich dir, wo wir suchen müssen.«

Oesterhaus machte große Augen und nickte. »In Ordnung, abgemacht.«

Als Claudia um 14 Uhr das Büro verließ und zu ihrem Fahrrad kam, waren beide Reifen platt. Die seitlichen Schlitze im Reifenmantel waren mit bloßen Augen zu erkennen. Sie seufzte, schloss es auf und schob es nach Hause.

BEATE

Beate sperrte die Tür zur Bibliothek zu und ging die Treppe hinunter. Als sie in den leeren Schulhof trat, sah sie Lea bei den Fahrradständern stehen und zu ihr herüberstarren. Sie zögerte, denn ihr war klar, was sie wollte. Und weil sie es wusste, hatte sie auch ihre unzähligen Anrufe nicht beantwortet. Ohne das Mädchen zu beachten, ging sie zielstrebig über den Schulhof zum Ausgang.

Bereits aus einigen Metern Entfernung drückte sie auf den Türöffner ihres Autos. Noch während sie einstieg, wurde plötzlich die andere Autotür aufgerissen, und Lea schlüpfte auf den Beifahrersitz. Sie atmete schnell. Ihre Schultasche hielt sie auf dem Schoß.

»Was hast du in meinem Auto zu suchen? Mach sofort, dass du rauskommst«, herrschte Beate sie an.

Lea verschränkte die Arme. »Ich denke gar nicht daran. Am besten fahren Sie los, bevor uns jemand zusammen sieht.«

Beate startete den Motor, setzte den Blinker und fuhr aus der Parklücke.

»Sie schulden mir noch was«, sagte Lea.

Beate sah starr geradeaus auf die Straße. »Ich setze dich in deiner Straße ab.«

»Nein. Fahren Sie auf den Parkplatz des Kurbads.«

Beate antwortete nicht, sondern fädelte sich in den Königsteiner Kreisel ein und bog auf die B 8 ab. Auf dem Parkplatz des in grellem Blau und Orange gestrichenen Kurbads schaltete sie den Motor aus und sagte: »Ich schulde dir gar nichts. Denn erstens hast du dich nicht an unsere Vereinbarung gehalten, und zweitens hat sich das Thema sowieso erledigt, seit Arthur die Schule gewechselt hat.«

Lea sah sie empört an. »Wie bitte? Ich habe seit unserem Telefonat alles getan, um was Sie mich gebeten haben. Ich habe mich genau an unsere Abmachung gehalten. Dauernd habe ich Arthur schlechtgemacht. Meine Freundinnen haben sich am Anfang gewundert, aber dann haben sie mitgelästert. Wir haben überall verbreitet, dass er Jonas alleine verprügelt hat. Außerdem haben wir ständig irgendwas über ihn erfunden und auf Facebook gepostet oder rumerzählt. Und jeder hat es geglaubt. Jeden zweiten Tag musste er zum Direktor und fünfzig Mal die Schulordnung abschreiben oder den Pausenhof kehren. Und als wir dann das Video mit dem Igel auf YouTube eingestellt haben, war er endgültig erledigt.«

»Was für ein Igel?«

»Da spielt er mit einem lebenden Igel Fußball.«

»Und das habt ihr gefilmt?«

»Nein, er ist es ja gar nicht gewesen. Aber der Junge trägt eine Kapuze und ist ungefähr so groß wie Arthur. Wir haben das Video irgendwo runtergeladen und mit dem Kommentar: ›Arthur Elten hat ein Herz für Tiere‹ wieder ins Netz gestellt. Das hat seinem Ruf den Rest gegeben.«

»Perfide. Hat denn niemals jemand in Frage gestellt, ob er das wirklich alles getan hat?«

»Niemand. Inzwischen hat wirklich jeder Schüler und Lehrer der Schule und eigentlich ganz Königstein eine superschlechte Meinung von Arthur. Und von Ihrem Sohn Alexander spricht überhaupt niemand mehr …«

»Ja, aber Alexander ist auch ein guter Junge.«

Lea ballte ihre Hände zu Fäusten. »Das stimmt überhaupt nicht, und das wissen Sie auch. Er ist kein bisschen besser als Arthur.«

»Weißt du, Lea, du bist weit über das Ziel hinausgeschossen. Ich hatte dich lediglich gebeten, das, was Arthur wirklich und wahrhaftig täglich so anstellt, ans Licht zu bringen. Die kleinen Makel aufzudecken, seine Fehltritte, die ja bei ungestümen Jungen nicht selten sind, ein klein wenig hochzuspielen. Auf keinen Fall war es mein Ziel, dass du und deine Freundinnen vollkommene Unwahrheiten erfindet und ihn ernsthaft verleumdet. Da hast du mich wohl ganz falsch verstanden. Das tut mir wirklich leid, für dich und für diesen armen Jungen.«

Leas Stimme hatte etwas seltsam Quietschendes, als sie sagte: »Dann hätten Sie mir das auch genau so sagen müssen.«

»Aber Lea. Hattest du mir denn nicht richtig zugehört?«

Lea schob trotzig die Unterlippe vor. »Doch, das habe ich: Also, was ist jetzt, bekomme ich das iPhone und den Vertrag oder nicht?«

Ganz plötzlich beugte sich Beate zu ihr herüber und öffnete die Beifahrertür. »Ich denke gar nicht daran. Du bist zehn Jahre alt. Was glaubst du eigentlich, mit wem du es zu tun hast? Und jetzt mach, dass du rauskommst.«

Die weißen Stellen zwischen Leas Sommersprossen färbten sich purpurrot, als sie mit sich überschlagender Stimme schrie: »Das werden Sie noch bereuen!« Dann stieg sie aus und warf die Tür zu.

»Chloé hat schon gegessen.«

»Ach, komm schon, ein kleines Stück noch.« Tom legte seiner Tochter mit der Gabel eine Scheibe Fleisch auf den Teller.

»Ja, so fangen Gewichtsprobleme an. Aber von mir aus kann sie noch ein Stück Rote Bete haben.« Heike sah vorwurfsvoll in seine Richtung, während Chloé sich schnell ein Stück Fleisch in den Mund steckte und murrte: »Ihh, Rote Bete … immer nur so 'n gesunder Fraß!«

Tom schüttelte den Kopf, sagte »Na, na, na« und wandte sich an Heike: »Ein winziges Stück Fleisch um 18 Uhr 25 bringt das Ernährungsprogramm für deine Tochter ins Wanken?«

Heike presste die Lippen zusammen. »Wie kommt es eigentlich, dass du so früh zu Hause bist?«

»Ich habe die Nachmittagsmaschine aus London genommen und hatte keine Lust, noch mal ins Büro zu gehen. Ich hoffe, es stört dich nicht allzu sehr.«

»Was ist das für Fleisch, Mama?«, fragte Carlo.

»Barbarieentenbrust, mein Schatz. Frau Albrecht hat sie zubereitet.«

»Wer auch sonst«, sagte Tom leise.

Heike zog die Augenbrauen hoch.

»Barbieente«, sagte Carlo, »schmeckt lecker. Bekomm ich noch eine Scheibe?«

»Ja, natürlich, mein Liebling. Du kannst so viel davon essen, wie du möchtest. Aber es heißt Bar-ba-rie-ente, das ist eine französische Spezialität.«

Sie legte ihm drei Schreiben auf den Teller und sah Tom dabei in die Augen. Er schüttelte den Kopf, sagte aber nichts. Chloé hatte ihre eine Scheibe aufgegessen, legte das Besteck seitlich auf den Tellerrand und saß auf ihrem Stuhl, als habe sie einen Stock verschluckt. Dann sagte sie trotzig: »Eigentlich mag ich Enten lieber lebend. Darf ich aufstehen?«

»Dafür hast du aber recht viel von dieser toten Ente verspeist. Und nein, du darfst nicht aufstehen. Die anderen sind noch nicht fertig, Chloé.«

Chloé machte eine Grimasse in ihre Richtung. »Als Claudia noch hier gewohnt und ab und zu mitgegessen hat, war es viel lustiger. Sie ist sowieso cooler als du.«

»Ich nehme an, du vermisst deinen Freund Lorenz und bist deshalb so unleidlich.«

»Nö, mit dem habe ich Schluss gemacht. Auf eine Fernbeziehung hab ich keinen Bock.«

»Chloé. Bitte nicht solche Ausdrücke.«

»Also, ich finde auch, dass du ein wenig übertreibst, Heike«, schaltete sich Tom ein. Heike sah ihn aus schmalen Augen warnend an, doch er fuhr fort: »Sie darf nichts mehr essen, aber muss noch sitzen bleiben? Was ist denn in dich gefahren?«

»Die anderen Kinder hier werden zum Benimmkurs in die Villa Rothschild geschickt. Da lernen sie es genau so. Aber ich finde, die Kursgebühr in Höhe von dreihundertsechsundfünfzig Euro können wir uns sparen, indem wir den Kindern die Manieren zu Hause beibringen.«

Carlo hatte inzwischen auch aufgegessen und sah Heike erwartungsvoll an. Sie zeigte ihm, wie er sein Besteck legen musste, um zu signalisieren, dass er fertig war, und sagte: »Aber hier zu Hause trägst du deinen Teller bitte selbst ab. Und wenn ihr wollt, könnt ihr Astrid noch beim Verpacken der Sendungen für morgen helfen. Ich komme gleich nach.«

Die Gesichter der beiden hellten sich auf. Sie mochten Heikes junge, witzige Mitarbeiterin. Sie rannten aus der Küche, und Heike rief ihnen hinterher, dass man vom Tisch nicht wegzurennen habe.

»Was soll eigentlich das ganze Theater mit dieser Diät für Chloé und diesen strengen Regeln? Ich kenne dich gar nicht wieder.«

»Siehst du nicht, wie rundlich deine Tochter geworden ist?«

»Ach Quatsch, das ist doch nur Babyspeck.«

»Das sehe ich anders. Sie kommt bald in die Tanzschule, und ich will sie nicht trösten müssen, weil die Jungs sie stehenlassen. Und was die strengen Regeln angeht, möchte ich ebenso wenig riskieren, dass über das Benehmen unserer Kinder, wenn sie hier bei ihren Freunden eingeladen werden, gelästert wird. Das geht nämlich ganz schnell.«

»Ach daher weht der Wind.« Tom stand auf und holte sich ein Eis aus dem Gefrierschrank. »Es geht also nur darum, was die anderen von uns denken.«

»Du hast leicht reden. Du musst hier nicht den Tag verbringen und erfährst nicht dauernd auf Umwegen, was hinter vorgehaltener Hand über dich verbreitet wird.«

»Über mich?« Tom deutete mit dem Zeigefinger auf seine Brust.

»Über dich, über mich, über die Kinder, über alle hier. Kaum dreht die eine sich um, da wird auch schon über sie geredet. Langsam sehne ich mich auch zurück ins Westend. Da hat mir mein Nachbar zwar die Ausfahrt zugeparkt, aber ansonsten konnte er mir egal sein. Alles war ... viel anonymer.«

»Heike, ich glaube, du solltest das alles nicht so ernst nehmen. Du musst dir einfach ein dickes Fell zulegen und dir selbst treu bleiben.« Er warf den Eisstiel auf einen leeren Teller, stellte sich hinter Heike und fasste ihr mit den Händen in den Nacken.

Sie sah zu ihm hoch und lächelte gequält. »So einfach ist das nicht.«

»Vielleicht bringt dich dein Ausflug nach Zürich ja auf andere Gedanken, wann geht's eigentlich los?«, fragte Tom.

»Morgen früh. Ich muss noch mal nach meinem Internetshop sehen und auch noch fertigpacken. Kannst du dann die Kinder ins Bett bringen?«

Es klopfte an der Küchentür, und Frau Albrecht trat ein. »Kann ich abräumen, Frau Stelzer?«

»Ja, gut, dass Sie kommen, Frau Albrecht. Ich habe Ihnen den Tagesablauf ganz genau aufgeschrieben.« Sie hielt der

Haushälterin drei ausgedruckte engbeschriebene Seiten entgegen. Diese holte ihre Brille aus der Schürzentasche und begann zu lesen. »Hier, sehen Sie: Zum Beispiel steht da exakt, von wann bis wann Chloé Klavierstunde und Carlo seinen Englischkurs hat, was Easy wann zu fressen bekommt und so weiter.«

»Ach, zum Schwimmunterricht muss ich sie auch fahren?«

»Na ja, es wäre schon gut. Aber falls es Ihnen zu viel wird, lassen Sie es. Hauptsache die Kinder sind gut versorgt, und da bin ich mir bei Ihnen ganz sicher.«

Frau Albrecht sah Heike erstaunt an. Sic waren sonst so distanziert miteinander umgegangen, dass dieser freundliche Satz überraschend kam. »Ich danke Ihnen für Ihr Vertrauen, Frau Stelzer. Ich werde Sie auf keinen Fall enttäuschen.«

Seit Claudia ausgezogen war, hatte auch Heike das Gefühl, dass Frau Albrecht liebenswürdiger geworden war. »Zur Not ist auch noch mein Mann da. Seine Handynummer haben Sie sowieso, aber für alle Fälle steht sie auch noch dort oben«, sie deutete auf die erste Seite, »zusammen mit allen anderen wichtigen Telefonnummern.«

Frau Albrecht besah sich die vielen Namen und Nummern und sagte: »Krankenhaus und Kindernotarzt werden wir ja hoffentlich nicht brauchen.«

»Das ist doch nur für den Notfall, Frau Albrecht.«

Heike öffnete die Kühlschranktür und deutete auf die prallgefüllten Fächer: »Der Kühlschrank ist voll, und ich denke, Sie werden nicht einkaufen müssen. Die Vorräte reichen für ein ganzes Bataillon. Dabei bin ich ja am Sonntagabend schon wieder zurück aus Zürich.«

»Ach, Sie haben es gut. Meine Heimatstadt. Waren Sie schon einmal da?«

»Nein, ich bin immer nur durchgefahren, auf dem Weg nach St. Moritz. Aber nun wohnt ja eine meiner besten Freundinnen dort. Und sie hat morgen Geburtstag ... Bevor ich es vergesse ... es gibt ja manchmal dumme Zufälle: Falls Susanne

Sander hier auf dem Festnetz anrufen sollte, sagen Sie ihr auf gar keinen Fall, dass ich auf dem Weg nach Zürich bin. Es soll nämlich eine Überraschung für sie werden!«

Frau Albrecht sah sie verschwörerisch aus ihren braunen Augen an. »Ich werde schweigen wie ein Grab.«

Heike bemühte sich um ein warmes Lächeln und versuchte sich zu entspannen, als sie daran dachte, dass diese Frau fünf Tage lang ihre Kinder hüten würde. Sie ging aus der Küche und öffnete die Tür zu ihrem Arbeitszimmer. Chloé und Carlo saßen mit Astrid zwischen Schuhen, Taschen und Kartons auf dem Boden und wickelten hochkonzentriert eine Handtasche in Seidenpapier ein. Astrid zeigte auf einen Stapel mit Paketen und sagte: »Die habe ich schon alle fertiggemacht, aber es sind noch mindestens zwanzig Aufträge auszuführen. Ach, und da drüben liegen die Retouren, zum Glück zur zwei von letzter Woche. Mann, also im Moment läuft das Geschäft so klasse! Ich glaube, ich schwänze morgen meine Vorlesung und arbeite weiter. Vor allem, wenn Sie jetzt noch wegfahren.«

Heike strich sich eine Haarsträhne aus dem Gesicht und kniete sich zu ihr und den Kindern auf den Teppich. »Bist du sicher, Astrid?«

»Klar, ich schau sie mir hinterher im Internet an. Und meine Freundin macht den Haken auf der Anwesenheitsliste.«

Sie war Anfang zwanzig, hatte ein hübsches, rundes Gesicht und lange braune Haare, in denen meistens statt eines Haarreifs eine Brille mit Fensterglas steckte, die sie sich manchmal zum Spaß auf die Nase setzte.

Heike strich Carlo über den Kopf. »Eigentlich eine super Idee. Dann könntest du vielleicht auch ein Auge auf die Kinder haben. Das gibt einen extra Bonus.«

Astrid lächelte. »Klar, mach ich gerne. Auch ohne Bonus. Die beiden helfen mir sowieso immer. Oder, ihr zwei?« Sie streckte die Hand hoch und ließ sie von Carlo und Chloé abklatschen. »Übrigens habe ich dahinten die Neueinlieferungen hingelegt. Es wurde einiges abgegeben, als Sie nicht da waren. Sind ein paar tolle Marken dabei. Ich habe Stapel gemacht.«

Seit einem Jahr nahm Heike guterhaltene Kleidung und Accessoires in Kommission und war erstaunt, wie viele Frauen sich schon nach einer Saison von ihrem halben Kleiderschrank trennten. Sie hob einen neongelben Tom-Ford-Pullover hoch. Darunter lagen mehrere orangefarbene Boxen mit Hermès-Carrés. »Nicht übel. Wo hast du denn die Adressen aufgeschrieben?«

Astrid stand auf und zog den Zettel unter einem der Stapel heraus. Heike machte große Augen, als sie den Namen las: Beate Eichberg. Sie sah die restliche Kleidung durch. Da wartete viel Arbeit auf sie und Astrid: Fotografieren aus jeder Perspektive, Vermessen und die genaue Beschreibung nahmen immer die meiste Zeit in Anspruch. Bei einer hellrosa Cashmerestrickjacke fiel ihr das Etikett auf, und Heike überlegte, wo sie das seltene Label »fofo« zuletzt gesehen hatte.

»Dort hinten auf dem Kleiderständer hängt übrigens noch etwas von dieser Frau Eichberg«, sagte Astrid, »der Nerzmantel.«

Heike ging hinüber, nahm ihn vom Bügel und schlüpfte nach kurzem Zögern hinein. Der Mantel war knielang, aus schwarzem Saga-Nerz. Dem engen Schnitt nach zu urteilen, war er höchstens ein bis zwei Jahre alt.

»Nicht übel, den hätte ich ihr gar nicht zugetraut. Hat sie gesagt, was sie dafür haben will?«

Astrid stellte sich neben sie vor den Spiegel und schüttelte den Kopf. »Sie hat gar nicht mit mir darüber gesprochen.«

Auch Chloé und Carlo standen auf. Chloé strich über das Fell und sagte: »Wie weich der ist. Von welchem Tier ist der?«

»Von Nerzen«, antwortete Heike.

»Dazu kann ich euch ein Video auf YouTube vorspielen. Die armen Viecher werden so was von …«, begann Astrid, schwieg aber sofort, als Heike warnend die Augenbrauen hochzog. »Untersteh dich, den Kindern so was zu zeigen.« Ihr Blick fiel auf eine Abendtasche, und auf einmal hatte sie eine Idee. »Kinder, noch eine halbe Stunde, dann geht es ins Bett. Ich muss nur eben noch mal telefonieren.«

Sie nahm ihr Mobiltelefon vom Schreibtisch, rief Claudias Nummer auf und öffnete die Tür. Davor saß Easy, der keine Pfote in das Arbeitszimmer setzen durfte wegen der Gefahr von Hundehaaren auf der Ware.

»Na los, Easy«, sagte Heike, »wir gehen noch mal raus.« Er wedelte mit dem Schwanz, folgte ihr vor die Haustür und verschwand sofort in der Dunkelheit. »Claudi, ich bin's, Heike. Weißt du was? Ich habe gerade das ultimative Geschenk für Susanne gefunden. Jetzt halt dich fest!«

»Dein Anruf kommt gerade in einem ziemlich ungünstigen Moment, Heike, kannst du später noch mal ...«

»Eine rote Bottega-Veneta-Clutch aus geflochtenem Leder. Ist gerade heute eingeliefert worden. Und sieht aus wie neu. Ich schwöre dir: Susanne wird vor uns auf den Knien liegen.«

Sie hörte Claudia am anderen Ende der Leitung einen tiefen Seufzer ausstoßen: »Jaaaa, von der träume ich auch schon mein halbes Leben. Und jetzt soll ich mein Teilzeitgehalt dafür opfern, um sie meiner Freundin zu schenken? Weißt du eigentlich, was du da von mir verlangst?«

»Rate mal, von wem die ist. Ich sag's dir: Beate Eichberg. So viel Geschmack hätte ich der gar nicht zugetraut ... ersparen wir uns die Spekulationen darüber, warum sie die und einen ziemlich schicken Nerzmantel verkauft ...«

»Tja, warum soll immer nur ich Pech im Leben haben. Ich wünschte mir, ich hätte noch ein paar solcher Stücke. Am gemeinsten war es, als ich gezwungen war, die Chanel-Tasche in deinem Internetshop zu verhökern, um mir neue Winterreifen zu kaufen. Aber ich muss jetzt zum Elternabend, bin schon viel zu spät dran, und da ich motorisch ziemlich unbegabt bin, versuche ich es eigentlich zu vermeiden, gleichzeitig zu telefonieren und Fahrrad zu fahren. Noch dazu auf dem Fahrrad von Lorenz, bei meinem sind nämlich die Reifen zerstochen worden ...«

Heike steckte die freie Hand in die Manteltasche und fühlte ein Stück Papier. Sie hatte ganz vergessen, dass es sich um einen gebrauchten Mantel handelte und holte mit spitzen Fingern einen Zettel heraus. »Siehst du, wärst du lieber bei uns im Taunus geblieben!«

»Ja, ja … Also, wie viel muss ich löhnen?«

»Gar nichts. Ich übernehme das Geschenk, und du besorgst noch eine originelle Karte *und* bist morgen pünktlich am Bahnhof, ja? Toll, dass du so spontan zugesagt hast!«

»Ja, was tut man nicht alles für die besten Freundinnen. Okay, ich muss jetzt …«

Na ich habe schließlich auch schon einiges für *dich* getan, dachte Heike, als sie das Handy in ihre Hosentasche steckte. In der anderen Hand hatte sie immer noch den Zettel. Darauf stand der Name Lea und eine Handynummer. Heike schüttelte verwundert den Kopf, knüllte ihn zusammen und steckte ihn zurück in die Tasche. Dann drehte sie sich um und rief nach Easy.

Den Mantel brachte sie zurück in das Arbeitszimmer und hängte ihn auf den Bügel. »Ein schönes Stück. Am liebsten würde ich ihn selbst behalten.«

»Also dann zeige ich Ihnen aber doch das Video. Wissen Sie eigentlich, wie groß die Käfige sind, in denen die armen Nerze gehalten werden?«

Astrid tippte in ihre Tastatur, aber Heike winkte ab. »Wage es ja nicht, eines deiner Schocker-Videos abzuspielen. Und um dich zu beruhigen: Ich laufe doch nicht im abgelegten Nerz meiner Nachbarin herum. Möchte nur mal gerne wissen, warum sie ihn verkauft …«

Heike öffnete die Schranktür und kramte in einem Fach. Kurz darauf hielt sie die grüne Strickjacke hoch, die Tom dem Eindringling in ihrem Garten abgenommen hatte. Sie hatte sie seitdem dort aufbewahrt und vergessen. Als sie sie neben die rosa Jacke legte, stachen ihr die zwei gleichen schwarzen Einnäher ins Auge: fofo. Statt der Buchstaben o waren Herzen in dem Schriftzug eingestickt. Es war eine private Cashmere-

Kollektion, die nicht offiziell vertrieben, sondern »for friends only« an vier Tagen im Jahr in Privathäusern verkauft wurde. Hier in Königstein – nur von Caroline Kissel.

CLAUDIA

Diesmal stellte Claudia das Fahrrad im Treppenhaus der Kanzlei ab. Sie sah auf die Uhr. Es war halb elf. Der Elternabend hatte sich bis Viertel nach zehn hingezogen, und danach war sie direkt zu ihrer Verabredung mit Oesterhaus geradelt. Sie fuhr mit dem Fahrstuhl nach oben und war überrascht, dass in den Kanzleiräumen Licht brannte. Als sie aufschloss, kam ihr Oesterhaus schon entgegen. »Und, ist die Luft rein?«, fragte Claudia statt einer Begrüßung.

Oesterhaus nickte. »Alle schon lange ausgeflogen.«

»Du hast doch nicht etwa durchgearbeitet?«

»Das kommt zwar nicht so selten vor, wie du denkst. Aber: nein. Ich war zwischendurch im Isoletta und habe mir eine Portion Carbonara gegönnt.«

Claudia verzog das Gesicht. »Iih, Kohlehydrate am Abend. Aber du kannst es dir ja leisten.« Sie ging in ihr Büro und warf den Mantel auf einen Stuhl. »Also los, komm mit.«

Oesterhaus folgte ihr gehorsam in Teufels Büro.

Claudia verlor keine Zeit. »Hängst du bitte mal diese Beckmann-Kopie ab?«

»Wie kommst du darauf, dass es eine Kopie ist?«

»Na Teufel würde sich wohl kaum ein Original ins Büro hängen.«

Claudia beobachtete ihn, als der Safe zum Vorschein kam. Ihm war nicht anzumerken, ob er überrascht war. Sie tippte die Zahlenkombination ein. Doch das Rattern der Mechanik blieb aus. Sie versuchte es noch einmal: 70 63 05, dann die Taste mit dem grünen Schlüssel. Nichts passierte. »Mist! Er hat den Code geändert. Was machen wir jetzt?«

Oesterhaus sah sie ratlos an. Sie ging zu Teufels Schreibtisch und fuhr mit dem Finger die handgeschriebene Zahlenkolonne auf seiner Schreibtischauflage herunter. Doch sie konnte keinen neuen Code entdecken. Enttäuscht ließ sie sich auf den ledergepolsterten Schreibtischstuhl sinken. »Ich Idiot, hätte ich bloß Kopien gemacht.«

»Ach, du hast schon mal reingeschaut, ja? Von wegen Kontoauszüge in einem Ordner, der danach verschwindet.«

»Was? Ach so. Sei still, ich muss mich konzentrieren.«

»Sag mir noch mal den Code.«

»70 63 05, aber er funktioniert nicht.«

Ohne zu antworten, notierte sich Oesterhaus die Zahlen, ging wieder zum Safe und tippte auf die Tasten. Es ratterte und die Tür sprang auf.

»Hoppla! Wie hast du denn das geschafft?«

»Tja, ich hab die Nummern einfach rückwärts getippt. Georg ist doch ein schlichtes Gemüt.« Dabei musste er grinsen.

Dann sahen sie gemeinsam in den Tresor: Er war leer.

GERTRUD

»Maria, kommst du mal?«

Die kleine hagere Verkäuferin trat aus dem hinteren Teil des Ladens und trocknete sich die Hände an ihrer grünen Schürze.

»Frau Lemberg möchte gern wissen, wer heute Nachmittag Alpenveilchen gekauft hat«, erklärte die Blumenhändlerin.

»Hm ... Da waren zuerst eine Frau und später noch ein älterer Mann mit Hut und Krücke.«

Gertrud schüttelte den Kopf. »Der nicht. Und die Frau?«

»Die trug einen braunen Mantel und war sehr unentschlossen. Hat ewig hin und her überlegt.«

»Hatte sie schulterlange Haare, ziemlich dünn und strähnig?«

Die Verkäuferin dachte nach. »Ja, das kann man so sagen.«

Gertrud nickte befriedigt. »Dann weiß ich, wer es war. Sie

haben mir sehr geholfen. Jetzt kann ich mich wenigstens bei ihr bedanken.«

Sie verließ eilig den Laden, setzte sich in ihr Auto und dachte nach: Sie musste davon ausgehen, dass Ruth Conzen ihren Streit mit Horst gehört hatte. Was konnte das für Konsequenzen haben? Womöglich war sie inzwischen schon zur Polizei gegangen. Und falls nicht, musste dies mit allen Mitteln verhindert werden.

HEIKE, CLAUDIA UND SUSANNE

»Er nimmt nicht ab. Anonyme Mailbox. Soll ich draufsprechen?« Heike sah Claudia fragend an. Diese schüttelte den Kopf, und Heike beendete die Verbindung. Sie saßen nebeneinander im Großraumwagen erster Klasse des ICE nach Zürich und sahen sich ratlos an.

»Vielleicht hätten wir uns doch etwas früher mit ihm in Verbindung setzen sollen. Bist du sicher, dass du die richtige Nummer von Woletzki hast?«

»Die ist aus dem Internet. Da habe ich seine Galerie gegoogelt und landete auf der Website. Unter Kontakte war diese Mobilnummer angegeben.« Sie zeigte Claudia die Nummer auf ihrem Smartphone.

»Hast du auch die Festnetznummer der Galerie gespeichert? Vielleicht sollten wir die mal probieren.«

»Ja, die habe ich auch.« Sie tippte auf die Nummer, es tutete zwei Mal, und prompt meldete sich die angenehme Baritonstimme Woletzkis: »Galerie Paul Weber?«

»Hallo, Wendelin. Hier spricht Heike Stelzer. Ich weiß nicht, ob du dich erinnerst.«

»Natürlich erinnere ich mich an Susannes beste Freundin. Was kann ich für dich tun?«

»Also es ist so. Claudia … Claudia Elten, ihre andere beste Freundin …«

»Ja …«

»… also Claudia und ich haben uns ziemlich spontan auf den Weg nach Zürich gemacht und wollen Susanne zu ihrem Geburtstag überraschen. Aber jetzt wissen wir gar nicht, wo wir sie heute finden. Wahrscheinlich ist sie mit dir verabredet.«

»Nein, ist sie nicht. Wir sehen uns nicht mehr.«

Es entstand eine peinliche Pause, und Heike sah hilfesuchend zu Claudia, die nur fragend die Augen aufriss. »Ach so, das wusste ich nicht. Tut mir leid. Aber vielleicht kannst du uns trotzdem sagen, was sie heute vorhat?«

»Nun, ich nehme an, dass sie sehr lange im Büro sein wird, denn morgen findet eine ziemlich wichtige Auktion statt. Da ist es fraglich, ob sie überhaupt viel Zeit für euch haben wird. Am besten fahrt ihr einfach zum Auktionshaus Lengley's in die Pelikanstraße.«

»Das finden wir. Also vielen Dank und ja, dann alles Gute. Ciao, Wendelin.«

Sie ließ das Telefon sinken. »Sie sind nicht mehr zusammen.«

»Oh!«

»Na ja, Susanne hat schon, als sie hier war, vermutet, er habe eine Affäre. Aber ich hatte eigentlich gehofft, das würde sich wieder einrenken. Ich kenne ihn zwar nicht besonders gut, aber eigentlich fand ich ihn sympathisch. Und Susanne war doch die ganz Zeit so glücklich mit ihm.«

»Das mit der Affäre wusste ich ja gar nicht. Aber offenbar ist niemand davor gefeit.«

Heike nickte. »Wer weiß, was Tom so treibt, in den fünf Tagen als Strohwitwer!«

»Ach, bei deinem Tom kannst du doch sicher sein …«

»Kann ich das? Egal.«

»Und bei Nicolas kann ich mir auch sicher sein. Im umgekehrten Sinn allerdings. Der lässt dieses Wochenende mit Sicherheit nichts anbrennen.« Claudia sammelte einen Krümel von ihrem mauvefarbenen Strickkleid und sah scheinbar unbeeindruckt aus dem Fenster.

»Und das macht dir gar nichts aus?«

Claudia schwieg eine Weile. »Ich müsste lügen, wenn ich sagen würde, es macht mir nichts aus. Aber diesen Mann kann man nun ganz sicher nicht ändern. Eigentlich soll er ja auch noch auf die Kinder aufpassen … können wir bitte über was anderes reden?«

»Einverstanden, also, neues Thema: Wann hast du das letzte Mal Filler, Botulinum und Konsorten spritzen lassen?«

»Bist du wahnsinnig? Noch nie!« Claudia musterte Heike genau. »Und du?«

»Ich natürlich auch nicht. Ich wollte dich nur warnen, denn mir kam deine Stirn auf einmal so glatt vor.«

Wie auf Befehl legte Claudia ihre Stirn in Falten.

Doch Heike sprach ungerührt weiter: »Du weißt ja, dass man sich damit auf sehr heiklem Terrain bewegt.«

Claudia schüttelte nur den Kopf. »Auf was für Ideen du manchmal kommst. Was hat denn nun Woletzki noch gesagt?«

Heike schlug die Beine übereinander. »Er meinte, dass Susanne wahrscheinlich gar keine Zeit hat, weil morgen die große Auktion ist. Von der hat sie mir sogar mal erzählt, aber ich wusste nicht, dass sie genau einen Tag nach ihrem Geburtstag stattfindet. Da kommt unser Besuch wahrscheinlich ziemlich ungelegen. Übrigens … irgendetwas hat diese neue Flamme von Woletzki wohl auch mit der Auktion zu tun. Susanne meinte, dass sie über Woletzki versucht hat, an Insiderinformationen ranzukommen …«

»Aha, klingt spannend«, antwortete Claudia gelangweilt.

»Es sieht so aus, als ob wir Susanne in ihrem Büro überraschen müssen. Wir fahren einfach in die Pelikanstraße, und dann sehen wir weiter«, erklärte Heike.

Zwei Stunden später standen sie mit ihren Rollkoffern vor Susannes Büro. Frau Stöckli breitete entschlossen die Arme vor der Tür aus. »Das ist ganz unmöglich. Frau Dr. Sander ist in einer Besprechung, da kann ich sie auf keinen Fall stören«, flötete sie in ihrem besten Hochdeutsch.

Claudia musterte sie mit einem abschätzigen Blick. »Wissen Sie überhaupt, mit wem Sie es zu tun haben? Ich bin Rechtsanwältin Dr. Claudia Neumann-Elten. Und dies ist Heike Stelzer. Wir haben uns vier Stunden in den Zug gesetzt, um unsere allerbeste Freundin an ihrem Geburtstag zu überraschen, da werden wir uns ganz sicher nicht von Ihnen aufhalten lassen.«

Frau Stöckli blieb tapfer vor ihr stehen. »Das glaube ich Ihnen sehr gerne, Frau Dr. Neumann-Elten, und Sie können Frau Dr. Sander auch gleich begrüßen. Sicher freut sie sich über Ihren Besuch.« Sie sah auf die Uhr. »Aber eine halbe Stunde wird die Besprechung bestimmt noch dauern. Wie gesagt, da kann ich unmöglich stören. Wie wäre es, wenn Sie Ihre Koffer hier bei mir lassen und solange noch einen Kaffee im Sprüngli trinken? Das ist gleich um die Ecke. Und für halb zwei versuche ich eine Lunchverabredung von Frau Dr. Sander zu verlegen und schiebe Sie ein.« Sie sah die beiden erwartungsvoll durch ihre große Nerd-Brille an.

»Komm schon, Claudi«, versuchte Heike zu vermitteln, »das Sprüngli soll doch sehr nett sein.« Sie übergab Frau Stöckli ihren Louis-Vuitton-Trolley, hakte sich bei Claudia unter und zog sie Richtung Ausgang. »Mach nicht immer so einen Aufstand. Das ist peinlich. Du kannst doch nicht erwarten, dass wir bei der Geschäftsführerin von Lengley's einfach so ohne Termin reinschneien können – auch wenn sie unsere Freundin ist. Klar, dass Susanne zu tun hat.«

»Schiebe ich Sie ein … wie sich das anhört!«, schimpfte Claudia.

Gerade hatten sie die Eingangstür erreicht, als sie schnelle Schritte hinter sich hörten. »Halt! Frau Dr. Neumann-Elten, Frau Stelzer. Kommen Sie zurück. Die Besprechung ist zu Ende. Frau Dr. Sander kann Sie jetzt empfangen.«

Hinter Frau Stöckli kamen drei Männer in dunklen Anzügen den Gang entlang. Sie musterten die beiden Frauen eingehend. Heike hob das Kinn, stellte sich in Pose und genoss die bewundernden Blicke auf ihre langen Beine, die in dem kurzen schwarz-weißen Chanel-Rock, der blickdichten Strumpfhose und den hohen Stiefeletten perfekt zur Geltung kamen.

»Habe die Ehre«, sagte einer der Männer mit kurzgeschnittenen gelackten Haaren.

Claudia und Heike drehten sich um und sahen Susanne in einem auberginefarbenen Wickelkleid in der Tür stehen. Sie hatte eine Hand in die Hüfte gestemmt und rief: »Na, ihr scheint es ja sehr eilig zu haben, mich zu sehen.« Dann breitete sie die Arme aus und umarmte ihre Freundinnen. »Also die Überraschung ist euch wirklich gelungen.«

Frau Stöckli saß mit gerührtem Gesichtsausdruck hinter ihrem Schreibtisch. Als Susanne gerade die Tür hinter ihnen schließen wollte, machte sie noch einmal zwei Schritte zurück und deutete auf den Arm ihrer Sekretärin. »Neue Uhr?«, fragte sie. Frau Stöckli sah sie nur kurz an und verschob mit der rechten Hand das Weißgoldarmband ihrer Cartier Ballon Bleu. Der Brillantenbesatz der Lunette blitzte auf.

»Ein Geschenk«, murmelte sie.

»Nicht schlecht«, meinte Susanne und gab ihr die Anweisung: »Bitte seien Sie so lieb und sagen Sie den Lunch mit Dr. Giebel ab. Lassen Sie sich eine gute Ausrede einfallen, ja?«

Susanne zog die Tür zu und drehte sich zu ihren Freundinnen.

Mit der Routiniertheit eines Menschen, der sein Leben lang von gediegenem Luxus umgeben war, meinte Heike anerkennend: »Ziemlich groß und ziemlich geschmackvoll. Und keine Chagall-Drucke an der Wand, wie in deiner alten Wohnung.« Sie zeigte in die Richtung eines kleinen Schmidt-Rottluff-Aquarells und einer Giacometti-Bronze auf einem Sockel.

»Na ja, im Büro in Frankfurt hatte ich auch keinen Druck hängen ... wie komme ich denn eigentlich zu der Ehre eures Besuchs? Setzt euch, meine Süßen. Ach, ist das schön! Ich kann es noch gar nicht fassen.«

Claudia ließ sich in einen kiwifarbenen Polstersessel fallen und grinste. »Könnte es sein, dass du heute zufällig Geburtstag hast?«

»Also dass ihr daran gedacht habt! Und ich habe mich innerlich schon auf einen einsamen Geburtstag mit einem Yes-Törtchen und einer Kerze im Büro eingestellt, angesichts der niemals endenden Vorbereitungen für die Auktion.«

»Ach, ich muss noch mal kurz raus.« Heike stöckelte auf ihren hohen Pfennigabsätzen zur Tür und zeigte dabei auf den englischen Schreibtisch. »Aber dieses Monstrum würde ich austauschen, lass es versteigern und such dir was Filigraneres aus ... Glas vielleicht ...« Sie verschwand kurz hinter der Tür, kam mit ihrem Trolley zurück und holte ein kleines, in rosa Papier eingeschlagenes Päckchen heraus.

Susanne stieß einen Schrei aus, als die Clutch zum Vorschein kam, und hielt sie hoch. »Ihr seid ja komplett verrückt! Eine Veneta! Die ist ein Traum, aber ihr sollt euch doch nicht so in Unkosten für mich stürzen!« Sie riss die Tür auf und kreischte: »Frau Stöckli, sehen Sie sich das an!«

Heike warf Claudia einen triumphierenden Blick zu, und Frau Stöckli bedachte die Tasche mit bewundernden Kommentaren. Zum dritten Mal umarmte Susanne ihre Freundinnen und bat Frau Stöckli Champagner zu holen – »aber den guten, und bitte trinken Sie doch ein Glas mit!«

Als Frau Stöckli aus dem Zimmer ging, flüsterte Susanne: »Heute Abend seid ihr meine Gäste, und da gehen wir ganz groß aus. Ihr werdet sehen, zuerst essen wir in der Rüsterei, einer ehemaligen Papiermühle mit sieben Meter hohen Fenstern, die Inneneinrichtung wurde von Heinz Julen designt – spektakulär! Ich habe da gute Beziehungen, sonst würden wir so kurzfristig keinen Tisch mehr kriegen, denn das Essen ist auch nicht schlecht. Und dann geht's in einen Club, mindestens mal ins Privé, ins Jade oder Indochine.«

Die Freundinnen sahen sich an und riefen im Chor: »Oder in alle drei!«

GERTRUD

Sie parkte ihren Wagen vor dem Mehrfamilienhaus am Anfang des Ölmühlwegs und blieb einen Moment lang sitzen. Inzwischen war ihr Plan gereift, wie sie Ruth davon abhalten würde, Horst anzuzeigen. Aber zuerst musste sie Sicherheit darüber haben, ob Jonas' Mutter ihr Gespräch in allen Einzelheiten mitgehört hatte. Sie stieg aus, fand unter den acht Klingelknöpfen das Schild mit dem Namen Conzen, und nach kurzer Zeit meldete sich eine Stimme aus der Gegensprechanlage: »Hallo?«

»Hier ist Frau Lemberg. Kann ich kurz reinkommen?«

Stille. Dann summte der Türöffner. Gertrud stieg die hellgefliesten Treppenstufen hinauf. Es roch nach Essen. Im zweiten Stock stand am Ende des Flurs schon die Tür offen. Schuhe waren auf Gummimatten aufgereiht. Gertrud zog ihre braunen Halbschuhe aus und stellte sie auf einen freien Gummimattenplatz, dann klopfte sie an die Wohnungstür und rief: »Darf ich reinkommen?«

Aus einem der Räume hörte sie Kinderstimmen und Musik. Ruth kam aus einer anderen Zimmertür. Sie trug eine knielange Grobstrickjacke, Leggings und war barfuß. Um die Haare hatte sie ein Handtuch geschlungen. Von Wiedersehensfreude war nichts zu spüren, sie wirkte nahezu feindselig, führte Gertrud widerwillig ins Wohnzimmer. Im Vorbeigehen rief sie durch eine angelehnte Tür: »Jonas, Marie, geht jetzt rüber zu Frau Schuster. Ich muss gleich zur Schicht.« Auf überraschenden Besuch sei sie eigentlich gar nicht eingestellt, sagte sie, ohne sich nach Gertrud umzudrehen.

Mit raschen Handgriffen räumte sie Strickzeug und mehrere Fachzeitschriften zur Seite, dann setzten sie sich steif auf die Kanten eines der lindgrünen Sofas und Sessels. Gertrud sah sich um. Weiße Landhausregale, rosa Vorhänge mit weißer Spitze. Der Wohnraum sah aus wie das Kinderzimmer eines sechsjährigen Mädchens. Einzig die Titel auf den Buchrücken und Zeitschriften in den vollgestopften Regalen zeugten von anderen Interessen der Bewohnerin, etwa »Psychologie lernen für Beruf und Familie« oder »Positive Psychologie. Anleitung zum besseren Leben«.

Ruth räusperte sich.

»Ist das ein Hobby von Ihnen?« Gertrud zeigte auf die Regalwände.

»Inzwischen ist es mehr als das. Ich habe vor einem Jahr angefangen, nebenher Psychologie zu studieren. Könnten Sie jetzt bitte zur Sache kommen, gleich beginnt meine Nachtschicht.«

»Frau Conzen, ich möchte Sie gar nicht lange stören. Aber ich habe noch einmal darüber nachgedacht, was Sie über die Schwierigkeiten von Jonas erzählt haben, wieder den Anschluss in der Schule zu bekommen.«

Ruths Blick war misstrauisch.

»Jedenfalls würde ich Ihnen gerne helfen. Ich könnte Jonas Nachhilfe geben. Und außerdem …« Da war ein Flackern in den braunen Augen. Und erst jetzt fielen Gertrud die orangefarbenen Sprenkel in ihrer Iris auf. Ihr wurde klar, dass Jonas' Mutter genau in diesem Augenblick den Grund ihres Besuchs verstanden hatte, »… könnte ich mit seiner Klassenlehrerin Frau Teschke sprechen und ein gutes Wort für ihn einlegen.«

Ruth nickte. Gertrud schrak zusammen, als ein lautes »Tschüs, wir gehen jetzt rüber« aus dem Flur ertönte. Dann hörten sie die Tür knallen.

»Die Kinder gehen immer zu meiner Nachbarin, wenn ich abends arbeiten muss. Sie lässt sie zwar die ganze Zeit fernsehen, aber was soll ich machen … also … ich habe kein Geld, um Nachhilfestunden zu bezahlen. Ich bin alleinerziehend und …«

»Ich möchte auch kein Geld von Ihnen.«

»Und was stellen Sie sich dann als Gegenleistung vor?«

»Nun, vielleicht wissen Sie darauf eine Antwort, auch ohne dass ich sie ausspreche?«

Ruth sah mehrere Sekunden lang unbeweglich auf das Parkettimitat. Ihre blaugeäderten Hände ruhten ausgestreckt in ihrem Schoß. Als sie den Kopf hob, bemerkte Gertrud mit einer Mischung aus Genugtuung und Erschrecken einen völlig anderen Ausdruck in ihren Augen: Ihr Blick war hungrig. »Ich glaube schon«, sagte sie langsam, »aber ich bin mir nicht sicher, ob das, was Sie da anbieten, dem Gegenwert entspricht.«

»Nun, dann sagen Sie mir doch einfach, was diesem Ihrer Ansicht nach genügen könnte.«

Jetzt fackelte Ruth nicht mehr lange. »Die nächsten beiden Zeugnisse glatt Zwei und eine gymnasiale Empfehlung. Außerdem müssen Sie dafür sorgen, dass er in der Klasse nicht mehr gepiesackt wird. Und …«

»Ich höre Ihnen zu, Frau Conzen.«

»Ich finde, dass ein gewisses Schmerzensgeld angemessen wäre, meinen Sie nicht auch? Schließlich hat er Wochen im Krankenhaus verbracht, und sein Gesicht wird nie mehr so aussehen wie vorher.«

Gertrud hatte auf einmal das Gefühl, keine Luft mehr zu bekommen. Umständlich begann sie, den roten Schal von ihrem Hals abzuwickeln. Ihr wurde klar, dass Frau Conzen nicht das unbedarfte Schaf war, für das sie sie gehalten hatte. Und dass es womöglich ein Fehler gewesen war, herzukommen. »Frau Conzen, verstehen Sie mich jetzt nicht falsch. Aber Sie sollten nicht vergessen, dass ich nur eine einfache Grundschullehrerin bin.«

»Und ich bin eine einfache Altenpflegerin. Können Sie sich eigentlich vorstellen, was das bedeutet? Tagtäglich im Schichtdienst demente, alte Leute zu versorgen, die nicht mehr wissen, wer sie sind, wo sie sind und schon gar nicht, wer ich bin.« Sie hielt inne, als sie in das zu einer Maske erstarrte Gesicht der alten Lehrerin sah. »Oh, das habe ich ganz vergessen. Aber Sie sollten sich auch im Klaren sein, dass das bei Ihnen nicht so weitergehen kann. Sie sehen ja, was passiert.« Sie stand plötzlich auf. »Also, überlegen Sie es sich. Ich habe jetzt keine Zeit mehr. Am besten rufen Sie mich an, wenn Sie mir ein vernünftiges Angebot machen können. Bis Sonntag sollten Sie sich entschieden haben. Und kommen Sie bitte nicht mehr hierher.«

DIE AUKTION

Susanne warf zwei Alka-Seltzer in ein Glas Wasser, stützte die Ellbogen auf ihren Schreibtisch und massierte sich die Schläfen. Wie sollte sie diesen Tag überstehen? Und vor allem das unumgängliche Gespräch mit Paul Launhart. Sie leerte das Glas in einem Zug, griff zum Hörer und wählte Pauls Mobilnummer.

»Ja?«, meldete sich seine schläfrige Stimme.

»Paul? Ich bin es, Susanne.«

»Weißt du eigentlich, wie spät es ist?«

Sie sah auf ihre Jaeger Le Coultre. »Es ist zehn Uhr morgens, Paul. Heute ist die Auktion, da dachte ich …«

»Ja, schon gut.« Er klang verärgert. Kein guter Anfang für ein Gespräch von solcher Tragweite.

Sie entschied sich für die Flucht nach vorn: »Paul, ich nehme die beiden Beckmann-Werke raus. Ich kann das einfach nicht. Bitte, du musst mich verstehen. Es gibt zwei weitere Gutachten, die Zweifel sind einfach zu groß …«

Stille. Sie hörte Paul mit jemandem im Hintergrund reden. Es schien um sein Frühstück zu gehen.

»Paul? Hast du mir überhaupt zugehört?«

Jetzt meldete er sich wieder. »Was hast du gesagt?«

»Ich muss die Beckmanns rausnehmen.«

»Ja, das habe ich verstanden, war sonst noch was?«

Susanne zögerte. Das konnte unmöglich alles gewesen sein. Schließlich hatte er ihr zweihunderttausend Euro dafür geboten, dass sie sie in der Herbstauktion beließ. »Paul … ich kann es nicht riskieren … ich wünschte wirklich …«

»Susanne, die Botschaft ist angekommen. Ich kann dich nicht dazu zwingen. Du musst wissen, was du tust. Wir sehen uns heute Abend, und jetzt würde ich gerne in Ruhe meinen Kaffee trinken und die Zeitung lesen. Servus.«

Aufgelegt. Susanne hatte mit wesentlich mehr Gegenwehr gerechnet und überlegte, wie sie diese Reaktion deuten sollte.

Um Viertel vor sechs stand Susanne in einem engen anthrazitfarbenen Etuikleid vor dem Auktionssaal und begrüßte die heranströmenden Gäste. Die Wände der geräumigen Eingangshalle waren kobaltblau gestrichen. Vitrinen mit kostbaren Skulpturen waren im Raum verteilt und wurden von einzelnen Spots beleuchtet. Heike und Claudia trafen gleichzeitig ein. Susanne hatte sie nicht lange überreden müssen, zur Versteigerung zu kommen. Die Schilderung der Vorgeschichte während ihres Abendessens hatte die beiden neugierig gemacht. Claudia trug wieder ihr hellblaues Etro-Kleid, und Heike hatte tagsüber in Zürich ein atemberaubend schlichtes ochsenblutfarbenes Kleid in A-Form von Akris erstanden.

»Ihr seht toll aus, und das nach so einer Nacht!«

»Du scheinst dich aber auch schon wieder ganz gut erholt zu haben, oder ist das alles Make-up?«

»Erraten. So, ihr Süßen, dort in der zweiten Reihe habe ich euch Plätze reserviert. Bildet euch nichts drauf ein. Viel begehrter sind die Plätze in den hintersten Reihen oder sogar die Stehplätze. Von da haben die Bieter einen besseren Überblick über die Konkurrenz. Und jetzt müsst ihr mich bitte entschuldigen.« Sie setzte ein strahlendes Lächeln auf und begrüßte mit Wangenküssen eine Amerikanerin, um deren dürren Hals eine Perlenkette mit einem riesigen funkelnden Smaragd in der Mitte lag.

Um Punkt 18 Uhr erschien Fernand Lallier hinter dem gläsernen erhöhten Pult vor der kobaltblauen Wand mit den silbernen Buchstaben LENLGEY'S. Stille trat ein. Lallier musste nicht um Ruhe bitten. Er war eine smarte Erscheinung und in der Kunstwelt so bekannt, dass keiner es wagte, erst auf seine Ermahnung zu warten. Fernand Lallier hatte ein hageres Gesicht, eine Adlernase und dunkle volle Haare mit einer Tolle auf dem Oberkopf, die sein Gesicht noch schmaler erscheinen ließ. An diesem Abend trug er einen schwarzen Maßanzug, ein strahlend weißes Hemd mit giftgrüner Krawatte. »Bonsoir, Mesdames et Messieurs. Ladies and Gentlemen. Meine sehr verehrten Damen und Herren. Ich begrüße Sie zur Herbstauktion von Lengley's ...«

Ein ganz leichter französischer Akzent schwang in seiner singenden Stimme mit. Er stammte aus der französischen Schweiz, sprach fünf Sprachen fließend und verfügte über die feinnervige Präsenz höchster Konzentration. Schon drehte sich geräuschlos eine Wand neben dem Pult um hundertachtzig Grad, und ein kleines Ölbild in einem breiten schwarzen Rahmen wurde sichtbar. Auf den großen Wandbildschirmen links und rechts von Lalliers Pult tauchte die erste Losnummer auf sowie der Titel und Name des Künstlers. Darunter der aufgerufene Preis in den gängigen Währungen. Lallier startete die Auktion.

An eine Wand, rechts von der Bühne gelehnt, verfolgte Susanne das Geschehen und suchte unterdessen die Zuschauerreihen nach Gesichtern ab. Der Saal war bis auf den letzten Platz mit über zweihundert Menschen gefüllt. Im hinteren Teil und an der Seite waren auf einem Podest Tische mit festinstallierten Telefonen hinter einer gläsernen Balustrade plaziert. Dort saßen neben anderen Agenten Goldenberg und Woletzki und hielten Standverbindungen mit ihren auswärtigen Bietern aufrecht. Die erste Losnummer war verkauft. Der Preis lag eine Million über dem Mindestgebot – ein guter Anfang.

Ein wenig von ihrer anfänglichen Nervosität fiel von Susanne ab. Sie hatte angesichts von Schuldenkrise und verhaltener Wirtschaftsprognosen auch ihre Erwartungen an den Auktionserlös gedämpft. Auf dem Kunstmarkt wirkten sich negative Trends immer ganz unmittelbar aus.

Jetzt erst entdeckte sie Paul und Sunny ganz am Ende der letzten Reihe. Susanne beobachtete, wie sie kurz miteinander tuschelten. Mit unbewegter Miene richtete Paul den Blick wieder auf den Auktionator, der das zweite Los aufrief. Susanne sah kurz in ihre Aufzeichnungen und hatte auf einmal das Gefühl, angestarrt zu werden. Sie hob den Kopf und begegnete einem durchdringenden Blick aus den Smokey Eyes von Nicole Schwarzkopf. Sie stand auf der gegenüberliegenden Seite des Raumes, dennoch spürte Susanne ihre erdrückende Präsenz und verschränkte unwillkürlich die Arme. Sie hielt dem Blick stand, doch dann zog ein anderes Merkmal in Nicoles beneidenswert ebenmäßigem Gesicht ihre Aufmerksamkeit auf sich. Die Frau, auf die sie in den letzten Wochen so eifersüchtig gewesen war, hatte offensichtlich versucht, ihren einzigen äußerlichen Makel beheben zu lassen, und es war misslungen. Die ehemals etwas zu schmalen Lippen waren ungleichmäßig zu einer grotesken Herzform angeschwollen. Susanne konnte sich ein Grinsen nicht verkneifen und biss sich auf ihre eigenen vollen rosa Lippen. Erstaunlich, dass sie sich in diesem Zustand überhaupt in die Öffentlichkeit traute, dachte sie.

Auch das dritte Los, ein großformatiges Ölbild von Ludwig Kirchner, ging zwei Millionen über dem Schätzwert weg. Ein Raunen durchzog den Saal, als Lallier den Zuschlag an die Amerikanerin mit dem Smaragd am Hals erteilte. Susanne sah erneut zu Paul und Sunny hinüber. Sie tuschelten wieder. Doch da war keine Freude oder Zufriedenheit in ihren Gesichtern auszumachen.

Heike und Claudia verfolgten die Auktion mit kindlichem Staunen darüber, wie schnell hier die Millionenbeträge flossen. Claudia hatte vor allem ein Paar im Visier, das in der ersten Reihe schräg vor ihnen saß. Der korpulente Mann trug eine dunkle Sonnenbrille und einen grauen kurzen Bart. Die Haare waren unnatürlich voll für das zu vermutende Alter. Soweit man es nach dem Profil beurteilen konnte, musste er gut und gerne sechzig Jahre alt sein. Und irgendetwas an ihm zog Claudias Aufmerksamkeit auf sich. Er kam ihr bekannt vor, doch sie konnte ihn nicht zuordnen. Bereits mehrfach hatte er seine blaue Kelle mit der Bieternummer gehoben, war aber nicht zum Zuge gekommen.

Neben ihm saß eine Frau in einem pinkfarbenen Kostüm mit langen brünetten Locken. Ihr Gesicht konnte Claudia nicht sehen, da sie auf dem Platz schräg vor ihr saß. Doch zumindest den Haaren nach zu urteilen, schien sie um einiges jünger als ihr Begleiter zu sein. Als wieder ein Los zu einem sagenhaften Preis versteigert worden war, brandete Applaus auf, und Claudia raunte Heike zu: »Sag mal, kennst du die beiden da schräg vor uns? Zumindest den Mann habe ich schon mal irgendwo gesehen.«

Heike musterte die Hinterköpfe der beiden. Da drehte sich der Mann zu seiner Begleiterin und zeigte ihnen sein Profil. »Ja, ich glaube, das ist irgendein bekannter Schauspieler …«

Die Drehbühne gab den Blick auf eine Serie von Selbstbildnissen Andy Warhols frei. Insgesamt war sein Konterfei sechsmal in verschiedenen Schattierungen von Gelb bis Grün auf den Tableaus zu sehen. Es wurde totenstill im Saal.

Lallier holte hörbar Luft und sagte: »Ich beginne die Auktion bei fünfundzwanzig Millionen Schweizer Franken.«

Sofort ging eine Hand in der Mitte des Saals hoch.

»Dreißig Millionen«, schmetterte Lallier.

Erneut ging ein Raunen durch die Reihen.

»Danke. Gutes Gebot!«, lobte der Auktionator mit einem unwiderstehlichen Lächeln.

Einer der Agenten an den Telefonen, zwei Plätze neben Goldenberg, machte ein verhaltenes Zeichen.

Lallier nickte. »Einunddreißig Millionen sind geboten.«

Wieder wurde die Hand in der Mitte gehoben. Sie gehörte einem Mann mit spiegelnder Vollglatze. Direkt danach überbot derselbe Agent wie zuvor. Zwischen beiden ging es in atemberaubenden Tempo, nun in Fünfhunderttausender-Schritten, hin und her. Lallier deutete abwechselnd mit ausgestrecktem Arm auf den einen, dann auf den anderen. Er erinnerte dabei an einen Verkehrspolizisten, doch hatten seine fließenden Bewegungen eine besondere Eleganz. Zwischendurch schalteten sich zwei weitere Bieter ein, Goldenberg war darunter. Susanne beobachtete ihn, musste an den Abend im Restaurant Flühgass denken, an die wässrigen grauen Augen und sein Eau de Toilette. Bei achtundvierzig Millionen stieg er aus. Es wurden neunundvierzig Millionen Schweizer Franken aufgerufen. Eine Rekordsumme.

Susanne sah zu dem Agenten, der eindringlich mit seinem Klienten am Telefon sprach, und betrachtete dann den derzeit Höchstbietenden. Er war ein Galerist, den sie schon lange kannte. Scheinbar unbeteiligt wartete er, ob er den Zuschlag erhielt. Lallier verharrte wie eine Wachsfigur in der Pose, die er bei dem letzten Gebot eingenommen hatte, und deutete mit der einen Hand auf den Höchstbietenden, mit der anderen auf den Agenten am Telefon. Dieser wurde plötzlich weiß im Gesicht. Lallier hob fragend die Augenbrauen. Der Agent formte mit den Händen ein T, das nur so zu deuten war: Die Leitung war zusammengebrochen. Er holte sein Mobiltelefon aus der Brusttasche seines Jacketts und tippte in die Tastatur. Im Saal hätte man eine Stecknadel fallen hören können.

»Monsieur, brauchen Sie mehr Zeit?« Der Agent starrte ihn nur an und nickte verhalten. Der Akku seines Telefons war leer. Unaufgefordert hielt ihm seine Nachbarin ihr Handy entgegen. Er wählte die Nummer wieder, und nach einer Weile schüttelte er den Kopf.

Lallier sagte in seine Richtung: »Sind Sie sicher?«

Er nickte.

»Neunundvierzig Millionen sind geboten. Bietet jemand neunundvierzigeinhalb?« Er sah sich um.

Susanne schaute zu dem Agenten und bemerkte eine Bewegung unter dem Tisch neben ihm. Durch das erhöhte Podest mit der Glasbalustrade hatte man einen perfekten Ausblick auf die Beine der dort plazierten Personen, weshalb Agentinnen, die den Saal kannten, es vermieden, sich dort in Röcken hinzusetzen. Susanne sah genauer hin und stellte fest, dass es Goldenbergs Knie waren, die auffällig vibrierten. Wie damals bei ihrer Begegnung in der Kronenhalle, erinnerte sie sich plötzlich. Sie musterte Woletzki: Sein Augenlid zuckte heftig. Dann betrachtete sie Paul und Sunny. Ihr Gesicht wirkte wie erstarrt. Pauls Mund umspielte zum ersten Mal an diesem Abend ein Lächeln. Schnell wanderte Susannes Blick weiter zu Nicole Schwarzkopf. Diese wickelte mit schnellen kreisenden Bewegungen ihre lange Kette aus Turmalinen auf zwei Finger. Die weißen Punkte auf ihrer schwarzen Seidenbluse begannen vor Susannes Augen zu tanzen, je länger sie dort hinblickte. Dann bemerkte sie ein seltsames Geräusch, eine Art Summen, das die Stille im Saal durchbrach und langsam anschwoll. Einige Köpfe drehten sich in die Richtung, aus der das Geräusch zu kommen schien. Erstaunt stellte Susanne fest, dass das Podest über die gesamte Breite durch die Vibration von Goldenbergs Beinen begonnen hatte, leicht zu schwingen und jenen ungewöhnlichen Ton verursachte. Und auf einmal wurde ihr alles klar: Es ging ihnen gar nicht um die Beckmann-Werke, sondern um die Warhols! Heike hatte mit ihrem Hinweis auf ein Ablenkungsmanöver doch recht gehabt, nur war es viel komplexer, als sie es sich hatte vorstellen können. Fieberhaft überlegte Susanne, was sie jetzt noch retten konnte.

Lallier nahm den Hammer in die Hand. »Neunundvierzig Millionen zum Ersten …«

Susannes Augen wanderten wieder durch den Saal. Ihr

brach der Schweiß aus. Da fing sie Heikes Blick auf und hatte die rettende Idee. Sie faltete die Hände wie zum Gebet und nickte ihr aufmunternd zu. Heike starrte sie an, stieß Claudia mit dem Ellbogen in die Rippen und fragte: »Guck mal, verstehst du, was Susanne von mir will?«

Claudia drehte den Kopf in Susannes Richtung, die sie flehentlich ansah und versuchte, möglichst unauffällig in Richtung der Warhols zu zeigen. Dann hob sie den rechten Daumen und deutete auf Heike. »Ich glaube, sie möchte, dass du bietest.«

»Ist die verrückt geworden?«

»Sie muss irgendeinen Grund dafür haben. Sieh sie dir an. Die ist ja völlig aufgelöst.«

Lallier sagte ganz langsam: »... zum Zweiten ...«

»Das mache ich nicht. Wo sollen wir denn so viel Geld hernehmen? Tom bringt mich um«, flüsterte Heike.

»Mann, sei doch nicht so begriffsstutzig. Sie kann unmöglich wollen, dass du das Bild wirklich kaufst. Irgendwas stimmt nicht damit. Sieh mal, wie sie schwitzt. So habe ich Susanne noch nie gesehen«, flüsterte Claudia. »Fair Warning ... Uuund zum Drit...«, hörte sie die Stimme des Auktionators und hob die Hand.

»Eine neue Bieterin in der zweiten Reihe!« Lallier deutete mit der flachen Hand auf Claudia, und aller Augen richteten sich auf sie. Selbstbewusst hob sie den Kopf und fixierte mit einem verhaltenen Lächeln erst den Auktionator und dann Susanne, die sich die Hand auf ihr Brustbein legte und eine klitzekleine Verbeugung andeutete. »Die charmante Dame in der zweiten Reihe bietet neunundvierzig Millionen fünfhunderttausend.«

Nur die Insider bemerkten, wie Lallier Susannes Blick suchte, die daraufhin langsam die Augen schloss und nach einer Sekunde wieder öffnete. Ihr vereinbartes Zeichen, wenn eine nichtregistrierte Person im Saal ein Gebot abgab. Zu diesen Insidern gehörten Goldenberg und Woletzki. Beide starrten auf Claudias Hinterkopf. Für Goldenberg war sie eine Unbekannte. Aber Woletzki hatte Susanne und Heike im Foyer begrüßt und auch gesehen, wo Susanne sie plaziert hatte. Ihm war natürlich sofort klar, dass dieses Gebot ein Fake war.

Lallier war inzwischen in ein Zwiegespräch mit dem Glatzkopf eingetreten und versuchte, ihm ein noch höheres Gebot zu entlocken. Er hatte den Hammer wieder hingelegt, stützte den Ellbogen lässig auf das Pult und stellte ein Bein vor das andere. »Nun, wie sieht es aus? Höre ich fünfzig?«

Der Mann zeigte nach wie vor keine Regung. Er fixierte Lallier und ließ ihn zappeln. Nach einer halben Minute spitzte er die Lippen und bewegte ganz unmerklich den Kopf um zehn Grad zur Seite und wieder zurück. Augenblicklich wandte der Auktionator den Blick von ihm ab, nahm wieder Haltung an und forderte den übrigen Saal auf: »Bietet jemand fünfzig Millionen?«

Dann ging alles ganz schnell: Lallier griff zum Hammer, Claudia hörte hauptsächlich ein lautes Rauschen in ihren Ohren und als Hintergrundgeräusch, ganz leise, das Abzählen des Auktionators: »Neunundvierzig Millionen fünfhunderttausend zum Ersten, zum Zweiten uuund zum Dritten.« Der Hammer sauste auf das Pult. Tosender Applaus folgte.

Claudia sagte zu Heike: »Ich glaube, ich hatte gerade einen Hörsturz.«

Im selben Moment nahm der Mann mit dem Vollbart auf dem Stuhl schräg vor ihr seine Sonnenbrille ab, drehte sich zu ihr um, und sie sah in die Augen von Enno Blankenberg.

»Bist du eigentlich von allen guten Geistern verlassen?« Woletzki lief ruhelos in dem fensterlosen Raum hinter dem Auktionssaal auf und ab. »Wie kommst du nur dazu, ein Gebot in dieser Höhe zu fingieren? Um ein Haar wäre der Warhol für neunundvierzig Millionen verkauft worden. Ich möchte mal wissen, wie du das den Launharts erklären willst. Die schweben gerade noch auf Wolke sieben, weil sie glauben, dass sie über hundertzwanzig Millionen eingenommen haben. Wenn sie die Wahrheit erfahren, zerreißen sie dich in der Luft!«

Susanne beobachtete ihn die ganze Zeit über. Sie waren allein. »Wahrheit ... ausgerechnet *du* wagst es noch, das Wort Wahrheit in den Mund zu nehmen?« Susanne griff sich an die Schläfen und lachte sarkastisch. »Ihr habt mich nach Strich und Faden reingelegt. Mir die ganze Zeit suggeriert, dass die Beckmann-Werke die Krux an der ganzen Sammlung seien. Angefangen mit der vollkommen ›zufälligen‹ Begegnung mit Goldenberg in der Kronenhalle bis hin zu diesen ominösen Anrufen, SMS und E-Mails von deiner Nicole – by the way: Sie hat auf einmal so wundervolle pralle Lippen – steht ihr hervorragend.«

Woletzki schüttelte missvergnügt den Kopf.

»Und dazu das Angebot von Paul, mir zweihunderttausend zu zahlen, wenn ich die Beckmanns in die Versteigerung nehme – alles nur Ablenkungsmanöver. In Wirklichkeit sind die Warhols die Fälschungen! Und ich Vollidiotin bin fast darauf reingefallen, aber zum Glück nur fast. Ich kann's noch gar nicht glauben. Und du mittendrin!«

Es klopfte, und Lallier streckte den Kopf herein. »Susanne? Wir wollten noch auf die gelungene Auktion anstoßen.« Er musterte Woletzki mit einem skeptischen Blick. »Ist alles in Ordnung?«

»Ja klar, Fernand. Gib mir eine Minute, ja?«

Lallier nickte. »Okay ...«

Woletzki lehnte sich an die Wand. »Wie kommst du überhaupt auf die absurde Idee, die Warhols seien eine Fälschung? Ihr habt doch alle Werke vorher genau inspiziert. Es liegen jeweils einschlägige Gutachten vor. Sie sind im Werkverzeichnis eingetragen, also ...«

»Du kannst mir nichts mehr vormachen. Ich habe es ganz einfach an eurer Reaktion gesehen. Genau in dem Moment, als sie fast bei neunundvierzig Millionen Deckert zugeschlagen worden wären. Ihr seid letztlich doch keine so guten Schauspieler, wie ihr alle denkt. Wenn genau die fünf Personen im Saal, die vorher diesen Tanz um die Beckmann-Werke aufgeführt haben, plötzlich deutliche Zeichen von extremer Nervosität zeigen, dann kann selbst ein naives Schaf eins und eins zusammenzählen.«

»Völliger Quatsch. Wenn es um solche Summen geht, bleibt niemand im Saal unberührt.« Woletzki räusperte sich. »Und wie soll es jetzt weitergehen? Willst du jetzt zu Paul und Sunny Launhart gehen und ihnen sagen: ›Tut mir leid. Eure Warhols sind ja gefälscht, glaube ich zumindest, weil ihr so aufgeregt wart, als sie versteigert wurden, deshalb habe ich ein Angebot fingiert. Leider werdet ihr nun auf fünfzig Milliönchen verzichten müssen, das versteht ihr doch.‹«

»Ich glaube, für diese Fälle gibt es in zivilisierten mitteleuropäischen Ländern die entsprechenden Institutionen.«

Woletzki wich die letzte Farbe aus dem Gesicht. »Heißt das, du willst die Staatsanwaltschaft einschalten?«

»Na was dachtest du denn? Dass ihr mit eurem versuchten Betrug einfach so davonkommt?«

Woletzki machte einen Schritt auf sie zu. »Susanne, das solltest du dir gut überlegen. Du weißt nicht, mit wem du dich da anlegst, und denk an deinen Ruf und den von Leng…«

Diesmal wurde die Tür ohne Anklopfen aufgerissen. Claudia stand völlig außer Atem im Türrahmen. »Hier versteckst du dich! Sag mal, hast du sie noch alle? Mich da draußen ganz alleine deinen Folterknechten zu überlassen? Die verlangen von mir, dass ich sofort eine Banküberweisung über den Kaufpreis, zuzüglich Aufgeld und Mehrwertsteuer, veranlasse. Ich glaube, wenn du mir nicht auf der Stelle zu Hilfe kommst und alles aufklärst, legen die mich auf die Streckbank, was meiner Figur zugegebenermaßen den letzten Schliff geben könnte, aber womöglich nicht ganz den aktuellen orthopädischen Erkenntnissen entspräche.«

Hinter ihr erschienen zwei Mitarbeiter von Lengley's, die eigens für die sogenannten problematischen Fälle engagiert worden waren, und stellten sich dicht hinter Claudia. Sie hatte versucht, sich gleich nach der Auktion an Blankenbergs Fersen zu heften, als er zielstrebig auf den Ausgang zulief. Dort war sie von den zwei unauffälligen Security-Leuten abgefangen und zurückgebracht worden.

Susanne nickte ihnen zu und sagte: »Ist schon gut, ich kümmere mich um die Angelegenheit«, woraufhin die beiden sich abrupt umdrehten und verschwanden. »Komm mal kurz rein«, sagte Susanne und schloss die Tür hinter ihr. »Ich muss dich mal fest drücken.« Sie umarmte Claudia und sah aus dem Augenwinkel Woletzki, der unbeholfen danebenstand. »So, und nun: Auf in den Kampf!« Susanne nahm Claudia an der Hand, öffnete die Tür und zog sie hinter sich her in das Foyer.

Paul Launhart empfing sie in gelöster Stimmung, hielt ihr ein Glas Champagner entgegen und rief, an Sunny gewandt: »Da kommt sie ja endlich.«

»Oh, bitte heute keinen Champagner. Mir steckt noch der letzte Abend in den Knochen.«

»Ach, du hast gestern gelumpt, ja? Na dann eben nicht.« Er sah sich suchend um, hielt das Glas Claudia hin, die bisher ein Stück hinter Susanne gestanden hatte. Als diese stumm den Kopf schüttelte, leerte er sein eigenes Glas, indem er den Mund wie ein Karpfen über den Rand stülpte und den Kopf weit nach hinten neigte. Anschließend stellte er es in eine Ecke des Raums auf den Boden und trank den nächsten Schluck aus dem vollen Glas. Er schüttelte sich mit einer Kopfbewegung eine lange Haarsträhne aus seinem Gesicht. »Wie ich sehe, hast du die ominöse Käuferin der Warhols auch gleich mitgebracht. Möchtest du uns nicht bekannt machen?«

»Nein … ich glaube nicht.«

Verblüfft wich er zurück.

»Paul, ich muss dich und Sunny unbedingt sprechen … unter sechs Augen.«

»Weißt du, Susanne, wenn es um die Abwicklung geht … mir ist vollkommen klar, dass ihr den auswärtigen Bietern eine Woche Zahlungsfrist gewährt, mach dir da keine Sorgen.«

Sie griff seinen Oberarm und wollte die beiden zu dem Lagerraum führen, den sie schon für die Unterredung mit Woletzki genutzt hatte. Da zupfte Claudia sie am Ärmel und warf ihr einen flehenden Blick zu. Genau in dieser Sekunde entschied sich Susanne um. Sie würde Paul und Sunny nicht einweihen – noch nicht. Jetzt galt es, zuerst die Warhols sicherzustellen, bevor noch jemand auf die Idee kam, sie verschwinden zu lassen. Susanne versuchte sich an einem warmen Lächeln und säuselte: »Na gut, Paul, wenn du sowieso über die Modalitäten Bescheid weißt, dann hat sich unsere Besprechung eigentlich erledigt.«

Sunnys blasses Gesicht wirkte immer noch wächsern. Lallier begann eine Unterhaltung mit ihr, doch sie schien abwesend zu sein. Plötzlich hob sie die Hand und deutete auf die Eingangstür. Dort stand Heike, mit zerzaustem Haar, die Strumpfhosen voller Laufmaschen, und hielt einen ihrer dunkelroten Peeptoes in die Höhe. Der Absatz war abgebrochen. Claudia ging auf sie zu. »Was ist denn mit dir passiert? Du siehst aus, als wärst du durch Zürichs Straßen gejagt worden.«

»Genau umgekehrt, meine Liebe. Ich habe jemanden verfolgt, und dreimal darfst du raten, wen.«

Erschrocken hielt sich Claudia die Hand vor den Mund. »Doch nicht etwa Herrn … B.?«

Heike nickte. »Doch, genau den. Ich habe ja gesehen, wie du hinter ihm her warst, aber von den beiden aufmerksamen Herren daran gehindert wurdest. Da bin ich ihm kurzerhand nachgelaufen. Und fast hätte ich ihn gehabt …« Heike setzte ihren Schuh wieder ab und schlug sich mit der Faust in die Hand. »Doch dann hat er sich ein Taxi geschnappt, und danach kam keines mehr, mit dem ich die Verfolgung hätte fortsetzen können. Aber jedenfalls habe ich die Taxinummer aufgeschrieben.« Sie kramte nach einem Zettel in ihrer Tasche und hielt ihn Claudia hin.

»Tausend Dank, Heike. Das wird mir weiterhelfen!«

Ohne das Papier anzusehen, klopfte sie Heike auf den Rücken. Lallier führte sein Gespräch mit Sunny Launhart fort und ging mit ihr in den Nebenraum, um ihr eine Skulptur zu zeigen. Paul Launhart und Woletzki hatten die ganze Zeit stumm zugehört und Blicke getauscht. Jetzt sahen sie Claudia erwartungsvoll an. Ihr wurde auf einmal bewusst, dass sie die Rolle der liquiden Kunstsammlerin vor Paul Launhart weiterspielen musste. Todernst wandte sie sich an Susanne: »Frau Dr. Sander, da die Abwicklung nun geregelt ist, haben Sie doch sicher nichts dagegen, wenn ich mich um meine Freundin hier kümmere? Schicken Sie mir die Bilder dann am besten gleich nach Monte Carlo. Ich habe mir dort gerade ein Domizil zugelegt, und da gibt es noch die eine oder andere leere Wand. Wir sehen uns dann spätestens bei der Frankfurter Operngala wieder, nicht wahr?«

NICOLAS, JULIA, LORENZ UND ARTHUR

Julia stand mit einem Korb voll schmutziger Wäsche in der Türöffnung des weißgefliesten Hauswirtschaftsraums und bedachte Nicolas mit einem abschätzigen Blick. Er schraubte gerade die mit Ruß überzogene Verblendung des Wäschetrockners wieder an.

»Und ... hast du herausbekommen, warum der Trockner überhitzt war?«, fragte sie betont beiläufig.

»Er war nicht nur überhitzt, sondern hat Feuer gefangen, weil niemand das Flusensieb sauber macht. Aber ich habe ihn wieder hinbekommen.« Seine Stimme hallte metallisch aus der Trommel des Trockners.

»Ach so«, gab Julia zurück und begann, ihre Kleidung wahllos in die Waschmaschine zu stopfen. Nicolas sah ihr eine Weile zu und meinte dann: »Hast du eigentlich noch nie etwas davon gehört, dass man die Wäsche vorsortiert? Wenigstens nach Farbe und Material?«

»Ist doch egal.«

»Und so voll darf man die Maschine auch nicht füllen, sonst geht die nämlich als Nächstes kaputt …«

»Mann, das ist ja schlimmer als bei Mama. Bist du wirklich sicher, dass du mit einem Y-Chromosom geboren worden bist und nicht mit zweimal X?«

»Oh, sieh mal einer an, da hast du wohl ausnahmsweise in der Schule aufgepasst. Aber wenn du an meiner Männlichkeit Zweifel hast, beweise ich dir gerne das Gegenteil.« Er stand langsam auf und öffnete demonstrativ seinen Gürtel.

Julia lief sofort dunkelrot an und stammelte: »Nein … schon gut … kein Bedarf. Außerdem war ich ja bisher fast jede Nacht Zeugin deines Testosteron-Überschusses.«

Nicolas lachte dröhnend. Julia gab dem Wäschekorb einen Tritt, und er schlitterte in die Ecke. Dann füllte sie Waschpulver ein, wobei die Hälfte danebenrieselte, und stellte die Waschmaschine an. Sie drehte sich um und stampfte davon. Nicolas öffnete die Waschmaschine, holte einen Teil von Julias Wäsche wieder heraus und warf sie in den Korb.

»Schularbeiten gemacht?«, rief er, ging ihr nach und versuchte, die Tür zu ihrem Zimmer zu öffnen. »Julia, mach die Tür auf.«

»Geht nicht, ich ziehe mich gerade um.«

Nicolas klopfte bei den Jungs und drückte die Klinke herunter. Wie gewöhnlich saßen Lorenz und Arthur im abgedunkelten Zimmer vor dem Computer. »Hey, Jungs, wollen wir was unternehmen?«

»Nee, keine Lust«, antwortete Lorenz mürrisch. Arthur drehte sich um. »Was denn zum Beispiel?«

Nicolas setzte sich auf das ungemachte Bett und schlug die Beine übereinander. »Wie wäre es, wenn wir eislaufen gingen?«

»Oh ja!«, rief Arthur sofort und sprang auf.

»Was ist, kommst du auch mit, Lorenz?«

»Kinderkram!«

Nicolas klopfte wieder bei Julia und schrie vor der geschlossenen Tür, um die Musik zu übertönen: »Julia, hast du Lust, mit in die Eissporthalle zu gehen?«

Er bekam keine Antwort. Daraufhin wandte er sich wieder an Arthur: »Es sieht so aus, als seien wir beiden die Einzigen, die eislaufen gehen. Machst du dich fertig? Und nimm dicke Handschuhe mit.«

»Ich komme nur dann mit, wenn ich endlich mein eigenes Zimmer kriege. Wozu brauchst du eigentlich den anderen Raum? Du hast doch noch dein Büro und dein eigenes Haus? Und warum ist er immer abgeschlossen? Und ständig klingelt da drin das Telefon und der AB springt an …«

Lorenz drehte sich auf seinem Stuhl um und beobachtete gespannt Nicolas' Gesicht, aus dem augenblicklich jede Spur von Freundlichkeit verschwand. »Das geht dich *gar nichts* an. *Ist das klar?*«

Lorenz und Arthur erschraken.

Nicolas merkte, dass er sich im Ton vergriffen hatte und lächelte künstlich. »Aber ich kann dir sogar Hoffnung machen. Spätestens in einem Monat brauche ich das Zimmer nicht mehr. Dann kannst du dort einziehen. Na … ist das ein Wort? Also gehst du nun mit? Deine Mutter würde sich sicher freuen, wenn du nicht den ganzen Tag nur vor dem Bildschirm rumgammeln würdest. Etwas anderes wäre es, wenn dabei wenigstens etwas Verwertbares herauskäme, du dir mal Gedanken über eine neue Plattform machen würdest, mit der man vielleicht ein Start-up, so wie Facebook oder Instagram, hinbekäme. Schließlich waren die Gründer auch nur ein paar halbautistische, pickelige Jugendliche … erfinde doch einfach eine neue Internetsprache oder so was. Sei mal kreativ! Sonst sehe ich schwarz für deine neurologische Gesundheit. Ihr drei steuert alle auf das CIAEBCBDMAAPI-Symptom zu!«

Arthur und Lorenz grinsten sich an und tippten beide gleichzeitig mit dem Zeigefinger an die Schläfe. »Verstehst du, was der da redet?«

»Keine Spur.«

»Complete Intellectual And Emotional Breakdown Caused By Digital Media Absurdities And Parental Incompetence«, erklärte Nicolas und hatte Mühe, seinen Stolz über den vermeintlich gelungenen Spruch zu verbergen.

Lorenz schlug sich an den Kopf.

»Vor allem hinsichtlich der Parental Incompetence stimme ich dir voll und ganz zu, wobei man die Bezeichnung auf Stepparental Incompetence erweitern müsste …«, schaltete sich Julia ein, die fertig angezogen, mit weißen Schlittschuhen über der Schulter, hinter Nicolas stand. »Wäre schön, wenn wir dann mal loskämen, sonst wird es mir hier eindeutig zu warm.« Sie deutete auf ihre knallrote Daunenjacke.

»Du bist doch tatsächlich ab und zu in der Lage, mich positiv zu überraschen«, murmelte Nicolas und rannte die Treppe zum Schlafzimmer hoch. Fünf Minuten später waren alle fertig umgezogen. Julia stülpte sich eine Fellkappe mit Ohrenklappen über den Kopf, und Lorenz behauptete, sie sehe damit aus wie eine Russin in Lech.

»Woher willst du das wissen? Wann warst du überhaupt dort, hä?«

»Ich weiß es einfach. Da laufen diese Gasprom-Chayas alle so rum.« Nicolas grinste und schob sie zur Tür hinaus. Er selbst trug einen grobgestrickten, rot-schwarzen Pullover mit Rentiermuster und eine schwarze Steghose.

»Und der sieht aus wie aus einem Tommy-Hilfiger-Werbeprospekt, völlig overdressed«, flüsterte Lorenz.

»Na der hat doch sowieso einen an der Klatsche«, flüsterte Julia zurück.

Eine Dreiviertelstunde später wiederholte sie den Satz, als Nicolas de Haan, nachdem er mit völliger Selbstverständlichkeit eine Runde rückwärts über die Eisbahn geglitten war, zu einem Sprung ansetzte. Er landete nach einer eleganten doppelten Drehung mit einer Sicherheit wieder auf der Kufe, die einigen Besuchern bewundernde Ausrufe entlockte. Arthur klammerte sich an der Bande fest und staunte: »Warst du mal Eiskunstlaufprofi oder so was?«

Nicolas hörte seine Frage nicht, denn er nahm schon wieder Anlauf und drehte eine Pirouette. Julia knuffte ihren Bruder, so dass er strauchelte. »Mann, ist das peinlich. Wir tun einfach so, als hätten wir nichts mit ihm zu tun, ja, Arthur?«

»Wieso? Ich find's cool.« Er ließ die Bande los, versuchte sich an einigen unsicheren Schritten auf dem Eis und wedelte mit den Armen. Nicolas kam von hinten und hakte sich bei ihm ein. »Komm, ich bring es dir bei. Es ist ganz einfach …« Er fuhr rückwärts vor ihm her und hielt ihn an beiden Händen fest. »Du musst gleiten, nicht laufen. Lange Gleitschritte mit den Fußspitzen nach außen … den anderen Fuß winkelst du nach hinten ab. Und bremsen kann man mit den Spitzen. Siehst du … da vorne sind extra Zacken an den Kufen.«

Auf einmal ließ er Arthurs Hand los und winkte jemandem zu. Julia sah, wie ein Mädchen und ein Junge auf ihn deuteten und gestikulierten. Sie stieß Lorenz an. »Das kann ja wohl nicht wahr sein. Das ist Johanna de Haan mit ihrem kleinen Bruder. Jetzt reicht's aber. Soll das hier so eine Art Familienzusammenführung werden?« Sie drehte sich um und fuhr, schnell und sicher, in die entgegengesetzte Richtung davon.

Johanna entfernte ihren Kufenschutz und lief ihrem Vater entgegen. Natürlich fuhr sie ebenfalls perfekt, und die beiden legten sogleich einen gekonnten Paarlauf im Takt zur Musik hin. Lorenz war Julia gefolgt. Sie drehte sich zu ihm um, öffnete den Mund und deutete mit dem Zeigefinger an, dass sie sich sogleich erbrechen werde. Im selben Moment hörten sie einen Schrei. Arthur. Er lag schmerzverkrümmt auf dem Eis und hielt sich die Hand. Eine unförmige Gestalt in einem weiten langen Mantel, mit tief in das Gesicht gezogener Mütze und großer dunkler Sonnenbrille, glitt hinter ihm vorbei zum nächsten Ausgang. Sofort waren Nicolas und Julia bei Arthur.

»Was ist los, hast du dich verletzt?«, fragte Julia. Tränen liefen ihm über das käseweiße Gesicht. »Der Mann da hat mich gestoßen!«

Julia und Nicolas drehten sich um, konnten aber niemanden mehr entdecken. »Welchen Mann meinst du?«, fragte Nicolas.

»Na der in dem langen Mantel ... aua, meine Hand ... es tut so weh.«

Nicolas kniete sich neben ihn und zog ihm vorsichtig den Handschuh aus. Arthur heulte laut auf.

»Kannst du das Handgelenk bewegen?«

Der Schmerz und die Anstrengung waren seinem Gesicht anzusehen, als Arthur es vergeblich versuchte. Jetzt wurde auch Nicolas blass. »Ich fürchte, das Gelenk ist gebrochen. Wir müssen ihn ins Krankenhaus bringen.«

Die vier Kinder saßen auf den Plastikschalensitzen im weißgestrichenen Warteraum der Ambulanz und versuchten, sich gegenseitig zu ignorieren. Alle tippten auf den Touchscreen-Displays ihrer iPods und iPhones herum, bis ein Krankenpfleger vorbeikam und sie in harschem Ton auf das Verbotsschild an der Wand hinwies.

Nicolas stand auf und fragte, ob jemand etwas trinken wolle. »Cola«, antworteten drei Kinder wie aus einem Mund. Julia hingegen orderte: »Ein Ginger Ale, bitte.«

»Sieht dieser Ort so aus, als gäbe es hier Ginger Ale?«

»Wasser?«

»Das lässt sich einrichten.« Nicolas holte sein Portemonnaie und ging auf den Getränkeautomaten zu. Im selben Moment rannte ein fast kahlköpfiger Mann mit einem schwarzen Wollmantel an der offenen Tür vorbei, und Julia rief: »Papa! Hier sind wir.«

Nicolas zuckte zusammen. Der Mann kam wieder zurück, und wirklich, es war Nik.

Julia und Lorenz standen beide auf und zogen ihren Vater an den Armen nach draußen auf den Gang. Dort umarmten sie ihn, geschützt vor den neugierigen Blicken von Nicolas' Kindern.

»Das wird aber auch Zeit«, sagte Julia vorwurfsvoll, »ich hab dich doch schon vor zwei Stunden angerufen.«

Nicolas steckte das Portemonnaie zurück in die Tasche und ging auf Nik zu. »Hallo«, sagte er mit einem Lächeln, das weniger einer Sympathiebekundung als einer fachmännischen Beurteilung der unnatürlichen Gelbfärbung von Niks Haut geschuldet war, »ich bin Nicolas de Haan.«

Nik musterte ihn. Tom hatte mit seiner Beschreibung untertrieben. Nicolas war zwar einen halben Kopf kleiner als Nik, aber ihm wurde sofort klar, dass sich der Ausstrahlung dieser blendenden Erscheinung vermutlich kaum eine Frau entziehen konnte. Und diese Erkenntnis trug nicht zur Verbesserung seiner Laune bei. Er wunderte sich nur, dass so ein Mann ausgerechnet auf Claudia flog. »Ja, das dachte ich mir schon. Wie geht es meinem Sohn, und was ist eigentlich passiert?«, fragte er und ignorierte Nicolas' zur Begrüßung ausgestreckte Hand.

Langsam ließ dieser sie sinken und setzte zu einer Erklärung an. »Tja, Arthur ist beim Eislaufen unglücklich gestürzt und hat sich leider das Handgelenk gebrochen. Jetzt wird er gerade operiert ... schon seit einer Stunde.«

Nik senkte den Kopf und schwieg einen bedeutungsvollen Moment. »Er wird also seit einer Stunde operiert?« Dann stellte er die entscheidende Frage: »Wo ist eigentlich meine Frau, ich meine, wo ist Claudia?«

Nicolas hielt seinem Blick stand. »Claudia ist in Zürich und besucht ihre Freundin Susanne, als Geburtstagsüberraschung.«

»Sekunde, ich glaube ich habe das gerade nicht richtig verstanden: Claudia ist weggefahren und hat *meine* Kinder der Aufsicht eines wildfremden Mannes überlassen?«

Julia warf Nicolas einen triumphierenden Blick zu. Dieser ließ sich nicht einschüchtern und wollte gerade zu einem selbstbewussten Protest ansetzen, als sich die Milchglastür des

OP-Trakts mit einem Summen öffnete und ein Arzt in grünem Kittel eilig auf sie zukam. Er sah sie mit müden Augen durch seine randlose Brille fragend an. »Sind Sie die Angehörigen von Arthur Elten?«

Nik ging ihm einen Schritt entgegen. »Ja, ich bin der Vater. Wie steht es um ihn? Kommt die Hand wieder in Ordnung?«

Der Arzt nickte. »Sieht ganz so aus. Es war zwar nicht ganz unkompliziert. Wir mussten ihm eine Metallplatte einsetzen. Aber aller Voraussicht nach müsste das Handgelenk wieder funktionsfähig werden … Sie wissen ja, man kann keine hundertprozentigen Prognosen abgeben, nicht wahr?« Er wollte sich schon wieder umdrehen.

»Kann ich zu ihm?«, fragte Nik.

»Später, er ist noch im Aufwachraum. Am besten wenden Sie sich an die Schwester.«

Er drückte auf den Schalter neben der Tür, die sich daraufhin langsam automatisch öffnete, und verschwand wieder hinter dem Milchglas.

Nik stand da und drückte sich die Daumen auf die Augen. Dann blinzelte er, um seine Kontaktlinsen wieder zurechtzurücken. Er musste plötzlich an die Umstände denken, unter denen er selbst in die Ambulanz der Uniklinik eingeliefert worden war, nachdem Claudia ihm die Hand in der Tür seines Ferraris eingeklemmt hatte.

»Da sehen Sie, was Sie angerichtet haben: Eine Metallplatte, keine sichere Prognose, ob das Handgelenk jemals wieder voll einsatzfähig wird. Das kommt dabei heraus, wenn eine Frau ihrem dahergelaufenen Stecher die Kinder anvertraut …«, knurrte er.

Nicolas atmete scharf ein. »Passen Sie auf, was Sie sagen! Es war ein bedauerlicher Unfall, den niemand verhindern konnte. Außer vielleicht – wenn ich die Kinder tatsächlich den ganzen Tag vor den Bildschirmen hätte verrotten lassen. Da wären solche Gefahren natürlich ausgeschaltet gewesen. Doch wenn ich mir einmal die Frage erlauben dürfte … warum konnten

Sie eigentlich nicht die Kinder an dem Wochenende zu sich nehmen? Soweit ich weiß, hat Claudia Sie doch darum gebeten, oder?«

Nik machte eine wegwerfende Handbewegung. »Sie hat viel zu spät gefragt. Aber ich wüsste nicht, was Sie das anginge. Das betrifft allein unsere nachehelichen Absprachen, und an die hat sich Claudia noch nie gehalten. Das Ganze hier wird ihr und Ihnen noch leidtun!«

»Na wenn Sie meinen.« Nicolas ging zum Warteraum und gab Johanna und Lukas ein Zeichen, woraufhin die beiden aufstanden. Er sah Julia und Lorenz fragend an. »Und was ist mit euch? Ich nehme an, ihr möchtet lieber in der bewährten Obhut eures Vaters bleiben.«

»Worauf du Gift nehmen kannst!«, fauchte Julia.

»Ähh, Moment mal«, wandte Nik ein. »Ihr habt doch gar keine Übernachtungssachen dabei, und ich muss eigentlich morgen den ganzen Tag arbeiten …«

Nicolas hob die Augenbrauen, und seine attraktiven Krähenfüße wurden dadurch glatt gezogen. »Habe ich da das Wort arbeiten gehört? Ich dachte, Sie gingen keiner Erwerbstätigkeit mehr nach … so lautete jedenfalls der Bescheid des Gerichtsvollziehers, als es um die Vollstreckung der Unterhaltsforderungen für Ihre Kinder ging – oder bin ich da womöglich fehlinformiert?«

Nik schnaufte verächtlich. »*Garten*-Arbeit … meinte ich natürlich. Ich hatte vor, ein Stück Wiese trockenzulegen. Mein Weib braucht mehr Platz für Stallungen.«

Nicolas nickte mit einem wissenden Ausdruck in den Augen. »Na prima. Da machen die Kinder sicher begeistert mit. Also dann, viel Spaß beim Graben und Anlegen der Drainage!« Als lässigen Abschiedsgruß legte er kurz zwei Finger an die Schläfe und stolzierte neben seinen Kindern her zu den Aufzügen.

»Ich weiß, wer das kleine Arschgesicht umgenietet hat«, sagte Lukas unvermittelt und fischte einen Popel aus seiner Nase, während sie im Aufzug nach unten fuhren.

»Ach was … und verrätst du uns auch, wer es war?«, fragte Nicolas nur halbinteressiert und reichte seinem Sohn ein Taschentuch.

Johanna und Nicolas erstarrten, als sie die Antwort hörten.

ALEXANDER

»Du sollst zum Direktor kommen – und zwar sofort.« Die piepsige Stimme seiner Mitschülerin drückte tiefempfundene Schadenfreude aus, als sie ihn in der großen Pause aus dem improvisierten Fußballtor holte. Es handelte sich um Leas beste Freundin Sabrina. Ein schmächtiges Mädchen mit einem Mäusegesicht und raspelkurzen Haaren. Wie oft war sie deshalb ausgelacht worden. »Bist du wirklich ganz, ganz sicher, dass du kein Junge bist?«, wurde sie mehrmals am Tag gefragt. Alexander war nie der Aufwiegler gewesen, aber er hatte immer mitgemacht.

Jetzt versuchte er, sich seine eigene Angst nicht anmerken zu lassen. »Okay, mal sehen, ob es stimmt.« Er gab den anderen Jungs ein Zeichen, damit sie ihn als Torwart auswechseln konnten, und lief los. Erst als er sich der offenen Tür des Schulsekretariats näherte, wurde er zögerlich.

Die deutlich übergewichtige Sekretärin biss gerade in ein Leberwurstbrot, und es ärgerte sie, dass sie jemand beim Essen störte. Sie kaute, schluckte, wischte sich ein Bröckchen von der Lippe und leckte den dicken Finger ab. Erst dann forderte sie ihn mit unfreundlicher Stimme auf, gleich weiter in das Zimmer von Herrn Dr. Lang zu gehen. Der aufdringliche Wurstgeruch bewirkte bei Alexander eine leichte Übelkeit. Er klopfte an der Tür. »Herein«, rief die Stimme des Direktors.

Als Alexander eintrat, stand Dr. Lang vor dem Architektenentwurf des Schulneubaus und verschob gerade vorsichtig einen winzigen Baum. Der Tisch mit dem Modell füllte die eine Hälfte des Raums aus. Dr. Lang war ein kleiner Mann, mit einer schnurrenden, monotonen Stimme, der in jeder Situation den Schein erweckte, seinem Gegenüber wohlgesinnt zu sein, ihm dabei jedoch niemals in die Augen sah. »Das lächelnde Fallbeil« nannten ihn die Schüler, wenn sie über ihn sprachen. Dr. Lang wusste davon, doch es interessierte ihn nicht. Überhaupt interessierten ihn die Schüler nur am Rande. Sein einziges Ziel galt der Umsetzung des Neubaus, den er gegen alle Widerstände vorantrieb. Er betrachtete es als persönliche Herabsetzung, in diesem maroden Gebäude untergebracht zu sein. Mit dem Neubau würde er Maßstäbe setzen ... die Schule würde das Aushängeschild des gesamten Hochtaunuskreises werden, davon war er überzeugt.

»Setz dich, Alexander. Du weißt, warum ich dich habe rufen lassen?«

Alexander zuckte mit den Schultern und sah auf den melierten Linoleumboden. »Keine Ahnung«, murmelte er.

»Dann will ich es dir sagen, und sieh mich bitte an, wenn ich mit dir rede«, sagte der Direktor – lächelnd.

Alexander hob den blonden Kopf, und unbewusst zuckten seine Mundwinkel. Diese minimale Geste deutete Dr. Lang als Ausdruck von Verächtlichkeit. Der Junge und vor allem dessen Familie waren ihm schon lange ein Dorn im Auge. Beate Eichberg war seit Jahren eine der berühmt-berüchtigten, schmallippigen Elternbeiräte, die ihre Aufgabe so außerordentlich ernst nahm, dass jede Lehrerin sie fürchtete. Und auch bei ihm sprach sie mindestens alle drei Wochen vor und verursachte nichts als Probleme. Es gab kein Thema, über das sie sich nicht erregen konnte – über den Umfang der Hausaufgaben; über den Zustand der Toiletten; über die Sitzordnung in der Klasse; über die Anzahl der Vertretungsstunden. Als die Sache mit dem auf dem Schulweg verprügelten Jungen passiert war, hatte er innerlich triumphiert und gehofft, Alexanders Mutter würde sich endlich zurückziehen. Doch war der Verdacht, an der Tat beteiligt zu sein, wie durch ein Wunder völlig von Alexander abgefallen. Aber gestern hatte sich das Blatt gewendet.

Dr. Lang setzte sich und faltete bedächtig die Hände über seiner Schreibtischauflage aus dunkelgrünem Kunststoff. »Es gibt inzwischen Zeugen, die gesehen haben, dass du es warst, der im September Jonas Conzen zusammengeschlagen hat.«

Alexander riss die Augen auf.

»Diese Kinder haben sich nur bisher nicht getraut, darüber zu sprechen, weil sie Angst hatten, du würdest dich an ihnen rächen. Natürlich werden wir die Namen aus diesem Grund auch niemandem mitteilen.«

»Aber die lügen!«, schrie Alexander und ballte seine Hände zu Fäusten. »Ich bin es nicht gewesen.«

»Beruhige dich. Du kannst aufgrund deines Alters zwar nicht strafrechtlich belangt werden. Aber ich finde, es wäre jetzt endlich an der Zeit, mit der Wahrheit herauszurücken und sich bei Jonas und seiner Familie zu entschuldigen. Doch darüber werde ich mit deiner Mutter reden. Und da ist noch etwas ...«

Alexander traute sich kaum, Dr. Lang in die Augen zu sehen. Dieser fixierte ihn scharf und lächelte. »Ich habe in den letzten Wochen mehrere Fälle von Vandalismus in unserer Schule feststellen müssen. Sehr bedauerliche Vorfälle, die zeigen, wie wenig Respekt manche Schüler vor öffentlichem Eigentum haben. Hast du mir dazu vielleicht etwas zu sagen?« Herr Dr. Lang trommelte auf die Schreibtischunterlage.

Alexander schwieg.

»Zum Beispiel wurde eine der Jungentoiletten mit vier Rollen Klopapier mutwillig verstopft ... man hat dich dort kurz zuvor gesehen ...« Er trommelte weiter und starrte Alexander an. Sein Mund lächelte. Ruckartig lehnte er sich nach hinten und verschränkte die Arme. »Nun ja. Mut ist ja bekanntlich eine Tugend, die nicht jedem gegeben ist. Ich muss schon sagen. Es ist eigentlich eine unfassbare Schweinerei, dass ausgerechnet hier in Königstein, wo die meisten Kinder mit dem goldenen Löffel im Mund geboren werden, solche Sachen passieren.«

Durch die verstaubten Lamellen der Jalousie fiel ein Sonnenstrahl auf den Schreibtisch. Alexander blinzelte und wünschte sich plötzlich nur noch, er wäre im Garten, im Schwimmbad, an einem Strand oder an irgendeinem anderen Ort dieser Welt …

»Hörst du mir überhaupt zu?«, herrschte Dr. Lang ihn an – und lächelte.

Alexander zuckte zusammen, als der Direktor mit der flachen Hand auf die Schreibtischunterlage schlug. »Ich gebe dir genau drei Tage Zeit. Wenn du dich bis Montag um 10 Uhr nicht bei mir gemeldet hast, um die Vorfälle zuzugeben, berufe ich eine Schulkonferenz ein. Dort wird dann entschieden, wie wir weiter mit dir verfahren.« Er holte eine bedruckte Seite aus der Schublade hervor und hielt sie ihm lächelnd entgegen. »In der Zwischenzeit schreibst du die Schulordnung fünfzig Mal ab, damit du sie dir endlich einprägst.«

Als Alexander mit dem Blatt in der Hand in dem leeren Flur stand, hatte er Schwierigkeiten zu begreifen, was gerade geschehen war. Die letzten Monate waren ein Auf und Ab gewesen. Zuerst der Schock, als er von der Polizei abgeführt worden war, dann die fürchterliche Standpauke seiner Mutter, die anschließende Ächtung durch seine Mitschüler und dann der Wandel. Mit jedem Tag, jeder Woche, die verging, war es besser und besser für ihn gelaufen. Wie ihm jetzt erst klarwurde, war eigentlich immer Arthur Elten die Schuld gegeben worden. Auch stand es nach einiger Zeit für jeden fest, dass Arthur Jonas allein verprügelt hatte. Er hatte nie darüber nachgedacht, weshalb diese Entwicklung stattgefunden hatte, und er war auch nie auf die Idee gekommen, Arthur beizustehen. Warum war die Stimmung jetzt auf einmal wieder umgeschlagen? Einfach deshalb, weil Arthur die Schule verlassen hatte?

Er ging langsam, in Gedanken vertieft, den Flur entlang, und seine Füße fühlten sich bleischwer an. Als er um die Ecke zum Treppenhaus einbog, stieß er fast mit Gertrud Lemberg zusammen. Die verhasste alte Lehrerin explodierte sofort. »Kannst du nicht aufpassen, du Rüpel?«

»Entschuldigung«, stotterte er.

»Schon gut. Lass mich durch, ich muss sofort in den Unterricht, die Stunde hat schon angefangen. Da hast du hier nicht herumzulungern.« Sie drückte mit gespreizter Hand eine Klarsichtmappe an ihren Busen. Ihre rotlackierten, spitz zulaufenden Fingernägel erinnerten Alexander an Krallen. Er presste sich an die Wand, und sie drängte an ihm vorbei. Schnell atmend blieb er angelehnt stehen. Nach einigen Sekunden besann er sich und streckte den Kopf um die Ecke. Ganz am Ende des langen Flurs sah er die Hand mit den roten Nägeln eine Tür zuziehen. Hatte Frau Lemberg nicht eben gesagt, dass sie in den Unterricht müsse? Am Ende des Flurs waren nur das Büro des Direktors, das Sekretariat und der Kopierraum untergebracht, und genau in den hatte Alexander sie gerade verschwinden sehen. Vielleicht sollte er versuchen, herauszufinden, was sie dort kopierte? Ihm fiel das Fenster ein. Die Räume lagen im Erdgeschoss. Er rannte hinaus, an den Klassenräumen vorbei, in denen der Unterricht angefangen hatte. Natürlich hätte auch er längst wieder dort sein sollen. Aber spielte das noch eine Rolle?

Als er den Raum von außen erreicht hatte, stellte er sich neben das Fenster an die Mauer und versuchte, einen Blick hineinzuwerfen. Zu seinem Glück stand Gertrud Lemberg mit dem Rücken zum Fenster und war damit beschäftigt, die Blätter aus der Mappe zu kopieren. Ihre Bewegungen kamen Alexander hektisch vor, und ständig drehte sie den Kopf zur Tür. Er versuchte zu erkennen, was es war, als sie eine Seite hochnahm und auf den Tisch neben sich legte. Sie benetzte ihren Mittelfinger, um das nächste Blatt von den anderen zu trennen und auf die Glasplatte zu legen. Aber aus der Entfernung konnte Alexander nichts erkennen. Dann kam schon das letzte Blatt dran. Sie steckte die Originale zurück in die Mappe, nahm die Kopien aus dem Auffangkorb und verließ den Raum.

Alexander sah sich um, griff in den Schlitz des gekippten Fensters und drehte den Hebel. Das Fenster schwang auf. Geschickt kletterte er auf das Fensterbrett und sprang auf den Boden. Als er den Deckel des Kopierers hob, sah er eines der Originale. Einen Blick warf er auf die Vorderseite, bevor er es faltete und in seine Jackentasche steckte: Es handelte sich um die letzte Seite einer Mathematikklassenarbeit.

Unterdessen war es Gertrud aufgefallen, dass sie eine Seite vergessen hatte, und sie rannte keuchend zurück zum Kopierraum. Als sie die Tür aufriss, knallten die weit offenen Fensterflügel an den Rahmen. Gertrud erschrak, ihr Herz klopfte wild, sie spürte ein Stechen und drückte ihre Hand auf die Rippen. Dann verriegelte sie das Fenster. Sie erschrak noch einmal, als ihr Blick auf den Kopierer mit dem aufgeklappten Deckel fiel: Auf der Glasplatte lag kein Blatt mehr. Fieberhaft sah sie sich in dem kleinen Raum um, holte die zerknüllten Papiere aus dem Abfallkorb, schaute in den Spalt zwischen Kopierer und Wand, unter den Tisch – vergeblich. Ihr wurde schwindelig, und sie ließ sich auf einen Stuhl in der Ecke sinken.

Im selben Moment schloss sich Alexander in der Jungentoilette ein und faltete das Blatt wieder auseinander. Darauf standen Textaufgaben zu Größen und Gewichten.

Ein Elefantenbaby wiegt 170 kg. Bis es erwachsen ist, nimmt es 4850 kg zu.
Frage:
Rechnung:

Eine ganz ahnliche Aufgabe hatten sie gerade heute in den ersten beiden Stunden bei Frau Teschke geübt. Am Ende der Seite war ein Smiley abgebildet, und daneben stand handschriftlich »Viel Glück!«.

Am Montag schrieb seine Klasse die letzte Mathematikarbeit des Schulhalbjahres. Ihm fiel ein, dass Gertrud Lemberg nur Deutsch und Englisch unterrichtete.

CLAUDIA

Claudia streifte die Schuhe von den Füßen, warf sich auf das Bett mit der Tagesdecke aus Fake Fur in dem Zimmer des kleinen Boutiquehotels und verschränkte die Hände hinter dem Kopf. »Mann, bin ich erledigt. Das war vielleicht ein Tag!«

»Was soll ich da erst sagen«, maulte Heike und setzte sich auf die andere Seite des Doppelbetts. Sie betrachtete ihren kaputten Schuh und die zerfetzten Strumpfhosen. »Ganz schön bitter: Vierhundertfünfundsiebzig Schweizer Franken in den Äther geblasen. Und das alles nur, um dir zu helfen. Ich glaube, die nächste Kreditkartenabrechnung muss ich mal wieder unauffällig verschwinden lassen.«

Claudia drehte sich auf die Seite, stützte den Kopf in die Hand und knuffte Heike liebevoll in den Rücken. »Sei froh, dass du einen Mann hast, der deine Kreditkartenrechnungen übernimmt. Ich muss sie zwar nicht verstecken, aber dafür zahle ich sie auch selbst … das schränkt das Budget doch erheblich ein. Im Übrigen fand ich es toll von dir, dass du Blankenberg verfolgt hast.«

Heike kicherte. »Wie habt ihr das jetzt eigentlich alles gelöst? Und warum wollte sie überhaupt, dass du … ich meine, dass ich diese Warhols ersteigere?«

»Wir hatten noch gar keine Gelegenheit, darüber in Ruhe zu sprechen. Aber es liegt doch auf der Hand: Sie hat zu spät gemerkt, dass diese Porträts Fälschungen sind, und wollte verhindern, dass sie offiziell verkauft werden. Aber das ist im Moment mein geringstes Problem. Jetzt muss ich Blankenberg finden. Der hat sich doch tatsächlich mit dem Geld der Anleger aus dem Staub gemacht und diesen Unfall im Tunnel offenbar nur inszeniert … ich möchte gar nicht wissen, wer da wirklich in dem Bentley verbrannt ist. Womöglich war das nicht nur seine Art unterzutauchen, sondern auch eine günstige Gelegenheit, seine Frau loszuwerden.«

Claudias Mobiltelefon klingelte, und sie angelte danach in ihrer Handtasche. »Neumann-Elten – Nicolas, schön, dass du anrufst, du ahnst ja gar nicht, was hier los ist, also wir waren heute auf Susannes Herbstauktion, und rate mal, wen ich da wiedergesehen habe … quasi von den Toten auferstanden … und … weißt du, wen ich meine?« Claudia schwieg auf einmal und hörte lange mit ernstem Gesicht zu. Ihre freie Hand griff in die Pelzdecke und krampfte sich zusammen. Heike zog fragend die Augenbrauen hoch. »Und da rufst du mich erst jetzt an … ja, ja, ich hatte es während der Versteigerung auf lautlos gestellt … ich nehme den Nachtzug, bis dann.« Sie warf das Telefon in ihre Handtasche zurück und fuhr sich mit den Fingern durch die Haare.

»Und? Was ist los?«, fragte Heike gespannt.

»Arthur hat sich beim Eislaufen die Hand gebrochen, wurde operiert und hat eine Metallplatte eingesetzt bekommen. Die muss dann irgendwann in einer zweiten Operation wieder entfernt werden. Angeblich wird das Handgelenk wieder wie vorher, aber du weißt ja, wie das ist …«

Heike strich ihr über den Oberarm. »Oje, du Arme. Aber bestimmt wird das wieder … tja, dann sollten wir wohl schleunigst packen, oder?«

Claudia nickte zögernd. »Du musst ja nicht mitkommen. Vielleicht willst du dich lieber erst ausschlafen.«

Heike schüttelte entschieden den Kopf. »Nein. Mir ist es jetzt auch lieber, schnell wieder nach Hause zu kommen. Wer weiß, was mit meinen Kindern inzwischen alles passiert ist.«

»Ja, ich fürchte, unsere hoffnungsvolle Karriere als mondäne Kunstsammlerinnen und attraktives Detektivinnenduo hat ein jähes Ende gefunden.«

Als sie im Fond eines Taxis saßen, fiel Claudia etwas ein. Sie holte den zerknüllten Zettel aus ihrer Handtasche und wandte sich an den Fahrer: »Kann man eigentlich anhand der Zeit und der Taxinummer herausfinden, wo ein Fahrgast abgesetzt wurde?«

Der Mann mit dem ausrasierten Nacken schüttelte den Kopf und antwortete mit italienischem Akzent: »Man könnte. Aber wir dürfen solche Auskünfte nicht weitergeben: Datenschutz.«

Claudia griff in ihr Portemonnaie und hielt ihm einen Fünfzigfrankenschein hin.

Er nahm den Schein entgegen. »Wie ist die Nummer, und wann war das?«

»Taxi Nummer 78, heute Nacht um …« Claudia blickte fragend zu Heike hinüber. »23 Uhr 10«, ergänzte diese sofort.

Der Tessiner drückte auf einen Knopf an seinem Funkgerät und sprach mit der Zentrale. Einige Minuten später teilte ihnen die Stimme aus dem Lautsprecher mit: »Der Matteo hat den Fahrgast in Baar abgesetzt, Zur Sennweid 5.«

»Verstanden, danke.«

»Wie weit ist das von Zürich entfernt?«, fragte Claudia

»Ungefähr zwanzig bis dreißig Kilometer, je nachdem, ob man Autobahn oder Landstraße fährt.«

Claudia warf Heike einen fragenden Blick zu.

»Nein, das ist jetzt nicht dein Ernst. Hast du mal auf die Uhr gesehen?« Claudia schaute auf die Digitalanzeige im Armaturenbrett. Es war 1 Uhr 15.

»Und denk mal daran, was das kostet, und an Arthur … und außerdem: Was willst du da eigentlich? Selbst wenn er dort ist. Klingelst du ihn dann einfach aus dem Bett und sagst ihm ins Gesicht: Ach, guten Abend, Herr Blankenberg. Schön, dass Sie doch nicht tot sind. Wie geht's denn so?«

Claudia schwieg einen Moment lang. »Du hast ja recht. Aber sieh mal, jetzt sind wir so nah dran. Die Chance kriege ich kein zweites Mal. Er weiß, dass ich ihn erkannt habe, und wird vorsichtiger sein. Und nachdem ich gesehen habe, dass er lebt, kann ich doch nicht einfach zur Tagesordnung übergehen. Er hat die Konten leer geräumt und stellt sich tot. Bei uns im Büro laufen die Telefone heiß von den Anrufen abgezockter Anleger. Die stechen mir sogar schon die Reifen platt an meinem Fahrrad – soll ich das alles ignorieren? Tut mir leid, aber das kann ich nicht. Arthur wird im Krankenhaus auch noch ein paar Stunden ohne mich auskommen. Ich hätte lieber endlich Ordnung in der Angelegenheit – und in meinem Leben.«

Heike strich sich die Haare aus dem Gesicht und schnaubte. »Und ich wäre verdammt lieber von Natur aus blond. Also sag du mir nicht, was du lieber wolltest!«

Das Taxi war inzwischen am Bahnhof angekommen und hielt auf dem Seitenstreifen. Geduldig wartete der Fahrer die Diskussion der beiden Frauen ab.

»Du musst ja nicht mitkommen. Wir stehen hier am Bahnhof, der Zug fährt in zehn Minuten, also, was hält dich noch?«

»Du könntest einfach die Polizei einschalten, und wir fahren gemeinsam nach Hause«, sagte Heike hoffnungsvoll.

»Und was soll ich den Schweizer Polizisten sagen? Ich habe heute jemanden gesehen, der eigentlich tot ist und der in Deutschland Hunderte von Anlegern um ihr Geld geprellt hat. Verhaften Sie den bitte. Die zeigen mir doch einen Vogel. Wenn es wenigstens in Deutschland wäre …«

Heike starrte vor sich hin und sagte plötzlich: »Also gut. Ich komme mit. Aber nur unter der Bedingung, dass wir Susanne anrufen und ihr sagen, was wir vorhaben. Dann kann sie uns wenigstens suchen lassen … falls wir heute Nacht noch in einen Keller verschleppt werden …«

Claudia grinste. »Du bist die beste Freundin, die man sich wünschen kann.« Sie gab dem Taxifahrer Anweisung, sie nach Baar zu fahren, und wählte Susannes Nummer.

SUSANNE

Susanne hielt sich noch immer in den Auktionsräumen auf. Sie hatte Fernand Lallier eingeweiht, und gemeinsam mit ihm unterzog sie die Warhol-Selbstbildnisse einer genauen Untersuchung. Jeder von ihnen hatte eine Blue-Light-Leuchte in der Hand. Zentimeter für Zentimeter strahlten sie die einzelnen Leinwände damit ab und verglichen jede Auffälligkeit mit den Farbkopien, auf denen jeder minimale Transport- oder sonstige Schaden, den die Werke jemals erlitten hatten, genauestens verzeichnet war. Das kalte Licht war erbarmungslos und brachte im Regelfall jede Unregelmäßigkeit in der Leinwandstruktur oder im Farbauftrag zutage. Aber sosehr sie sich auch mühten, sie fanden an den Bildern keinen einzigen noch so kärglichen Beleg dafür, dass es sich nicht um Originale handelte oder sonstige Manipulationen daran vorgenommen worden waren. Susanne bekam Selbstzweifel und begann laut, sich Vorwürfe zu machen. Doch Lallier beruhigte sie.

»Du weißt doch, Susanne: Die Fälschung unterscheidet sich vom Original dadurch, dass sie echter aussieht – Ernst Bloch.« Er grinste sie verschmitzt an, und Susanne bemerkte, dass seine Nase fettig glänzte und sein Hemd Schweißränder unter den Achseln hatte. Aber vermutlich sah sie selbst inzwischen auch nicht besser aus. »Ich hätte genauso gehandelt, nach allem, was passiert ist. Warum hast du mir das nicht schon viel früher erzählt? Lengley's kann es sich einfach nicht leisten, zweifelhafte Werke zu versteigern. Das wäre das Ende unseres guten Rufs und unser beider Karriere. Du wirst um eine Röntgenfluoreszenzanalyse und einen expliziten Warhol-Experten nicht herumkommen. Ich habe gute Kontakte zu Ted Jacobs …«

»Ja, die habe ich auch. Aber der sitzt in New York, und das muss jetzt ganz schnell gehen, denn lange kann ich die Launharts nicht mehr hinhalten. Die wollen ihr Geld.«

Zusammen verpackten sie die Leinwände in Luftpolsterfolie und brachten sie in den Tresorraum. Susanne zog ihre weißen Seidenhandschuhe aus und kontrollierte routinemäßig die Digitalanzeige für Temperatur und Luftfeuchtigkeit. Obwohl ein automatischer Alarm ausgelöst wurde, wenn einer der Werte die vorgeschriebene Höhe über- oder unterschritt, war es bei ihr nahezu ein Reflex geworden, einen Blick darauf zu werfen. Dann schlossen sie gemeinsam die Safetür, Susanne drehte das Rad an der Tür mehrfach nach rechts, und mit einem metallischen Klacken schoben sich die fünf Bolzen in den massiven Stahltürrahmen. Nachdem sie abgeschlossen hatte, hängte sie sich die Schlüssel wieder um den Hals und legte Lallier die Hand auf den Arm.

»Danke, Fernand. Es ist ein gutes Gefühl, zu wissen, dass es noch Menschen gibt, denen ich trauen kann.«

Lallier lächelte. Aber Susanne hatte einen ganz kurzen Moment lang das Gefühl, dass sich dabei nur die untere Hälfte seines Gesichts verzog. Seine Augen blieben reglos.

»Da kannst du bei mir ganz sicher sein, Susanne«, sagte er. »Jetzt muss ich aber endlich nach Hause. Beatrice hat schon fünf Mal angerufen. Unser Kleiner zahnt und schreit die ganze Nacht, da hätte sie wohl gerne eine Ablösung.«

»Oje, du Armer. Na dann wünsche ich dir, dass er sich schnell beruhigt. Meine Oma hat immer gesagt, ein bisschen Rum auf dem Zahnfleisch wirkt Wunder …«

Lallier winkte ab. »Beim Vater oder beim Kind?« In der nächsten Sekunde war er schon zur Tür hinaus und in der Nacht verschwunden.

Susanne blieb an die Eingangstür gelehnt stehen und gähnte. Dann schloss sie hinter ihm ab. Sie fuhr mit dem Aufzug hinauf in den dritten Stock, schaltete das Licht an und lief durch den Gang zu ihrem Büro. Dort zog sie einen Aktenordner aus dem Schrank und setzte sich damit an ihren Schreibtisch, nicht ohne sich wieder einmal das Knie anzustoßen. Sie strich erst über die schmerzende Stelle und anschließend über die mattglänzende Schreibtischplatte. »Bei der nächsten Antiquitätenauktion bist du fällig«, sagte sie laut. Danach löste sie die Metallklammer auf der ersten Seite des Ordners und begann, in den Unterlagen zu den Warhol-Selbstbildnissen zu blättern. Ratlos schüttelte sie den Kopf, als sie sie durchsah. Sie waren ordnungsgemäß durch das Andy Warhol Art Authentication Board im Werkverzeichnis aufgenommen:

Six Self-Portraits, 1986; Silkscreen ink, acrylic paint on canvas 6 panels: each 22 x 22 in. / 55,9 x 55,9 cm. Private Collection.

Seit 1995 befanden sie sich in der Launhart-Sammlung. Das Andy Warhol Art Authentication Board galt als das wichtigste und unangefochtene Expertengremium für Warhol-Werke. Daher hatte sie keinen Anlass für ein weiteres Gutachten gesehen. Und es war auch nahezu ausgeschlossen, dass dem Gremium ein Fehler unterlaufen war. Konnte sie das von sich auch behaupten?

Susanne nahm ein leeres Blatt mit aufgedrucktem Geschäftsbriefkopf aus der Schublade und schrieb einige Zeilen mit der Hand. Sie sah auf ihre Armbanduhr und rechnete zurück: In New York war es jetzt 18 Uhr 30. Die Chancen waren gering, dass noch jemand an diesem Arbeitstag ihre Nachricht lesen würde. Mit den Kopien der Fotos und einer Zusammenfassung der Zertifizierung für die Porträts ging sie herüber in Frau Stöcklis Box und faxte alles zusammen an das Authentication Board, an Ted Jacobs und an das Art Loss Register in Köln. Eine Anfrage an die Datenbank für gestohlene und verlorene Kunstwerke musste zwar bereits automatisch durch Lengley's Provenienzabteilung gestellt worden sein, doch was Susanne jetzt brauchte, war doppelte und dreifache Sicherheit. Dann griff sie nach dem Ordner mit den Gutachten zu den Beckmann-Werken. Susanne überflog sie erneut, nahm die gelochte Visitenkarte des zweiten Sachverständigen heraus und steckte sie in ihre Tasche. Es war wieder nur ein unbestimmtes Gefühl, aber vielleicht würde ihr ein Gespräch mit ihm weiterhelfen. Gleich morgen früh würde sie Urs Brünner anrufen, oder besser noch, zu ihm hinfahren.

Gähnend tauschte sie die hohen Wedges gegen Uggs, schlüpfte in ihren Mantel und machte sich auf den Weg zu den Aufzügen. Als sie nach unten fuhr, sah sie auf das Display ihres Mobiltelefons. Es zeigte insgesamt zwölf Anrufe in Abwesenheit, von Heike, Claudia und der Mobilbox. Seit Beginn der Auktion war ihr Handy auf lautlos gestellt. Sie tippte auf die Nummern, doch bei beiden landete sie auf dem Anrufbeantworter.

Sie hörte mehrere verzweifelte und wirre Nachrichten von Heike ab: »Susanne, geh jetzt endlich ans Telefon ... nimm ab ... wir haben die Spur von Enno Blankenberg aufgenommen. Du weißt schon: Claudias Mandant ... ich meine toter Mandant, den wir vor Jahren auf dem Sportpresseball getroffen haben ... erinnerst du dich? Er ist aber gar nicht tot, sondern war auf deiner Auktion. Da saß er direkt vor uns. Wahrscheinlich hat er das ganze Geld ins Ausland transferiert. Der Taxifahrer hat ihn in irgendeinem Kaff abgesetzt, und da fahren wir jetzt hin. Wenn wir uns in zwei Stunden nicht wieder bei dir melden, musst du die Poli...«

Die Verbindung brach ab. Susanne sah auf dem Display nach, wann der erste Anruf eingegangen war: Um 1 Uhr 32, also war die Zeit noch nicht abgelaufen. Als sie die Glastür mit den quadratischen silbernen Türknäufen hinter sich abschloss, merkte sie, wie kalt es auf einmal geworden war. Eilig lief sie nach Hause und ließ sich mit Mantel und Stiefeln auf die ecrufarbene Minotti-Couch fallen. Sie streckte die Beine aus und hörte die restlichen Nachrichten auf ihrem Handy und ihrem Festnetz-Anrufbeantworter ab. Außer der flehenden Bitte, doch endlich ans Telefon zu gehen, ergab sich daraus nichts, und sie kam zum letzten Anruf, bei dem Heikes Stimme sich immer kleinlauter anhörte: »Susanne, wir sind jetzt in Baar ... biegen gerade an der Mühlegasse 1 rechts ab ... müssten gleich dort sein ... da ... Zur Sennweid 5 ...«

Das war das Ende der Nachricht. Susanne richtete sich auf. Die Adresse kam ihr bekannt vor, doch sie erinnerte sich nicht, woher. Sie rief erst Heike, dann Claudia an, doch keine der beiden meldete sich. Langsam begann sie, sich Sorgen zu machen.

Mit einer Mischung aus unterdrückter Wut und Niedergeschlagenheit ging sie in ihr Schlafzimmer und begann, sich umzuziehen. Es blieb ihr wohl nichts anderes übrig, als nach ihren Freundinnen zu suchen. Eine schwarze Skihose und zwei graue dicke Pullover hielt sie für eine gute Wahl, um nicht zu frieren und getarnt zu sein. Sie griff sich eine dunkle Daunenjacke, Mütze und Handschuhe und hatte in letzter Sekunde, bevor die Wohnungstür ins Schloss fiel, noch einen Geistesblitz. In aller Eile kramte sie aus ihrer Küchenschublade eine Taschenlampe und ein Schweizer Offiziersmesser. Beides verstaute sie in ihren Jackentaschen und blieb unschlüssig stehen. Dann umfasste sie den glatten Griff des Messers erneut, schob es in den Schaft ihrer Boots und musste plötzlich auflachen. War das alles überhaupt noch real? Erst als sie mit ihrem gelben Alfa Spider die Rampe der Tiefgaragenausfahrt hochfuhr, merkte sie wieder, wie unendlich müde sie eigentlich war.

Eine halbe Stunde später dirigierte die Frauenstimme des GPS sie durch einen stockdunklen Tannenwald bis zu einem Kreisel. Sie fuhr an einer kleinen Volvo-Werkstatt vorbei, an einer unscheinbaren Gaststätte, dem Restaurant Testarossa, und stand plötzlich vor einem Schild, auf dem stand: Privatstraße, Durchfahrt verboten, Zubringer gestattet.

»Ich bin Zubringer, nein, lieber wäre ich Abholer, aber um die Zeit nehmen wir es nicht so genau«, sagte sie laut vor sich hin.

Langsam fuhr sie weiter und suchte an den weit auseinanderstehenden Häusern vergeblich nach Hausnummern. Sie stieg aus, als sie an eine hohe Mauer kam und vor einem Holztor, daran ein blaues Metallschild mit einer 5, stand. Das Gebäude sah, soweit man das in der Dunkelheit erkennen konnte, nach einem alten renovierten Bauernhof aus. Susanne drückte die Klinke herunter, lehnte sich gegen das Tor und zuckte zusammen, als es mit lautem Knarren nachgab. Sie ließ es offen stehen, um nicht noch einmal Lärm zu machen, und betrat den Innenhof. Zuerst sah sie nicht viel, weil kein Licht der Straßenbeleuchtung in den Hof fiel. Sie überlegte, ob sie ihre Taschenlampe benutzen sollte, hatte aber Angst, dadurch bemerkt zu werden. Nach einer Weile gewöhnten sich ihre Augen an die Dunkelheit, und durch den Mondschein in der sternenklaren Nacht konnte sie gerade genug sehen, um weiterzugehen.

Geradeaus lag das ursprüngliche Wohnhaus, das noch die kleinen Fenster und Klappläden hatte. Durch die schmalen Ritzen der geschlossenen Läden im oberen Stockwerk war Licht zu sehen. An das alte Gemäuer grenzte ein moderner Glasanbau über zwei Etagen an. Stark gedimmte Strahler über horizontalen Papierblättern, die Susanne als Ingo-Maurer-Leuchten erkannte, tauchten die dort untergebrachte leere Küche in ein schwaches, dunkelgelbes Licht. Hier hatte jemand viel Geld und Geschmack investiert.

Vor dem Haus parkten zwei Autos, ein dunkler Geländewagen mit geöffnetem Kofferraum und ein Porsche 911. Linker Hand war ein großes Gebäude mit einem Tor, hinter dem sie glaubte, undeutliche Geräusche wahrzunehmen. Vorsichtig ging sie darauf zu, stand vor dem Holztor und lauschte. Was sie hörte, war ein Rascheln. Sie tastete das Holz nach einer Klinke ab und fühlte ganz an der Seite einen langen Metallriegel. Sicher würde der wieder laut knarren, wenn sie ihn öffnete. Vielleicht sollte sie doch die Polizei rufen? Aber was sollte sie sagen? Da hatte sie auf einmal eine andere Idee. Sie holte ihr Handy heraus und drückte auf Heikes Nummer: Wieder war nur die Ansage der Mobilbox zu hören. Dann versuchte sie es bei Claudia und schrak zusammen: Außer dem Tuten hörte sie Musik, und sie kam nicht aus ihrem Telefon, sondern aus dem Gebäude, vor dem sie stand. »Sunglasses at Night« – das war Claudias Klingelton. An ihrem Ohr sagte eine Stimme: »Der angerufene Teilnehmer antwortet nicht. Wünschen Sie eine Benachrichtigung per SMS …«

Susanne steckte ihr Telefon in die Tasche und raunte mit heiserer Stimme: »Claudia, bist du da drin?« Sie nahm ihren Mut zusammen und zog mit aller Kraft an dem Eisenriegel. Überraschend leicht und fast lautlos öffnete sich das große Tor und ließ sich zur Seite rollen. Jetzt blickte sie in völlige Dunkelheit und holte ihre Taschenlampe hervor. Sie hörte ein Schnauben und zuckte zusammen. Mehrere Sekunden lang stand sie nur bewegungslos da, dann begann sie, die Wände abzuleuchten, und auf einmal starrten sie zwei reflektierende Augen an – ein Pferd. Sie leuchtete weiter und sah noch mehr Pferde, die die Köpfe aus ihren Boxenfenstern steckten und unruhig scharrten. Sie kamen ihr alle eher zierlich vor, es schienen Ponys zu sein, soweit Susanne dies von ihrer Position aus beurteilen konnte. Das waren also die Geräusche gewesen, die sie gehört hatte. Der nächtliche Störenfried machte die Tiere nervös, und eines begann zu schlagen.

»Schscht«, machte Susanne, »ist ja gut, beruhigt euch, … Heike, Claudia? Seid ihr hier?« Sie machte zwei Schritte nach vorne, hörte ein Knacken und fühlte einen Gegenstand unter ihrem Fuß. Im Lichtkegel der Taschenlampe erkannte sie, was es war: Claudias Mobiltelefon. Sie bückte sich, um es aufzuheben, aber sie erreichte es nicht. Ihr Hals wurde von hinten umklammert.

Susanne richtete sich ruckartig auf, warf ihre Arme hoch und griff hinter sich, konnte aber den Körper ihres Angreifers nicht erreichen. Sie versuchte, ihre Fingernägel in seine Hände zu bohren, doch gegen die dicken Lederhandschuhe waren sie wirkungslos. Die Finger darin waren stark und pressten an beiden Seiten des Halses, genau über den Schlüsselbeinen, da, wo ihre Halsschlagadern zur Versorgung des Gehirns abzweigten. In den wenigen Sekunden, die ihr blieben, bevor die Dunkelheit sie davontrug, nahm Susanne kalten Zigarrengeruch wahr, und dann sah sie plötzlich klar und deutlich die Visitenkarte des zweiten Beckmann-Gutachters vor sich:

Dr. Urs Brünner
Kurator
Zur Sennweid 5
CH-6315 Baar

»Guten Morgen, Schatz. Wo warst du?«, fragte Helmut Eichberg kauend, als Beate mit zwei vollen Körben zur Küchentür hereinkam. Sie hatte die Kinder in Schule und Kindergarten gefahren, eingekauft und legte statt einer Antwort die Tüte mit frischen Brötchen auf den Tisch.

»Ah, schön, ich hoffe, es sind Vollkornbrötchen, du weißt schon, nur gute Kohlehydrate ... Sag mal, hast du eigentlich schon was von den Maklern gehört?«

Während sie sich, noch im Mantel, auf einen Stuhl sinken ließ, schob sich ihr Unterkiefer kämpferisch nach vorne. »Ja, allerdings. Sie haben wieder fünf neue Besichtigungstermine vereinbart.«

Helmut wischte sich mit der Serviette über den Mund, trank einen Schluck Kaffee und löffelte weiter sein Müsli. »Tja, vielleicht sollten wir genauer aussortieren, wen wir überhaupt ins Haus lassen. Eigentlich wäre das ja Aufgabe der Makler. Doch die werden sagen, dass man die Katze nicht im Sack verkaufen kann ... Was meinst du?«

Beate sammelte die Schüsseln der Kinder ein und trug sie zur Spülmaschine. »Das ist sicher richtig. Aber es ist schon ein wenig verwunderlich, dass nach über zehn Besichtigungen noch kein Einziger auch nur einen Hauch von Interesse geäußert hat. Da fragt man sich doch, woran das liegt, am Objekt, am Preis, an der Wirtschaftslage oder daran, dass die alle nur eine der Bankervillen im Vordertaunus von innen sehen wollen.«

»Wäre nicht besonders verwunderlich – nach der Presse in letzter Zeit. Aber man darf die Hoffnung nicht aufgeben, es muss schließlich nur *einer* kommen.« Helmut schob die Müslischüssel zur Seite und griff nach der FAZ.

»Musst du eigentlich nicht langsam ins Büro?« Beate deutete auf die Wanduhr mit den römischen Ziffern. »Es ist schon halb zehn.«

»Ha, sieh dir das an!« Helmuts Gesichtsausdruck wurde grimmig, und er schlug mit der Hand auf eine Meldung mit Foto im Wirtschaftsteil der Zeitung. »Unser Freund Sommer hat es geschafft. Er wird offiziell inthronisiert. Wer dieser Tage noch etwas vorhat mit seiner Bankerkarriere, weiß, was zu tun ist …«, las Helmut laut vor, »… nichts wird mehr entschieden, was Sommer missfallen könnte. Wie ein Leopard vor dem Sprung duckt er sich bereits, um, unter Auslassung aller Zweige dazwischen, gleich den obersten Ast im Baum zu erklimmen. ›Klar, sauber und transparent soll es in Zukunft in der Bank zugehen, mit möglichst wenigen Reibungen‹, wird er hier zitiert, das ist ja lachhaft, ausgerechnet beim Sommer, klar und sauber …«

Beate kam mit einem Geschirrtuch in der Hand näher, sah ihrem Mann über die Schulter und überflog den kurzen Artikel. »Und du bist abserviert, zurück in die zweite Linie«, war ihr einziger Kommentar.

»Sieht ganz so aus … du hast hoffentlich nicht wieder massenhaft Kartoffeln und Nudeln gekauft, Schatz?«, erkundigte sich Helmut, ohne den Blick von der Zeitung abzuwenden.

»Doch, habe ich«, sagte sie und knallte ein Netz mit Kartoffeln und eine Packung Spaghetti neben die Zeitung auf den Tisch.

Verwundert sah er sie an. »Aber du weißt doch, dass Montignac die strikt verbietet!«

»Na dann isst du halt keine. Wir müssen doch nicht alle diese verrückte Diät einhalten. Die Kinder sollen schließlich auch noch ein wenig wachsen. Da können sie sich nicht, wie ihr Vater, von Steak, Salat und Rotwein ernähren. Wobei Montignac meines Wissens auch nur ein Glas am Tag erlaubt und nicht ein bis zwei Flaschen … oder waren es gestern drei? Außerdem wird das eindeutig zu teuer! Und jetzt muss ich schon wieder in die Schule: Ein Termin beim Direktor. Da freue ich mich schon den ganzen Morgen drauf … Diesmal hat er nämlich mich einbestellt und nicht umgekehrt.«

»Ich verstehe gar nicht, warum du so gereizt bist. Eigentlich müsstest du vor Glück nur so sprühen. Schließlich habe ich deinem Wunsch entsprochen und bin wieder in die Kirche eingetreten. Am Sonntag werde ich im Gottesdienst offiziell als verlorenes Schäfchen der Gemeinde willkommen geheißen. Na was sagst du nun?«

»Phantastisch, Helmut. Erstens ist das angesichts deines neudefinierten Gehalts und der dementsprechend verminderten Kirchensteuer auch kein allzu großes Opfer mehr. Und zweitens sind die Chancen, dass Alexander in der St.-Andreas-Schule aufgenommen wird, sowieso auf ein Minimum geschrumpft, oder was glaubst du, warum Dr. Lang mich sprechen möchte?«

»Das hättest du mir früher sagen können, dann wäre mir einiges erspart geblieben«, murmelte Helmut und vertiefte sich wieder in die Zeitung.

»Dir erspart geblieben«, wiederholte Beate, betrachtete einen Moment lang unentschlossen den rundlichen, rotbraunen Nacken ihres Mannes und verließ die Küche.

GERTRUD

Gertrud saß im Kaminzimmer der Seniorenresidenz Taunuspalais und sah sich um. Der hochtrabende Name war gar nicht mal übertrieben: Bordeauxroter Teppichboden, plüschige Polstermöbel, schwere rosa Vorhänge an Messingstangen, der große Kamin mit Marmoreinfassung und ein aufgeklappter Flügel gaben dem Raum eher die Atmosphäre eines Hotels der gehobenen Mittelklasse als die eines Altersheimes. Gertrud stand auf, als Ruth mit schnellen Schritten auf sie zukam. »Und, haben Sie alles dabei?«, fragte diese ohne Begrüßung.

Gertrud sah sich um und nickte zögernd. »Na ja, jedenfalls die Kopie der Arbeit und der Lösungen habe ich. Aber Sie müssen mir versprechen, dass niemand sonst sie zu Gesicht bekommt oder davon erfährt. Und vernichten Sie sie sofort, wenn Jonas sich alles eingeprägt hat.«

»Aber natürlich, es ist ja nicht das einzige Geheimnis, das bei mir gut aufgehoben ist«, sagte Ruth höhnisch. »Viel Zeit bleibt ihm aber nicht mehr, die Lösungen auswendig zu lernen, nachdem Sie so lange gebraucht haben … und was ist mit dem Geld?«

Gertrud begann, unruhig auf dem weichen Polstersessel hin und her zu rutschen. Ruths Hartnäckigkeit war ein lästiger Faktor. Sie versuchte ihre »Ich bin nur eine arme Grundschullehrerin«-Miene aufzusetzen, deren Ansatz ihr Jonas' Mutter sogleich aus dem Gesicht wischte, indem sie ihr ein letztes Ultimatum stellte: »Sonntag, 18 Uhr am Eingang zur Burg. Wenn Sie die zwanzigtausend dann nicht dabeihaben, gehe ich zur Polizei.« Sie erhob sich. »Und?«, fuhr sie fort. »Haben Sie sich ein wenig umgesehen? Wäre das nicht ein besserer Ort für Ihren Mann als ein Kellerverlies? Überlegen Sie es sich, das gehört mit zu unserem Deal. Sonst wird er ohnehin sehr bald in die Geschlossene eingewiesen.« Damit wandte Ruth Conzen sich ab.

Gertrud stand hastig auf und ging Richtung Ausgang. Unwillkürlich straffte sie sich, um zu betonen, dass sie noch viele Jahre von den Insassen dieser Institution trennte. An der Rezeption nahm sie dennoch einen Hausprospekt aus dem Plexiglasständer. Sie übersah den blonden Jungen, der rasch hinter eine Informationstafel gehuscht war, als sie das Foyer betreten hatte.

SUSANNE, HEIKE UND CLAUDIA

Während Susannes Bewusstsein langsam zurückkehrte, stellte sie fest, dass sie ihren Mund nicht öffnen konnte. Er war mit Klebeband verschlossen. Ihre Hand- und Fußgelenke waren mit einer glatten, nylonartigen Schnur zusammengebunden. Ihre rechte Hand fühlte sich geschwollen an und schmerzte.

Es war stockdunkel. Entweder war sie nicht lange bewusstlos gewesen und es war immer noch Nacht, oder man hatte sie in einen fensterlosen Raum gebracht. Es roch durchdringend nach Leder, Pferdeschweiß und Schuhputzcreme. Sie lag auf der Seite, und nach einer Weile merkte sie, dass man ihr die Jacke ausgezogen hatte. Doch sie fror nicht, offenbar war der Raum beheizt. Der Geruch half ihr, sich zu erinnern: Zuletzt war sie in einem Pferdestall gewesen, bis ihr jemand den Hals zugedrückt hatte, aber was hatte sie dort gemacht?

Sie hob die Hände zu ihrem Gesicht. Wer auch immer sie gefesselt hatte, war jedenfalls kein Profi. Ihre Arme waren nicht auf den Rücken gebunden, und sie konnte nach dem Klebeband auf ihrem Mund tasten. Sie pulte an einem Ende, bis sie es zu fassen bekam, und zog es mit einem Ruck ab. Der kurze brennende Schmerz ließ sie aufstöhnen, aber gleichzeitig hörte sie andere fiepende Laute: »Hmm, hmm, hmm.« Susanne erstarrte, als sie merkte, dass sie nicht alleine in dem Raum war. Die anderen schienen ganz nah zu sein. Sie nahm ihren Mut zusammen. »Heike, Claudia, seid ihr das?«, flüsterte sie. Die Stimmen wurden kräftiger. Susanne stieß sich mit dem Ellbogen vom Boden ab, um sich aufzurichten. Auf dem Hinterteil rutschte sie seitlich in die Richtung, aus der die Töne kamen. Ihre Füße waren so fest zusammengeschnürt, dass sie nur mühsam vorwärtskam, aber dann fühlte sie etwas Hartes und tastete mit den ausgestreckten Händen danach. Es schien eine Art Tisch oder Ständer mit Metallbeinen zu sein, und daneben ertastete sie etwas Weicheres: ein menschliches Bein. Obwohl sie vermutete, dass es einer ihrer Freundinnen gehörte, erschrak sie.

»Heike?«

Das Fiepen wurde noch lauter. Susanne suchte nach Heikes Kopf und fühlte ihre Haare, ihr Gesicht. Sie langte mit den Fingerspitzen nach dem Klebeband und riss es ebenso ruckar tig ab wie bei sich selbst.

»Autsch, bist du wahnsinnig? Das ist ja schlimmer als ein Bikiniwaxing!«

»Heike, du glaubst ja gar nicht, wie schön es ist, deine Stimme zu hören!« Sie strich der Freundin mit ihren gefesselten Händen zärtlich über die Wange.

»Aua, das brennt wie die Hölle.«

»Keine Sorge, das hört gleich auf, war bei mir eben genau…«

Sie wurde von Claudias Tönen unterbrochen. Susanne rutschte um Heike herum und tastete nach Claudias Gesicht. »Achtung, du weißt ja, dass es ein bisschen ziept …«, warnte sie sie und riss das Paketband von ihrem Mund ab.

Auch Claudia stöhnte auf: »Na endlich. Das wurde aber auch Zeit! Wir müssen zusehen, dass wir hier irgendwie rauskommen. Leider sind mir die Hände gebunden. Die haben uns an diesen Sattelbock gefesselt, bei dir scheinen sie das seltsamerweise vergessen zu haben, oder der Typ mochte dich. Such doch mal nach was Spitzem …«

»Ach, in einer Sattelkammer sind wir also … Was ist denn überhaupt passiert? Wisst ihr, wer das war?«

Susanne rutschte auf dem Po über den Boden und suchte nach einem Gegenstand, mit dem sie die Fesseln hätte aufschneiden können. »Na dreimal darfst du raten.«

»Blankenberg?«

»Quatsch, der macht sich doch nicht selbst die Finger schmutzig, dafür hat der seine Leute.«

Susanne fiel auf einmal etwas ein. »Mädels, ich hatte mir doch ein Taschenmesser eingesteckt, bevor ich hergefahren bin – und da ist es. Der Typ hat es nicht gefunden.« Es war mit den fest zusammengebundenen, schmerzenden Händen schwierig, es aufzuklappen – und noch schwieriger würde es sein, im Finsteren die Kabelbinder durchzuschneiden.

»Wer möchte als Erstes?«

»Ich«, sagte Heike. »Ich muss nämlich dringend Pipi und habe keine Lust, mir in Strumpfhose und Rock zu pinkeln. Also mach schon!«

Susanne rutschte zu ihr herüber, versuchte das Messer an der Nylon-Schnur, die Heikes Hände an den eisernen Fuß des

Sattelbocks fesselte, richtig anzusetzen. »Also halt jetzt still, aber ich garantiere für nichts.«

Ungefähr eine halbe Stunde später hatten sie es geschafft, sich gegenseitig von den Fesseln zu befreien, und Susanne wusste inzwischen, wie die beiden in die unangenehme Situation geraten waren: Sie hatten sich von dem Taxifahrer absetzen lassen, der versprach, noch eine halbe Stunde zu warten, jedoch auf Vorauszahlung bestand. Offenbar war es ein Fehler, auf diese Forderung einzugehen, denn er hatte sich wohl ziemlich schnell unbekümmert aus dem Staub gemacht. So wie Susanne, waren sie durch die unverschlossene Hoftür gekommen. Im Wohnhaus hatten sie Licht brennen sehen, sich angeschlichen und durch das Fenster Blankenberg, eine Frau und noch zwei Männer beobachtet, von denen der eine auch auf der Auktion gewesen sei, meinte zumindest Claudia. Sie hätten mitbekommen, wie die vier miteinander stritten, und dann seien sie plötzlich von hinten gepackt, in die Sattelkammer geschleppt und gefesselt worden.

»Oh Gott, das heißt, dass wir es mit mindestens drei Männern und wahrscheinlich dieser Nicole Schwarzkopf zu tun haben. Hatte diese Frau etwa frisch aufgespritzte Lippen?«

Heike schüttelte den Kopf. »Nein, auf keinen Fall, das wäre mir sofort aufgefallen. Es war die, die während der Auktion vor uns gesessen hat, zusammen mit Blankenberg, weißt du, mit dem pinkfarbenen Kostüm und diesen tollen braunen Locken.«

Susanne flüsterte: »Ja, ich erinnere mich. Und die anderen Männer? Wie sahen die aus?«

»Der eine war ziemlich groß, über seinem Kopf war nicht viel Luft, als er durch die Zimmertür ging. Er hatte braune Haare mit Seitenscheitel, eine schwarzgerahmte Brille, Rollkragentyp«, erklärte Claudia.

»Hmm, das sagt mir nicht viel – und der andere?«

»Der hatte wenige, nach hinten gekämmte, blonde Haare,

sah eigentlich ziemlich gut aus … bis auf diese wässrigen Augen. Mich schüttelt es jetzt noch, wenn ich an diesen eiskalten Blick denke, als er Richtung Fenster sah.«

»Das kann unmöglich sein«, stöhnte Susanne. Sie griff sich an die Schläfen, beugte den Kopf nach vorne und merkte ein leichtes Schwindelgefühl. Ein kleines rechteckiges Stück Papier tauchte undeutlich in ihrer Erinnerung auf.

»Was ist, Susanne?«, flüsterte Claudia.

»Moment … ich muss mich konzentrieren …« Susanne kniff die Augen zusammen. Sie fühlte einen fast körperlichen Schmerz, als sie versuchte, sich an die Schrift auf dem Papier zu erinnern, doch sie blieb verschwommen. »Ich glaube, wir können nur noch versuchen, uns selbst schnellstens in Sicherheit zu bringen«, murmelte sie.

»Das glaube ich allerdings auch. Mein Gott, in was sind wir da bloß hineingeraten?«, jammerte Heike.

Sie tasteten sich durch die Dunkelheit des Raums, fühlten die Sättel an den Wänden, Zaumzeug, ein Waschbecken. Zu ihrem Glück fanden sie die Tür, und sie ließ sich sogar öffnen, als Claudia den Türknauf drehte, doch sie quietschte laut.

»Mann, pass doch auf!«, flüsterte Heike.

An den Geräuschen und dem intensiver werdenden Pferdegeruch erkannte Susanne, dass sie wieder in der Boxengasse standen. Aber es war immer noch stockdunkel. Jetzt ging Susanne voran, in Richtung Ausgang.

»Ich bin so was von steif, dass ich kaum die Füße vom Boden kriege«, flüsterte sie.

»Mir geht's nicht anders«, antwortete Claudia. Kurz vor dem Tor bückte sich Susanne und tastete den Boden ab. »Schade, hier lag vorhin dein Telefon, Claudi, aber der Typ hat es wohl mitgenommen.«

Stattdessen fühlte sie so etwas wie eine Zigarettenkippe, hob sie auf und steckte sie in die Reißverschlusstasche ihrer Skihose. Auch das Tor des Pferdestalls war nicht verschlossen, es ließ sich zur Seite rollen, und sie standen im Freien. Nach der

Dunkelheit im Stall kam ihnen der mondbeschienene Innenhof nahezu hell vor. In den anderen Gebäuden brannte kein Licht mehr, die Wagen waren verschwunden. Claudia machte einen Schritt in die Richtung des Wohngebäudes, und Heike packte ihren Arm.

»Komm, Claudi, lass uns von hier verschwinden.«

»Sieh mal, die Tür steht sogar auf«, flüsterte Claudia und streifte ihre Hand ab. »Ich sehe nur mal kurz nach ... vielleicht finde ich wenigstens unsere Taschen und Koffer, womöglich auch noch ein bisschen Kohle ...«

Heike schnaufte. »Du kannst mir glauben, dass ich mein Gepäck auch gerne wiederhätte. Das neue Akris-Kleid, der Chanel-Rock, die Louboutins, ganz zu schwei...«

»Schon gut«, unterbrach sie Claudia. »Wenn du jetzt sämtliche Luxuslabels deiner Reiseausstattung aufzählen willst, stehen wir sowieso noch morgen hier.«

»Mir ist das hier auch zu brenzlig«, schaltete sich Susanne ein. »Komm schon, Claudi.«

Unwillig ließ sich Claudia von den beiden zum Ausgang ziehen. Sie öffneten vorsichtig das knarrende Hoftor und liefen so schnell sie konnten die Straße entlang. Susannes Auto stand noch an dem Platz, an dem sie es abgestellt hatte, doch der Schlüssel war weg. Man hatte ihn ihr zusammen mit der Jacke abgenommen.

»Ich vermute, ihr seid auch nicht darin bewandert, ein Auto aufzubrechen und kurzzuschließen?«

»Wohin sollen wir denn jetzt? Laufen bis nach Zürich? Sollten wir nicht an einem dieser Häuser klingeln und um Hilfe bitten?«

»Lass uns erst einmal ein Stück weitergehen. Ich möchte nicht noch einmal von hinten gepackt werden und ...«

Als sie glaubten, weit genug von dem Hof entfernt zu sein, und mit der Diskussion darüber begannen, wo sie klingeln sollten, deutete Claudia auf eine Telefonzelle.

»Und wen rufen wir jetzt an?«

»Tja, angesichts der Tatsache, dass keine von uns Geld dabeihat, bleibt wohl nur der Notruf!«

»Oh nein, auf keinen Fall! Ich möchte nicht erst noch aufs Polizeirevier geschleppt werden und stundenlang etwas zu Protokoll geben müssen. Ich will endlich nach Hause«, protestierte Heike.

»Gut, dann lass mich mal.« Susanne drängte sich an ihnen vorbei in die Telefonzelle, wählte eine Nummer, gab der Mitarbeiterin des Callcenters ihre Kreditkartennummer und nannte ihr den Namen des Teilnehmers, mit dem sie sie verbinden sollte.

Claudia und Heike standen zuerst mit ungeduldigem, fragendem Gesichtsaudruck vor der Telefonzelle, begannen, auf der Stelle zu hüpfen, und versuchten, sich Wärme in die Oberarme zu reiben. Auch ihnen waren die Mäntel abgenommen worden.

Susanne schob die Glastür auf und trat ins Freie. »Also vierzig Minuten wird es mindestens dauern, bis er da ist.«

»Machst du Witze?«, kreischte Heike. »Bis dahin bin ich erfroren. Warum hast du nicht einfach wieder ein Taxi gerufen, das wäre sicher schneller hier gewesen. Und mit wem hast du da überhaupt gesprochen?«

»Jetzt reiß dich mal zusammen Heike«, fuhr Claudia sie an. »Wovon willst du denn das Taxi bezahlen? Wir brauchen jemanden, der uns hilft. Aber mich würde es, ehrlich gesagt, auch interessieren, wen du angerufen hast.«

In dem Neonlicht, das aus der Telefonzelle in ihr Gesicht fiel und sich mit dem bläulichen Schein der anbrechenden Dämmerung vermischte, fielen Susanne die dunklen Ringe unter ihren Augen auf. Sie blickte zu Heike und sah erst jetzt, dass auf ihrer Wange eine großflächige Schürfwunde prangte. Darüber hatte sie bisher kein Wort verloren. Eine warme Welle der Zuneigung durchflutete sie plötzlich. Sie streckte die Arme aus und drückte ihre Freundinnen an sich.

»Wenn ihr wüsstet, wie leid mir das alles tut.«

»Eigentlich war es ja meine Schuld«, murmelte Claudia verlegen. »Ich habe uns in diese beschissene Situation gebracht, weil ich Blankenberg unbedingt stellen wollte, zugegebenermaßen – vielleicht ein klein wenig naiv …«

»Wollen wir nicht lieber in der Telefonzelle warten? Da drin ist es wenigstens windgeschützt«, meinte Heike, die nur einen engen Pencilskirt, eine Seidenbluse und ihre hohen Stiefeletten trug. Etwa zehn Minuten lang standen sie zusammengedrängt in der Kabine, wie Königspinguine während eines Schneesturms.

»Du hättest dir ja für die Fahrt auch mal etwas Praktischeres anziehen können«, meinte Susanne mit einem Blick auf Heikes Outfit.

»Ich ging eigentlich davon aus, dass ich mich einfach nur in ein Taxi und die erste Klasse eines ICE begeben werde und nicht auf Verbrecherjagd in der Schweizer Pampa«, antwortete Heike schnippisch. »Aber du kannst mir glauben, dass ich im Moment auch lieber eine wattierte Skihose aus der vorletzten Saison und einen unförmigen Pullover anhätte, so wie du.«

Ohne zu zögern, zog Susanne einen ihrer Pullover über den Kopf und reichte ihn Heike. »Hier, das ist zwar nicht der neueste Vordertaunusschick, aber er wird dich ein wenig wärmen.«

Heike nickte.

»Wenn du mich fragst, sieht man in diesen hochgeschlossenen Seidenblusen sowieso immer aus, als sei man bei Tante Gerda zum Tee eingeladen«, meinte Claudia.

Heike kräuselte die Lippen. »Sei mir nicht böse, Claudi, aber manchmal fehlt es dir da einfach an Stilgefühl. Seit Carine Roitfeld sind die längst in die höheren – für dich vielleicht zu subtilen – Sphären des Modehimmels erhoben worden!«

»Du und deine Hemdbluse – subtil … entschuldige, aber das ist nun wirklich lachhaft!«

Die Scheiben begannen zu beschlagen. Erste Autos fuhren vorbei, und Susanne wischte immer wieder mit ihrem Ärmel eine Stelle im Fenster frei, um die Straße beobachten zu können. Die andere Hand tat immer noch weh und war eiskalt. Um das Handgelenk verlief ein knallroter Striemen, und an einigen Stellen war die Haut aufgeplatzt. Sie steckte sie in die Tasche ihrer Hose, um sie zu wärmen. Da berührte sie mit den Fingerspitzen einen länglichen krümeligen Gegenstand, der ganz nach unten gerutscht war. Sie holte ihn heraus und hielt ihn in die Höhe. Es war das halb abgebrannte Zigarillo, das sie in der Boxengasse gefunden hatte. Claudia, die immer noch mit Heike über Modethemen stritt, verstummte mitten im Satz. »Wo hast du das her? Gib mal.«

Susanne reichte es ihr zwischen zwei Fingern, und Claudia drehte es hin und her. »Das lag im Pferdestall, ungefähr an der Stelle, wo ich überfallen wurde.«

»Müsste man das nicht besser in einer Plastiktüte aufbewahren, wegen der Fingerabdrücke und DNA-Spuren?«, fragte Heike.

»Ja, nur habe ich ausnahmsweise gerade keine bei mir, du vielleicht?« Claudias Stimme klang gereizt.

Die Kippe trug eine gelbe Manschette mit der Aufschrift »Moreno«. »Diese Manschetten entfernt man doch normalerweise, bevor man ein Rillo anzündet?«, stellte Susanne fest.

Claudia nickte. »Außer, man hat es nötig, damit anzugeben. Soviel ich weiß, gibt es diese brasilianische Moreno hier in der Schweiz nur in einem ganz speziellen kleinen Laden, in Kreuzlingen am Bodensee, nahe dem Grenzübergang. Die Kenner pilgern da regelmäßig hin. Ich selbst finde die Dinger ja eklig. Aber zufällig wohne ich derzeit mit jemandem zusammen, der genau diese seltene Marke raucht.«

»Nicolas? Das ist ja ein merkwürdiger Zufall.«

»Merkwürdig ja, aber ich frage mich gerade, ob es ein Zufall ist …«

»Na, du willst doch nicht etwa sagen …«

»Sei mal leise«, zischte Susanne, als sie das tiefe Röhren eines starken Motors hörte, und wischte wieder die Scheibe frei. Sie hatte nicht gefragt, mit welchem Auto er sie abholen würde, und sich deshalb auf zwei Alternativen konzentriert: Einen Volvo Kombi oder einen Aston Martin mit zwölf Zylindern, dessen Sound er ihr schon vorgeführt hatte. Dann sah sie ihn kommen: Ein Wagen mit Standlicht, der langsamer fuhr als die morgendlichen Pendler. Die Scheinwerfer lagen auffallend hoch über der Straße. Es war ein dunkler Geländewagen.

»Raus hier!«, schrie Susanne. »Und dann rennt, so schnell ihr könnt.«

Heike und Claudia stellten keine Fragen. Sie drängelten sich durch die Tür und sprinteten die Straße hoch. Heike musste ihren engen Rock dabei fast bis zum Slip hochziehen, sonst hätte sie nicht rennen können. Der Fahrer des SUV blendete die Scheinwerfer auf und trat das Gaspedal durch. Die breiten Reifen des Q7 quietschten.

»Los, da rechts rein!«, keuchte Susanne und zeigte auf ein kleines Coop-Lebensmittelgeschäft, vor dem der Ladeninhaber gerade mit rotem Gesicht Gemüsesteigen in die Ständer auf dem Bürgersteig setzte.

»Bitte schließen Sie die Tür ab. Wir werden verfolgt«, bat Claudia den Mann und rang nach Luft. In aller Seelenruhe stellte er seine Gemüsekiste ab und ging ihnen in den Laden nach.

»Ist noch geschlossen!«

»Eben drum, dann können Sie doch einfach wieder abschließen«, bettelte Heike.

Als er sie nur misstrauisch musterte, wobei sein Blick etwas länger bei ihrem hochgeschobenen Rock verweilte, griff sie nach dem Schlüsselbund, der von innen im Schloss über dem Boden steckte, und drehte den Schlüssel zwei Mal um. Sie zog ihn ab, schlüpfte zu ihren Freundinnen hinter ein Regal und nahm noch wahr, wie der schwarze Wagen auf den Bürgersteig direkt vor den Laden fuhr, so dass die Scheinwerfer in das Geschäft hineinstrahlten, bevor sich Fahrer- und Beifahrertür öffneten.

»Gehen Sie lieber von der Tür weg. Mit diesen Leuten ist nicht zu spaßen, und rufen Sie besser sofort die Polizei an«, wies

Claudia den Verkäufer von ihrem sicheren Platz aus an und äugte um die Ecke. Aber er hatte das Handy inzwischen schon von selbst aus der Tasche seines Kittels geholt und tippte die Nummer des Notrufs ein. Während er das Telefon an sein Ohr hielt und die Polizei informierte, drückte er auf einen Schalter an der Wand, und mit einem Rattern senkte sich ein Stahlgitter vor der Glastür herab. Sein erschrockener Gesichtsausdruck machte einem selbstzufriedenen, stolzen Grinsen Platz. »Das Gitter habe ich erst vor zwei Wochen installieren lassen!«

»Und wen sagtest du noch mal, hast du angerufen?«, raunte Claudia, während sie eine Tüte Nussstängeli aus dem Regal nahm, vor dem sie nebeneinanderhockten, und begann, die Zutatenliste zu studieren. »Jetzt haben die mich endgültig kleingekriegt. Ich glaube, das ist das erste Mal seit fünf Jahren, dass ich Weißmehl, raffinierten Zucker und Butter auf einmal zu mir nehme ...« Sie riss die Packung auf, steckte einen der Kekse in den Mund, und auch Heike griff mit einem resignierten Seufzen in den Beutel.

Susanne überhörte Claudias letzte Bemerkung, denn als sie dazu ansetzte, den Namen dessen auszusprechen, den sie vor etwas mehr als zwanzig Minuten telefonisch um Hilfe gebeten hatte, wurde ihr bewusst, was für eine unglaubliche Dummheit es gewesen war. »Ich habe Fernand Lallier angerufen.«

JULIA UND ARTHUR

»Mama kann erst morgen aus Zürich zurückkommen. Sie hat irgendwas davon gefaselt, dass sie noch einen toten Mandanten suchen musste und jetzt bei der Kantonspolizei sitzt. Aber ich soll dich von ihr küssen – ich nehme an, du verzichtest darauf, dass ich ihre Anweisung ausführe.«

Julia saß auf einem Stuhl neben Arthurs Krankenbett in der Universitätsklinik und sah die Enttäuschung in seinem Gesicht.

»Igitt. Bleib bloß weg.«

Sie kramte in ihrem Wildlederbeutel. »Hier, ich habe dir ein paar Sachen mitgebracht: Schlafanzug, Zahnbürste, zwanzig neue Mangas, Schokolade, Kaugummi, Colafläschchen, Chips, Nachos, Erdnusslocken uuuund meinen alten iPod touch – aber nur geliehen.« Sie warf ihre Mitbringsel mit lässigen Handbewegungen nacheinander auf seine Bettdecke und bemerkte aus dem Augenwinkel die neidvollen Blicke der beiden Jungen in den Nachbarbetten.

Arthurs blasses Gesicht zeigte einen minimalen Anflug von Freude. »Danke, das ist toll.« Doch seine ewig heisere Stimme klang immer noch niedergeschlagen. »Gibt's hier überhaupt WLAN?«

Julias Arm verschwand noch einmal und förderte je eine Tüte mit sauren Apfelringen und Haribo Phantasia zutage. »Hier, für euch!«, rief sie und schleuderte die Packungen auf die Bettdecken von Arthurs Zimmergenossen.

»Der dahinten hat Diabetes oder so was, der darf nichts Süßes essen«, flüsterte Arthur.

»Ach so«, sagte Julia unbeeindruckt und tauschte die Apfelringe gegen die Tüte Chips. Dann drehte sie den beiden den Rücken zu. »Als wir während der Operation gewartet haben, kam ich jedenfalls ins Netz …« Sie schaltete den iPod ein, und nach einiger Zeit gab sie ihn Arthur zurück und grinste. »Sieht aus, als würde es gehen.«

Er nahm ihr das Gerät ab und merkte erst jetzt, dass er ihn mit seiner frisch operierten Hand nicht halten konnte. »Verdammt, er nützt mir gar nichts.«

»Okay, gib noch mal her.« Julia nahm den iPod und hielt ihn so, dass sie den Bildschirm nicht sah und er mit der rechten, gesunden Hand seine Eingaben machen konnte. »Gehst du etwa gerade auf Facebook? Eigentlich darfst du ja ni…«

Arthur machte ein abfälliges Geräusch mit den Lippen. »Als ob dich das je interessiert hätte, was man darf und was nicht …«

Eine Weile blickte Julia gelangweilt aus dem Fenster, dann hörte sie Arthur auf einmal leise fluchen.

»Was Schlimmes?«

Er drehte den iPod um, und sie sah das Profilbild von Alexander Eichberg. Julia überflog den bisherigen Chat:

hi wie gehts
scheisse liege im Krankenhaus hand gebrochen
tut mir leid
nich so schlimm
schade das du weg bist jezt bin ich hier der Asch kriege in Sozialverhalten ne 4 kann nich aufs stag alle glauben ich war das mit jonas

Julia öffnete den Reißverschluss ihres dunkelroten Gilly-Hicks-Hoodies und fächelte sich Luft zu.

»So warm ist es hier doch gar nicht«, sagte Arthur. »Und warum guckst du so komisch?«

»Arthur, ich muss dir was sagen.«

»Nein, ich will dich nicht heiraten, wenn ich groß bin.«

»Jetzt hör mir mal zu, es ist was Ernstes.«

»Ha, voll den Korb gefangen«, freute sich Arthur prustend über seinen Spruch.

Julia beugte sich nach vorne, hielt ihrem Bruder die Hand an die Ohrmuschel und flüsterte: »Ich war dabei, als Jonas verprügelt wurde.«

»Ihh, du spuckst«, schrie Arthur und neigte sich zur Seite.

»Du bist so blöd!«, zischte Julia, rieb sich aber mit der Hand über den Mund.

»Wie kannst du da eigentlich dabei gewesen sein?«, fragte Arthur.

Julia nahm sich ein Kaugummi. »Ganz einfach. Weil ich auch auf dem Nachhauseweg war.«

»Um die Zeit. Willst du mich verarschen? Gib's doch zu, du hast geschwänzt. Außerdem hab ich dich eh gesehen.«

»Ist doch voll egal. Jedenfalls habe ich beobachtet, wer es war.«

»Wer war's also?«

Sie senkte ihre Stimme und beugte sich wieder nach vorne. »Na er hat ihn von hinten gepackt, als der Typ aus deiner Klasse gerade an den Brunnen pinkeln wollte, dann hat er ihn volle Kanne mit dem Gesicht gegen das Kreuz mit dem goldenen Jesus geschleudert, danach an die Hauswand gerammt … und das nicht nur einmal.«

Arthur hörte ihr mit offenem Mund zu. »Und ich dachte eine Zeitlang sogar, dass du … also jetzt sag schon, wer hat Jonas verkloppt?«

»Keine Ahnung, wie der heißt! Jedenfalls war es ein alter Mann … oder so, der wirkte irgendwie ziemlich verrückt und lief so komisch, mit schlenkernden Armen, hat rumgejault und irgendwas gefaselt von ›darf nur in die Schüssel pinkeln …‹«

»Krass!«, meinte Arthur. »Und warum rückst du erst jetzt damit raus? Die ganze Zeit wurde ich verdächtigt … und Alex. Und du hast die Klappe gehalten – schöne Schwester!«

»Ich weiß selbst, dass das mies war, aber ich konnte nichts sagen …«

»Weil du doch geschwänzt hast!«

Julia nickte und schaute dabei auf ihre Hände. »Aber wenn du das Mama erzählst, bist du fällig«, fuhr sie ihn an.

Arthur presste die Lippen aufeinander und schüttelte den Kopf. »Und was machen wir jetzt? Mir kann es ja eigentlich egal sein, nachdem wir nicht mehr in Königstein wohnen, und Alex hat auch nicht gerade zu mir gehalten, als mich alle gedisst haben …«

»Das ist deine Sache, ob du's ihm steckst. Jedenfalls lass mich da raus. Aber mir fällt noch was ein, der Alte hatte Gummischlangen aus seiner Hosentasche hängen, die Dinger, die ihr immer beim Bäcker kauft.«

Arthur sperrte den Mund auf und zog theatralisch die Augenbrauen hoch. »Der Typ war das! Den hab ich schon ein paar Mal gesehen, und dann wurde er von seiner Frau abgeholt. Von der Lemberg, dieser alten Lehrerin, die alle hassen.«

»Kenn ich nicht.«

Arthur nickte bekräftigend. »Hm, aber ich. Schließlich war sie es, die der ganzen Klasse erzählt hat, Alex und ich hätten Jonas verprügelt … und der Polizei hat sie das auch gesagt … das muss ich Alex schreiben.« Er versuchte eine Antwort in den iPod einzugeben, doch die weiche Bettdecke gab zu sehr nach. Julia nahm das Gerät wieder in die Hand und hielt es ihm hin. Er fing an, seine Nachricht zu schreiben, aber plötzlich zog Julia den iPod ruckartig weg.

»Hey, was soll das, ich war noch gar nicht fertig!«

»Warte mal, ich hab gerade eine Idee. Sie fuhr sich nachdenklich mit der Hand über ihre bunten Armbänder. »Du hast doch gesagt, dass er dir nicht geholfen hat, als du gedisst wurdest. Wenn wir ihm jetzt trotzdem unsere Informationen zur Verfügung stellen … dann muss er aber eine Gegenleistung bringen.«

»Und welche?«

»Er muss uns helfen, diese Lemberg, Clara, Toni und das Schwein von Jan fertigzumachen. Mit denen habe ich nämlich noch eine Rechnung offen.«

Arthur starrte sie an, und in seinen Augen konnte Julia eine Mischung aus Bewunderung und Abenteuerlust ablesen.

»Also, pass auf, ich schreibe das jetzt unter deinem Namen.« Sie fing an, konzentriert mit den Fingerspitzen auf die Touchscreen-Tastatur zu tippen, und ließ Arthur mitlesen:

Bist du noch on
jo
habe neue info, die dich retten kann
echt?
dafür must du auch was tun
was

jan ehlert ist doch dein cousin
ja
dann bist du bald onkel
hä versteh ich nich
du kannst jan stecken das er Vater wird
was soll das heissen
was schon er hat ne tussi geschwengert
waaaaaaas?????? woher weist du das
geheim
und was ist mit der info, die mich rettet?
erst musst du jan schreiben was sache ist und mir seine antwort zeigen
aber erzähl es sonst niemandem tschö

»Und stimmt das etwa?«

»Was?«

»Na, das mit dem Schwängern«, flüsterte Arthur.

»Quatsch, bist du verrückt?«

»Und was hast du mit diesen beiden Zicken vor?«

»Wart's ab. Das kommt noch. Muss ich erst noch mit Jacky besprechen. Jetzt schaun wir mal, wie Janilein reagiert. Vor allem wird dein Alex es bestimmt gleich brühwarm seiner Mama weitererzählen, und die wird womöglich Jans Mama anrufen …«

Julia rieb sich die Hände. »Halt mich auf dem Laufenden, sobald du was von ihm hörst, ja?«

HEIKE

Heike lag in ihrem bequemen, riesigen Bett, mit einer dicken Schicht Bepanthen-Creme auf der Backe und einer dampfenden Tasse Erkältungstee auf dem Nachttisch. Sie betrachtete die taupefarbenen Wände und die weißen Leinenvorhänge, durch die das dämmrige Licht des Nachmittags fiel. Wie herrlich, endlich wieder in ihrem geschmackvollen Zuhause zu sein und den Kopf auf ein traumhaft weiches Daunenkissen sinken lassen zu können. Die frische Bettwäsche verströmte einen ganz leichten Duft nach dem Occitane-Lavendel-Bügelwasser, das sie Agata immer hinstellte.

Doch die Erlebnisse der letzten Tage und Nächte ließen sie nicht zur Ruhe kommen. Wenn man es genau nahm, hatte sie mit allem, was passiert war, überhaupt nichts zu tun, versuchte sie sich einzureden. Aber aus ihrem Unterbewusstsein tauchte unerbittlich die Erkenntnis auf, dass sie auch hier im idyllischen Königstein vor äußerst lästigen Fragen stand, deren Aufklärung sie durch ihre Reise nach Zürich nur aufgeschoben hatte.

Da war etwa die Feststellung, dass die grüne Strickjacke des nächtlichen Eindringlings vermutlich aus der von Caroline Kissel privat vertriebenen Cashmerekollektion stammte. Aber was hieß das schon, wenn es überhaupt stimmte. Heike wurde auf einmal von der Vorstellung getrieben, dass die Klärung ihrer offenen Fragen keine Vertagung mehr duldete. Sie schlug die Bettdecke zurück, zog sich ihren hellblauen Morgenmantel über das Nachthemd und schlich auf Zehenspitzen die Treppe hinunter. In ihrem Arbeitszimmer suchte sie die Jacke aus dem Schrank heraus, tauschte sie gegen den Morgenmantel und knöpfte sie zu. Sie ging durch die Eingangshalle, atmete tief ein und aus, straffte sich und öffnete ruckartig die Tür zur Orangerie. Wie von ihr beabsichtigt, erschreckte sie damit Frau Albrecht, die gerade in der Küche dabei war, das Abendessen zuzubereiten.

»Frau Stelzer, Sie sollten doch das Bett hüten, so krank wie Sie sind!«

Heike versuchte, in ihren braunen Augen nachzuforschen, ob sie mehr als ein Erstaunen über ihr plötzliches Auftauchen in der Küche ausmachen konnte. Aber ihre Haushälterin hatte sich schon zum Herd umgedreht und rührte in einer Pfanne. »Ich wollte mir nur ein Joghurt und Obstsalat holen«, schwindelte sie und nahm sich beides aus dem Kühlschrank.

»Ja, ist schon recht, dann essen Sie also nichts von der Bolognese mit?«

Heike schüttelte den Kopf. »Kann ich den Rest von diesen geschnittenen Papayas und Mangos nehmen, oder waren sie als Nachtisch gedacht?« Sie stellte sich ganz dicht neben Frau Albrecht und hielt die Schüssel unter ihre Brust.

Frau Albrecht musterte sie erstaunt. »Nein, kein Problem, essen Sie nur alles, dann schneide ich noch einmal welche für Ihren Mann und die Kinder. Die haben viele Vitamine, da werden Sie rasch gesund.«

Heike verließ die Küche mit ihren Vorräten und einer neuen Erkenntnis: Frau Albrecht hatte die grüne Strickjacke keines Blickes gewürdigt. Entweder war sie eine perfekte Schauspielerin, oder Heike musste sie von ihrer Liste der Verdächtigen streichen. Sollte sie die nächste in Frage kommende Person noch an diesem Abend aufsuchen? Das Aspirin hatte inzwischen gewirkt, und sie fühlte sich besser. Sie spähte durch das facettierte Glas der zweiflügeligen Türen in das hinterste Wohnzimmer. Tom, Carlo und Chloé lagen bäuchlings auf dem Teppich und spielten Monopoly. Was für ein seltener Anblick, dachte Heike, stieg wieder leise die Treppe hoch und ging in ihr Bad. Sie versuchte, ihre Schürfwunde dezent zu überschminken, was ihr aber misslang, und sie musste das Make-up wieder abtupfen. Während sie in Jeans und eine weiße Bluse schlüpfte, überlegte sie sich ihre Taktik. Dann packte sie die grüne Strickjacke in eine Tüte und rief Caroline Kissel an.

Caroline stand in der Eingangstür. Sie trug einen roten Nickianzug von Juicy Couture und hatte die langen Haare zu einem Pferdeschwanz gebunden. »Hi, komm rein. Oh, was hast du denn gemacht?« Sie zeigte auf Heikes Schürfwunde.

»Kleiner Unfall, bin beim Joggen über eine Wurzel gestolpert und unglücklich gestürzt.«

Caroline zog die Augenbrauen hoch. »Na hoffentlich bleibt

da nichts zurück. Also … ich bin fast fertig mit meinem Wellnessprogramm: Haarkur, Dampfsauna, Hyaluronsäureampullen, Pilates. Wollte mir jetzt sowieso einen kleinen Aperitif gönnen … den habe ich mir nämlich verdient, nach zwanzig Minuten auf der Power Plate.«

»Soll ziemlich effektiv sein, sieht man ja bei dir. Ich glaube, um *die* Figur beneidet dich so ziemlich jede Königsteinerin!«

Caroline schenkte ihr ein dankbares Lächeln, während Heike langsam ihren Mantel auszog. »Na, du bist aber auch ziemlich good in shape, trägst doch höchstens 36, oder?«, antwortete Caroline, während sie Heikes Mantel in einen grifflosen Garderobenschrank hängte.

»Ja, stimmt, manchmal sogar 34. Aber es ist schon eine ziemliche Quälerei.«

»Wem sagst du das! Ich muss mich auch gerade auf 34 hungern. Habe mir bei Stylebop dieses sagenhafte Elie-Saab-Modell bestellt.«

Heike machte große Augen. »Doch nicht etwa das nudefarbene mit diesem unglaublichen Fledermausdekolleté, das in der Vogue und InStyle war?«

»Genau das.« Caroline war Heikes verstohlener Blick auf ihren flachen Busen nicht entgangen. »Ja, ich weiß, eigentlich müsste man etwas mehr Oberweite dafür haben. Aber ich werde mir deshalb nicht am Ende noch diese PIP-Implantate einsetzen lassen, die mir dann jeden Moment platzen. Das Problem ist vielmehr, es war nur noch in 34 zu haben. Und die Taille ist so unglaublich schmal geschnitten!« Sie stöhnte. »Aber immer, wenn ich kurz davor bin, schwach zu werden, rufe ich mir ganz schnell den Wahlspruch von Kate Moss in Erinnerung: Nichts schmeckt so gut, wie es sich anfühlt, dünn zu sein. Und dann stelle ich mir mich in diesem Kleid auf der Operngala vor.«

»Gar nicht schlecht, den Satz muss ich mir merken.«

Sie standen noch immer auf dem Natursteinboden der leeren Eingangshalle, und Heike hielt den Moment für gekommen. Sie holte die Strickjacke aus der Tüte und wartete auf eine Reaktion.

»Wo hast du die denn her?«, rief Caroline aus. »Die ist doch aus der fofo-Kollektion meiner Mailänder Freundin! Lass mich überlegen ... Winter 2010, oder war es 2009? Ja, ich glaube, da hatten wir dieses Tannengrün. Eine schöne, klassische Farbe. Sag mal, kannten wir uns da überhaupt schon?«

»Nur vom Sehen. Ich habe letzten Sommer zum ersten Mal etwas bei dir gekauft, ein gelbes Twinset und einen schwarzen V-Pulli.«

»Ja, ich erinnere mich.«

Caroline führte Heike um die Ecke, und sie konnte von weitem Carolines Ehemann sehen, der vor einem riesigen Bang & Olufsen-Fernseher auf dem Sofa lag. Er hob kurz den Arm und rief »Hi«. Caroline öffnete geräuschlos eine raumhohe Schiebetür, und sie gelangten in die Küche. Der Mittelpunkt war ein drei Meter langer Arbeitsblock aus grauem Corian. Darauf standen eine schwarze Kugelvase mit violetter Iris und ein Windlicht. Alle Wände waren mit großflächigen Kupferpaneelen verkleidet, kein einziger Schrank war zu sehen. Heike konnte man seit dem Umzug in ihre Villa nur noch schwer mit Immobilien und deren Einrichtung beeindrucken. Aber diese Küche imponierte ihr.

»Und wie kommst du nun an die grüne Jacke? Die habe ich übrigens auch nur als Twinset verkauft, dann hast du sicher auch den passenden Kurzarmpulli dazu.«

Heike schüttelte langsam den Kopf. »Nein, habe ich nicht. Du weißt doch, dass ich diesen Internetshop für gebrauchte Designerkleidung und -taschen betreibe, oder?«

»Ja, hat sich inzwischen rumgesprochen. Ich hab da auch schon mal gestöbert.« Caroline schob eine unsichtbare Zwei-Quadratmeter-Tür zur Seite, hinter der sich der Kühlschrank verbarg, und hielt eine Flasche Moët Rosé hoch. »Trinkst du ein Glas mit?«

Heike nickte und setzte sich mit einer Pobacke auf den mit

Ponyfell bezogenen Barhocker vor dem Küchenblock. »Jedenfalls wurde die Jacke zusammen mit ein paar anderen Stücken eingeliefert, als ich diese Woche in Zürich war. Und meine Mitarbeiterin hat es versäumt, aufzuschreiben, wer diese Sachen in Kommission gegeben hat. Blöde Situation …«

»Ach, kein Problem. Ich führe ja über jedes Teil Buch und schreibe mir alle Namen auf. Dann kann ich die Damen auch mal anrufen, wenn ich in einer neuen Kollektion finde, das und das passt genau zu der und der … Da sehe ich jetzt einfach nach, ich habe ja immer nur ein Stück in jeder Größe. Welche ist es denn?« Sie klappte ein MacBook auf, das am Ende des Küchenblocks lag.

»38«, sagte Heike nach einem Blick auf das Etikett.

»Moment, das haben wir gleich.« Caroline rief das Jahr auf und drehte dann den Laptop so, dass auch Heike den Bildschirm sehen konnte. »Siehst du, das Cashmere-Twinset, doppelfädig, tannengrün habe ich am 04.09.2009 für zweihundertachtzig Euro an Angelika de Haan verkauft. Das ist übrigens die Ehefrau des Begleiters deiner Freundin Claudia Neumann-Elten bei der Eichberg-Party. Aber das weißt du ja sicher.«

CLAUDIA

Claudia warf ihre uralte, jeansblau verfärbte Chloé-Handtasche auf den Rücksitz ihres Voyagers und seufzte. Langsam dezimierte sich die Zahl ihrer vorzeigbaren Markentaschen empfindlich. Erst der Notverkauf der Chanel 2.55, dann hatte Julia ihre LV Keepall mit Coca Cola versaut, und nun war ihr in der Schweiz auch noch der Valentino-Beutel gestohlen worden, mitsamt ihrem Portemonnaie und dem Hausschlüssel. Ganz zu schweigen von ihrem Rimowa-Trolley nebst Inhalt. Wenigstens der Autoschlüssel war nicht darin gewesen. So konnte sie zwar ihren Wagen aufschließen, doch war es nicht eine Unverschämtheit, sie dermaßen einzuparken? Zum nächsten Stoßfänger blieben ihr vorne und hinten jeweils kaum zehn Zentimeter. Sie war völlig übermüdet aus Zürich zurückgekommen. Hatte in der Wohnung lediglich Julia angetroffen, die von Nik in den Zug zurück nach Frankfurt gesetzt worden war, nachdem ihre Mutter sie von der Polizeiwache in Baar aus auf ihrem Handy angerufen hatte. Wie hätte sie sonst in die Wohnung kommen sollen. Bei Nicolas erreichte sie seit ihrem letzten Telefonat am Abend nach der Auktion nur noch die Mailbox.

Claudia hatte es eilig, endlich zu Arthur in die Klinik zu kommen, und startete den Motor. Er war länger nicht gelaufen, und erst beim dritten Versuch sprang er an. Fluchend begann sie, ihren Wagen aus der Parklücke zu rangieren, und fädelte sich schließlich in den Verkehr ein. Als sie in den Reuterweg abbiegen wollte, klingelte Arthurs Telefon, das sie statt ihrem verlorenen Handy eingesteckt hatte. Sie wurde hektisch, griff nach hinten, holte sich die Handtasche auf den Schoß, fand das Telefon aber nicht rechtzeitig, und es verstummte. Als sie wieder aufblickte, sah sie gerade noch, wie die Ampel von Gelb auf Rot umsprang, und trat heftig auf die Bremse, doch der Wagen verlangsamte nicht. Na gut, da war ja wohl kein Blitzer, dachte Claudia, als sie mit quietschenden Reifen um die Kurve fuhr. Sie drückte wieder auf das Bremspedal. Es reagierte nicht. Sooft sie auch daraufstieg, sie trat ins Leere. Jetzt näherte sie sich der Kreuzung an der Bockenheimer Landstraße und rollte immer noch mit dreißig Stundenkilometern auf die vier Spuren zu. Die nächsten Fahrzeuge in den Schlangen waren nur noch fünfzig Meter entfernt, und sie hatte nicht das Gefühl, dass sich ihr Wagen verlangsamte, obwohl sie natürlich längst kein Gas mehr gegeben hatte.

Ihr Puls raste, und sie versuchte zu denken, doch von jetzt an lief alles, scheinbar ohne ihr Zutun, wie in einem Film ab. Claudia drückte wie eine Verrückte auf die Hupe und holperte rechts über den hohen Bordstein auf die Schaufenster des Manufactum-Ladens zu. Sie riss das Lenkrad nach links, streifte fast eine Frau im Pelzmantel, die im letzten Moment einen Satz zur Seite machte, wich ruckartig nach rechts aus und knallte frontal gegen eine der rechteckigen Steinsäulen des Opernturms. Das Letzte, was sie sah, war die grün-weiße Leuchtschrift MANUFACTUM, und ihr ging der Werbeslogan durch den Kopf: Es gibt sie noch, die guten Dinge.

Claudia beugte sich nach vorne, legte den Kopf auf das Lenkrad und begann zu schluchzen.

SUSANNE

Es war noch nie vorgekommen, dass Susanne ohne jeden Enthusiasmus und mit einer depressiven Stimmung den Weg zu ihrem Büro antrat. Dazu hatte ihr die Arbeit im Kunstauktionsgeschäft schon immer zu viel Freude gemacht. Kunst und der Handel damit waren ihre große Leidenschaft. Doch als sie an diesem wolkenverhangenen Sonntag die Tür des menschenleeren Gebäudes aufschloss und das Foyer von Lengley's betrat, waren ihre Schritte schwer. Die vergangenen Nächte und Erlebnisse steckten ihr in den Knochen, und sie hatte das Gefühl – von aller Welt verlassen, betrogen, ausgenutzt –, vor einem unlösbaren Problem zu stehen. Ihre Freundinnen waren abgereist, Woletzki befand sich längst im feindlichen Lager, und nun hatte sich auch noch ihr Schweizer Weggefährte Fernand Lallier als Verräter entpuppt.

Susanne fuhr im Aufzug nach oben, und Erinnerungsbruchstücke tauchten vor ihren Augen auf: Die Nachrichten von Heike auf ihrer Mobilbox, ihre nächtliche Fahrt nach Baar, der Moment, als sie von hinten gepackt und gewürgt wurde, das Stück Papier … was hatte bloß auf diesem winzigen weißen Rechteck gestanden? Susanne griff sich wieder an die Schläfen. Wie jedes Mal, wenn sie versuchte, sich zu erinnern, fühlte sie einen unerklärlichen Druck auf ihre Schädeldecke. Während sie ausstieg und den Gang entlang zu ihrem Büro lief, versuchte sie sich auf die Widersprüche zu konzentrieren. Sie war zwar gefesselt, aber nicht an den Sattelbock gebunden worden wie Heike und Claudia. Warum? War es eine andere Person gewesen, die sie überwältigt hatte, als bei ihren Freundinnen? War es einfach ein Versehen, ein Versäumnis? Oder hatte man gewollt, dass sie sich und die anderen Gefangenen nach einer gewissen Zeit würde befreien können? Hielten die Täter sie also für so harmlos, dass sie sich nur einen kleinen Vorsprung zu verschaffen suchten? Aber warum waren sie dann zurückgekommen, während Susanne mit ihren Freundinnen in der Telefonzelle wartete? Und wer waren überhaupt die Täter? Hatten Claudia und Heike wirklich Goldenberg in dem Bauernhaus gesehen? Konnte es solche merkwürdigen Verwicklungen wirklich geben? Nein, vermutlich bildete sie sich das nur ein. Alles was sich in dem Pferdestall abgespielt hatte, ging allein auf Blankenbergs Konto und das seiner Komplizen.

Susanne stand in Frau Stöcklis Box und griff nach den Blättern, die aus dem Faxgerät ragten. Langsam ging sie damit in ihr Büro und setzte sich auf den mit weißem Leder bezogenen Drehstuhl. Der Einzige, der geantwortet hatte, war Ted Jacobs, was nicht weiter verwunderlich war, da sie die Anfragen erst am Freitagabend gesendet hatte. Sie sah nach der Zeit, zu der das Antwortfax abgeschickt worden war: Erstaunlicherweise heute um 5 Uhr 33 New Yorker Ortszeit. Entweder war Ted Frühaufsteher oder eine Nachteule. Jedenfalls war das Fax demnach erst vor einer halben Stunde in ihrem Büro angekommen.

»Dear Susan«, begann er seine Nachricht, die sie eilig überflog, bis ihre Augen an einem Satz hängenblieben, *»… in April 2004, I was asked by an assurance company for my expert opinion concerning the value of the 6 panels of which one was missing, caused by fire damage …«*

»Das gibt's doch nicht!«, stöhnte Susanne und ließ das Fax auf die Tischplatte sinken. Es war also nur *eine* Tafel … eine von sechs, mit der etwas nicht stimmte. Susanne sah langsam klar: Im Jahr 2004 war diese eine Leinwand bei einem Brand entweder beschädigt oder ganz zerstört worden. Die Launharts, vielmehr damals noch Oskar Launhart, der Vater, hatte den Fall bei seiner Versicherung gemeldet. Diese hatte Ted Jacobs mit einem Wertgutachten beauftragt und vermutlich die Summe ausbezahlt. Und nun hatten Paul und Sunny den durch ein Wunder wieder vervollständigten Satz zu versteigern versucht – sie wollten doppelt abkassieren. Das klang einfach und einleuchtend, dennoch hatte Susanne einen leisen Zweifel. Warum hatten sie dann keinen gravierenden Schaden an einer der Tafeln entdeckt? Selbst wenn er gut restauriert worden war, müsste er mit dem Blue Light erkennbar sein. Oder war die beschädigte Leinwand ersetzt worden? War es nicht Fernand Lallier gewesen, der ihr empfohlen hatte, Ted Jacobs einzuschalten?

Susanne fuhr ihren Computer hoch und strich über ihr gerötetes, schmerzendes Handgelenk. Sie rief Outlook auf. Die Absender der ungelesenen E-Mails, die seit Freitag in ihren Posteingangsserver eingespeist worden waren, überflog sie, ohne die Nachrichten zu öffnen. Newsletter von Museen, Kunstforen, Galerien und anderen Auktionshäusern, die am Wochenende automatisch verschickt wurden. Eine Mail von Ted Jacobs, in der er ihr dieselbe Antwort wie in seinem Fax zukommen ließ. Sie klickte auf »Antworten« und formulierte einige Fragen über die Details des Versicherungsfalls, nach dem Namen der Gesellschaft, dem Schadenshergang und natürlich auch, ob und wie viel die Versicherung gezahlt hatte. Vermutlich würde er ihr nicht bei all diesen Ungewissheiten weiterhelfen können. Doch musste sie ohnehin an die Versicherungsgesellschaft herantreten.

Susanne lehnte sich in ihrem Stuhl zurück, und erst jetzt fiel ihr Blick auf den Lederpouf vor ihren Besuchersesseln. Darauf lag ein Geschenk, eingeschlagen in schwarzes Lackpapier, mit einer anthrazitfarbenen Schleife. Susanne stand mit klopfendem Herzen auf und setzte sich auf die Vorderkante eines Sessels. Sie zog an dem einen Ende der Schleife und schlug das Papier um den schwarzen Karton auseinander. Als sie den Deckel abhob, kam eine alte Porzellanspieldose mit einer graziösen Balletttänzerin in weißem Tutu, gebettet auf schwarzem Seidenpapier, zum Vorschein. Susanne nahm die Figur vorsichtig heraus, zog sie auf und stellte sie ab. Es erklang das Hauptthema aus Schwanensee, und die Figur drehte sich dazu um sich selbst.

Susanne beobachtete sie einen Moment lang und schloss die Augen. Noch Anfang September war sie mit Woletzki in der ersten Ballettvorstellung der Spielzeit gewesen. Eine Wiederaufnahme, bei der sie im ersten Rang links über der Bühne gesessen und beide fasziniert und glücklich mit ineinander verschlungenen Händen Tschaikowskys betörender Musik gelauscht hatten. Eine schöne und zugleich schmerzvolle Erinnerung. Nach allem, was in der Zwischenzeit passiert war, wollte sie dieses Geburtstagsgeschenk nur zu gerne als wohltuende, versöhnliche Geste von ihm deuten. Die Frage, wie das Päckchen in ihr Büro gelangt war, stellte sie sich nicht. Sie öffnete die Augen und bemerkte erst jetzt, dass der Ballerina die rechte Hand fehlte. Schade, dass sie schon beschädigt ist, dachte sie und hob das schwarze Seidenpapier an, um nach dem abgebrochenen Teil zu suchen. Unter dem Papier lagen zwei Polaroidfotos, und Susanne stieß einen Schrei aus. Das eine zeigte sie bewusstlos mit zugeklebtem Mund, auf der Seite liegend. Das zweite war eine Großaufnahme ihrer Hand. Um ihr rechtes Handgelenk lag ein dünner Draht, der tief in das Fleisch schnitt, und auf dem unteren weißen Abschnitt des Fotos war mit breitem Tesafilm die abgeschnittene Hand der Tänzerin festgeklebt. Susanne drehte das Polaroidfoto um. Darauf stand in fetten schwarzen Buchstaben: *Stop your investigations!*

ALEXANDER

Alexander hatte schon immer die Methoden der Kriminalisten bewundert. An einer großen Magnettafel hatte er jetzt selbst Zeitungsausschnitte und Fotos befestigt, Namen und Schlagworte danebengeschrieben und versucht, sie miteinander zu verknüpfen. Da war das Foto seiner Klasse, einige Köpfe hatte er mit schwarzem Edding eingekreist. Dann hatte er das Bild kopiert, diese Köpfe ausgeschnitten und einzeln aufgehängt: Es waren Jonas Conzen, Arthur Elten, er selbst, Sabrina, die Mitschülerin, die ihn zu Dr. Lang gerufen hatte. Daneben klebte ein Ausschnitt aus der Taunuszeitung, in dem über den geplanten Neubau der Königsteiner Grundschule berichtet wurde, mit einem Foto des lächelnden Direktors Dr. Lang neben dem Architektenmodell, das den Wettbewerb gewonnen hatte. Außerdem ein kleiner Bericht über den brutalen Überfall auf einen Schüler. Das Foto des Alters- und Pflegeheims Taunuspalais. Daneben stand in Druckbuchstaben FRAU LEMBERG, FRAU CONZEN und EHEMANN VON FRAU LEMBERG, mit wasserlöslichem Edding geschrieben, denn von ihnen hatte Alexander kein Foto. Der Name JULIA stand ebenfalls an der Tafel.

Dazwischen malte er Pfeile. Einen von EHEMANN VON FRAU LEMBERG zu dem Zeitungsausschnitt über den Überfall. Daneben schrieb er: »Er war es!« Ein Pfeil führte von dem Namen der Lehrerin zu FRAU CONZEN, mit dem Vermerk: »Dekt ihren Mann und gibt Jonas' Mutter Klassenarbeiten damit sie dichthält.« An den umgekehrten Pfeil schrieb er: »profitirt solange wirklicher Täter nicht gefunden wird.« Neben die Verbindung von Sabrinas zu seinem Foto schrieb er: »Angehbliche Zeugin. Lügt, weil sie mich hasst (?).« Die Verbindung zwischen Julia und die Meldung über den Überfall kommentierte er mit »Echte Zeugin, will nicht aussagen, wegen Schuleschwänzen«. Der Pfeil zwischen den beiden Zeitungsartikeln war mit der Bemerkung versehen: »Lang hat kein Interesse an der Warheit, weil er Mama hasst.«

Er zeichnete noch einige Pfeile und schrieb Sätze dazu, und als er glaubte fertig zu sein, betrachtete er sein Werk mit einigem Abstand. Es gab keine Lösung. Keiner würde ihm glauben, solange nicht Julia oder Arthur offiziell für ihn aussagten. Natürlich könnte er ihre Chats im Netz als Beweis verwenden. Doch das verstieße gegen den Ehrenkodex der Facebook-Community und würde ihn unweigerlich zum Mof werden lassen.

Ihm fiel auf, dass er Jonas gar nicht miteinbezogen hatte. Kein einziger Pfeil war mit seinem Foto verbunden. Wie konnte das sein? Er war doch die eigentliche Hauptperson – das Opfer. Bei allem, was er hier aufmalte, ging es ursprünglich um seine Verletzungen, seine Demütigung. Alexander selbst hatte nach dem Vorfall nie den Mut gefunden, mit Jonas darüber zu sprechen. Schließlich hatte dieser ihn für einen der Täter gehalten. Was also hätte er zu ihm sagen sollen? Doch inzwischen musste Jonas die Wahrheit kennen, es konnte nicht anders sein … nach all dem, was Frau Lemberg für ihn tat.

Alexander wurde eines klar: Er musste mit Jonas Kontakt aufnehmen, bloß wie? Das Einfachste wäre natürlich Facebook gewesen. Doch erstens durfte er nur eine Stunde am Tag »vor dem Bildschirm verbringen«, wie es seine Mutter ausdrückte, und die hatte er schon am Vormittag verbraucht. Zweitens war es ein offenes Geheimnis, dass Jonas keinen Netzzugang hatte, geschweige denn bei Facebook angemeldet war, weil dessen Mutter es ihm gänzlich verbot. Einer der Gründe, weshalb er in der Schule eher eine Underdog-Rolle innehatte. An einem Sonntagnachmittag bei ihm zu klingeln oder anzurufen war sicher auch nicht die richtige Lösung. Doch da fiel ihm ein, dass Jonas ein gebrauchtes Dirtbike besaß und damit prahlte, dass er regelmäßig im Kronberger Bikepark seine Sprünge übte. Er glaubte wohl, damit sein Image aufpolieren zu können …

GERTRUD

Gertrud drückte die Öffnung der Flasche mit Nagellackentferner in das Wattepad und rieb den roten Lack auf ihrem Mittelfinger ab. Dann hörte sie es wieder, das Jaulen und Klopfen aus dem Keller. Sie war erst vor einer Viertelstunde bei ihm gewesen, hatte ihm zwei Thermoskannen mit frischem Milchkaffee gebracht und seine Schüssel ausgeleert. Es wäre wirklich besser, wenn sie ihm dort unten ein WC einbauen lassen würde … Das kleine Fenster war mit zwei neuen, stabileren Vorhängeschlössern versehen. Wenn sie lüftete, blieb Gertrud immer unten, bis sie das Fenster wieder eigenhändig verschloss. Inzwischen hatte sie Horst in seinem Kellerraum ein schmales Bett aufgestellt. Es war besser so, denn jede Nacht war er im Haus herumgeirrt und hatte nicht mehr zurückgefunden. Ihr gemeinsames Schlafzimmer konnte sie nicht abschließen, denn es hatte kein angrenzendes Bad, und Horst musste mindestens vier Mal in der Nacht zur Toilette. Auf keinen Fall wollte sie in ihrem Schlafzimmer so eine Schüssel haben, wie er sie in seinem Keller benutzte. Den Geruch ertrug sie nicht, die dauernden nächtlichen Störungen inzwischen ebenso wenig.

»Gertruuuud, im Kaffee ist zu wenig Miiiiilch«, hörte sie Horst aus dem Keller rufen. Jede Silbe war unterlegt von einem Hammerschlag. Das war seine neueste Angewohnheit. Er schlug mit einem Hammer auf die Metallplatte der alten Werkbank. Sie hatte ihm die Werkzeuge deshalb schon abgenommen, aber daraufhin war er dermaßen wütend geworden und ihm war so langweilig gewesen, dass er zwei Regale voller Thermoskannen umgekippt hatte. Sie hatte nachgegeben, und jetzt zerrte er damit an ihren ohnehin überstrapazierten Nerven.

Gertrud griff zu einer kleinen gelben Plastikdose, holte zwei Wachskugeln heraus und drückte sie sich fest in die Gehörgänge. Sicher wäre es eine Erleichterung, ihn wohlversorgt in dem schönen Altersheim zu wissen. Doch dann bliebe ihr nicht mehr viel von ihrem Gehalt, und wenn sie bald in Pension ginge, könnte sie sich am Ende gar nichts mehr leisten. Horst hatte als selbständiger Journalist bei einer Lokalzeitung nie viele Gedanken an seine Altersversorgung verschwendet, bis auf die Lebensversicherung. Die Lebensversicherung ... warum war sie da eigentlich nicht früher draufgekommen? ... Aber was war das jetzt für ein neues Geräusch? Mit welchem Werkzeug fabrizierte er dieses penetrante dumpfe Rattern? Gertrud nahm einen der Wachsstöpsel aus dem Ohr und erschrak: Die Türklingel. Jemand läutete Sturm. Blut flutete in rasendem Tempo ihren Kopf, und sie spürte schon wieder dieses Stechen in der Brust. Sie stieg die Treppe hinab ins Erdgeschoss. Neben der Türklingel hörte sie immer noch das Hämmern von Horst ... und derjenige, der vor der Tür stand, musste es auch hören. Was sollte sie bloß tun? Sie presste sich die Handflächen auf die Ohren. Warum konnte das alles nicht einfach aufhören?

»Aufhören«, flüsterte sie.

»Aufhören«, sagte sie lauter.

Gertrud stampfte zur Haustür und haute im Vorbeigehen mit der Faust an die Kellertür, woraufhin Horst augenblicklich ruhig war.

Sie riss die Haustür auf und wollte den ungebetenen Besucher an einem Sonntagnachmittag bereits heftig beschimpfen – da sah sie, wer vor ihr stand. »Herr Pfarrer ... Sie sind es!« Sofort meldete sich ihr schlechtes Gewissen. »Ich war ... ein paar Sonntage nicht in der Kirche ...«

»Ein paar Sonntage? Es waren vier!«

»Vier? Wirklich ... so viele?«, stotterte Gertrud.

»Darf ich für einen Moment hereinkommen?«

»Ähh, eigentlich ... bin ich gerade dabei ... Klassenarb...«

»Ich störe Sie auch ganz sicher nicht lange.«

Gertrud schickte ein stilles Gebet gen Himmel und führte Herrn Stein an der Kellertür vorbei in das Wohnzimmer.

»Das riecht aber gut bei Ihnen. Da gab es wohl einen schönen Sonntagsbraten?« Früher hatte Gertrud aus diesem Satz mit Freude die versteckte Aufforderung herausgehört, dem Pfarrer ein verspätetes Mittagessen anzubieten. Aber heute blieb sie stur.

»Nein, ich hatte gar keine Zeit, frisch zu kochen. Das muss wohl noch der Geruch vom Aufwärmen in der Mikrowelle sein ... Reste von vorgestern.«

Pfarrer Steins breitem Gesicht sah man seine Überraschung an. Während er sich auf einen der braunen Veloursessel sinken ließ, legte er die Stirn in Falten und fragte: »Woran liegt es denn, dass Sie gar nicht mehr in den Gottesdienst kommen? Ich kann mich nicht erinnern, dass Sie in den letzten Jahren jemals einen Sonntag versäumt haben.«

Gertrud setzte sich ihm gegenüber und versuchte ihre halbablackierten, gelblich verfärbten Fingernägel unter den Oberschenkeln zu verbergen. »In gewisser Weise habe ich das Gefühl, ich würde Gottes Liebe zurzeit nicht verdienen.« Sofort bereute Gertrud, dass ihr dieses Bekenntnis herausgerutscht war.

Pfarrer Stein schnalzte missbilligend mit der Zunge. »Wieso das? Jeder Einzelne ist seine Liebe wert. Ich dachte, Sie kennen das Neue Testament und die Botschaft des Evangeliums genau.«

»Das ist schwer zu erklären. Aber wie gesagt, es ist ja auch nur ein Gefühl und ... es ist auch vor allem ein Zeitproblem. In meinem Alter brauche ich länger für die Klassenarbeiten, die Vorbereitung der Schulstunden, die Hausarbeit und das alles. Da ist man manchmal ein wenig ... überlastet und ausgelaugt.«

Der Pfarrer sah sich um. »Wo ist denn eigentlich Ihr Mann? Den habe ich ja schon eine halbe Ewigkeit nicht mehr gesehen.«

Gertrud zog ihre Hände unter den Beinen hervor und begann, sie zu kneten. »Mittagsschlaf. Und morgens bleibt er auch so lange im Bett, dass er es gar nicht schafft, um zehn in die Kirche zu gehen … das liegt wohl daran, dass er nachts nicht zur Ruhe kommt …«

Pfarrer Stein nickte. »Na … dann will ich Sie nicht länger von Ihren Pflichten abhalten. Aber für unseren Stand auf dem Weihnachtsmarkt können wir doch wieder mit Ihnen und Ihren guten Plätzchen rechnen? Mit Wohltätigkeit lässt sich ein … schlechtes Gewissen … oft wiedergutmachen.« Er stand auf, und gleichzeitig war ein donnernder Hammerschlag zu hören. »Was war das? Mir war auch vorhin, als ob ich …«

»Was denn?«

Noch einmal dröhnte es aus dem Keller.

»Ach das! Das ist unsere Heizung. Immer wenn sie anspringt, verursacht sie diese Schläge, ich muss unbedingt einen Installateur rufen!« Sie legte dem Pfarrer die Hand auf den Rücken und drückte ihn sanft in Richtung Haustür. »Vielen Dank für Ihren Besuch, und natürlich backe ich wieder Plätzchen für Ihren Stand, wie immer, zwölf verschiedene Sorten.« Sie schloss die Tür hinter ihm, lehnte sich dagegen und zuckte zusammen, als mehrere schnelle Hammerschläge hintereinander folgten. Wenigstens hatte Horst nicht gejault und gerufen. Sie faltete die Hände und dankte dem Herrn, dann sah sie auf die Uhr. Schon in zwei Stunden musste sie mit dem Geld an der Burg sein. Wie Ruth wohl reagieren würde, wenn sie sah, dass sie nur die halbe Summe dabeihatte? 10 243 Euro. Das war alles, was sie ihrer Erpresserin anbieten konnte. Wenn Jonas' Mutter damit nicht zufrieden war …

ALEXANDER

Er sah ihn schon von weitem auf dem winzigen Fahrrad mit dem niedrigen Sattel. Jonas hatte einen gelben Helm auf dem Kopf und trug nur ein Sweatshirt, obwohl ein frostiger Wind wehte. Mit Anlauf fuhr er über drei Rampen aus aufgeschütteter Erde. Jedes Mal flog er ein Stück durch die Luft und drehte entweder das Fahrrad zur Seite und wieder zurück, oder er hob den Hintern aus dem Sattel und spreizte die Beine. Die vierte Rampe war die höchste. Wieder drehte er das Fahrrad in der Luft, doch diesmal verlor er die Balance und landete krachend auf der Seite im Dreck. Zwei größere Jungs, die ihm zugesehen hatten, lachten und ermunterten ihn, es gleich noch einmal zu versuchen. Doch zuerst fuhren sie nacheinander die Bahn ab und zeigten ihre Kunstfertigkeit. Jonas stand auf, rieb sich das Knie und nahm erneut Anlauf … diesmal glückte der letzte Sprung, und die anderen johlten. Als er weiter in die Pedale trat, hob er eine Hand mit ausgestrecktem Zeigefinger in die Luft. Dann sah er kurz in Alexanders Richtung, drehte den Kopf weg und gleich wieder zurück. Mit einer Vollbremsung kam er direkt vor Alexander zum Stehen.

»Saucooler Sprung eben! Hätte ich dir gar nicht zugetraut.«

Jonas' Gesicht war anzusehen, dass er sich über das Kompliment freute. Alexander fiel erst jetzt wieder auf, wie unregelmäßig seine beiden Wangenknochen hervorstanden. Die eine Seite des Gesichts wirkte wie eingedrückt.

»Hätte selbst nicht gedacht, dass ich es gleich beim vierten Mal schaffe. War Glück dabei … also … was …?«

»Ich muss mit dir sprechen. Wegen der Sache damals …«

Sofort wurde Jonas' Gesichtsausdruck abweisend. »Keine Ahnung, was es da zwischen uns zu reden gibt …«

»Mittlerweile weißt du ja, dass ich es nicht war, oder?«

Jonas sah zu Boden und zuckte mit den Schultern.

»Es gibt Anhaltspunkte dafür, dass du – oder zumindest deine Mutter – den wahren Täter kennst.«

Jetzt hob Jonas den Kopf und sah ihn herausfordernd an. »Was willst du damit sagen? Was für Anhaltspunkte?«

»Tja, offenbar wirst du auf die Klassenarbeiten … zum Beispiel in Mathe … in ganz besonderer Weise vorbereitet … so gut, dass du nicht schlechter als eine Zwei schreiben kannst, außer du stellst dich total dämlich an …«

Jonas' Gesicht überzog eine zarte Rottönung. Er blickte

knapp an Alexanders Augen vorbei, als er antwortete. »Ich weiß nicht, was du meinst, und jetzt verpisst du dich besser.« Abrupt riss er sein Fahrrad herum und radelte zurück an den Anfang der Bahn. Wieder nahm er Anlauf und sprang über die erste Rampe, die zweite, steilere, nahm er zu langsam. Als er fast oben an der Spitze angekommen war, sah es eine Sekunde lang so aus, als würde er es schaffen, doch dann fehlten ihm ein paar Zentimeter … sein Fahrrad rollte rückwärts, und er landete wieder im Sand.

Alexander näherte sich langsam und hockte sich neben ihn, während Jonas seine Schulter rieb.

»Alles in Ordnung?«

»Ich hab doch gesagt, du sollst verschwinden.«

Inzwischen waren die anderen Jungs aufmerksam geworden und näherten sich, jeder mit einer Dose Red Bull in der Hand. »Was'n los, gibt's Ärger?«

»Der Typ da soll endlich machen, dass er vom Acker kommt.« Jonas zeigte auf Alexander, der sich langsam aufrichtete. Er schätzte die beiden Jungs auf vierzehn oder fünfzehn. Sie waren mindestens einen Kopf größer als er, und jetzt machten sie jeder einen Schritt auf ihn zu. In ihren Gesichtern sah er Vorfreude aufblitzen. Sie kosteten den Moment, in dem sie seine Angst spüren konnten, genüsslich aus. Der eine hatte ein paar Pickel und dunklen Flaum um den Mund herum. Er kam noch näher und stellte sich, wie unbeabsichtigt, auf Alexanders Fuß. »Oh, sorry!«, sagte er, und Alexander konnte seinen von dem Aufputschgetränk süßlichen Atem riechen. Als der Junge den anderen Fuß anhob und sein gesamtes Gewicht auf einen Punkt verlagerte, fühlte er einen stechenden Schmerz in seinem Mittelfußknochen. Der andere Junge trank seine Dose leer, warf sie auf den Boden und rülpste laut.

»Also entweder hast du was an den Ohren, oder du willst es nicht verstehen … vielleicht sollten wir deine Ohrmuscheln ein wenig vergrößern.«

Er trat hinter Alexander, packte ihn an beiden Ohren und

zog sie ruckartig nach oben. Alexander biss sich auf die Lippe, um nicht zu schreien. Hätte nicht der andere Junge noch auf seinem Fuß gestanden, wäre er wahrscheinlich vom Boden abgehoben. Er schmeckte das Blut in seinem Mund. Sein spitzer Eckzahn hatte die Unterlippe eingeritzt. Der Schmerz begann unerträglich zu werden, doch keiner der beiden schien die Absicht zu haben, von ihm abzulassen. Seine Augen suchten Jonas' Blick, der mit einigem Abstand danebenstand und ihnen regungslos zusah. Der Tritt mit dem Knie seines freien Beins traf genau in die Hoden seines einen Peinigers. Mit einem dumpfen Schrei taumelte dieser nach hinten und krümmte sich zusammen. Der andere Junge hatte vor Überraschung Alexanders Ohren losgelassen. Packte aber sogleich wieder von hinten zu und umklammerte ihn.

Alexander wehrte sich heftig und mobilisierte alle seine Kräfte. Er war ein schmächtiger Junge, aber durch das Hockeytraining hatte er dennoch Muskeln und Ausdauer. Er stieß sich mit den Beinen vom Boden ab und warf sie in die Luft. Doch die Umklammerung seines Widersachers war eisern. Ihm wurde klar, dass ihm nicht viel Zeit blieb, bis der andere wieder Luft bekommen und einsatzfähig sein würde. Mit dem rechten Bein holte er Schwung und stieß seinem Gegner den Absatz mit aller Kraft gegen das Schienbein. Der Griff lockerte sich, und Alexander trat noch einmal mit der Kante nach. Der Junge jaulte auf. Jetzt war er frei und rannte, so schnell er konnte, zu seinem Fahrrad. Als er sich auf den Sattel schwingen und losfahren wollte, stand Jonas vor ihm und blockierte den Weg.

»Lass mich gehen«, sagte Alexander. Am Rand seines Blickfelds nahm er wahr, wie sich die beiden größeren Jungs in Bewegung setzten.

»Es war der Mann von der Lemberg, der dich damals verprügelt hat, falls du es noch nicht weißt ... und weil deine Mutter es rausgefunden hat, versorgt dich die Lemberg mit den Aufgaben für die Klassenarbeiten, damit ihr dichthaltet ...

oder hast du geglaubt, sie macht das wegen deiner schönen blauen Augen?«, zischte er Jonas zu.

Dieser riss die Augen und den Mund auf und ließ seinen Klassenkameraden passieren.

JONAS UND RUTH

Jonas' Mutter hatte seit Dienstbeginn um fünf Uhr morgens Alte und Pflegebedürftige gewaschen, angezogen, gefüttert, ihnen ihre Medikamente verabreicht, sie in Rollstühle und Sessel gehievt. Sie hatte Bauchgurte gelöst, Bettpfannen ausgeleert, Katheter gewechselt, uringetränkte Betten frisch bezogen und dabei versucht, kostbare Minuten aus ihrem durchgetakteten Dienstplan abzuzwacken, um kurze Gespräche mit den Menschen zu führen, die sie versorgte. Mancher antwortete gar nicht oder beschimpfte sie. Andere wollten sie nicht mehr gehen lassen und klammerten sich an ihre Hand.

Als sie am späten Sonntagnachmittag nach Hause kam, war sie, wie immer, so erschöpft, dass sie sich im Wohnzimmer auf das Sofa legte. Üblicherweise hielt sie dann einen kurzen Mittagsschlaf, doch heute machte sie das bevorstehende Treffen mit Gertrud Lemberg zu nervös. Ob die Lehrerin zur vereinbarten Zeit erscheinen würde … und ob sie das Geld mitbringen würde? Was, wenn sie es sich anders überlegte und womöglich zur Polizei ginge? Aber nein, das würde sie nicht tun. Dann würde ihr Mann ja unweigerlich vor dem Strafrichter landen. Sie hörte die Wohnungstür ins Schloss fallen und rief: »Lena, Jonas? Seid ihr das?«

»Ich bin's«, hörte sie die Stimme ihres Sohnes, der kurz darauf mit verdreckter Kleidung im Wohnzimmer erschien. »Warst du schon wieder in diesem Bikepark? Du weißt doch, dass ich das nicht möchte. Da treiben sich immer diese Halbstarken rum.«

»Wo soll ich denn sonst fahren … dann hättest du mir erst gar kein Dirtbike zu schenken brauchen.«

Ruth seufzte. »Zieh die Sachen gleich im Bad aus und tu sie in die Waschmaschine. Und geh in die Dusche … ich kann dich bis hier riechen.«

Doch Jonas rührte sich nicht von der Stelle und starrte seine Mutter an.

»Ist noch was?«

»Stimmt es, dass du inzwischen weißt, wer mich damals zusammengeschlagen hat?«

Ruth richtete sich auf und schlüpfte in ihre Pantoffeln.

»Also was ist jetzt?«

»Ja, ich weiß, wer es war. Aber es ist besser, wenn du seinen Namen nicht kennst.«

»Besser für wen?«

»Besser für alle!«

Ohne auf seine schmutzige Hose zu achten, ließ sich Jonas auf einen der Sessel fallen. »Meinst du vielleicht, ich merke nicht, dass du und die Lemberg was ausbrütet? Glaubst du, ich halte es für ganz normal, wenn sie mich plötzlich vor den Arbeiten mit den Aufgaben versorgt?«

»Du solltest dankbar sein!«

»Du kannst mich mal. Das habt ihr euch schön ausgedacht. Ihr verrückter Alter schlägt mich fast zum Krüppel, und nur weil sie mir hinterher ein paarmal hilft, sollen wir die Klappe halten. Ich denke gar nicht daran. Morgen gehe ich zur Polizei, und dann soll der Typ seine Strafe bekommen.«

Ruth stand auf und machte einen Schritt auf ihn zu. »Das wirst du schön bleiben lassen. Erstens hast du die Unterstützung in der Schule bitter nötig, sonst landest du nämlich höchstens in der Kronberger Förderstufe, wenn nicht gleich auf der Realschule …«

»… und zweitens?«

»… zweitens sind die Lösungen der Klassenarbeiten noch lange nicht alles, was wir von der Lemberg bekommen werden …«

»Ach ja?« Seine Stimme überschlug sich.

»Schscht, schrei doch nicht so. Es müssen ja nicht auch noch die Nachbarn mitbekommen … wo ist eigentlich Lena?«

»Woher soll ich das wissen … vermutlich noch bei Frau Schuster.«

Ruth nickte beruhigt und setzte sich wieder. Mit gesenkter Stimme sprach sie weiter. »Bald kann ich die Schulden für deine Implantate abbezahlen, und von dem Rest werden wir uns mal was leisten … ein neues Auto oder einen Urlaub … zum Beispiel auf Mallorca.«

Jonas griff nach der Wasserflasche auf dem Wohnzimmertisch. »Ich verstehe nicht …«

»Na sonst bist du doch auch nicht so begriffsstutzig! Sie gibt uns Geld. Nachher gehe ich es abholen. Um sechs treffe ich mich mit ihr an der Burg. Dann sind wir erst mal die Sorgen los!«

»Die Sorgen los? Das ist Erpressung! Und du glaubst doch nicht, dass die dir wirklich Geld gibt? Wie viel hast du denn verlangt?«

»Zwanzigtausend«, stieß seine Mutter selbstbewusst hervor. Sie sah auf die Uhr und sprang auf. »Schon halb sechs, jetzt muss ich aber los, es wird höchste Zeit.«

»Ich komme mit«, sagte Jonas.

»Kommt nicht in Frage. Ich will dich da nicht hineinziehen.«

»Mich nicht hineinziehen? Ich bin doch schon ganz tief drin!« Er zeigte auf seine deformierte Wange und bleckte die Zähne, so dass man seine Implantate sehen konnte.

Ruth stand zögernd in der Tür. »Na schön, aber zieh dir was Dunkles an und versteck dich.«

AN DER KÖNIGSTEINER BURG

Gertrud verstaute die Geldscheine in einer Plastiktüte, zog ihren wärmsten Mantel an und wickelte sich einen dicken Schal um den Hals. Im Garderobenspiegel sah sie die Kellertür, drehte sich um und rief: »Horst, ich geh noch eine Runde spazieren. Bin in einer halben Stunde wieder da. Hast du noch genug Milchkaffee?«

Sie legte den Kopf an die Tür und rief noch einmal: »Horst? Hast du mich gehört?« Alles blieb still. Gertrud zögerte und sah auf ihre Armbanduhr. Es war Viertel vor sechs, sie musste jetzt losfahren. Doch dann tastete sie nach dem Schlüssel in ihrer Hosentasche und schloss die Tür auf. Schon als sie die Kellertreppe herunterging, konnte sie die kalte Luft spüren.

»Was, wenn sie gar nicht kommt?«, fragte Jonas, als sie nebeneinander den steilen Weg, am Amtsgericht vorbei, Richtung Burg gingen.

»Die kommt schon. Sie weiß, was ihrem Mann sonst blüht. Und jetzt ist es besser, wenn wir uns trennen. Du musst dich abseits von den Wegen halten, aber zerreiß dir nicht die Jacke. Pass bloß auf, dass du nicht entdeckt wirst, klar?«

Jonas nickte.

Sie sah ihn im Stiefmütterchenbeet stehen.

»Na weit bist du ja nicht gekommen«, sagte Gertrud und konnte nicht verhindern, dass ihre Stimme höhnisch klang.

Horst fuhr herum, begann leise zu jaulen, und Gertrud hatte plötzlich eine Idee. »Sei still und steig ins Auto. Wir haben was zu erledigen.«

Augenblicklich war Horst ganz ruhig und tat, was sie ihm gesagt hatte. »Kaufen wir Gummischlangen?«, fragte er.

»Heute ist Sonntag. Da haben die Geschäfte geschlossen.«

»In die Kirche?«

»Nicht abends, außer am Samstag und am Heiligen Abend, und der ist noch nicht.« Sie sah kurz zu ihm herüber.

Er nickte und wiederholte: »Ja, am Abend nicht.«

Sie parkte ihren Wagen vor der Kirche und sah einen Moment lang schweigend geradeaus. Dann drehte sie sich zu ihrem Mann um und musterte ihn. In der fahlen Parkplatzbeleuchtung sah sein Gesicht so friedlich aus. Er schien sich sogar frisch rasiert zu haben und duftete ein wenig nach Rasierwasser. Sie hatte diesen Mann einmal aus Liebe geheiratet. Er war ein agiler, politisch engagierter Mensch gewesen, dessen Journalistenkarriere nicht ganz so erfolgreich verlief, wie er es sich vorgestellt hatte. Aber dafür war er Stadtverordneter geworden und hatte in der Gemeinde ein ordentliches Ansehen genossen. Was war nur im letzten Jahr aus ihm geworden? Wo war der Mann, wo war die Persönlichkeit, die sie respektieren und achten konnte? Zurückgeblieben war ein hilfloses, unberechenbares, fremdes Wesen, das manchmal wie ein verängstigtes Kind wirkte und manchmal als tosender Choleriker agierte. Doch trotzdem wollte sie nicht, dass er für immer weggesperrt würde, und dafür musste sie jetzt sorgen.

»Pass auf und hör ganz genau zu, was ich dir sage: Wir gehen jetzt hoch zur Burg. Dort treffe ich eine Frau. Du kannst nicht neben mir auf dem Weg gehen. Sie darf dich nicht sehen. Deshalb schleichst du durch das Gebüsch und versteckst dich. Bleib aber in meiner Nähe.« Sie überlegte. »Pass auf, nur wenn ich sage: ›Gottesdienst am Abend‹, darfst du dich zeigen. Merk dir das, sonst sperren sie dich ein, und da gibt es keinen Milchkaffee.«

Horst hatte ihr mit großen Augen zugehört. »Gottesdienst am Abend«, sagte er leise und nickte.

Gertrud keuchte, als sie, die Plastiktüte mit dem Geld in ihrer Manteltasche, den steilen Fußweg zur Burgruine hinaufstieg. Der Weg beschrieb eine Kurve, und sie sah die von Scheinwerfern angestrahlte Ruine und den Turm aus den dunklen Wehrmauern herausragen. Niemand war zu sehen. Plötzlich hörte sie aus dem Gebüsch neben sich ein lautes Knacken und erschrak. »Horst? Bist du das?«, flüsterte sie. Doch sie erhielt keine Antwort, stattdessen hörte sie ein Rascheln von schnellen Schritten im Laub. Sie blieb noch einen Moment lang stehen, drückte sich die Hand unter ihre Brust und rang nach Atem. Den Aufstieg empfand sie als unvorstellbar anstrengend. Und auf einmal begann sie, sich darüber zu ärgern, dass Frau Conzen ausgerechnet diesen Ort für ihr Treffen gewählt hatte. Sicher hatte sie das absichtlich getan, weil sie genau wusste, wie beschwerlich der Weg für sie sein würde. Langsam setzte sie sich wieder in Bewegung und erreichte nach zehn Minuten den Torbogen in der Mauer.

Gertrud sah sich um. Der Vorplatz und der Weg waren menschenleer, und es gab keinerlei Beleuchtung. Lediglich der angestrahlte Turm reflektierte etwas Licht auf den Vorplatz. Ein Blick auf ihre Uhr sagte ihr, dass es eine Minute nach sechs war. Aber Ruth konnte doch unmöglich schon gegangen sein. Wieder spürte Gertrud einen starken Druck auf ihrer Brust. Sie sah ihren eigenen Atem als weiße Wolke in der eisigen Luft schweben. »Eine Unverschämtheit«, murmelte sie. »Eine alte Frau hierherzubestellen und dann nicht einmal selbst zu erscheinen.« Jetzt machte sich auf einmal auch ein Schmerz in ihrem linken Arm bemerkbar. Er zog ganz langsam von der Schulter zum Ellbogen hinunter, und Gertrud begann hektischer zu atmen. Ihre Verärgerung steigerte sich in eine Mischung aus Angst und Wut. Was bildete sich diese Frau überhaupt ein? Sie war eine gestandene, angesehene Grundschullehrerin; sie hatte hier ihren Platz in der Gemeinde, und niemand sonst hätte es gewagt, sie so zu erniedrigen. Die weiße Atemwolke wurde immer größer und schien sie einzuhüllen. Plötzlich erschien dahinter ein dunkler Schatten.

»Und, haben Sie das Geld dabei?«, hörte Gertrud eine Stimme. Im selben Moment wurde der Ring um ihre Brust ruckartig angezogen, so dass sie aufstöhnte. »Ob Sie das Geld haben, habe ich gefragt. Und Sie brauchen es bei mir gar nicht mit der Mitleidstour zu versuchen …«

»Am … Sonntag … gibt es … keinen …«

»Was reden Sie denn da?« Ruth sah ihr in das farblose Gesicht. Dann bemerkte sie den Zipfel der weißen Plastiktüte, der aus der Manteltasche herausschaute, und griff danach. Sie nahm das Geldbündel heraus und zählte nach. »Na, das hätte ich mir denken können«, knurrte sie.

Gertrud taumelte.

»… Gottesdienst am Abend!«, röchelte Gertrud, bevor sie zu Boden ging.

»Oh Gott, was ist mit Ihnen?« Aber Ruth ahnte, was los war. Sie steckte die Geldscheine zurück, tastete nach ihrem Mobiltelefon und wählte 112. »Hallo, ich möchte einen Notfall melden: Direkt an der Königsteiner Burg. Eine Frau hatte einen Herzinfarkt …«

Weiter kam sie nicht. Sie hörte eine Art Wolfsgeheul, den undeutlich hervorgekeuchten Satz: »Was hast du ihr angetan?«, und wurde im selben Moment gegen die Mauer aus tausendjährigen Steinen geschleudert. Dann packte sie jemand von hinten am Kragen und stieß sie ein zweites Mal gegen die Wehrmauer. Zuerst hörte sie ein lautes Knacken und dann die grellen Schreie ihres Sohnes. Sie rutschte langsam an der Mauer herunter. Auf dem Boden liegend, sah sie, dass sich Jonas von hinten auf Horst gestürzt und an seinen Rücken gehängt hatte. Der versuchte, ihn mit allen Kräften abzuschütteln, schrie und heulte dabei, war völlig außer sich.

»Jonas!«, rief sie und richtete sich langsam auf. Ihre rechte Schulter schmerzte höllisch, und sie konnte den Arm nicht bewegen. Mit dem anderen Ellbogen stützte sie sich ab und sah voller Entsetzen, wie Horst das Gleichgewicht verlor und nach hinten umfiel. In letzter Sekunde rollte sich Jonas zur Seite und warf sich auf den Körper des Mannes. Der packte Jonas an den Haaren und holte mit der anderen Faust aus.

»Nein!«

Ihr gellender Schrei wurde von den Mauern zurückgeworfen, und es kam ihr vor, als zögerte Horst, als er ihn hörte. Jonas griff in Horsts Gesicht und versuchte, ihm die Finger in die Augen zu drücken, doch das schien seinem Gegner nichts auszumachen. Horst warf sich herum und lag jetzt mit seinem ganzen Gewicht auf dem schmächtigen Jungen. Ruth tastete in ihrer Jackentasche herum, fand aber nicht das, was sie suchte. Sie musste es in der rechten Tasche versuchen, doch das war kompliziert. Den rechten Arm konnte sie immer noch nicht wieder bewegen, und der Reißverschluss der rechten Tasche war zu. Währenddessen sah sie, dass Horst wieder ausholte und einen Gegenstand in der Hand hielt. Doch irgendetwas schien ihn zurückzuhalten. Er murmelte etwas Unverständliches, jaulte leise und ließ den Arm sinken.

Jonas wand sich unter ihm hin und her, strampelte mit den Beinen und versuchte, sich zu befreien. Dann hörte sie das Martinshorn des Krankenwagens näher kommen. Im selben Moment erkannte sie, was Horst in seiner Faust hielt: einen großen Stein. Der Reißverschluss ließ sich plötzlich öffnen. Jonas' Mutter tastete nach der Dose und kroch weiter auf die Kämpfenden zu. Horst holte wieder aus. Das Martinshorn war jetzt ganz nah, und sie konnten schon die Scheinwerfer und das Blinken des Blaulichts sehen. Doch Horst holte noch weiter aus und ließ den Arm in Richtung von Jonas' Kopf herabschnellen, als er auf einmal wie ein verwundetes Tier laut aufjaulte. Der Stein fiel aus seiner Hand; Horst rollte sich zur Seite und schlug sich beide Hände vor das Gesicht. Hastig ließ Ruth die Dose mit dem Pfefferspray in ihrer Jackentasche verschwinden. Jonas richtete sich auf und wischte die Tränen aus seinen Augen. Er hatte auch etwas von dem Spray abbekommen, während er unter seinem Angreifer lag. Als die Besatzung des Rettungswagens auf sie zukam, zischte seine Mutter: »Nimm die Plastiktüte, steck sie ein und zeig sie niemandem!«

Die Rettungssanitäter sprangen aus dem Wagen und rannten auf Jonas zu.

»Die Frau dort, kümmern Sie sich zuerst um sie. Sie hatte wahrscheinlich einen Herzinfarkt«, rief Ruth und zeigte auf Gertrud.

Einer der Sanitäter bückte sich über die am Boden liegende Lehrerin und hielt ihr die Finger an die Halsschlagader. Nach einer Weile sah er auf und schüttelte den Kopf.

SUSANNE

»Frau Dr. Sander. Schön, dass wir Sie antreffen! Wir hätten da noch ein paar Fragen an Sie.«

Susanne, die soeben ins Haus an der Löwenstraße hatte gehen wollen, drehte sich um und erkannte den hochgewachsenen Kommissar der Kantonspolizei, mit dem sie gestern gesprochen hatte. »Oh, Sie sind es!«

Der Kommissar nahm sie am Ellbogen. »Können wir vielleicht kurz sprechen?«

Susanne musterte ihn verlegen. Sein Gesicht war markant geschnitten, mit einer geraden Nase, tiefstehenden schwarzen Augenbrauen über warmen dunkelbraunen Augen. Er hatte einen Dreitagebart, Koteletten, trug eine braune Lederjacke, was ihr für einen Schweizer Polizeibeamten überraschend lässig vorkam. Der andere war kleiner, wesentlich jünger, mit einem eigenwilligen Zug um den schmalen Mund. Susanne schätzte ihn auf höchstens Mitte zwanzig. Er schien der Assistent zu sein.

»Ja, natürlich. Könnten Sie mir noch einmal Ihre Namen nennen, ich habe leider ein miserables Gedächtnis, was das angeht.«

»Ich bin Kommissar Fründ, und das ist Inspektor Kornblum.«

Susanne nickte. »Gut. Kommen Sie am besten mit in meine Wohnung, hier ist es eindeutig zu kalt.«

Im Fahrstuhl nach oben fragte sie: »Wann kann ich eigentlich meinen Wagen abholen? Oder wird der noch untersucht?«

Die Männer sahen sich erstaunt an. »Ihren Wagen? Von dem wissen wir gar nichts. Wieso sollten wir den untersuchen?«

Susanne antwortete, während sie aus dem Fahrstuhl stiegen: »Ich dachte nur, weil diejenigen, die mich überfallen haben, mir doch auch die Wagenschlüssel abgenommen hatten. Vielleicht gibt es da ja Spuren.«

»Wo stand denn Ihr Auto?«

Susanne schloss die Wohnungstür auf und betrachtete einen Moment lang gedankenversunken den Zweitschlüssel in ihrer Hand. Sie hatte ihn bei Woletzki abgeholt, nachdem sie im Streifenwagen nach Zürich gebracht worden war. Seine Reaktion auf ihre Lüge, sie habe ihren eigenen beim Spazierengehen verloren, war schwer zu deuten gewesen …

»Frau Dr. Sander? Wissen Sie noch, wo Sie es abgestellt haben?«

Susanne blickte auf. »Auf derselben Straße, in der auch dieser Pferdehof war … ein kleines Stück weiter vorne. Möchten Sie etwas trinken? Kaffee … Tee? Ich mache mir auch einen, bin schon wieder durchgefroren.«

Der Kommissar lächelte. »Ein Kräutertee wäre gut.«

Sie setzten sich in der Küche auf die weißen Arne-Jacobsen-Stühle und sahen Susanne dabei zu, wie sie Minzblätter und Teebeutel in eine Glaskanne legte. »Die Hausdurchsuchung in Baar hat bisher nicht viel Neues ergeben. Die Unterlagen und Computer werten wir noch aus. Ihre Sachen und die Ihrer Freundinnen haben wir leider nicht gefunden.«

»Oh, das ist aber keine gute Nachricht«, sagte Susanne.

»Ich habe immer noch nicht verstanden, weshalb Sie eigentlich mitten in der Nacht dort hingefahren sind«, fragte der jüngere Beamte in herausforderndem Ton.

Susanne umfasste ihr schmerzendes Handgelenk und suchte nach einer Antwort.

»Was haben Sie da an der Hand? Zeigen Sie mal!«, sagte Fründ.

Sofort versteckte Susanne die Hände unter der Tischplatte.

»Ach, das ist nur von den Fesseln.« Sie wusste, dass dies die Gelegenheit gewesen wäre, den Polizisten von der Porzellanspieluhr in ihrem Büro und von den Fotos mit der Aufforderung, ihre Nachforschungen einzustellen, zu berichten, doch sie unterließ es. Stattdessen wandte sie sich an den Jüngeren. »Ich habe Ihrem Vorgesetzten schon erzählt, wie es war. Dass meine Freundin mich angerufen und mehrfach auf die Mobilbox gesprochen hatte, und da dachte ich, die beiden seien vielleicht in Gefahr …«

»Und da sind Sie ihnen alleine gefolgt und kamen nicht auf die Idee, die Polizei einzuschalten?«

Susanne empfand den Tonfall des jungen Polizisten langsam als unverschämt und antwortete gereizt: »Hätten Sie das vielleicht ernst genommen? Wenn ich Ihnen erzählt hätte, meine Freundinnen verfolgen einen Mann, den sie kurz auf der Auktion gesehen haben und der eigentlich tot ist?«

Fründ versuchte, zu beschwichtigen: »Ich verstehe Ihre Bedenken, aber trotzdem hat mein Kollege recht. Natürlich sollte man uns in solchen Fällen verständigen, bevor man auf eigene Faust Recherchen anstellt. Aber so kommen wir jetzt nicht weiter.« Susanne holte Tassen aus dem Schrank.

»Enno Blankenberg wird inzwischen per internationalem Haftbefehl gesucht. Was uns noch interessieren würde, kannten Sie eigentlich den Eigentümer des Hofs?«

Susanne drehte sich um. »Nein, wieso sollte ich den kennen?«

»Ich dachte nur, da er, wie Sie, im Kunstbetrieb tätig ist …«

»Wie heißt er denn überhaupt?«

»Dr. Urs Brünner. Wir haben ihn allerdings bei der Hausdurchsuchung nicht angetroffen.«

Es klirrte laut, als die Tassen auf den Bodenfliesen der Küche zerschellten. Vor Susannes Augen tauchte plötzlich wieder die Erinnerung auf: Die Visitenkarte von Brünner mit der Adresse in Baar. Sie hatte sie an dem Abend nach der Versteigerung aus dem Ordner geholt, weil sie den Gutachter für die Beckmann-Werke gleich am Morgen anrufen wollte.

»Ich habe eine gute und eine schlechte Nachricht! Welche willst du zuerst hören?«

»Ich hasse das. Aber von mir aus: zuerst die gute.«

»Enno Blankenberg wird per internationalem Haftbefehl gesucht.«

»Hmm, und das soll eine gute Nachricht sein? Sie wäre es, wenn sie ihn geschnappt hätten. Und was ist die schlechte?«

»Leider wurden weder euer Gepäck noch unsere Ausweise, Schlüssel, Handys bei der Hausdurchsuchung in dem Pferdehof gefunden. Ist alles wie vom Erdboden verschluckt.«

»Na bravo, meine Pechsträhne scheint nicht abzureißen. Gestern wollte ich Arthur im Krankenhaus besuchen, und was passiert: Meine Bremsen versagen, und ich rase direkt vor dem Manufactum in eine Betonsäule des Opernturms.«

»Waas?«, schrie Susanne in ihr Handy.

»Schrei doch nicht so. Ein perforiertes Trommelfell kann ich jetzt am allerwenigsten gebrauchen.«

»Ist dir was passiert?«

»Geht schon. Habe ein Schleudertrauma, seit gestern Kopfschmerzen und trage eine kleidsame Halskrause in Hautfarbe.«

»Du Arme. Aber wieso haben denn deine Bremsen versagt? Bestimmt hast du aufs falsche Pedal getreten, ist mir auch …«

»Nein, habe ich nicht. Das wollte mir der Streifenpolizist auch einreden. Aber es hat ja schon an der Kreuzung zum Reuterweg angefangen … die Bremse hat einfach nicht mehr funktioniert. Ich habe ins Leere getreten und bin auf die Autoschlange an der Ampel zugerollt, deshalb habe ich das Steuer im letzten Moment herumgerissen … Warte mal gerade …« Der Taxifahrer war in die Altkönigstraße eingebogen und fragte sie nach der Hausnummer. Dann fuhr er langsam weiter. »… und bin erst zum Stehen gekommen, als der Wagen gegen die …« Claudia stockte. Vor ihrem Haus parkten in zweiter Reihe drei Streifenwagen mit blinkendem Blaulicht.

»Claudia? Bist du noch da?«

Claudia antwortete nicht, sondern beobachtete mit offenem Mund mehrere Uniformierte, die weiße Plastikkisten mit Akten aus ihrem Haus trugen und in den Polizeiautos verstauten. »Ich steige hier aus«, sagte sie zu dem Taxifahrer, bezahlte und wand sich ungeschickt aus dem Fond des Wagens. »Susanne, ich ruf dich später wieder an«, beendete sie das Gespräch, ohne eine Antwort abzuwarten.

Eine kleine schwarzgekleidete Frau mit strengem Gesicht, umrahmt von einer Kleopatrafrisur, kam auf sie zu und fragte barsch: »Sind Sie Rechtsanwältin Claudia Neumann-Elten?«

Claudia nickte. Daraufhin zückte die Beamtin ihren Dienstausweis und hielt ihn ihr mit einer ruckartigen Bewegung entgegen. »Mein Name ist Laura Stern, Betrugsdezernat Frankfurt. Wir führen dort oben eine Hausdurchsuchung durch.« Sie zeigte auf das oberste Stockwerk. »Wo können wir uns am besten unterhalten?«

Claudia brauchte einige Sekunden, doch dann war sie wieder Herrin ihrer Sinne und spulte nahezu automatisch ein Programm ab: »Wo ist der richterliche Durchsuchungsbeschluss?«

Die Beamtin zog das zusammengefaltete Papier aus der Tasche. Während Claudia den Beschluss überflog und dabei erleichtert registrierte, dass sich das Ermittlungsverfahren nur gegen Enno Blankenberg und Dr. Teufel richtete und nicht gegen sie selbst, deutete sie auf eine Kiste, die von einem Beamten gerade in den Kofferraum eines Streifenwagens geladen wurde.

»Ist der die Untersuchung leitende Staatsanwalt vor Ort?«

Die Beamtin schüttelte entschieden den Kopf. »Ich leite die Durchsuchung.«

»Dann bestehe ich darauf, dass alle Schriftstücke versiegelt und nur dem Staatsanwalt vorgelegt werden.«

Frau Stern zeigte sich angriffslustig. »Zu spät, die meisten Sachen sind schon eingeladen.«

Claudia holte tief Luft, drehte den Durchsuchungsbeschluss um und hielt ihn Frau Stern vor die Nase. »Ich kann hier keine ausdrückliche Anordnung erkennen, wonach die Beamten zum Lesen der Schriftstücke befugt wären. Sie vielleicht? Dann muss ich Sie ja wohl nicht darüber belehren, dass es im vorliegenden Fall ausschließlich dem leitenden Staatsanwalt gestattet ist, die Dokumente einzusehen. Ich bestehe daher auf einer sofortigen Versiegelung. Anderenfalls bringen Sie alles wieder zurück in die Wohnung.«

Frau Stern wurde rot und zögerte einen Augenblick. »Ich würde Ihnen raten, mit uns zu kooperieren, anstatt diesen Konfrontationskurs einzuschlagen.«

»Und pfeifen Sie Ihre Beamten da oben sofort zurück. Wie lange sind Sie schon vor Ort?«

»Lange genug. Wir sind gleich fertig.«

Wieder kamen Beamte aus der Haustür, diesmal mit PCs. Claudia erkannte die Computer von Arthur und Lorenz und machte einen Schritt auf sie zu: »Halt, die gehören meinen Kindern!«

Frau Stern stellte sich ihr in den Weg. »Das tut nichts zur Sache. Trotzdem können für das Ermittlungsverfahren relevante Informationen darauf gespeichert sein.«

»Moment mal. Das Ermittlungsverfahren richtet sich noch nicht einmal gegen meine Person, sondern das hier ist eine Drittuntersuchung. Es ist sowieso völlig abwegig, dass hier irgendwelche Unterlagen, die mit Blankenberg, Dr. Teufel und Kormoran in Zusammenhang stehen, zu finden sind. Die sind alle in der Kanzlei oder in den Geschäftsräumen der Gesellschaft. Und dann gehen Sie so weit, die PCs meiner Kinder zu beschlagnahmen?«

Frau Stern musterte sie mit ihren schmalen, schwarzumrandeten Augen. »Glauben Sie mir, Frau Dr. Neumann-Elten. Wir haben da oben alleine in einem Zimmer so viel Material gefunden, dass der Staatsanwalt in Erwägung ziehen könnte, das Ermittlungsverfahren auf Sie und einen gewissen Nicolas de Haan auszudehnen.« Aus Claudias Gesicht wich alle Farbe, während die Polizeibeamtin fortfuhr: »Sie wissen nicht zufällig, wo dieser sich zum jetzigen Zeitpunkt aufhält?«

Claudia schüttelte langsam den Kopf. In ihrem Gehirn arbeitete es. Die ganze Zeit über hatte sie dieses unterschwellige Gefühl gehabt, als ob Nicolas in der Sache mit drinhing. Sein plötzliches Verschwinden seit ihrem letzten Telefonat aus Zürich war also kein Zufall. Eigentlich hatte sie vorgehabt, der Staatsanwaltschaft noch heute mitzuteilen, dass Enno Blankenberg lebte, aber da schien ihr die Schweizer Polizei zuvorgekommen zu sein.

In Anbetracht der neuesten Entwicklungen besann sie sich auf den eisernen Grundsatz, den ihr ein Ausbilder während des Referendariats immer wieder eingebläut hatte: Schweigen ist die stärkste Waffe der Verteidigung. Sie ließ sich Kopien des Beschlusses und des Durchsuchungsprotokolls aushändigen und versprach, sich am nächsten Tag im Polizeipräsidium einzufinden. Gerade wollte sie die Treppe zu ihrer Wohnung hinaufsteigen, als ihr noch etwas einfiel.

Der Platz, auf dem sie eine Woche lang ihren Wagen geparkt hatte, war natürlich wieder belegt, der alte Saab, der sie so unverschämt eingeparkt hatte, stand noch an Ort und Stelle. Claudia bückte sich unbeholfen und fluchte über den unbequemen Kragen und die Schmerzen in ihrem Nacken. Doch ihre Anstrengung lohnte sich. Der große dunkle Fleck auf dem Asphalt, genau an der Stelle, wo ihr Wagen gestanden hatte, war nicht zu übersehen. Wenn die von Blankenberg betrogenen Anleger schon so weit gingen, an ihrem Wagen die Bremsen zu manipulieren, was würde dann ihr nächster Schritt sein? Sie richtete sich wieder auf und ging langsam die Treppe zu ihrer Wohnung hinauf.

Die Tür stand weit offen, und als sie in die Zimmer blickte, stellte sie fest, dass die Beamten ganze Arbeit geleistet hatten.

Fast der gesamte Inhalt von Schränken und Schubladen war auf dem Boden verteilt. Sie setzte sich auf die Betontreppe zu ihrem Schlafzimmer. Eigentlich sollte sie die gröbste Unordnung beseitigen, bevor die Kinder aus der Schule nach Hause kamen. Doch stattdessen versank sie in eine empfindungslose Starre. Sie wusste nicht, wie lange sie so dagesessen hatte. Das Klopfen an der offenen Wohnungstür ließ sie zusammenfahren.

»Sind Sie Frau Neumann-Elten?«

Claudia nickte und stöhnte grimmig: »Das müssten Sie doch langsam wissen! Haben Sie noch was vergessen? Bitte bedienen Sie sich.« Ohne hinzusehen machte sie eine einladende Geste mit der Hand. Der Mann mit grauem Parka und fettigem Seitenscheitel machte einen Schritt in die Wohnung und sah sich erstaunt um. Wieder wurde ihr ein Ausweis vor das Gesicht gehalten.

»Ich komme vom Jugendamt. Es liegt eine Anzeige gegen Sie vor, wegen Kindeswohlgefährdung.«

JULIA

»Es kommt mir vor wie eine Ewigkeit, seit wir uns das letzte Mal gesehen haben.«

Julia und Jacky umarmten sich, und Jacky zog ihre Jacke aus. Sie sah sich um. »Du hast es hier doch gar nicht so schlecht getroffen! Ist jedenfalls besser als in der Fuchstanzstraße, oder?«

»Geht so, der einzige Haken an der Sache ist mein neuer Stief*papi,* der hier manchmal rumhängt. Zum Glück ist er jetzt ziemlich lange nicht mehr da gewesen. Ich hoffe, er taucht nie wieder auf. Komm mit, ich zeig dir mein Zimmer, und dann gehen wir zu Starbucks und so, das ist schon tausendmal geiler hier als im Taunus. Man kann einfach losschlendern und ist gleich mitten in der Stadt.«

Jacky nickte. »Ich würde auch viel lieber in Frankfurt wohnen. Königstein ist so was von öde. Und dann noch diese ätzende Mädchenschule.«

»Ach, genau, was macht denn eigentlich meine Lieblingsfeindin?«

»Clara ist jetzt mit Denis zusammen.«

»Was? Wie hat sie denn das geschafft?«

»Keine Ahnung. Niemand weiß, was der an ihr findet. Aber seitdem hält sie sich natürlich für den absoluten Star. Ich meine, Denis ist nun auch wirklich der bestaussehende Junge in ganz Königstein. Sie geht natürlich auch mit ihm zum Mittelball ... ach, sag mal, willst du da nicht auch kommen, das wird sonst ganz lahm ohne dich, du könntest mit Kai hingehen ... der fragt immer nach dir. Und du bist doch hier auch in der Tanzstunde!«

»Pfft, bist du verückt? Freiwillig setze ich keinen Fuß mehr in diese Taunusspießerwelt.«

Jacky schob die Unterlippe nach vorne. »Weißt du überhaupt, wem sie Denis ausgespannt hat?«

Julia sah sie erwartungsvoll an.

»Ihrer besten Freundin Toni. Die war nämlich seit deiner Party mit ihm zusammen.«

»Seit meiner Party? Ja, stimmt, ich habe sie irgendwann knutschen sehen ... Sie stockte und begann dann zu grinsen. »Aber dann sind Clara und Toni jetzt ja wohl keine besten Freundinnen mehr.«

Jacky schüttelte den Kopf. »Das ist das einzig Positive an der Konstellation.«

Julia ließ sich nach hinten auf ihre Matratze fallen. »Ich glaube, da lässt sich was draus machen ...« Sie drehte sich zur Seite und griff nach einer Schachtel Toffifee, die offen zwischen einigen Staubflusen auf dem Boden lag. »Willst du?«

Jacky schüttelte energisch den Kopf. »No way. Ich habe gerade mühsam zwei Kilo abgenommen.«

»Hm, sieht man gar nicht. Oh sorry, ich meine, du bist sowieso dünner geworden, seit wir uns das letzte Mal gesehen haben!« Julia pustete den Staub von der Schokolade und steckte sich gleich zwei Stück auf einmal in den Mund. »Und was macht Jan so?« Sie versuchte, nicht allzu interessiert zu klingen.

»Der wechselt zum Halbjahr auf ein Internat, nach dieser Sache mit dem schwangeren Mädchen.«

Julia merkte, wie sich ihr Pulsschlag beschleunigte. Das war ja besser und schneller gelaufen, als sie zu hoffen gewagt hatte. »Wie jetzt? Er hat wirklich einer ein Kind gemacht?«

Jacky nickte. »Ehrlich gesagt, als das Gerücht aufkam, hat Clara behauptet, dass du das bist, und ich wollte dich schon fragen, aber dann habe ich mich nicht getraut. Sie hat überall erzählt, du seist bei deiner Party ziemlich lange mit Jan im Bad gewesen ...«

In Julia kamen Erinnerungen hoch an den Moment, als sie auf den kalten Badezimmerfliesen wieder zu sich gekommen war. Das besorgte Gesicht ihrer Mutter über sich und dann die unendliche Scham, als sie merkte, dass ihr Unterleib nackt war, die Hose heruntergezogen bis zu den Fußgelenken. Als Nächstes hatte ihre Mutter langsam die leere Aluverpackung mit der Aufschrift DUREX aufgehoben und zwischen zwei Fingern hochgehalten. Während sie das Entsetzen nachempfand, das die langsame Erkenntnis über die Wahrheit in ihrem benebelten Bewusstsein ausgelöst hatte, die unendliche Peinlichkeit, dass ausgerechnet ihre Mutter dies alles ebenfalls begreifen musste ...

»Hey, aufwachen! Was ist los, träumst du? Also, ist da jetzt was gelaufen zwischen dir und Jan?«

Julia schüttelte langsam mit starrem Blick den Kopf und zeigte auf eine Schachtel Tampons in ihrem Regal. »Die stehen da nicht nur zur Dekoration rum.«

»Ist schon klar. Aber dass du nicht schwanger bist, heißt ja nicht, dass ... aber du hättest es mir ja auch sofort erzählt.«

Julia wurde rot. »Und wer ist denn nun diejenige, die Jan ...?«

Jacky zuckte mit den Schultern. »Das hat keiner rausgefunden. Angeblich musste sie abtreiben, und er geht jetzt nach Irland. Es hat aber auch wirklich mal wieder *jeder* über diese Sache geredet. Da haben seine Eltern extrem schnell gehandelt. Wie ich gehört habe, ist es eine reine Jungenschule und nicht gerade eine der erstklassigen.«

»Oh, der Arme, das tut mir ja sooo leid.« Julia triumphierte innerlich. Alexander und seine Mutter hatten wirklich ganze Arbeit geleistet und die Lüge zuverlässig verbreitet. Doch dafür hatte sie ihnen schließlich auch einen unschätzbaren Dienst erwiesen. »Also ich konnte ihn sowieso noch nie leiden.«

»Komm, wir ziehen erst mal los, sonst machen die Geschäfte zu, und dann überlegen wir uns, wie wir Clara zu Fall bringen.«

Zwei Stunden später standen sie in der Schlange bei Starbucks an. Sie trugen beide die gleichen dicken grauen Schals und gelben Wollmützen, die sie zusammen ausgesucht hatten. Julia beobachtete aufmerksam ein schwules Pärchen, das sich hemmungslos küsste.

»Glotz die doch nicht so an«, zischte Jacky, und Julia drehte sich zu ihr um.

»Weißt du, was mir gerade einfällt?«

Die Freundin schüttelte ihre langen glänzenden braunen Locken, die unter der Mütze hervorwippten.

»Von Denis wurde mal behauptet, er sei eigentlich schwul. Hast du das auch gehört?«

»Ja, allerdings, aber das ist schon über ein Jahr her, und seitdem hat er meines Wissens immer Freundinnen gehabt.« Julia trommelte mit drei Fingern an ihr Kinn. »Aber vielleicht hat er die nur, um das Gegenteil zu beweisen, sozusagen als Alibi … das würde auch diese Geschmacksverirrung erklären. Ich meine, wir sprechen von Denis … und dann soll er ausgerechnet auf diese langweiligen, nichtssagenden, kindischen Chayas stehen? Hallo? Da stimmt doch was nicht … Ist nicht dein Bruder mit ihm in der Stufe?«

Jacky nahm ihren Latte macchiato mit fettarmer Milch entgegen, und sie schlenderten die Fressgass zurück, in Richtung Westend. »Die sind sogar zusammen in Mathe-Leistung.«

HEIKE UND CLAUDIA

Claudia saß zusammengesunken und bleich auf der umlaufenden Holzbank des Operncafés und ließ die Tür nicht aus den Augen. Sie war mit Heike verabredet, die behauptet hatte, ihr etwas Lebenswichtiges mitteilen zu müssen, und es ihr keinesfalls am Telefon anvertrauen wollte. Jetzt war sie schon eine halbe Stunde überfällig, und Claudia wurde langsam wütend. Sie winkte dem Ober und bestellte den dritten Espresso. Seit sie ihre Zero-Carb-Diät eisern durchzog, verzichtete sie sogar auf ihren geliebten Latte macchiato, was nicht zur Verbesserung ihrer Grundstimmung beitrug. Endlich wurde die Tür aufgestoßen, und Heike stürmte in ihrem wehenden bodenlangen Lammfellmantel herein.

»Tut mir so leid, aber diese Baustelle bei der Miquelallee ist einfach die Pest.« Sie wollte Claudia auf die Wangen küssen, wich aber zurück, als sie die Halskrause sah. »Oh, du Arme. Musst du immer noch das hässliche Ding tragen? Pass nur auf, dass deine Halsmuskeln nicht völlig abschlaffen, dann hast du ganz schnell ein Doppelkinn. Weißt du übrigens, wie man sich davor am besten schützt? Wenn man mehrfach am Tag die Zunge rausstr…«

»Ist ja gut. Ich habe zurzeit wirklich andere Sorgen.« Heike presste beleidigt die Lippen aufeinander und bestellte sich noch im Stehen einen Latte macchiato.

»Also? Was wolltest du mir nun so überaus Dringendes und Wichtiges mitteilen?«, fragte Claudia schnippisch. »Es mag dich zwar überraschen, aber ich habe ab und zu auch noch was anderes zu tun, als meine Vormittage im Operncafé und auf der Goethestraße zu verbringen, so wie du und deinesgleichen.

Ich bin alleinerziehend und muss Geld verdienen, falls du es nicht mehr weißt. Und jetzt sitze ich hier seit einer geschlagene halben Stunde …«

»Meine Güte, warum bist du denn so zickig? Das weiß ich doch. Und ich habe mich auch entschuldigt.« Heike zog ihren Mantel aus, warf ihn auf die Bank neben Claudia und setzte sich auf einen der Thonet-Stühle. Vorsichtig legte sie ihrer Freundin den Arm um die Schulter. »Bitte sei nicht sauer, ich mach's jetzt auch kurz. Also pass auf …« Sie senkte die Stimme. »… ich hatte dir doch von dem Vorfall damals erzählt, als diese Frau bei uns im Garten stand und uns fotografiert hat, während Tom und ich nach der Sauna nackt schwimmen gegangen sind …«

Claudia sah sie desinteressiert an. »Ja, und was hat das mit mir zu tun?«

»Jedenfalls ist Tom ihr ja hinterhergerannt und hat ihr die Strickjacke weggerissen …«

Claudia massierte sich demonstrativ die Schläfen.

»… und jetzt rate mal, wem diese Jacke gehört.«

»Woher soll ich das wissen … deiner Haushälterin vielleicht?«

»Falsch.« Heike sah Claudia erwartungsvoll an. »Also gut: Sie gehört Angelika de Haan. Der Ehefrau von deinem Nicolas.«

Claudia ließ die Hände sinken. »Es ist nicht *mein* Nicolas. Und außerdem … woher weißt du das überhaupt?«

»Von Caroline Kissel. Sie hat ihr die Jacke verkauft. Aus ihrer privaten Cashmere-Kollektion, die sie zwei Mal im Jahr für ihre Designer-Freundin aus Mailand verhökert.« Heike nahm zufrieden einen Schluck von ihrem Latte macchiato.

»Gibt es davon nicht mehrere Exemplare?«, fragte Claudia.

»Nein, immer nur eines in jeder Größe, und ich wüsste auch nicht, wer diese Marke sonst noch in der Nähe verkauft. Das müsste schon ein sehr großer Zufall sein.«

»Aber warum sollte Nicolas' Frau in euren Garten eindringen und Fotos von euch machen?«

»Ich dachte, offen gesagt, *du* hättest dafür möglicherweise eine Erklärung.«

Die Tür des Cafés schwang auf, und herein kam ihre gemeinsame Freundin Lydia Treskow. Sie trug einen knielangen Fuchspelz, der ihr zu dem zart gebräunten Teint und der frisch gestylten, lässigen Kurzhaarfrisur atemberaubend gut stand. Als sie ihn ablegte, kam darunter noch eine Nerzweste über einer Seidenbluse zum Vorschein.

»Volle Rüstung«, raunte Claudia Heike zu.

»Hi, ihr zwei. Ich konnte mich einfach nicht zwischen zwei Modellen entscheiden ...« Sie deutete auf ihre schulterlangen Kristallohrringe und hielt ein kleines pinkfarbenes Tütchen hoch. »Schließlich musste ich sie alle beide nehmen.«

Heike nickte verständnisvoll. »Alles klar. Du warst bei Ria Leslau, da kann ich mich auch nie loseisen.«

Lydia bückte sich zu Claudia herunter, um sie auf die Wangen zu küssen, und murmelte: »Heike hat mir schon von deinem Unfall erzählt. Unglaublich, so was, da hast du noch Riesenglück gehabt, wenn du mich fragst.«

Claudia warf Heike einen vorwurfsvollen Blick zu, versuchte aber, Lydia gegenüber unbekümmert zu tun. »Ist halb so wild. Ich habe sogar Hoffnung, bis Samstag dieses reizende Hals-Accessoire hier ablegen zu dürfen.«

Lydia ließ ihr glockenhelles Lachen erklingen. Sie deutete auf Heikes Wange und meinte: »Und du hast aber auch was abgekriegt, warst du denn bei dem Unfall mit im Auto?«

»Nein, das war ein anderes kleines Malheur, bin unglücklich gefallen, ziemlich dämlich ... aber so was passiert halt ...«, stammelte Heike.

»Na, der Schorf ist bis Samstag zur Operngala aber ganz sicher noch nicht weg«, meinte Lydia skeptisch. »Wisst ihr denn schon, was ihr anzieht?«

Claudia verdrehte die Augen.

»Chanel«, antwortete Heike kurz und knapp.

Lydia pfiff durch die Zähne. »Tja, dem habe ich nichts entgegenzusetzen. Wechseln wir lieber das Thema, Mädels. Aber vorher darf ich euch doch zur Aufheiterung zu einem Gläschen Champagner einladen ...«

Sie winkte dem Kellner, ohne Claudias Protest zu beachten.

»Das war's dann wieder mal mit meinem kohlehydratfreien Tag ... und in die Kanzlei müsste ich eigentlich auch ziemlich dringend und mit klarem Kopf ...«

»Komm schon, Claudi, du siehst so aus, als könntest du was für den Kreislauf gebrauchen. So blass wie du bist.« Sie tätschelte ihr gönnerhaft die Wange. »Und jetzt erzählt mal: Heike hat irgendwas von Nicolas de Haans Frau angedeutet, das ich nicht ganz verstanden habe. Möchtet ihr mich vielleicht endlich einweihen?«

Heike erzählte ihr von der Begegnung in ihrem Garten, der Strickjacke und ihren Nachforschungen.

»Und du lebst also ganz offen in einer Beziehung mit Nicolas?«, fragte Lydia.

»Ja, das könnte man so sagen. Mal abgesehen davon, dass ich ihn jetzt seit zehn Tagen nicht mehr gesehen habe.«

»Ach, wer begleitet dich denn dann zur Gala?«

Claudia zog die Augenbrauen hoch und holte Luft.

»Na ja, ist ja nicht so wichtig«, ruderte Lydia eilig zurück. »Und seit wann geht das zwischen euch?«

Claudia sah zu Heike, die ihr aufmunternd zunickte. »Hm, wenn ich ehrlich bin, hat es bei deiner Party im Spätsommer angefangen.«

»Das habe ich mir schon gedacht. Seit September also. Ich versuche nur mal einen zeitlichen Zusammenhang herzustellen und mich in die Lage der betrogenen Ehefrau zu versetzen. Manche reagieren da vielleicht relativ gelassen. Aber Angelika de Haan scheint ziemlich speziell zu sein. Ich habe sie inzwischen schon zwei Mal bei Elternabenden erlebt, denn unsere beiden Jüngsten sind seit den Sommerferien zusammen in der Sexta des Lessinggymnasiums. Schon am ersten Abend gab es nichts, über das sie sich nicht aufgeregt hat. Der zweite Elternabend war auf ihre Initiative zurückzuführen, weil sie die Mathematiklehrerin für vollkommen unfähig hielt und von der Schule mobben wollte. Und was soll ich sagen? Es ist ihr auch gelungen. Seitdem habe ich eine Ahnung, wie Angelika de Haan tickt. Wer die zur Feindin hat, dem kann ich nur alles Gute wünschen.«

Heike sah sie nachdenklich an. »Trotzdem verstehe ich nicht, weshalb sie dann Tom und mich beim Schwimmen im Garten fotografiert hat. Sie kann uns doch nicht verwechselt haben … oder?« Sie drehte sich zu Claudia und bemerkte, dass deren vormals blasses Gesicht plötzlich rot geworden war. »Weißt du, ich muss dir da was gestehen, aber bitte nicht böse sein.«

Heikes Augen weiteten sich.

»Also, als ihr an dem einen Wochenende zu dieser Familienfeier gefahren seid, da haben Nicolas und ich auch mal eure Sauna benutzt und sind danach schwim…«

»Na, jetzt schlägt's aber dreizehn. Das hast du mir nie gesagt. Ich hoffe, ihr habt es nicht auch noch in unseren Betten getrieben!«

»Nein, natürlich nicht. Tut mir echt leid …«

Lydia grinste und machte eine triumphierende Geste mit der Hand. »Na bitte. Da haben wir es doch. Wahrscheinlich hat Angelika de Haan Heike für Claudia und Tom für ihren Ehemann gehalten und wollte Beweise für seine Untreue sammeln. Aber sagt mal, gab es denn noch andere Vorfälle?«

»Na ja, wenn ich so darüber nachdenke …«, stammelte Heike. »Da war ja noch diese Porno-DVD-Hülle in unserem Garten …«

»Oh, und wo war die DVD?«

»Na keine Ahnung. Jedenfalls hat sie meine Nachbarin entdeckt, vermutlich als sie mal wieder die Blätter gezählt hat, die von unserem Kirschlorbeerstrauch in ihren Garten geweht worden sind.«

Lydia kicherte. »Einer der Gründe, weshalb ich meine Penthousewohnung im Westend einer Villa im Vordertaunus vorziehe.«

»Aber warum sollte Nicolas' Frau einen Porno in eurem Garten deponieren?«, fragte Claudia.

Heike zog ratlos die Schultern hoch.

»Also, was im Kopf von so einem Menschen abläuft, der auf Rache gepolt ist, weil seine heile Welt zusammenbricht, kann man wahrscheinlich nicht so leicht nachvollziehen«, gab Lydia zu bedenken. »Vielleicht wollte sie euch alle bestrafen und in den Dreck ziehen oder Claudia bei euch rausgraulen?«

»Von heile Welt kann bei dieser Ehe allerdings schon lange nicht mehr die Rede sein«, protestierte Claudia.

Heike sah sie nachdenklich an. »Ja, zu einer Trennung gehören immer zwei, das müsstest du ja am besten wissen.«

Claudia schnitt ihr eine Grimasse. »Irgendwie habe ich mich auch nach diesen Vorfällen immer beobachtet gefühlt ...«

Jetzt nickte Heike. »Ja, stimmt, so ging es mir auch. Aber ich dachte immer, dass die Albrecht mir nachspioniert.«

»Wenn ich es mir mal genau überlege, hat es tatsächlich aufgehört, nachdem du weggezogen bist.«

Claudia trank ihr Champagnerglas leer. »Ja, eben. Bei euch hat es aufgehört, und bei mir ... wisst ihr was? Nehmt es mir nicht übel, aber ich muss jetzt wirklich los. Ober, zahlen!«

»Lass mal«, sagte Heike. »Wir übernehmen das.«

Hastig bedankte sich Claudia, griff ihren Mantel und war auch schon zur Tür heraus.

Lydia schüttelte ihren Pony aus dem Gesicht. »Ich glaube, wir sollten Claudi besser im Auge behalten.«

SUSANNE

Das Taxi bog in die Straße Zur Sennweid ein, und Susanne sah ihren gelben Alfa Spider. Er stand noch an derselben Stelle, wo sie ihn an dem Abend geparkt hatte, scheinbar unberührt.

Sie bezahlte den Taxifahrer, dann stieg sie in ihren Wagen und steckte den Zweitschlüssel ins Schloss. Da nahm sie am Ende der Straße eine Bewegung wahr. Als sie den Kopf hob und genauer hinsah, schien jedoch alles ruhig und verlassen. Vielleicht eine Katze, dachte sie. Doch sie stieg wieder aus. Langsam setzte sie sich in Bewegung und ging wie ferngesteuert auf den Pferdehof zu. Wieder stand sie vor dem Tor und wusste diesmal vorher, dass es laut knarren würde. Trotzdem öffnete sie es und betrat den Hof.

Vor dem Haus stand ein dunkelblauer Porsche 911 Turbo mit Schweizer Kennzeichen. Derselbe, der auch an dem besagten Abend dort gestanden hatte. Susanne sah zu dem modernen Glasanbau, er war menschenleer. Auch im Pferdestall, dessen Tor offen stand, schien sich außer den Pferden kein Lebewesen aufzuhalten. Dann erst nahm sie das Klackern wahr, wie wenn Holz auf Holz traf, und Frauenstimmen. Als Susanne einen weiteren Schritt nach vorne machte, merkte sie, wie ihr die Beine zitterten. Trotzdem überwand sie sich und setzte einen Fuß vor den anderen. Sie ging rechts an dem Stall vorbei und sah am Ende des Hofs eine Wiese. Die Töne und Stimmen wurden lauter.

Als Susanne am Ende des Wohngebäudes ankam, verbarg sie sich hinter einer breiten Thuja und versuchte, um die Ecke nach rechts zu schielen. Was sie erkennen konnte, war ein Reitplatz mit je zwei hohen Pfählen an den kurzen Seiten; zwei Frauen mit langen Stöcken in den Händen ritten einen Schimmel und einen Schecken, größere Ponys – sie trainierten Polo. Immer wieder schlugen sie nach dem Ball, stoppten ab, wendeten, galoppierten an, spielten sich Pässe zu und verständigten sich mit kurzen Kommandos. Susanne hätte gerne die Gesichter der Frauen gesehen, aber dazu war sie zu weit entfernt. Ihre Deckung aufzugeben, wagte sie nicht.

Sie blickte sich um. Auf der anderen Seite grenzte der Waldrand direkt an den Poloplatz. Von dort hätte sie vermutlich eine bessere Sicht auf die beiden Reiterinnen. Dann sah sie auf einmal hinter dem Platz etwas aufblitzen. Die tiefstehende Sonne tauchte den Wald in rotes Licht. Und noch einmal wurden die Sonnenstrahlen gebündelt reflektiert, wie von einem Brennglas. »Kein Brennglas …«, murmelte Susanne, »… sondern ein Fernglas.« Sie drehte sich um und schlich den Weg zurück, durch den Hof und zum Tor hinaus. Den Weg bis zum Wald rannte sie fast, und als sie keuchend stehen blieb, sah sie den Mann. Er war schwarz gekleidet, nicht besonders groß, hatte blonde Haare und hielt sich das Fernglas vor die Augen. Zweifellos beobachtete er die beiden Reiterinnen.

Susanne duckte sich in einigem Abstand und verbarg sich hinter einem breiten Eichenstamm. Wieder versuchte sie, die Frauen genauer zu betrachten. Beide hatten die Haare zu Pferdeschwänzen gebunden, die aus den Reitkappen herauswippten. Die Reiterin des Schecken war hellblond und die des Schimmels brünett. Jetzt schien sie genau auf Susanne zuzugaloppieren und trieb den Ball neben sich her. Die andere verfolgte sie. Susanne überlegte gerade, wie hart so ein Poloball wohl war, als ihr jemand eine Hand auf die Schulter legte. »Versuch's mal hiermit, dann erkennst du die Gesichter besser. Ich kann dir auch die Namen sagen.«

Susanne verlor das Gleichgewicht und landete auf dem Rücken im Gras. Sie wollte schreien, doch es kam nur ein Krächzen aus ihrem Hals, als sich Nicolas de Haan über sie beugte und ihr das Fernglas hinhielt. Nachdem sie den ersten Schreck überwunden hatte, kam sie wieder auf die Beine, und ihre Neugier siegte. Sie griff nach dem Fernglas. Die beiden Amazonen ritten aufeinander zu. Es sah so aus, als würden sie zusammenstoßen, doch sie kreuzten und galoppierten zurück. Susanne richtete das Glas auf das Gesicht der Frau auf dem Schimmel und stellte scharf.

»Sie heißt Nicole Schwarzkopf …«, sagte Nicolas in dem Moment, als sie die geschwollene Lippe genau im Fokus hatte, »… und dürfte für dich keine Unbekannte sein, Susanne. Ich darf doch du sagen?«

Susanne ließ das Fernglas sinken und sah dem auffallend

gutaussehenden Mann fassungslos in die blauen Augen. »Kennen wir uns?«

Nicolas ignorierte ihre Frage und fuhr fort: »Ziemlich idiotisch von ihr, hierher zurückzukommen. Aber offenbar ist es ihre Leidenschaft für den Sport und vor allem für ihre Pferde. Dieser Schimmel dort ist eines der besten Poloponys der Welt und wohl ihr Ein und Alles ... Im Stall stehen noch vier weitere High Goal Ponys. Sie ist eine der erfolgreichsten Spielerinnen Europas, mit Handicap + 5 ... tja, ziemlich kostspieliges Hobby ... die Polizei ist übrigens schon unterwegs ... müsste gleich hier sein. Aber vorher habe ich noch etwas zu erledigen. Kommst du mit?«

Susanne schlich hinter Nicolas die Stallgasse entlang. Sie wusste nicht, was sie von dem seltsamen, schwarzgekleideten Mann halten sollte, aber aus irgendeinem Grund vertraute sie ihm. Bei jeder Pferdebox hielt er an, redete beruhigend auf das Pony ein, klopfte ihm den Hals und inspizierte den Boden des Verschlags. Schließlich kamen sie zur Sattelkammer.

»Was suchen wir eigentlich?«

»Ich weiß zwar, dass die Polizisten schon alles durchkämmt haben, aber auch die können etwas übersehen. Ungewöhnlich warm hier, nicht wahr?« Er fasste auf den dunkelgrüngestrichenen Heizkörper und zog die Hand sofort wieder zurück. »Verdammt heiß! Vermutlich, damit das Sattel- und Zaumzeugleder nicht schimmelt.«

Nicolas drehte sich zu Susanne und sah die Angst in ihren Augen. »Keine Sorge, bei mir bist du sicher«, versuchte er sie zu beruhigen und klopfte ihren Oberarm. Dann zog er aus seiner Hosentasche eine Plastiktüte mit Einmalhandschuhen und zog sie sich über die Hände. Nach und nach öffnete er staubige Putzkisten und begann, den Inhalt zu inspizieren.

Susanne bekam in dem überheizten Raum keine Luft mehr und ging wieder nach draußen. Direkt neben der Sattelkammer gab es eine zweite Tür. Einem spontanen Impuls folgend öffnete Susanne sie. Es roch nach Heu und Hafer: Die Futterkammer. Links und rechts in dem Raum waren Seilzüge an massiven Holzbalken angebracht. Daran baumelten zwei riesige, prallgefüllte, weiße Säcke mit den Aufschriften »Amino Sport-Müsli« und »Champion High Energy« sowie der schwarzen Silhouette eines Pferdekopfes. Daneben führten zwei steile, schmale Holztreppen nach oben. Susanne zögerte. Dann setzte sie einen Fuß auf die unterste knarrende Stufe …

Auf dem Heuboden war es so kalt, dass sie ihren Atem sehen konnte. Sie ging einige Schritte weiter und blickte hinter die hochaufgeschichteten Heuballen, doch auf einmal hörte sie von unten ein Geräusch und erschrak. Eine Kette rasselte. Die Metallrolle des Flaschenzugs quietschte. Jemand ließ einen der Futtersäcke herunter. Leise schlich Susanne zurück zur Treppe und äugte vorsichtig zwischen den hölzernen Gitterstäben hindurch nach unten. Sie konnte Nicolas' Profil sehen. Ein zufriedenes Grinsen überzog sein Gesicht. Langsam stieg sie die schmalen Treppenstufen wieder hinab.

Nicolas hatte den Arm bis zur Schulter tief in den eineinhalb Meter hohen Futtersack versenkt. Mühsam zog er etwas heraus und hielt es triumphierend hoch: Heikes Louis-Vuitton-Trolley, von dem das Kraftfutter auf den Boden rieselte.

»Wow!«, rief Susanne.

Als Nächstes kamen die Handtaschen und ihre eigene Daunenjacke zum Vorschein. Nicolas ließ den zweiten Sack herunter, band ihn auf und wühlte Claudias Koffer und die Mäntel heraus. Susanne bückte sich und wollte nach ihrer Jacke greifen, doch Nicolas hielt sie zurück.

»Halt, nichts anfassen. Da muss zuerst die Spurensicherung dran. Aber kein schlechtes Versteck, nicht wahr?«

Susanne ließ es sich nicht nehmen, bei der Festnahme dabei zu sein. Nicole Schwarzkopf sprang elegant von ihrem Pony, als sie die uniformierten Beamten kommen sah. Sie legte dem Tier die Arme um den Hals, liebkoste es und schien mit ihm zu sprechen. Dann übergab sie die Zügel der Pflegerin, mit der sie trainiert hatte. Einer der Polizisten legte ihr Handschellen an und führte sie vom Poloplatz. Auf ihren weißen Reithosen, der beigefarbenen Windjacke und in ihrem Gesicht waren Lehmspritzer. Aber sie bewegte sich wie ein Model auf dem Runway. Als sie an Susanne, Nicolas und Kommissar Fründ vorbeikam, blieb sie kurz stehen.

»Eines würde ich noch gerne wissen«, sagte Susanne. »Warum Woletzki? Mussten Sie ihn unbedingt mit in die Sache reinziehen?«

Nicole Schwarzkopf musterte sie spöttisch. »Hat dich Wendelin enttäuscht? Offenbar ist es mit seiner Treue nicht sehr weit her … aber du kannst ihn wiederhaben, bei mir hat er ausgedient.« Dann wandte sie sich an Nicolas: »Ciao, Bello. Übrigens nochmals danke für die Zigarillos. Aber sie sind doch nicht ganz mein Geschmack. Ein wenig nichtssagend, am Ende des Tages … wie die meisten Männer.«

Sie hob den Kopf und schnalzte dem Polizeibeamten, der sie am Arm festhielt, zu, woraufhin dieser sich gehorsam in Bewegung setzte. Susanne schüttelte fassungslos den Kopf. »Die Arroganz kommt bei ihr aus jeder Pore, aber sie ist unbestreitbar eine auffallend schöne Frau, wenn die Lippe erst wieder abgeschwollen ist.«

»Ja, das war wohl ein kleiner Unfall …« Nicolas warf grinsend einen Poloball hoch, den er vom Platz aufgehoben hatte.

»Ach so?« Susanne sah ihr erstaunt hinterher.

»Die Dinger sind ziemlich hart«, setzte Nicolas hinzu. »Möglicherweise wird Madame Schwarzkopfs attraktives Äußeres an jenem Ort, der die nächsten Jahre ihr Zuhause wird, nicht unbedingt von Vorteil sein, oder wie sehen Sie das, Kommissar?«

Fründs Gesicht blieb ernst. »Hoffen wir mal, dass wir ihr die Beteiligung an dem Betrug noch nachweisen können. Haben Sie da inzwischen neue Erkenntnisse, Frau Dr. Sander?«

Als Susanne den Kopf schüttelte, fuhr er fort: »Wir müssen

unbedingt die Mittäter finden, Brünner ist wie vom Erdboden verschluckt. Aber zumindest die Freiheitsberaubung und gefährliche Körperverletzung als Haupttäterin könnte durchgehen. Wir werden die neuen Spuren schnellstmöglich auswerten.«

Susanne sah ihn erstaunt an. »Sie glauben, dass sie das war? Aber ich wurde gewürgt, weggeschleift und gefesselt!«

»Unterschätzen Sie nicht das jahrelange harte Polotraining.«

Susanne schüttelte langsam den Kopf. Auf dem Weg nach draußen wandte sie sich an Nicolas: »Aber jetzt könnten Sie mich vielleicht doch langsam aufklären. Wer sind Sie eigentlich, und warum sollte ich Sie kennen?«

Nicolas blieb stehen und sah fragend zu dem Kommissar. »Sie oder ich?«

»Also ich kann nur die erste Frage beantworten. Den Rest müssen Sie selbst erzählen.«

»Nur zu«, sagte Nicolas ernst.

»Herr de Haan arbeitet für eine Versicherung.«

Susanne schrie auf: »De Haan? Doch nicht der Nicolas de Haan, mit dem meine Freundin Claudia zusammengezogen ist?«

Nicolas nickte grinsend: »Genau der.«

»Aber Claudia sucht Sie verzweifelt. Und die deutsche Polizei auch. Die haben die ganze Wohnung durchwühlt. Und außerdem ...«, sagte sie zögernd, »... hängen Sie doch in dem Anlagebetrug mit drin ...«

CLAUDIA

»Ich finde, es ist einfach eine riesige Schweinerei, mich beim Jugendamt anzuzeigen.«

»Solange du so schreist, rede ich überhaupt nicht mit dir. Entweder du fährst jetzt sofort runter, oder ich lege auf«, sagte Nik.

Claudia hielt den Hörer auf ihr Knie und atmete ein paarmal

tief durch. Dann hob sie ihn wieder an ihr Ohr und antwortete mit zitternder Stimme: »Ich gebe ja zu, dass ich einen Fehler gemacht habe. Ich hätte die Kinder nicht bei Nicolas lassen sollen.« Sie schluckte vernehmlich. »Dann wäre das mit Arthur nicht passiert. Aber ich wollte eben unbedingt Susanne zu ihrem Geburtstag überraschen … ich weiß, die ganze Reise nach Zürich war eine Schnapsidee und Blankenberg zu verfolgen erst recht … oder vielleicht auch nicht, keine Ahnung.« Sie war kurz davor zu weinen.

»Hör mal, Baby, jetzt beruhige dich erst mal. Ich weiß gar nicht, wovon du sprichst. Aber es stimmt, dass du die Kinder nicht deinem dubiosen neuen LAG hättest überlassen dürfen. Und ich bin erstaunt und erfreut über deine neue Einsichtsfähigkeit. Offenbar muss erst mal was passieren, bis du merkst, dass es mit den Kindern nicht so weitergehen kann. In der Schule schlittern sie schließlich auch alle auf die Katastrophe zu …«

Claudia schniefte. »So schlimm ist es nun auch nicht …«, widersprach sie und dachte mit Schrecken an die bevorstehenden Halbjahreszeugnisse.

»Und wovon du diesen Kurztrip nach Zürich bezahlt hast, ist mir auch ein Rätsel, nachdem du mir und meinem Anwalt ja dauernd vorjammerst, du hättest kaum Kohle, um den Kindern was zu essen zu kaufen …«

»Ich musste ja nur die Zugfahrt bezahlen, das Hotelzimmer hat Heike übernommen und die Restaurantbesuche Susanne.«

»Ist dir das eigentlich nicht langsam peinlich? Für mich wäre das nichts!«

»Du musst ja auch keine drei Kinder durchbringen und gleichzeitig arbeiten.«

»Nein, aber ich muss immerhin für meinen Sohn sorgen, für zahllose Tiere, und ein Denkmal habe ich auch noch zu unterhalten. Das ist ziemlich uneigennützig, findest du nicht?«

»Sei lieber still, bevor ich mich in den Telefonhörer übergebe. Ich kann dir nur raten, dass du diese Anzeige zurückziehst.

Denn im Zweifel musst du dann deine drei *erstgeborenen* Kinder bei dir aufnehmen, und deine Simone wird angesichts dieser Zukunftsvision möglicherweise nicht besonders entzückt sein.«

»Ich weiß immer noch nicht, wovon du eigentlich redest. Was denn für eine Anzeige?«

»Du hast mich beim Jugendamt wegen Kindeswohlgefährdung angezeigt. Einer der beflissenen Mitarbeiter war schon hier und wollte die Lebensumstände der Kinder just in dem Augenblick näher in Augenschein nehmen, als die Polizei mit ihrer Hausdurchsuchung wegen des Anlagebetrugs meines totgeglaubten Mandanten fertig war. Du kannst dir vielleicht vorstellen, dass diese Situation bei einem verspießerten Jugendamtsmitarbeiter einen bleibenden Eindruck hinterlässt.«

»Ich habe niemanden beim Jugendamt angezeigt. Obwohl ich, offen gesagt, nach der Geschichte mit Julias Saufgelage in Königstein mit dem Gedanken gespielt habe …«

»Du warst es gar nicht? Aber wer denn dann?«

»Das kann ich dir auch nicht sagen. Aber bring das bloß schnell wieder in Ordnung. Ich kann die drei hier beim besten Willen nicht auch noch mitversorgen. Alles hat seine Grenzen. Ist Arthur eigentlich wieder zu Hause?«

»Seit gestern entlassen. Also ich verstehe das nicht …«

»Na dann geht es ihm ja sicher wieder besser. Jedenfalls muss ich jetzt wieder zurück in den Garten. Grüß die Kinder von mir.«

Claudia betrachtete fassungslos ihr Telefon. Dann googelte sie die Nummer des Frankfurter Jugendamts. Nach einigen Umleitungen wurde sie mit dem zuständigen Sachbearbeiter verbunden und erkundigte sich nach dem Sachstand. Eigentlich könne er dazu am Telefon keine Auskunft erteilen, doch es sehe nicht gut für sie aus. Claudia bohrte weiter und erfuhr, dass sogar von pornografischem Material die Rede sei und die Ermittlungen noch andauerten. Es müssten noch ehemalige Nachbarn und Lehrer vernommen werden. Auf ihre Frage, was für Material er meine, und den empörten Hinweis, wie abwegig das sei, ging er nicht ein. Er möge ihr doch wenigstens verraten, wer die Anzeige erstattet habe. Auch da sei er nicht befugt, ihr gegenüber Angaben zu machen. Er könne dazu nur so viel sagen: Sie seien verpflichtet, jedem Hinweis nachzugehen. Nach einer Pause setzte er hinzu: auch wenn er anonym erfolge.

SUSANNE UND NICOLAS

Sie liefen den Gang entlang zu Susannes Büro und blieben kurz vor Frau Stöcklis Schreibtisch stehen.

»Ist ein Fax oder eine E-Mail von Ted Jacobs gekommen?«

»Nein, mir ist nichts aufgefallen«, antwortete die Sekretärin und sah kaum von ihrem Bildschirm auf.

»Seltsam ...«, sagte Susanne. »Falls es kommt, sagen Sie mir sofort Bescheid. Bringen Sie uns bitte Kaffee, Wasser, möchten Sie noch was anderes ...« Sie blickte Nicolas an, der den Kopf schüttelte. »... und ansonsten will ich in der nächsten Stunde nicht gestört werden. Ich habe ein dringendes Gespräch mit einem Kunden.«

Susanne bedeutete Nicolas, auf einem der Sessel Platz zu nehmen, und schloss als Erstes ihren BlackBerry an das Aufladegerät an. Dann startete sie den PC, ging hinüber zu den Regalen, zog einige Ordner heraus und setzte sich auf den grünen Sessel.

»Haben Sie noch einen Platz in der Tiefgarage gefunden?«

Nicolas nickte. »Könnten wir vielleicht in Anbetracht unserer gemeinsamen engen Freundin endlich zum Du übergehen?«

Susanne hob die Schultern. »Von mir aus. Ich bin mir zwar nicht so sicher, ob Sie ... ich meine du noch so eng mit Claudia befreundet bist, wie du denkst. Als ich das letzte Mal mit ihr telefoniert habe, hat sich das anders angehört.«

»Das wird sich sehr schnell wieder ändern, wenn sie über

alles Bescheid weiß.« Er griff nach einem der Ordner, und Susanne fielen sein ebenmäßiger Teint und die blonden Härchen auf seinen Handrücken auf. »Darf ich?«

Sie griff ebenfalls nach dem Ordner und sagte: »Zuerst würde *ich* gerne mal über *alles* Bescheid wissen!«

Nicolas lächelte, und Susannes Blick blieb für einen Moment an seinen attraktiven Krähenfüßchen hängen. Er lehnte sich zurück. »Wie Kommissar Fründ schon sagte, arbeite ich für Versicherungen, nicht ausschließlich, und auch nicht nur für eine übrigens. Ich habe mich in den letzten Jahren darauf spezialisiert, zweifelhafte Fälle ab einer gewissen finanziellen Größenordnung zu untersuchen. Die Launharts habe ich schon seit einigen Monaten im Visier. Oskar Launhart, der verstorbene Vater, hat …«

»Claudia hat mal etwas von einer Unternehmensberatung erzählt«, unterbrach ihn Susanne.

Nicolas nickte. »Das, was ich mache, ist ja auch im weitesten Sinne Beratung … ich habe es bisher vermieden, auf mein Türschild und meinen Briefkopf das Wort ›Wirtschaftsdetektei‹ zu schreiben. Manche machen das, aber ich möchte nicht offiziell in Erscheinung treten. Diskretion ist in dieser Berufssparte das A und O.«

»Wenn du die Launharts und die Versteigerung ihrer Sammlung beobachtet hast, warum bist du nicht schon früher auf mich zugekommen?«

»Das ging nicht. Ich wusste nicht, wie weit du involviert bist.«

Susanne überlegte gerade, ob sie den Satz als Beleidigung auffassen sollte, als Frau Stöckli mit den Getränken hereinkam. Während sie das Tablett abstellte, fragte Susanne: »Immer noch nichts gekommen?«

Frau Stöckli schüttelte den Kopf, ohne sie anzusehen. »Nein, nichts«, sagte sie leise und ging wieder aus dem Raum.

»Ziemlich verklemmt, deine Sekretärin«, meinte Nicolas.

»Ich weiß auch nicht, was heute mit ihr los ist. So kenne ich sie gar nicht«, erwiderte Susanne. »Wo waren wir stehengeblieben?« Sie goss sich Mineralwasser ein. »Du warst der Ansicht, ich sei in die Sache involviert ...«

»Nun, schließlich hast du Informationen an deinen Lebensgefährten weitergegeben, und der wiederum hat sie an Nicole Schwarzkopf verraten.«

»Das weißt du alles?«

»Ja, klar! Sie hat ihn erpresst.«

Susannes Augen wurden groß. »Erpresst? Aber womit denn?«

»Das fragst du ihn besser selbst. Aber sie muss etwas gegen ihn in der Hand haben. Letztlich hat sie ihn damit überzeugen können, dich so zu beeinflussen, dass du Brünner mit den Gegengutachten für die Beckmann-Werke beauftragt hast.«

»Aber das wollte er doch gar nicht ... obwohl, wahrscheinlich hat er es nur geschickt angestellt. Ich verstehe gar nichts mehr. Woher weißt du das alles?«

Nicolas grinste, zögerte einen Augenblick und stand dann auf. Er nahm einen Kunstband über Braque aus dem Regal, blätterte ihn auf und zeigte ihn Susanne. Im Buchrücken war ein Mikrofon eingelassen, nicht halb so groß wie Susannes kleiner Fingernagel.

Sie schrie auf: »Du hast mich verwanzt? Das kann nicht wahr sein! Das ist illegal.«

Nicolas lachte auf. »Was ist schon legal? Irgendwie muss ich ja an die Informationen kommen. Deinen Festnetzanschluss habe ich übrigens auch angezapft.«

»Das gibt's doch nicht. Und wie bist du überhaupt reingekommen?«

Nicolas zuckte mit den Schultern. »Berufsgeheimnis ... übrigens ist Brünner der Lebensgefährte von Nicole Schwarzkopf, aber das konntest du dir ja inzwischen sicher denken. Und dass die Beckmann-Geschichte mit den falschen Gegengutachten nur ein Ablenkungsmanöver war, wohl auch.«

Susanne starrte vor sich hin. Ihr BlackBerry machte Klingelgeräusche. Die E-Mails wurden empfangen. Nachdenklich stand sie auf, ging zu ihrem Schreibtisch und nahm das Smartphone in die Hand. Sie scrollte den Bildschirm hoch und öffnete die E-Mail von Ted Jacobs. Laut las sie vor: »Concerning the Andy Warhol Self Portrait Series damage, the name of the assurance company is Condor Versicherungen. You can get in contact by mentioning No. KT 0 003 897 654.2277. Best regards Ted.« Sie sah zu Nicolas herüber, der mit übereinandergeschlagenen Beinen in einen ihrer Ordner vertieft war. Dann checkte sie die Zeit, zu der die E-Mail gesendet worden war. Sie war bereits drei Tage alt. Susanne öffnete ihren Outlook-Account an ihrem PC und rief die E-Mails der letzten Tage ab, aber dort war keine Nachricht von Ted Jacobs eingegangen. Obwohl sie die Zeit auch auf ihrem Computerbildschirm ablesen konnte, sah sie automatisch auf ihre Armbanduhr, und in dem Moment fühlte sie plötzlich einen Kloß im Hals – ihr fiel die neue Uhr von Frau Stöckli ein. »Weißt du zufällig auch, wer von Lengley's noch alles in die Sache verwickelt ist?«

Nicolas nickte, ohne aufzusehen. »Du hast leider recht mit deiner Vermutung.«

Susanne schlug die Beine übereinander und fluchte so laut, dass Nicolas sie erschrocken anstarrte. »Dieses verdammte Mistding. Ich weiß nicht, wie ich es jahrelang damit aushalten konnte. Aber jetzt reicht es endgültig.« Sie stand auf, humpelte wieder zurück zu der Sitzgruppe und ließ sich in die grünen Polsterwülste ihres Sessels fallen.

»Soviel ich weiß, war Frau Stöckli noch gar nicht lange bei Lengley's … sie müsste sogar noch in der Probezeit stecken …«

»Ich habe gerade den Schreibtisch und nicht meine Sekretärin gemeint. Er hat eine zu niedrige Platte, und seit Jahren stoße ich mir regelmäßig die Knie an.«

Nicolas lächelte. »Das ist nun wirklich kein Problem. Man braucht nur ein paar Holzklötze – die kann ich dir so montieren, dass sie unsichtbar sind. Wäre doch schade, sich von so einem treuen Wegbegleiter zu trennen! Was hingegen Frau Stöckli angeht …« Er presste bedauernd die Lippen zusammen.

»Und wie sieht es mit Lallier aus?«

»Das war einer ihrer Kardinalfehler. Sie haben ihn nicht miteinbezogen, dann hätte er nämlich den Zuschlag an Claudia vereiteln können, und der Verkauf an einen seriösen Sammler wäre glatt durchgegangen.«

Nicolas goss sich ebenfalls Wasser ein. Susanne sah ihn gespannt an. »Was haben wir nun eigentlich da unten in unserem Tresorraum eingelagert: Originale, Fälschungen, ein bisschen von beidem?«

»Tja, die Frage kann ich dir leider nicht hundertprozentig beantworten, aber Fakt ist, dass die Versicherung eine fast vollständig zerstörte Tafel im Besitz hat. Dafür wurde damals eine erstaunlich hohe Summe an Oskar Launhart gezahlt. Danach ging diese Leinwand in das Eigentum der Versicherung über. Der Wertunterschied, wenn bei einer Sechser-Serie ein Porträt fehlt, beträgt nicht nur ein Sechstel, sondern ist um ein Vielfaches höher. Der unvollständige Satz ist nahezu unverkäuflich.« Er registrierte Susannes Blick und fügte schnell hinzu: »Aber das muss ich dir ja nicht erklären. Als die vollständige Porträt-Serie Jahre später im Auktionskatalog von Lengley's aufgetaucht ist und es darüber, angesichts des hohen Schätzpreises, Pressemitteilungen gab, wurde ein Mitarbeiter der Versicherung zufällig darauf aufmerksam. Es wurde ein Gutachten eingeholt, und ich wurde mit der Klärung der Angelegenheit beauftragt. Die eine Leinwand ist aber so stark beschädigt, dass sich nicht mehr mit Sicherheit feststellen lässt, ob es sich um das Original handelt.«

»Ziemlich dreist, das Ganze. Bleibt zu klären, wie es mit *unserer* sechsten Leinwand aussieht«, stellte Susanne fest. Sie musste an den Abend nach der Auktion denken, als sie und Lallier alle sechs Tafeln mit dem Blue Light abgeleuchtet hatten. Ihr Gefühl sagte ihr längst, dass es sechs Originale waren, doch das behielt sie im Moment für sich. »Da muss ja im Vorfeld ziemlich viel Geld geflossen sein …«

»Allerdings – und deshalb wurden die Methoden gegen Ende auch immer rabiater, als sie merkten, dass ihnen die Versicherung und ein paar Frankfurter Ladies auf der Spur waren …« Er klopfte sich auf die Schenkel. »Ich hätte euch drei ja zu gerne mal in dieser Sattelkammer gesehen. Vor allem Heike, sicher wieder perfekt gestylt!«

»Du hast ja einen seltsamen Humor. Wir waren in Lebensgefahr! Sieh dir mal meine Hand an, die hätten sie mir fast abgeschnürt … und ich habe hinterher noch eine Drohung bekommen. Eine Porzellanballerina mit abgetrennter Hand, schön verpackt genau hier auf diesem Lederpouf.« Sie deutete zu dem Hocker, auf dem das Tablett stand, lehnte sich zurück und sagte nachdenklich: »Es war eine Spieluhr mit der Melodie von Schwanensee, und Fotos von meiner Hand mit einem engen Draht drumrum waren auch dabei.« Sie rieb sich wieder über ihren Verband.

»Ist es schlimm?«

»Die Wunde hat sich entzündet, und sie mussten ein Stück aufschneiden, auswaschen und nähen … aber jetzt haben die Schmerzen nachgelassen.«

Sein Gesicht zeigte das erste Mal einen Anflug von Mitgefühl. »Na dann weißt du jetzt ja auch, wem du das zu verdanken hast … und wer das hübsche Geschenk hier für dich plaziert hat«, meinte Nicolas und nickte mit dem Kinn in die Richtung von Susannes Vorzimmer.

»Hättest du unsere Entführung eigentlich nicht verhindern können?«

»Wie denn? Ich war doch zu dem Zeitpunkt noch in Frankfurt und habe Claudias Kinder gehütet.«

»Ein ziemlich gewagtes Timing, nicht wahr? Hier in Zürich wird der Warhol versteigert, auf den du angesetzt bist, währenddessen passt du auf die Kinder deiner Freundin in Frankfurt auf und …«, sie räusperte sich, »… in diesem Sektor scheinen deine Talente ja eher beschränkt zu sein.«

»Man kann nicht auf jedem Gebiet brillant sein. Und ich ging davon aus, dass der Verkauf glatt durchläuft und ich nicht vor Ort sein muss. Das hatte mein Partner übernommen …«

»Und was hat Lallier nun für eine Rolle gehabt, er hat uns schließlich verpfiffen, nachdem ich ihn aus der Telefonzelle angerufen habe.«

»Das kann ich dir nicht sagen. Vielleicht haben sie sein Telefon abgehört, oder es war Zufall und sie sind ihm einfach zuvorgekommen. Ich weiß nur, dass deine Sekretärin von Anfang an auf ihrer Gehaltsliste stand.«

»Das finde ich ziemlich traurig, ich mochte sie nämlich. Und jetzt noch eine andere Frage: War es eigentlich Zufall, dass du Claudia kennengelernt hast, oder wusstest du von unserer Verbindung und hast dich gezielt an sie herangemacht?«

Nicolas' Gesicht wurde ernst, und er stand auf. »Wenn *wir* uns besser kennengelernt haben, wirst du dir diese Frage selbst beantworten können. Und jetzt mache ich mich auf den Weg nach Frankfurt. Ich glaube, ich schulde Claudia auch noch einige Antworten.«

CLAUDIA

»Ich glaube, ich habe was gutzumachen!«

Claudia fuhr herum. Sie hatte Nicolas nicht kommen hören. »Bist du wahnsinnig, mich so zu erschrecken?« Sie schlug die Kühlschranktür zu.

»Haust du die immer so zu? Dann ist das ja das Nächste, was ich reparieren muss …«

Claudia nahm ihm den riesigen Strauß roter Rosen aus der Hand und warf ihn in den überquellenden Mülleimer. Nicolas stellte die Flasche Roederer auf dem Küchenblock ab.

»Und den Müll hast du auch mindestens seit einer Woche

nicht runtergebracht«, sagte er, sammelte die Rosen wieder ein und holte eine Vase aus dem Schrank.

»Sonst noch was? Deine Hausmannsprüche kannst du dir sparen. Am besten verschwindest du gleich wieder und lässt dich hier nie wieder blicken, nach allem, was du angerichtet hast.«

Stumm ließ er ihre Schimpftiraden über sich ergehen. Schließlich nahm er sie in die Arme, strich ihr über den Kopf und die Halskrause, küsste sie zart auf die Nase und bat sie inständig, ihm zuzuhören.

Bis tief in die Nacht hinein saßen sie im Wohnzimmer, leerten den Champagner und eine Flasche Chardonnay. Claudia erfuhr, dass Blankenberg und Teufel vermutlich schon vor Jahren angefangen hatten, die Gelder ihrer Investoren nicht mehr wie vereinbart in Futures und Options zu stecken, sondern systematisch von den Konten abzuziehen. Vereinzelt hatten sie angebliche Gewinne ausgezahlt, die sie durch die Akquisition von Neukunden und deren Einlagen deckten – ein Schneeballsystem. Irgendwann hatten sie den Kunsthandel als geeignetes Instrument der Geldwäsche entdeckt und waren auf Nicole Schwarzkopf gestoßen. Die von ihr geschilderte Chance auf eine immense Geldvermehrung durch den Verkauf der Warhol-Porträts konnten sie sich nicht entgehen lassen und investierten in Schmiergelder.

»Ich möchte bloß wissen, wo die beiden jetzt stecken, und zu gerne würde ich ihnen noch meine Meinung sagen … außerdem wüsste ich ganz gerne, was du mit ihnen zu tun hattest. Die Staatsanwaltschaft hat hier eine Hausdurchsuchung durchführen lassen, und die terrierartige Beamtin drohte sogar damit, das Ermittlungsverfahren auf dich und mich auszuweiten.«

Nicolas schwieg und strich mit dem angefeuchteten Finger über den Rand seines Weinglases. »Die wollte dich doch nur einschüchtern, wobei ich mir nicht vorstellen kann, dass ihr das gelungen ist, oder?«

Claudia nickte ein wenig beschämt, denn sie hatte auf diese

Drohung hin doch ziemlich schnell klein beigegeben. »Ich habe Blankenberg und Teufel peripher mit im Auge gehabt, seit sie sich im Kunsthandel betätigt haben. Sie waren neu im Geschäft, bewegten sich ziemlich auffällig, hantierten stümperhaft mit erstaunlich großen Geldmengen. Da habe ich ein wenig nachgeforscht, ein bisschen akquiriert und habe mir schließlich von zwei der Kormoran-Großanleger den Auftrag eingeholt, Beweismaterial zu sammeln.«

»Und alles, ohne mich einzuweihen ...« Claudia schüttelte ungläubig den Kopf. »Ich weiß ehrlich gesagt nicht, ob ich dir das verzeihen kann.«

»Es ging nicht anders. Deshalb musste ich mein Arbeitszimmer hier auch immer vor dir verschlossen halten, eine ziemliche Interessenkollision ...«

»Wozu brauchst du das überhaupt, du hast doch deine Büroräume.«

»Erstens arbeite ich nicht immer von nine to five, wie du vielleicht weißt, und nehme häufig Unterlagen mit nach Hause. Zweitens sind meine Büroräume ziemlich beengt. Mein Partner bestand darauf, die Fixkosten am Anfang gering zu halten, und wir haben uns tatsächlich nur einen Raum zusammen mit einer Sekretärin geteilt. Aber ab Januar vergrößern wir uns, dann können die Jungs hier übrigens auch das eine Zimmer bekommen.«

»Da werden sie sich freuen ...«, sagte Claudia ohne echte Begeisterung. Sie war in diesem Moment zu unsicher, wie es mit ihr und Nicolas weitergehen würde. »Und wie kamst du nun auf dieses Foto vor dem Flugzeug?«

»Blankenberg und Teufel persönlich habe ich ein paarmal in Egelsbach auf dem Flughafen getroffen. Ein Freund von mir hat dort, wie Blankenberg, seine Privatmaschine stehen, so kam das Foto zustande, das du gefunden hast. Als es für Blankenberg in Deutschland zu heiß wurde, kamen sie offenbar auf die Idee mit dem fingierten Unfall, und er tauchte unter. Ein Zufall, dass du ihn ausgerechnet bei der Auktion erkannt hast. Nur dadurch kam ich wieder auf seine Spur. Nachdem du mich an dem Abend kurz nach der Auktion angerufen hast, bin ich sofort nach Zürich aufgebrochen. Teufel und Blankenberg müssten immer noch in der Schweiz sein. Sie werden per internationalem Haftbefehl gesucht, und es ist nur eine Frage der Zeit, bis die Polizei die beiden findet.«

»Aber auch ziemlich dumm von ihm, sich bei der Versteigerung öffentlich zu zeigen, mit dieser affigen Perücke.«

Nicolas legte den Arm um sie, doch Claudia rückte von ihm weg, ans Ende des Sofas. »Und mich hast du auch die ganze Zeit über aus nächster Nähe beobachtet?«

»Wenn du mich fragst, war es nie nah genug ...« Er rückte so weit zu ihr heran, dass sie fast von der Couch gefallen wäre, und begann, an ihrem orthopädischen Kragen zu nesteln.

»Könntest du dieses Monstrum vielleicht mal für eine Weile ablegen ... warum trägst du den überhaupt?«

»Das erzähle ich dir ein anderes Mal.« Sie wollte jetzt nicht an ihren Unfall und ihr kaputtes Auto denken, sie wollte die geprellten Anleger von Kormoran vergessen und die Anzeige beim Jugendamt weit wegschieben. Sie spürte die angenehme Wirkung des Alkohols und Nicolas' Hand in ihrer Bluse. Eng umschlungen stiegen sie die Treppe zum Schlafzimmer hoch. Die anschließende Versöhnung wurde von Julia am Morgen danach mit den entsprechenden Blicken quittiert. »Und ich hatte gehofft, wir wären ihn endlich los!«

Claudia ließ den Motor des Jaguars laufen, während sie vor der jüdischen Schule hielt. Als die zwei Polizeibeamten auf sie zukamen, die dort zur Dauerbewachung abgestellt waren, ließ sie das Fenster herunter, erklärte ihnen die Situation und zeigte auf Arthurs Arm. Die beiden nickten und zeigten Verständnis. Für Arthur war es der erste Schultag nach seinem Klinikaufenthalt, und er schien fast ein wenig stolz auf seinen Tapeverband zu sein.

»Hast du auch wirklich keine Schmerzen mehr?«

»Nein, Mama.«

»Aber wenn doch, dann rufst du mich sofort an, ja? Und mach bloß keinen Blödsinn in der Pause. Setz dich irgendwo hin und schone deine Hand, versprich mir das!«

Arthur rollte mit den Augen, stieg aus und schlug die Autotür zu. Sie sah ihm nach, bis er in der Eingangstür verschwunden war, und fuhr weiter zu ihrem Büro. Claudia stellte Nicolas' dunkelgrünen Jaguar auf dem Parkplatz ihrer Kanzlei ab, stieg aus und sah sich um. Sie hoffte, dass nicht wieder einer der dubiosen Kormoran-Anleger in der Nähe ihrer Kanzlei herumlungerte, und nahm sich vor, auf jeden Fall unter das Auto zu schauen, bevor sie wegfuhr.

»Gibt's was Neues?«, fragte sie ihre Sekretärin, als sie das Büro betrat.

Sie sah sie nur stumm an und drehte die Augen bedeutungsvoll in die Richtung von Teufels Büro. Claudia schüttelte verständnislos den Kopf und wollte zu ihrem Zimmer gehen, als sie Oesterhaus bemerkte, der offenbar auf sie gewartet hatte. »Mensch, Claudia, wo warst du denn schon wieder so lange. Hier war der Teufel los!«

»Im wahrsten Sinne des Wortes, nicht wahr?«, antwortete sie völlig unbeeindruckt. »Im Übrigen war ich auch schon gestern hier, da hast du aber gefehlt.«

»Also ich kann es mir einfach nicht mehr leisten, mit diesem Laden hier weiter in Verbindung gebracht zu werden. Ich packe nur noch meine Sachen zusammen ... vielmehr das, was das Durchsuchungskommando übrig gelassen hat, und dann mach ich den Abflug.«

»Aha«, sagte Claudia und ging an ihm vorbei in ihr Büro, »die Ratten verlassen das sinkende Schiff.«

Oesterhaus folgte ihr. »Claudia, du musst das verstehen. Ich habe schließlich noch eine Karriere vor mir, kann morgen bei White & Case anfangen ... bei dir ... ist das was anderes ... und die Reiter bleibt ja auch noch da.« Er deutete auf die Rauchschwaden am Ende des Flurs.

»Was soll das heißen? Sind etwa schon alle anderen weg?«

Oesterhaus schloss ihre Tür, nickte und flüsterte: »Was glaubst du denn? Alle werden gehen. Erstens bekommen wir wahrscheinlich kein Gehalt mehr ...«

»Was?«, schrie Claudia. »Das wusste ich ja gar nicht!«

»Und zweitens ... wie naiv bist du eigentlich? Der Laden hier ist erledigt. Teufel wird per Haftbefehl gesucht. Wer nicht mit untergehen will, muss sofort an Land schwimmen.«

»Ja, das habe ich schon zu spüren bekommen. Meine Wohnung hat die Polizei nämlich auch durchsucht.«

Oesterhaus sah nicht besonders überrascht aus.

»Habe ich das etwa dir zu verdanken?«

Sein Gesicht überzog eine leichte Rötung.

»Sie haben gefragt, wer das Mandat sonst noch betreut hat, außer Teufel ... und die Staatsanwaltschaft hätte es ja ohnehin herausgefunden.«

»Na vielen Dank. Wer Kollegen hat, braucht bekanntlich keine Feinde.«

Oesterhaus sah sich in ihrem Büro um. Der PC fehlte, die Schranktüren standen offen, und außer einem alten Regenschirm und einer angebrochenen Flasche Mineralwasser war nichts mehr an seinem Platz.

Claudia zog ihren Daunenmantel aus, hängte ihn über einen Bügel und strich sich den schwarzen Zara-Hosenanzug glatt. Sie deutete auf den Aktenstapel auf ihrem Schreibtisch. »Irgendjemand muss die Arbeit ja erledigen. Und es gibt keinen Grund, die anderen Mandate einfach so den Bach runtergehen zu lassen. Wenn du sie nicht übernimmst, dann mache ich es eben, und am Ende des Monats wollen wir doch mal sehen, wer sein Gehalt auf dem Konto hat und wer nicht.«

Oesterhaus betrachtete sie stumm, und Claudia glaubte fast, eine Art Respekt in seinem Blick zu lesen. »Also ... ich verschwinde jetzt. Dir wünsche ich jedenfalls alles Gute, bestimmt laufen wir uns bei Gericht mal wieder über den Weg.« Er klopfte ihr auf die Schulter, und weg war er.

Claudia öffnete die erste Akte ihrer heutigen Wiedervorlage und überprüfte den Sachstand. Eine halbe Stunde später hatte sie sich einen Überblick verschafft und wusste, dass in drei Fällen dringende Schriftsätze anstanden. Sie lief mit den übrigen Akten in das Sekretariat.

»Wie sieht es aus, Frau Becker, Frau Käppel, Frau Siebert? Wollen Sie bleiben?«

»Wo sollten wir denn so schnell andere Jobs herbekommen?«, fragte die Älteste der drei Frauen in schnodderigem Hessisch. »Aber wir können ja nichts arbeiten, ohne PCs, die Polizei hat alle mitgenommen.« Sie zeigten bedauernd auf die leeren Schreibtische und lehnten sich in ihren Bürostühlen zurück.

»Moment mal, ich habe mindestens drei Schriftsätze, die heute rausmüssen ... Fristsachen. Ich frage mal Frau Reiter, ob sie eine Idee hat.«

Claudia lief den Gang entlang zum Büro ihrer Lieblingskollegin, öffnete die Tür und wedelte den Rauch weg. Frau Reiter hatte die Beine auf dem Schreibtisch und in ihrem Schoß eine aufgeschlagene Akte liegen, mit der einen Hand hielt sie die obligatorische brennende Zigarette und in der anderen ein altes Diktiergerät. Sie zog fragend die Augenbrauen hoch, diktierte: »... im Gegensatz dazu Komma handelt es sich vorliegend um einen Doppelmangel beider Kausalverhältnisse Punkt.« Sie stoppte das Gerät und fragte: »Was Dringendes? Sonst würde ich gerne erst diese Klageschrift fertig formulieren, ich bin gerade so schön in Fahrt.« Sie nahm einen tiefen Zug aus ihrer filterlosen Zigarette und schob den Ärmel ihrer rosa Strickjacke noch.

»Haben Sie eine Vorstellung, wie dieser Text zu Papier gebracht wird, den Sie da gerade diktieren?«, fragte Claudia. Sie stemmte eine Hand in die Hüfte.

»Klar, wir haben doch noch die elektronischen Schreibmaschinen. Die stehen im Archiv, und die Damen aus dem Sekretariat könnten schon mal anfangen, sie zu entstauben.«

»Dan-ke!«, sagte Claudia und schloss die Tür hinter sich. Zurück im Sekretariat gab sie Anweisung, die Schreibmaschinen in Gang zu setzen.

Dann machte sie sich an ihre Arbeit.

Um halb fünf faxte sie den letzten Schriftsatz an das Landgericht und heftete die Kopie in die Akte. Die Sekretärinnen und alle anderen Anwälte waren schon gegangen, nur aus Frau Reiters Büro kamen noch Rauchschwaden. Claudia klopfte an ihre Tür. Ihre Kollegin war immer noch in eine Akte vertieft, nahm die randlose Lesebrille ab, als Claudia hereinkam, und deutete auf ihren einzigen freien Besucherstuhl. Alle anderen waren mit Akten und Fachbüchern belegt. Beiläufig hielt sie Claudia das gelbe Revalpäckchen entgegen und gab ihr Feuer.

»Und? Wie es aussieht, sind wir hier bald die Einzigen. Haben Sie vor zu bleiben?«

»Sie nehmen mir das Wort aus dem Mund. Das wollte ich Sie auch gerade fragen.«

Frau Reiter bleckte ihre gelben Zähne und ließ ein heiseres Raucherlachen hören. »Solange sich jetzt nicht der gesamte Mandantenstamm von uns abwendet, sehe ich eigentlich keinen Grund aufzugeben.«

Claudia nickte. »Ganz meine Meinung. Und die meisten waren mit unserer Arbeit nicht unzufrieden, bis auf ein paar Ausnahmen. Allerdings gibt es da noch ein Problem ...«

Frau Reiter strich sich eine blonde Haarsträhne aus ihrem edlen Gesicht mit den hohen Wangenknochen, hob die schwungvollen schwarzen Augenbrauen und stieß den Rauch durch die Nase aus, während sie Claudia lauschte. »Wir müssen die ganzen Vollmachten überprüfen. Aber grundsätzlich gehe ich davon aus, dass sie alle auch auf uns beide ausgestellt worden sind. Falls nicht, sollten wir das schleunigst nachholen und außerdem ...«, sie musste husten, die starke Zigarette war sie nicht gewohnt, »... sollten wir uns unbedingt mit der Struktur und Finanzlage der Kanzlei befassen. Ich habe nämlich keine Lust, hier alleine mit Ihnen weiterzuschuften und nachher, wenn überhaupt, mein Mini-Teilzeitgehalt zu bekommen.«

Frau Reiter zeigte mit dem langen dünnen Finger auf sie. »Sie haben mir schon immer gefallen.«

Beschwingt lief Claudia die Treppe hinunter, suchte in ihrer Tasche nach dem Autoschlüssel, ließ sich auf den beigen Ledersitz sinken und startete den Motor. Sie hörte das sonore Brummen und genoss die Annehmlichkeit der von Nicolas topgepflegten Jaguar-Limousine. Auf einmal war sie voller Zuversicht, dass ihr Leben eine positive Wendung nehmen würde. Es erwartete sie eine Menge Arbeit, aber schließlich wirtschaftete sie dann in ihre eigene Tasche und nicht mehr hauptsächlich in die von Teufel. Die Kinder wurden immer größer, selbständiger und brauchten sie nicht mehr so dringend … Ihr fiel ein, dass sie den ganzen Tag nichts von Nicolas und den Kindern gehört hatte, und sie tippte in ihrem Handy auf seine Nummer. Schon nach dem ersten Klingelton meldete er sich: »Claudia, endlich! Warum bist du denn nicht ans Telefon gegangen? Ich habe pausenlos versucht, dich zu erreichen!«

»Oh, ich hatte wohl aus Versehen auf lautlos gestellt. Wieso, war was Dringendes?«

»Arthur war nicht an der Schule, als ich ihn abholen wollte. Ich habe dort alles abgesucht, aber keine Spur von ihm …«

»Was? Aber er hatte doch um ein Uhr Schule aus. Und jetzt ist es halb sechs.« Claudias Stimme bekam einen schrillen Klang. »Hast du Julia und Lorenz gefragt? Oder seine Lehrer?«

»Natürlich, aber keiner weiß irgendwas. Keiner hat ihn gesehen. Ich glaube, ich rufe jetzt die Polizei an.«

Claudia fuhr an die Seite und stellte die Warnblinkanlage an. »Warte bitte noch kurz damit. Bist du zu Hause?«

»Ja.«

»Ich bin in fünf Minuten da ... dann lass uns gleich reden, ja?« Sie parkte in der Parallelstraße und rannte den ganzen Weg bis in die Altkönigstraße und vor ihr Haus. Atemlos kam sie die Treppe hoch und schloss mit zitternder Hand die Tür auf. Nicolas stand zusammen mit Julia und Lorenz in der Küche und hatte in einer Hand eine Liste, in der anderen den Telefonhörer.

»Wir haben schon fast alle Klassenkameraden abtelefoniert. Aber niemand weiß etwas. Soll ich nicht doch die Polizei anrufen?«

Claudia stellte ihre Aktentasche ab. Julia kam mit bleichem Gesicht auf sie zu, um sie zu umarmen. »Was denn, so schlimm? Und ich dachte immer, du kannst deinen kleinen Bruder nicht ausstehen?«

»Mama, das ist jetzt wirklich was anderes ... ich habe plötzlich Angst um ihn.«

Claudia strich ihr über die Haare. »Mach dir keine Sorgen, wir finden ihn schon. Bestimmt ist er nur mit ein paar Freunden auf die Zeil gegangen, um seine neugewonnene Freiheit auszunutzen«, tröstete sie sie, ohne selbst davon überzeugt zu sein. Über Julias Schulter hinweg sah sie Nicolas besorgt an. »Wir müssen uns unterhalten. Kinder, könntet ihr uns kurz allein lassen?« Julia löste sich von ihrer Mutter, warf ihr einen düsteren Blick zu und verschwand mit Lorenz in ihren Zimmern.

»Es sind ein paar Dinge passiert, die ich dir noch nicht erzählt habe.« Nicolas ließ sich auf die Teakholzbank sinken und sah sie gespannt an. »Ich wurde beim Jugendamt angezeigt.« Sofort verzog Nicolas wütend das Gesicht. »Hat dein Ex-Mann also doch seine Drohung wahr gemacht!«

»Nein, er war es nicht – das behauptet er zumindest, und offen gesagt, glaube ich ihm auch ... jedenfalls wäre es in der gegenwärtigen Situation nicht gerade vorteilhaft, wenn dort durchsickern würde, dass Arthur weggelaufen beziehungsweise verschwunden ist ...«

»Verstehe. Aber wir können ja deshalb nicht untätig hier herumsitzen.«

»Nein, wir müssen ihn suchen. Vielleicht ist er wirklich in die Stadt gegangen, das machen die Kids doch immer gerne, Starbucks, Apple-Store, den Skatern an der Hauptwache zusehen und so weiter …«

»Okay, dann lass uns sofort losfahren.« Claudia hielt ein Glas unter den Wasserhahn und trank es in einem Zug aus. Dann instruierte sie Lorenz und Julia, das Telefon zu bewachen und ihr sofort Bescheid zu geben, falls sie etwas von Arthur hörten.

HEIKE

»Gestern ist übrigens der Nerzmantel verkauft worden, Frau Stelzer, ziemlich guter Preis, wie ich finde. Bezahlt wurde auch schon … per PayPal. Ich bringe ihn heute noch zur Post«, sagte Astrid.

»Das ging aber schnell, schade eigentlich, ich hätte ihn wirklich gerne behalten, wenn er nicht von meiner Nachbarin wäre.«

Heike holte den Mantel von dem Kleiderständer, zog ihn noch einmal an und drehte sich vor dem Spiegel. Als sie in die Tasche griff, fühlte sie wieder den Zettel und erinnerte sich an den Abend, bevor sie nach Zürich gefahren war.

»Lea«, las sie laut. Vielleicht eine Freundin von Frau Eichberg, aber was ging sie das eigentlich an? Sie strich ein letztes Mal über das weiche Fell und übergab den Mantel an Astrid zum Verpacken.

»Nur versicherter Versand, ja?«

»Logisch, bei sechstausenddreihundert Euro!«

»Ich weiß, dir muss man so was nicht extra sagen. War sonst noch was Besonderes?«

»Nein, aber Sie könnten mal wieder ein paar Anzeigen in der Lokalpresse aufgeben, damit uns das Material nicht ausgeht.«

Heike nickte, versprach ihr, sich darum zu kümmern, und zog die Tür hinter sich zu. Sie ging in das Wohnzimmer, blickte aus dem Fenster und sah wieder auf den Zettel in ihrer Hand. Dann gab sie die Nummer in ihr Handy ein.

»Hallo?«, meldete sich eine Kinderstimme.

»Lea, bist du es?«

»Ja, wer spricht denn da?«

Heike hatte sich nicht darauf vorbereitet, was sie sagen sollte und antwortete spontan: »Hier ist Frau Eichberg.«

Es entstand eine Pause, dann fragte Lea in herausforderndem Tonfall: »Warum rufen Sie mich an? Sie haben es doch alles so gewollt.«

Heike stutzte und versuchte Frau Eichbergs Altstimme nachzuahmen, als sie fragte: »Was habe ich so gewollt?«

»Na, das mit Arthur und Alexander. Ich habe Sie gewarnt. Wenn Sie unsere Abmachung nicht erfüllen, muss Ihr Sohn dafür bezahlen.«

Heike stockte der Atem. »Und … wie … muss er bezahlen?«

»Ich muss jetzt Schluss machen, außerdem wissen Sie das schon längst.« Sie legte auf.

SUSANNE

Nachdem Nicolas gegangen war, fühlte Susanne plötzlich eine unerklärliche Leere. Es war wie ein tiefes, schwarzes Loch, in das sie fiel, ohne Halt zu finden. Sie versuchte, sich zu motivieren, die vielen neuen Informationen, die sie gerade bekommen hatte, zu ordnen: Da war Frau Stöckli, die vermutlich noch in ihrem Vorzimmer saß und ihr nicht mehr in die Augen blicken konnte. Wie hatte sie sich die ganze Zeit über so gut verstellen können? Wie würde es mit den Launhart-Geschwistern und der Versicherung weitergehen? Paul Launhart hatte schon unzählige Male angerufen, um nach dem Verbleib des

Auktionserlöses zu fragen. Und schließlich: Die ungeklärte Frage, was Nicole Schwarzkopf gegen Woletzki in der Hand hatte, um ihn so unter Druck zu setzen.

Entschlossen holte Susanne ihren brombeerfarbenen Mantel aus dem Schrank. Sie ging zu Frau Stöckli, wartete vor ihrem Schreibtisch so lange, bis sie aufsah, und versuchte sich an einem Blick, der ihre gesamte Enttäuschung und Verachtung ausdrücken sollte. Dann sagte sie: »Ich gehe zum Lunch. Wenn ich zurückkomme, möchte ich Sie hier nicht mehr sehen.« Ohne eine Reaktion abzuwarten, drehte sie sich um und machte sich auf den Weg zu Woletzkis Galerie.

»Oh, Fotokunst ... ich dachte immer, davon hältst du nichts«, rutschte es ihr heraus, als sie die schwere Tür aufschob. Woletzki, der vor einem großformatigen Werk stand, das einen überdimensionalen Kopf im Liegen zeigte, drehte sich abrupt um. Susanne musterte ihn und registrierte den gutsitzenden, schwarzen Anzug, das offene weiße Hemd und den neuen Haarschnitt mit längeren Koteletten und Locken im Nacken. Sein Anblick verursachte ihr einen unangenehmen kleinen Stich. Früher hatte er nie so viel Wert auf seine äußere Erscheinung gelegt.

»Susanne, was für eine Überraschung!« Er klang erfreut, aber nicht so überschwenglich, wie sie gehofft hatte.

Sie ging auf die Fotoarbeit an der graphitfarbenen Wand zu, und ihre Absätze verursachten auf dem Kunstharzboden ein klackerndes Geräusch.

»Sam Samore, also«, sagte sie und stellte sich in einigem Abstand vor das Frauenporträt. »Gefällt mir.«

Sie ging weiter durch die Ausstellung und besah sich aufmerksam die übrigen Arbeiten. Woletzki folgte ihr in einigem Abstand. Vor einer unwirklich wirkenden Landschaftsaufnahme in hellen Grün- und Orangetönen, auf der in weiter Entfernung zwei Reiter zu sehen waren, blieb sie länger stehen. »Was kostet es?«

»Da müsste ich nachsehen.«

»Dann tu das bitte.«

Woletzki ging zu einem elipsenförmigen weißen Kunststofftisch und holte die Liste.

»Viertausendvierhundert.«

»Gut. Ich nehme es.«

Woletzkis Augen weiteten sich. »So kurz entschlossen?«

Susanne nickte mit undurchdringlichem Blick. »Heimliche Sehnsüchte …«

Woletzki stellte sich breitbeinig davor und betrachtete es eingehend. Nach einer Weile sagte er leise: »Die hast du dann aber wirklich gut vor mir verborgen«, und schaute sie an. »Ich würde es gerne bis zum Abschluss der Ausstellung hängen lassen, wenn du noch so viel Geduld hast.«

Susanne sah ihm gerade in die Augen. »Ich habe schon so lange gewartet, da kommt es nicht auf ein paar Wochen an.« Sie beobachtete ihn, wie er einen roten Punkt neben das Bild an die Wand klebte und fragte: »Womit hat sie dich erpresst?«

Sein Augenlid begann zu zucken. »Ich weiß nicht, was du meinst.«

Susanne ging auf ihn zu und ließ ihn nicht aus den Augen. Es trennten sie nur wenige Zentimeter. »Doch. Du weißt genau, was ich meine. Was hat sie gegen dich in der Hand, dass du so weit gegangen bist, höchst vertrauliche Interna zu verraten und mich bei der Vorbereitung der Versteigerung dermaßen zu beeinflussen? Sag es mir!«, flüsterte sie eindringlich und griff nach seiner Hand. Sie fühlte sich kalt an.

Woletzki entzog sie ihr und drehte sich um. »Susanne, es tut mir unendlich leid. Aber ich kann nicht!«

»Aber warum?«, rief sie. »Sie ist verhaftet worden. Was also hindert dich, mir endlich die Wahrheit zu sagen? Ist dir unsere Beziehung so unwichtig geworden?«

Woletzki hob den Kopf. »Ach, sie ist verhaftet worden? Kann man ihr denn irgendetwas nachweisen?«

Susanne stieß verächtlich die Luft aus. »Irgendetwas nachweisen? Allerdings! Und jetzt tu nicht so scheinheilig. Du weißt doch über all das Bescheid, was sie Heike, Claudia und mir angetan hat.«

Woletzki hob hilflos die Schultern. »Das habe ich nicht gewollt, glaub mir ... aber ich konnte nicht anders ... Also gut. Komm mit, dann zeige ich dir etwas.« Er führte sie zu dem ovalen Tisch und bedeutete ihr, sich auf den weißen Drehstuhl zu setzen. Im Stehen bewegte er die Maus über die glatte Oberfläche und klickte eine E-Mail mit Anhängen an. »Es sind ganz alte Aufnahmen von Fabienne ... meiner verstorbenen Frau. Ich hatte dir doch mal erzählt, dass sie Ambitionen als Fotomodell hatte. Da war sie wohl, noch bevor wir uns kennenlernten, an einen ... wie soll ich sagen ... eher unseriösen Modellscout und Fotografen geraten. Ich habe nur ein paar Kostproben davon, aber ... nun ja, sieh selbst.«

Das erste Foto erschien auf dem Bildschirm. Es zeigte die blutjunge Fabienne mit nichts an ihrem perfekten Körper außer halterlosen Strümpfen. Das nächste Bild war um einiges deftiger, denn sie kniete in eindeutiger Pose vor einem nackten männlichen Modell mit tätowierten Armen und Brustkorb. Woletzki öffnete ein neues Foto. Fabienne lag mit lasziv gespreizten Oberschenkeln auf dem Bett, und der Tätowierte beugte sich über sie.

»Oh, ja ... okay, ich glaube, ich habe genug gesehen. Die Aufnahmen kann man leider gar nicht mit dem Überbegriff ›künstlerisch wertvoll‹ abtun.«

Woletzki nickte und schloss die Fenster auf dem Bildschirm. »Nicole Schwarzkopf hat die Fotos extra digitalisieren lassen, um sie bei Bedarf ins Netz stellen zu können. Ohne die Kinder wäre mir das ziemlich egal. Nicht schön, aber auch nicht besonders wichtig. Eine Jugendsünde. Und Fabienne selbst kann es nicht mehr belasten. Aber stell dir vor, was das für meine drei Jungs bedeutet hätte ... zum Beispiel für Marcel, wenn er in sein schickes Internat kommt, und das Erste, was seine Mitschüler in den Social Networks austauschen, sind diese Fotos seiner Mutter!«

»Ja, das sind berechtigte Bedenken. Aber warum hast du nicht mit mir darüber gesprochen?«

Woletzki griff sich mit beiden Händen in die Haare. »Wie denn? Alles, was sie von mir wollte, war doch, dir in irgendeiner Weise zu suggerieren, dass die zwei Beckmann-Werke nicht in Ordnung seien. Ich konnte mir natürlich denken, dass es eine Art Ablenkungsmanöver sein sollte. Trotzdem wusste ich nichts von der Warhol-Serie und was es damit auf sich hat ... das weiß ich übrigens bis heute nicht. Du musst mir glauben. Und wie um alles in der Welt konnte ich denn zu dir gehen und dir sagen: Tu bitte so, als würdest du denken, die Beckmann-Bilder seien Fälschungen, und konzentriere dich nur darauf ... Klingt seltsam, oder?«

Susanne biss sich auf die Lippe. »Und da hast du mich lieber ins offene Messer laufen lassen. Was war überhaupt eure genaue Abmachung?«

»So genau hat sie das nie formuliert ...«

»Ich habe in letzter Zeit schon oft darüber nachgedacht, ob ich ohne diese Aktionen rund um die Beckmann-Bilder auch auf den Warhol aufmerksam geworden wäre.«

»Sie wollten dich damit wohl so sehr beschäftigen, dass du nicht zu tief in die Provenienzforschung bei den Warhols einsteigst, eine bessere Erklärung habe ich nicht.«

»Konntest du dir bei einer Person wie Nicole Schwarzkopf denn jemals sicher sein, dass sie ihr Wort hält und dich nicht immer wieder zu irgendwelchen Gefälligkeiten zwingen würde?«

Woletzki breitete hilflos die Arme aus. »Nein. Da hast du leider recht.« Er sah ein elegantes Paar vor dem Schaufenster stehen, ging zur Tür und schloss sie von innen ab. Dann winkte er Susanne in den hinteren Teil der Galerie. Sie standen unbeholfen vor einer Gruppe von Tulip Chairs, bis Woletzki die Hand ausstreckte und über ihre Haare strich. »Susanne, ich habe dich so unendlich vermisst, ich weiß gar nicht, wie ich so dumm sein konnte …« Er zog sie an sich.

»Du hast mir auch gefehlt, wie wahnsinnig«, flüsterte sie und schmiegte sich an seinen Körper. Seine Lippen suchten ihren Mund, und sie küssten sich lange, berauscht von der wiedergefundenen Vertrautheit.

CLAUDIA

»Jetzt brauche ich erst mal was zu trinken.« Erschöpft setzte sich Claudia auf die Stufen, die zur B-Ebene an der Hauptwache führten. Teilnahmslos sah sie den Skatern zu und legte die Arme um ihre Knie.

»Willst du nicht lieber in ein Café gehen?«, fragte Nicolas besorgt. Er stand in seinem camelfarbenen Blazermantel vor ihr und betrachtete mit unverhohlener Abscheu den schmuddeligen Boden.

Sie schüttelte den Kopf. »Nein, ich habe immer noch Hoffnung, dass Arthur hier irgendwo auftaucht, und außerdem käme ich mir schäbig vor, es mir in einem Café bequem zu machen, während ich nicht weiß, was mit meinem zehnjährigen, ohnehin schon verletzten Sohn passiert ist. Aber kannst du uns nicht schnell was holen? Da drüben ist McDonald's … für mich am liebsten eine Cola light.«

»Okay, bin gleich wieder da.«

Gerade als Nicolas außer Sichtweite war, klingelte Claudias altes Nokia-Handy, und auf dem Display erschien Julias Foto. »Julia? Hat sich Arthur bei dir gemeldet?«

»Hallo, Mama! Nein, aber hier ist so ein Typ, der sagt, dass er vom Jugendamt kommt, und er will wissen, wo du bist und wo Arthur ist.« Ihre Stimme klang nervös und ein wenig zu laut. »Arthur ist noch beim Hockeytraining, da wolltest du ihn doch abholen, oder?«

Claudia umarmte ihre Tochter innerlich. »Ja, genau, und

dann kommen wir zusammen nach Hause, und ich mache euch Abendessen. Sag ihm das genau so, und sei freundlich, aber schick ihn weg, ja? Du musstest ihn gar nicht in die Wohnung lassen.«

»Okay, Mama, dann bis nachher, und beeil dich, du wolltest mich doch noch Französischvokabeln abfragen … il sait tout und so weiter …«

Claudia stutzte. Sie hatte Julia noch nie in Französisch abgefragt. »Ja, ist gut, Julia, bist du sicher … Französischvokabeln?«

»Ja, Mama, das ist wichtig!«

»Ich verstehe zwar nichts, aber ich beeil mich, also bis gleich, und mach, was ich dir gesagt habe.« Claudia starrte weiter auf das Display. Was hatte Julia ihr mitteilen wollen?

»Da ist deine Cola … ohne Eis, oder?«

Claudia antwortete nicht, sondern fragte Nicolas stattdessen: »Kannst du Französisch?«

»Französisch! Ja, klar, ziemlich gut sogar, ich habe mal ein Auslandssemester in Montpellier eingelegt. Mann, wenn ich daran zurückdenke …«

»Weißt du dann, was ›il sä tu‹ oder so ähnlich heißt?«

»Il sait tout, ja, natürlich: Er weiß alles.« Nicolas trank einen Schluck von seinem Kaffee und sah Claudia verständnislos an.

»Er weiß alles«, wiederholte sie. »Das wollte mir Julia sagen. Der Typ vom Jugendamt weiß alles, er weiß, dass Arthur vermisst ist und wir ihn suchen … aber das ist ja eine Katastrophe! Und *woher* weiß er das, verdammt noch mal, wenn doch Julia und Lorenz nichts verraten haben? Komm mit! Wir müssen sofort nach Hause.«

Als sie im Auto saßen, dachte Claudia laut nach: »Ihm hat also irgendjemand gesteckt, dass Arthur verschwunden ist. Aber warum? Wer könnte daran ein Interesse haben, und wer kann es überhaupt wissen, außer uns, Julia und Lorenz?«

»Na ja, ich habe bei ziemlich vielen Leuten nach ihm gefragt«, gab Nicolas zu bedenken.

»Ja, nur rufen die doch nicht das Jugendamt an. Aber mir fällt gerade etwas ein: Der Jugendamtsmensch hat, als ich bei ihm anrief, irgendetwas von Pornografie gefaselt. Da kann er doch eigentlich nur diese DVD-Hülle im Garten von Heike gemeint haben. Dass ich da nicht früher draufgekommen bin, ich Idiot.« Sie schlug sich mit der flachen Hand gegen die Stirn und sah Nicolas von der Seite an. Nach einer Weile sagte sie: »Ich glaube, wir müssen uns mal über deine Frau unterhalten.«

Nicolas trat so abrupt auf die Bremse, dass Claudias Kopf nach vorne geschleudert wurde. »Autsch, bist du wahnsinnig? Ich wollte dieses Marterinstrument hier eigentlich endlich wieder loswerden!« Sie fasste mit beiden Händen an ihre Halskrause.

»Wieso?«, fragte Nicolas. »Wieso müssen wir uns über sie unterhalten?«

»Weil Heike ziemlich sicher ist, dass sie sie und Tom in ihrem Garten beim Nacktbaden fotografiert hat ... zu der Zeit, als ich noch dort in der Einliegerwohnung einquartiert war. Und gemeinsam kamen wir auf die Idee, dass sie gar nicht die beiden gemeint, sondern eigentlich uns nachspioniert hat und vielleicht auch diese DVD-Hülle in den Garten gelegt hat, so dass sie die Nachbarn sehen.«

Nicolas' Gesicht war wie versteinert. Ohne ein Wort zu sprechen, hielt er mit laufendem Motor vor ihrer Wohnung. »Am besten setze ich dich hier ab, und du gehst schon mal hoch. Ich habe noch was zu erledigen.«

»Willst du mir nicht sagen, was? Ich wollte deiner Frau ja nichts unterstellen, aber ...«

»Steig bitte aus, ich habe es eilig.«

Claudia sah ihn an und fröstelte. In seinen Augen blitzte eiskalte Wut auf.

Sie stieg die Treppen hoch, und als die Tür aufging, wurde ihr klar, dass sie zu spät kam. Arthur saß zusammengesunken auf der Küchenbank. Er hatte eine Decke um die Schultern gelegt, sein Gesicht war leichenblass und seine Augen gerötet. Um ihn herum standen Julia, Lorenz und der Sozialarbeiter, den sie schon kannte.

»Mama, da bist du ja endlich«, rief Julia, »Arthur ist schon von einer anderen Mutter beim Verein abgeholt worden«, unternahm sie einen Versuch, die Situation zu retten.

Claudia warf ihr einen dankbaren Blick zu, setzte sich neben Arthur auf die Bank und rieb mit der Hand über seinen Rücken. Doch er sprang abrupt auf, warf die Decke ab und lief torkelnd zur Toilette. Es war deutlich zu hören, wie er sich übergab, und Claudia traute sich kaum, den Mitarbeiter des Jugendamts anzusehen.

»Also, Frau Dr. Neumann-Elten, Ihrem Sohn scheint es gar nicht gutzugehen. Ich kann mir auch nicht vorstellen, dass er in diesem Zustand beim Hockeytraining war. Haben Sie für das alles eine plausible Erklärung?«

»Das muss so ein übler Magen-Darm-Virus sein. Deshalb wurde er auch früher vom Hockey nach Hause gebracht. Man hat mich wohl nicht rechtzeitig erreicht ...«, versuchte sich Claudia an einer Ausrede.

»Mir können Sie nichts vormachen. Ihr Sohn steht eindeutig unter Alkoholeinfluss. Und das im Alter von zehn Jahren.«

»Alkohol?« Claudia musterte den Mann empört. »Wie kommen Sie denn darauf? Das ist ja völlig absurd. Ich packe Arthur jetzt mit einer Wärmflasche ins Bett, dann geht es ihm sicher gleich wieder besser. Und Sie darf ich bitten, uns allein zu lassen.« Sie stand auf, öffnete die Wohnungstür und machte eine einladende Geste mit der Hand. Dann ging sie weiter zur Toilette, um nach Arthur zu sehen.

Der Mann vom Jugendamt folgte ihr. »Glauben Sie mir, ich kenne diese Fälle leider zur Genüge. Ich rufe jetzt den Notarzt, und dann werden wir schnell feststellen, was Ihrem Sohn fehlt ... beziehungsweise was er genommen hat.« Er zog sein Handy aus der Tasche seiner grauen Jacke.

Arthur kniete vor der Toilettenschüssel und wollte sich gerade umdrehen, als ihn erneut ein Würgereiz überfiel. »Oh Gott, du Armer, aber kannst du bitte trotzdem zwischendurch mal die Klospülung betätigen!«, sagte Claudia, wandte sich ab und schloss die Tür von außen.

Der Sozialarbeiter trat einen Schritt zurück, um sie vorbeizulassen. »Der Notarzt wird gleich hier sein. Vielleicht unterhalten wir uns in der Zwischenzeit einmal ganz in Ruhe, und Sie erzählen mir, seit wann Ihr Sohn schon trinkt.« Er holte ein durchsichtiges Kunststoffröhrchen aus der Innentasche seiner Jacke. »Ich rate den betroffenen Eltern immer zu einer freiwilligen Haaranalyse. Je Zentimeter Haarlänge kann man zweifelsfrei für einen Monat die Drogen- und Alkoholabstinenz des Kindes nachweisen ... oder umgekehrt. Hätten Sie mal eine Schere?«

»Eierlikör? Für einen Zehnjährigen? Bist du eigentlich von allen guten Geistern verlassen?« Nicolas hielt die halbleere Flasche in der Hand und zeigte auf die beiden Schnapsgläser mit den gelblichen Resten. Angelika de Haan presste die Lippen zusammen und nahm die Gläser vom Tisch. »Wie hast du ihn überhaupt dazu bewegen können, mit dir zu kommen?«

»Ach, das war einfach. Lukas saß im Auto, den hat er schon mal auf der Eisbahn gesehen. Ich habe ihm einfach gesagt, dass du ihn später bei uns abholst.«

»Und was hast du damit bezweckt, ihn hierherzubringen und betrunken zu machen?«, bohrte Nicolas weiter und folgte ihr in die Küche.

Sie öffnete die Spülmaschine und stellte die Gläser in den Geschirrkorb. »Ich weiß gar nicht, warum du dich so aufregst. Es waren nur ein paar winzige Gläser, nachdem ihm der Schuss auf dem Schokoladeneis so gut geschmeckt hatte.«

Nicolas packte seine Frau an den Handgelenken und hielt sie fest. Sie war einmal eine attraktive Frau gewesen. Doch inzwischen waren ihre Züge verhärmt. »Hast du Claudia beim

Jugendamt angezeigt? Dein Plan ist es also, dass ihr das Sorgerecht für die Kinder aberkannt wird, oder was?«

In Angelikas Augen flammte Wut auf. Sie riss sich von ihm los und knallte die Tür der Spülmaschine zu. »So ein Quatsch. Deine neue Liebschaft interessiert mich gar nicht.«

»Sie interessiert dich so wenig, dass du sie ständig beobachtest, in das Grundstück der Stelzers einbrichst, Fotos machst, Pornofilme im Garten plazierst, so dass sie die Nachbarn nicht übersehen können, ihren jüngsten Sohn erst auf der Eisbahn umstößt, dass er sich die Hand bricht … das warst doch auch du, oder? Dann entführst du ihn von der Schule und flößt ihm Alkohol ein … das ist doch alles nicht normal.«

»Sag du mir nicht, was normal ist!«, schleuderte sie ihm hasserfüllt entgegen. »Nicht normal ist deine unstillbare Triebhaftigkeit, deine Sexsucht, deine ständige Suche nach einer neuen Affäre, einem neuen Abenteuer. Dabei haben wir uns so geliebt, wir haben eine so gute Ehe geführt …«, ihre Stimme wurde plötzlich sanft, »… und führen sie doch eigentlich immer noch.« Sie strich ihm mit den Fingern über die Wange und wollte ihn küssen, doch er stieß sie weg.

»Du bist ja verrückt! Unsere Ehe ist schon lange kaputt, und ich bin in den letzten Jahren nur wegen der Kinder geblieben. Du machst dir etwas vor!«

Angelika stützte sich an die Marmorplatte und wirkte auf einmal erschöpft und abgekämpft. Sie sah zu Boden, ließ die Arme hängen. Dann hob sie den Kopf, und plötzlich straffte sie sich. Nicolas folgte ihrem Blick.

Lukas stand im Türrahmen und hielt ein Schulheft in der Hand. »Ich habe alle Lateinvokabeln gelernt, und bei der letzten Kontrolle hatte ich nur noch zwei Fehler. Kann ich jetzt PlayStation spielen?«

Seine Mutter ging langsam auf ihn zu und nahm ihm das Übungsheft ab. »Nur zwei Fehler, sagst du? Du weißt doch, dass zwei Fehler zwei Fehler zu viel sind. Denk an unser Ziel:

Es gibt nur eine Note, die wir akzeptieren, und das ist die Eins. Du wirst erst aufhören zu lernen, wenn du null Fehler hast!«

Lukas strich sich über seinen schräg ins Gesicht frisierten Pony und blies die Backen auf. Er drehte sich um, machte ein lautes Furzgeräusch und ging zur Tür hinaus.

»Ich finde es besser, wenn wir Worte benutzen anstatt provokanter Geräusche. Das macht eine Woche Bildschirmverbot!«

»Warum setzt du eigentlich alle Menschen in deinem Leben so unter Druck? Damit erreichst du doch nichts«, sagte Nicolas.

»Jedenfalls erreiche ich mehr als du, denn du bist ja grundsätzlich abwesend.«

»Ich habe mich immer um meine Kinder gekümmert. Wie viele Sonntage habe ich auf dem Hockeyplatz verbracht oder war mit ihnen im Schwimmbad … aber die Diskussion führt zu nichts mehr. Eines würde ich aber noch gerne wissen: Was erhoffst du dir davon, Claudia fertigzumachen? Glaubst du wirklich, dass ich dann zu dir zurückkomme?«

Seine Frau sah ihn mit kalten, harten Augen an, bevor sie sagte: »Sie soll nur ihre gerechte Strafe bekommen. Sie nimmt einer Familie den Vater und Ehemann, dafür werden ihr die Kinder genommen.«

Er sah sie einen Moment lang schweigend an. Dann lief er aus der Küche und rannte die Treppen hinauf.

»Nicolas, bitte, ich kann mich ändern, es könnte alles wieder so werden wie früher!«, rief sie ihm nach.

Er holte einen Koffer aus dem Schrank, schleuderte ihn auf das Ehebett und begann, seine restlichen Kleidungsstücke hineinzuwerfen. Dabei fiel sein Blick auf ein Buch, das zur Hälfte unter Angelikas Bettseite lag. »Dodge Caravan, Chrysler Voyager and Town & Country 03–06 Haynes Repair Manual. Based on a complete teardown and rebuild.« Nicolas fasste unter das Bett, fühlte ein zweites Buch und las den Titel:

»Bremsen und Bremsregelsysteme.« Und im selben Augenblick wurde ihm klar, dass seine Frau in ihrer Eifersucht noch viel weiter gegangen war, als er sich hatte vorstellen können. Er schob die Bücher zurück unter das Bett und klappte den Koffer zu. Dann verabschiedete er sich von seinen Kindern und versprach ihnen, sie bald viel öfter zu sehen. Als er das Haus verließ, stellte er das Aufnahmegerät in seiner Jacke ab und wählte die Nummer der Polizei.

DIE OPERNGALA

»Ich wusste gar nicht, dass Hagrid inzwischen Opernsänger ist. Das muss ich gleich morgen früh den Kindern erzählen: Ihre Lieblingsfigur aus Harry Potter – live auf der Frankfurter Bühne.«

»So ein Quatsch«, flüsterte Heike und drückte ihr goldfarbenes Opernglas an die Augen. »Das ist Johan Botha, dieser südafrikanische Startenor.«

»Schscht«, machte eine Frau in der Reihe hinter ihnen.

Claudia drehte sich um und bedachte sie mit einem herablassenden Blick. Unterdessen nahm Tom seiner Frau das Opernglas aus der Hand und sah selbst hindurch. Sein Blick blieb an der Sopranistin in einem zeltartigen nachtblauen Kleid hängen. »Im siebten Monat schwanger auf der Bühne? Mutig! Aber nicht unbedingt was fürs Auge«, murmelte er.

»Es soll ja auch eher was fürs Ohr sein«, flüsterte Heike zurück.

»Schscht«, machte die Frau hinter ihnen wieder, und Heike schwieg, peinlich berührt.

Applaus brandete auf, und die meisten Besucher der Operngala standen auf und strebten ungeduldig den Ausgängen zu. Der Opernintendant rief die Gäste zurück und versuchte zusammen mit der Oberbürgermeisterin, die Pause zu füllen. Tom schob die Manschette seines Smokinghemds hoch und schielte auf die Armbanduhr. Endlich wurde die Drehbühne für das Dinner freigegeben, und Heike und Tom standen auf.

»Hattest du mir nicht versprochen, dass die nur eine halbe Stunde singen?«, raunte er Heike zu.

»Wenn ich gewusst hätte, dass diese Vorstellung über neunzig Minuten dauert, hätte ich das Sponsoring für den Tisch bei unserem Vorstand bestimmt nicht so vehement durchgedrückt – eine Tortur für sechshundert Euro die Karte.«

Heike drehte sich zu ihm um und fauchte: »Manchmal benimmst du dich wie ein pubertierender Jugendlicher. Anderthalb Stunden Kultur haben bisher noch keinen umgebracht.«

Auf dem Treppenabsatz holten sie Susanne und Woletzki ein. »Ein Wahnsinnskleid! Ich bin tief beeindruckt. Du hast einfach Stil im Blut«, gestand Susanne ihrer Freundin.

Heike schenkte ihr ein Lächeln, drehte sich in typischer Mannequinpose zur Seite und legte die Hand auf die Hüfte.

»Von wem ist das?«, fragte Susanne und begutachtete anerkennend die schwarze, mit Kristallsteinen besetzte Robe.

»Chanel«, verriet Heike voller Stolz. »Und deines? Nein, lass mich raten ... Jenny Packham?«

»Du bist gut«, lobte sie Susanne.

»Und *du* bist auf dem besten Weg zur Zürcher Modeikone!«

Susanne grinste und warf Woletzki einen fragenden Blick zu. Sie hatte sich von ihm bereits zum wiederholten Mal versichern lassen, dass der tiefe Ausschnitt ihres Wickelkleids aus bronzefarbener Seide nicht doch zu tiefe Einblicke gewährte. »Mädels, ihr seht wirklich klasse aus! Euch könnte man auch zur Oscar-Verleihung mitnehmen!«, rief Nicolas. Er selbst machte eine so unglaublich gute Figur in seinem maßgeschneiderten Smoking, dass Claudia kaum ihre Augen von ihm abwenden konnte.

»Manchmal muss ich mich kneifen, um mir klarzumachen, dass dieser Mann aus Fleisch und Blut *und* mit *mir* zusammen ist«, raunte sie Susanne zu.

Diese nickte grinsend und wandte sich an Nicolas: »Ja, ich finde auch, wir drei könnten Filmstars sein – allerdings aus Scary Movie oder Addams Family … ich mit meiner verbundenen Hand, Heike mit dem Schorf auf der Backe und Claudi noch immer in orthopädischer Halskrause.«

Die drei kicherten los. Hinter ihnen kam eine auftoupierte blonde Frau mit Gehstöcken und einer Kunststoffschiene am Unterschenkel den Gang entlanggehumpelt. Sie warf ihnen einen missbilligenden Blick zu und zischte: »Banausen!«

»Oh Gott, das ist die Frau, die eben hinter uns im ersten Rang saß«, raunte Heike Claudia zu und setzte ein arrogantes Lächeln auf.

Im selben Moment sprang ein Mann mit dunklen halblangen Haaren und Schnurrbart herbei und hielt eine Profikamera hoch. »Frau Sattler: Ein Foto für die *Bild?*«, rief er mit italienischem Akzent.

Sofort posierte diese willfährig zusammen mit ihrem Begleiter.

»Und nun alle vier Unfallopfer zusammen?«

Heike, Claudia und Susanne sahen sich erstaunt an. Frau Sattler gelang es, ihre steife Oberlippe zu lockern und zu einem künstlichen Lächeln zu verziehen.

»Magnifico!«, rief der Fotograf und schenkte ihnen eine Kusshand. Eine blonde Reporterin stand plötzlich mit gezücktem Notizblock vor ihnen und fragte die drei Freundinnen: »Darf ich nach Ihren Namen fragen, und möchten Sie kurz schildern, wie Sie zu den Verletzungen gekommen sind?«

Claudia schüttelte entschieden den Kopf und ignorierte die Enttäuschung in Heikes Gesicht. »Nein, tut mir leid. Bitte keine Namen. Und bitte auch kein Bild in der *Bild,* jedenfalls nicht von mir!«

»Okay, wie Sie möchten!« Die Reporterin und ihr Fotograf drehten sich augenblicklich um und zogen weiter zu Petra Roth, der Oberbürgermeisterin, die zwei Meter vor ihnen auf die Bühne zuging.

»Eine tolle Frau … hat viel für Frankfurt getan«, meinte Nicolas anerkennend.

»Ja, sie hat auch eine gekonnte Rede gehalten … aber das Ende ihrer Amtszeit mit der Götterdämmerung zu vergleichen … doch ein klein wenig abgehoben, oder was meint ihr?«, antwortete Woletzki.

Susanne hatte sich mit ihrer gesunden Hand bei ihm eingehakt und nickte. »Gönnen wir ihr doch die Allüren. Sich als Frau in einer Finanzmetropole so lange an der Spitze zu halten, ist vielleicht nicht gottgleich, aber doch ziemlich bemerkenswert.«

»Kannst du bitte mal aufpassen und mir nicht dauernd auf mein Kleid treten«, zeterte Claudia und zog den Saum ihres schwarz-weißen Ella-Singh-Paillettenkleids unter Susannes strassbesetzter Sandale hervor.

»Oh sorry«, sagte diese bedauernd und hob den Fuß.

»Was hast du denn?«, fragte Heike, als sie merkte, dass Tom sie in eine andere Richtung zog. Er drehte sein Gesicht weg und zischte: »Da, neben Petra Roth steht Oliver Reese, der Intendant des Schauspiels. Scheint genial zu sein, zweifellos auch smart, aber ausgesprochen hartnäckig, wenn es um das Sammeln von Spenden für seine Projekte geht … muss ich heute Abend nicht unbedingt haben.«

»Wow!«, entfuhr es Heike, und sie hielt Toms Arm fest, um ihn am Weitergehen zu hindern. »Das ist vielleicht ein Anblick!«

Sie standen vor der riesigen schwarzen Bühne, auf der die festlich eingedeckten runden Tische mit meterhohem silbern glitzerndem Blumenschmuck verziert waren. Am Bühnenrand war eine monströse weiße Statue plaziert, dazwischen suchte die Frankfurter Hautevolee nach ihren Plätzen. Die größte Drehbühne Europas setzte sich langsam in Bewegung.

Julia und Jacky standen nebeneinander auf der Treppe der Oberurseler Stadthalle und posierten für das Gruppenfoto der

Teilnehmer des Mittelballs. Die Mädchen hatten alle kleine Blumensträuße in der Hand, die ihnen zuvor von ihren Tanzpartnern überreicht worden waren.

»Schrecklich, dieser Siebziger-Jahre-Mief«, maulte Julia, während sie sich umsah. »Warum hast du mich bloß hierhergeschleppt?«

»Mann, sei still, ich muss mich konzentrieren. Auf diesen Fotos sehe ich immer dreimal so dick aus, als ich ohnehin schon bin«, raunte Jacky ihrer Freundin zu.

Julia musterte das flaschengrüne, schulterfreie Kleid ihrer Freundin von der Seite. »Nein, Jacky, ganz ehrlich: Dieses Kleid ist wie für dich gemacht. Du siehst darin aus … wie Adele. Außerdem hast du doch abgenommen! Aber sag mal, hat dein Bruder ihn angerufen?«, flüsterte Julia ihrer Freundin zu und lächelte in die Kamera.

»Ja, hat er. Ich hoffe, dass alles nach Plan läuft!«

Julia suchte die Reihen vor ihnen nach Clara und Toni ab und nahm sie ins Visier. »Da hat sie aber ganz tief in die Mottenkiste ihrer Mutter gegriffen«, lästerte sie.

Jacky folgte ihrem Blick und verzog das Gesicht, als sie Toni in einem knallroten Kleid mit Volantrock entdeckte. »Ja, vor allem zu den karottenroten Haaren passt es wie die Faust aufs Auge.«

Der Fotograf signalisierte ihnen, dass er fertig war, und sofort zerstreuten sich die Jugendlichen. Die meisten Mädchen liefen die Treppen herunter zur Damentoilette, und die Jungen, die in ihren Anzügen seltsam verkleidet wirkten, schlenderten zurück in den Saal. Clara stand inmitten ihres Gefolges vor den Spiegeln, als Jacky und Julia zur Tür hereinkamen.

»Oh, Julia, lange nicht gesehen«, rief sie. »Du hattest ja einen ziemlich hastigen Abgang aus Königstein. Hat deine Mutter in Frankfurt so schnell eine Sozialwohnung ergattert?«

Einige der anderen Mädchen lachten.

Julia blieb stehen und musterte Clara schweigend von oben bis unten, die gleich noch eins draufsetzte: »Aber ich hätte mich wahrscheinlich auch schleunigst aus dem Staub gemacht. Erst verwüstest du das Haus der Familie, die euch kostenlos bei sich wohnen lässt ... und dann schwängert dein Typ auch noch eine andere. Du scheinst wirklich vom Pech verfolgt zu sein.« Sie sah sich beifallheischend um.

»Dürfte ich mal!«, sagte Julia und drängte sich an Clara vorbei, die mit dem Rücken zum Spiegel stand. »Weißt du, bei mir lohnt es sich nämlich, ab und zu mal einen Blick in dieses Teil da hinter dir zu werfen. Wenn ich so aussehen würde wie du ...« Abschätzig nahm sie eine Strähne von Claras feinen Haaren zwischen zwei Fingerspitzen und hob sie hoch. »... würde ich Spiegel hingegen generell meiden.« Sie setzte den arrogantesten Blick auf, den sie draufhatte, öffnete die Balmain-Clutch ihrer Mutter und pinselte sich, vor den Augen ihrer Feindinnen, ausgiebig die vollen, geschwungenen Lippen mit hellrosa Gloss ein.

»Tja, seltsamerweise sieht das der bestaussehende Junge des Abends ein wenig anders«, konterte Clara.

Julia zupfte an ihrer langen blonden Mähne, dann an dem nudefarbenen Seidenorganzakleid, das ihre Mutter bei Heike für sie ausgeliehen hatte, und drehte sich um. Mit einem lauten Klacken schloss sie die Abendtasche und fragte: »Bist du dir da auch ganz sicher?« Damit ließ sie Clara stehen und stolzierte hinaus. Als die Tür hinter ihr ins Schloss fiel, begann sie vor Anspannung zu zittern.

Jacky fasste sie um die Taille und meinte: »Da hast du dich aber ziemlich weit aus dem Fenster gelehnt.«

»Oh mein Gott, Jacky ... wenn unser Plan jetzt nicht aufgeht, bin ich endgültig erledigt.«

»Einmal das vegetarische Hauptgericht – Mangold-Ricotta-Ravioli?«, fragte die Kellnerin und hielt einen Teller hoch.

»Für mich bitte.« Nicolas tat so, als würde er die erstaunten Blicke am Tisch nicht bemerken.

»Du und Vegetarier? Also du überraschst mich immer wieder«, meinte Claudia. »Ich hoffe, ich muss das nicht als Hinweis auf eine Affäre mit einer militanten Tierschützerin deuten.«

Nicolas lachte auf. »Keine Sorge. Da ist Nik mir abschreckendes Beispiel genug! Aber mir ist heute Abend nicht nach Angus – zu viele Östrogene!«

»Mitunter erträglicher als zu viel Testosteron«, meinte Heike mit einem Seitenblick auf Tom, der sich gerade ein großes Stück Rinderfilet in den Mund steckte.

Er kaute genüsslich und fragte: »Wie ist jetzt eigentlich die Sache mit diesen Warhols ausgegangen, die du ersteigert hast, Claudia? Hast du sie schon aufgehängt?«

»Das hättest du wohl gern. Vermutlich würdest du die Bilder dann sofort pfänden lassen, um meine Mietrückstände auszugleichen.«

»Gute Idee!«

»Alle sechs Warhol-Porträts sind von dem zuständigen Schweizer Untersuchungsrichter beschlagnahmt worden«, schaltete sich Susanne ein.

»Na das wurde aber auch Zeit«, war Heikes Kommentar. »Hoffentlich haben sie auch endlich diese Gangster verhaftet!«

»Das kommt darauf an, welche genau du meinst. In Haft befinden sich Nicole Schwarzkopf und Urs Brünner. Das sind die beiden, die uns in der Sattelkammer gefesselt haben.«

»Hingegen wurden weder Blankenberg noch Teufel geschnappt. Untergetaucht – und diesmal offenbar erfolgreicher als beim ersten Mal«, ergänzte Claudia, und Nicolas fuhr fort: »Aber man kann sich nicht für den Rest seines Lebens verstecken. Immer auf der Flucht zu sein, ist auch eine Art Strafe. Und die Launharts hatten wohl geglaubt, dass sie unbehelligt davonkommen. Paul hat es so dargestellt, als habe er von dem Versicherungsbetrug seines verstorbenen Vaters nichts gewusst. Der brauchte damals Geld, um sein Unternehmen vor der Insolvenz zu retten.«

»Aber was war denn nun mit der sechsten Tafel, war sie echt oder gefälscht?«, fragte Tom.

»Echt«, antwortete Susanne. »Bei dem Brand damals ist sie völlig unversehrt geblieben. Sie haben sie verschwinden lassen und stattdessen eine fast vollständig verbrannte Fälschung bei der Versicherung vorgelegt.«

»Und … kommen die mit ihrer Version durch?«

»Meine Aussage allein hätte wohl nicht gereicht, um sie dranzukriegen. Aber Nicole Schwarzkopf und Urs Brünner waren bei ihrer Vernehmung äußerst gesprächig. Gegen die Geschwister Launhart ist in Deutschland ein Ermittlungsverfahren wegen Beihilfe zum Betrug eröffnet worden.«

»Wusstest du übrigens, dass in Teufels Büro eine ziemlich gute Kopie des einen Beckmann-Gemäldes hängt, das auf deiner Auktion versteigert wurde? Dieses Porträt der Frau im grünen Negligé, als Tarnung vor dem Safe?«, fragte Claudia unvermittelt.

Susanne schluckte und wechselte einen Blick mit Woletzki.

Auf einmal wurde es dunkel auf der Bühne. Drei Spots strahlten die Gesangssolisten an, die langsam auf hängenden Podesten von der Decke heruntergelassen wurden. In etwa drei Metern Höhe stoppten die Seilzüge, und die Sopranistin stimmte zusammen mit den beiden Tenören das berühmte Trinklied aus Verdis »La Traviata« an. Die Gäste durften den Refrain des Chors mitsingen, und schon sprang Nicolas auf und schmetterte voller Inbrunst und mit theatralischen Gesten: »Go-diamo … la taz-za, la taz-za e il can-ti-co la not-te ab-bel-la e il ri-so …«

Claudia, Susanne und Heike hielt es vor Lachen kaum auf ihren Stühlen.

Julia stand neben der Tanzfläche mit einer Flasche Bitter Lemon in der Hand. Sie sah den anderen zu, wie sie mit ihren Eltern Foxtrott tanzten. Jacky und ihr korpulenter Vater mühten sich vergeblich. Als Jacky von der Tanzfläche kam, war sie feuerrot im Gesicht.

»Mann, war das peinlich. Und dann behauptet mein Vater auch noch, es läge an mir. Komm, ich muss mir was zu trinken holen. Das war wirklich so was von ätzend. Mein Vater hat abwechselnd darüber geschimpft, dass ich nicht tanzen kann und dass dieser Mittelball genau am Tag der Operngala stattfindet. Also zum Abschlussball nehme ich den jedenfalls nicht mehr mit.«

Sie stellten sich vor der Getränkeausgabe an.

»Sag mal, du übernachtest doch bei mir, oder? Hast du überhaupt deine Sachen mit?«

Julia nickte abwesend. »Ja. Die Tasche habe ich in der Garderobe abgegeben. Zu Hause muss ich mir ja jetzt mit dieser bescheuerten Johanna ein Zimmer teilen, und die hat den gleichen Ordnungsfimmel wie ihr Vater. Nicolas' Kinder wohnen nämlich seit gestern bei uns.« Sie schnitt eine Grimasse.

»Oh, du Ar…!«

Jacky wurde von einer Lautsprecherdurchsage unterbrochen: Alle Tanzschüler sollten sich zur Aufstellung für die Française ins obere Stockwerk begeben.

»Jetzt kommt die Stunde der Wahrheit«, flüsterte Julia.

»Was gibt es denn zum Nachtisch?«, fragte Tom und nahm die Menükarte zur Hand. »Klingt nicht schlecht: Stollen in drei Phasen im Glas serviert, Apfel-Rosinen-Grütze, na ja, Marzipanmousse, weihnachtliche Streusel – ich muss noch die Eintrittskarte abessen!«

»Du bist peinlich. Komm schon, die Desserts werden im Wolkenfoyer serviert.« Heike zog Tom vom Tisch weg, als die übrigen Gäste aufstanden und in Richtung Bühnenausgang strebten. Auf der Treppe hoben die meisten Damen die Säume ihrer langen Kleider an. Vor Heike lief eine Frau mit kurzen blonden Haaren und ließ die Schleppe ihrer hautengen Silberlamé-Robe lässig über den kobaltblauen Treppenläufer gleiten.

»Kennen wir die nicht?«, bemerkte Claudia absichtlich so

laut, dass sie stehen blieb und sich umdrehte. »Diese Halbgöttin in Silber kann doch nur unsere Freundin Lydia sein.«

»Da seid ihr ja. Ich habe euch schon vorhin beim Empfang gesucht«, rief Lydia und leiser zu ihrem Mann gewandt: »Geh doch schon mal vor ins Foyer, wir haben noch kurz was zu besprechen.« Sie ließ seinen Arm los, und nachdem er ihren Freundinnen zugenickt hatte, begrüßte er Nicolas und Tom. Gemeinsam stiegen die Männer weiter die Treppen hoch. Lydia zog ihre Freundinnen auf dem Treppenabsatz in eine Ecke.

»Ihr müsst mir unbedingt erzählen, was aus Angelika de Haan geworden ist. Ich habe gehört, die Polizei war bei ihr im Haus?«

Claudia nickte. »Tja, Stalkerin nennt man das wohl. Heike hatte mit ihren Vermutungen leider recht. Und mit ziemlicher Sicherheit war sie es auch, die meine Bremsen manipuliert hat.«

Lydia riss die Augen auf. »Was? Also, dass sie so weit gehen würde, hätte ich nicht gedacht.«

Claudia nickte und genoss es einen Moment lang, bedauert zu werden. »Ganz ehrlich: Ich wünsche ihr, den Kindern und vor allem mir, dass sie mit einer Bewährungsstrafe davonkommt und damit kuriert ist. Denn nun auch noch Nicolas' Kinder mit zu versorgen, ist nicht unbedingt meine Zukunftsvision. Ich bin natürlich heilfroh, dass diese Sache mit dem Jugendamt vom Tisch ist. Aber meine eigenen drei Kinder reichen mir vollauf. Eigentlich wollte ich gerade zusammen mit einer Kollegin die Kanzlei übernehmen.«

Heike legte besorgt die Stirn in Falten. »Nein, Claudi, da machst du dir was vor. Diese Frau wird sich nicht ändern. Wenn du mich fragst, hat Angelika de Haan eine ausgewachsene Psychose.«

»Na du machst mir ja Mut! Dann genieße ich doch lieber noch diesen Abend, da ja schon morgen wieder die nächste böse Überraschung auf mich warten kann!«

Als sie gemeinsam in dem gutgefüllten Wolkenfoyer eintrafen, sahen sie Susanne an der Brüstung der Galerie lehnen, die sich von dort aus einen Überblick über die vorbeiziehenden Gäste zu verschaffen suchte.

»Gute Aussicht, aber seht euch das an«, sagte Lydia mit einer ausladenden Geste zu den anderen, als sie sich neben sie stellten, »ein Defilee der Phantasielosigkeit, findet ihr nicht auch?«

Susanne stimmte Lydia zu: »Sie haben recht, aber immer noch besser als das, was man bei herkömmlichen Opernvorstellungen sieht. Das ist nämlich in der Regel eine Ansammlung von Geschmacklosigkeiten, falschen Formen, hässlichen Farben – und ich spreche jetzt nicht von Premieren, da kommt nämlich wieder ein anderes Publikum.«

»Es fehlt einfach an Ideen und Kreativität.«

»Ich weiß, was ihr meint«, schaltete sich Claudia ein. »Und das, wo Mode inzwischen so ein wichtiges Thema geworden ist, dass sogar eine seriöse Tageszeitung wie die FAZ fast wöchentlich einen Artikel darüber bringt.«

»Entscheidend ist tatsächlich die Courage, die den meisten in dieser Hinsicht abgeht«, meinte Heike.

»Aber glaubt mir«, fügte Susanne hinzu, »in Zürich ist es modetechnisch in diesen Kreisen noch wesentlich trostloser.«

Ihre Männer gesellten sich wieder zu ihnen und ließen sich von den Kellnern mit dem Flying Dessert Buffet versorgen. Einige Meter weiter standen unter der goldfarbenen Wolkenskulptur aus Kupferblech Beate und Helmut Eichberg. Dieser hielt ein großes Glas Rotwein in der Hand und prostete ihnen unbeschwert zu. Während des Austauschs von Begrüßungs- und Vorstellungsfloskeln festigte sich der Eindruck, dass Helmuts schnell geleertem Glas zu viele vorausgegangen waren. Eine peinliche Pause entstand, und Beate sagte auf einmal: »Was für eine schöne Tasche Sie haben, wirklich ein außergewöhnliches Stück.«

Heike stieg das Blut in den Kopf, denn sie zeigte auf Susannes rote Veneta-Clutch. »Ja, toll, nicht wahr? Meine Freundinnen haben sie mir zum Geburtstag geschenkt.«

Claudia mischte sich ein und kullerte mit den Augen: »Allerdings ist das eine äußerst abenteuerliche und sehr mutige Kombination zu dem bronzefarbenen Kleid … von wegen Stilikone.«

Susanne hielt ihre Tasche direkt auf den Stoff und meinte: »Stimmt. Aber ich konnte noch nie warten, wenn ich etwas neu hatte.«

»Neu?«, sagte Beate Eichberg gedehnt und warf Heike einen bedeutungsvollen Blick zu.

Heike sah nur einen Ausweg, sie sprach ein Thema an, das eigentlich in eine vertraulichere Unterhaltung gehört hätte: »Beate, fast hätte ich es vergessen: Sagt dir eigentlich der Name Lea etwas?«

Beate tat ihr Bestes, sie anzulächeln, und erwiderte etwas zu schnell: »Nein! Ich kenne keine Lea. Wer sollte das sein?«

»War nicht in Arthurs und Alexanders Klasse ein Mädchen namens Lea?«

Claudia nickte. »Sie war nicht gerade beliebt bei den Jungs, hat sie immerzu verpfiffen, vor allem auf Arthur hatte sie es eine Zeitlang abgesehen.«

Heike ging näher auf Beate zu. »Ich habe da eine Vermutung, nein, eigentlich mehr als das: Ich weiß ziemlich genau, dass du dahintergesteckt hast. Du hast mit Lea eine Abmachung getroffen und ihr eine Belohnung versprochen, wenn sie Arthurs Ruf ruiniert, damit dein Alexander mit weißer Weste dasteht.«

Beate wich zurück. »So ein Unsinn, das würde ich nie tun.«

Lydia spitzte interessiert die Ohren. Die Männer in der Runde und Susanne sahen betreten zu Boden, bis Nicolas die Sprache auf den Rekorderlös des Abends brachte und sie ein wenig von den drei Frauen separierte. Woletzki entdeckte ein bekanntes Gesicht, Susanne verwickelte Lydia in ein Gespräch und zog sie auf die Seite.

»Aber offenbar hast du deinen Teil der Abmachung nicht eingehalten, denn anschließend hat sie den Spieß umgedreht und ihr Sortiment von Verleumdungen und übler Nachrede gegen deinen eigenen Sohn gerichtet.«

In Beates umschatteten Augen flackerte ein letzter Anflug von Kampfeswillen auf. »Es war ihre eigene Idee. Was kann ich dazu, wenn sie alles maßlos übertreibt. Sie sollte doch nur Fehler ans Licht bringen. Das was Jungs ohnehin so treiben, als Ausbruch ihrer Wildheit und ihrer Ungezähmtheit, die kleinen Makel ein wenig aufzeigen.«

»Aber Beate, sie ist ein zehnjähriges Mädchen!«

»Ja, aber sie wusste doch, dass sie nichts Arges, nichts wirklich Schändliches über ihn verbreiten sollte, sie sollte ihn doch nicht verleumden!«

Claudia schüttelte ungläubig den Kopf. »Wie konntest du nur! Drei Kinder in so eine Intrige hineinzuziehen, das ist ... mir fehlen die Worte. Lea war gar nicht in der Lage, einzuschätzen, was sie da tat und was es für Folgen haben konnte.«

Aus Beates Gesicht wich mit einem Mal alles Kämpferische und machte Resignation Platz. »Es ging mir doch einzig und allein um Alexanders Aufnahme in die St.-Andreas-Schule. Um seine Note in Sozialverhalten, aber nun hat es sich sowieso erledigt. Er bekommt eine Vier, auch wenn er und Arthur in Bezug auf diesen Vorfall mit Jonas Conzen inzwischen zwangsläufig rehabilitiert werden mussten.«

»Na ihr drei? Was habt ihr da Wichtiges zu tuscheln ... lästert ihr etwa?«

Heike fuhr herum. Vor ihnen stand Caroline Kissel und hielt einen gutgefüllten Teller mit Nachspeisen in der Hand.

»Hi, Caroline ... Claudia kennst du ja noch, oder?« Sie nickten sich zu, und Heike sagte mit einem Blick auf Carolines weißes Neckholderkleid: »Ich hatte eigentlich erwartet, dich in Elie Saab zu sehen.«

»Ach, das habe ich wieder zurückgeschickt. In Größe 34 passe ich einfach nicht rein, und auf dieses dauernde Hungern habe ich auch keine Lust mehr. Armani in 36 tut's auch, und für Frankfurt reicht es allemal.« Sie hielt ihren Dessertteller hoch. »Die Süßspeisen hier kann ich nur empfehlen: Zartbittere Schokoladenmousse, Nougatpudding – ein Traum!« Genüsslich leckte sie ihren Löffel ab.

Heike rümpfte die Nase. »Nichts für mich, ich finde, der Genuss durch Essen an sich wird überschätzt, und wenn du so weitermachst, passt du bald nicht mal mehr in Größe 38. Wie war das noch? Nichts schmeckt so gut, wie es sich anfühlt, dü…«

»Ihre Grace-Kelly-Frisur gefällt mir! Irre, dieser Glanz!«, rettete Claudia die Situation, als sie Caroline Kissels säuerliche Miene bemerkte, und bestaunte die kunstvoll gewellte Innenrolle auf deren Kopf.

»Na das will ich hoffen. Dafür habe ich geschlagene zwei Stunden bei Matthias im Cottage gesessen. Das Schlimme daran ist nicht die Zeit, die man dort verbringt: Massagesessel, Maniküre, abwechselnd Cappuccino und grüner Tee … alles wunderbar entspannend – wenn da nicht das unerträgliche Geschwätz der Kundin auf dem Platz neben mir gewesen wäre. Pausenlos musste sie jedes kleinste Detail des letzten Luxusurlaubs in *ihrem* Peninsula Hongkong herumposaunen, und dass der Service ja so unglaublich nachgelassen habe – entnervend.«

Nicolas und Tom gesellten sich zu der Damengruppe. Nicolas strich über Claudias Halskrause, fasste ihr in die Haare und raunte: »Ich habe uns für heute Nacht eine Suite im Frankfurter Hof reserviert. Die Altkönigstraße ist ja zurzeit etwas überfüllt. Taxi oder zu Fuß?« Er zeigte zum Fenster in Richtung Kaiserstraße.

Claudia sah ihn schmachtend an und überlegte. »Ach, es ist doch nur ein Stück die Straße hoch, ein bisschen frische Luft tut jetzt bestimmt gut.«

»Na dann …« Nicolas drehte sie zu sich um und flüsterte ihr ins Ohr: »Take a walk on the wild side, Baby!«

Die Tanzschüler sammelten sich im ersten Stock des Saals, um paarweise Aufstellung für den Einmarsch zur Française zu nehmen. Julia lehnte am Geländer der Treppe und versuchte, gelassen auszusehen. Schon kam Clara an ihr vorbei und meinte: »Hast du noch gar keinen Tanzpartner, Julia? Also dann wirst du wohl leider nicht mittanzen können. Ach stimmt ja ... dein Jan kommt ja wohl nicht mehr in Frage. Ich glaube, seine Eltern haben ihn weggesperrt, bis er ins Straflager auf die britischen Inseln versetzt wird.«

»Was habe ich damit zu schaffen?«, fragte Julia. Mit Entsetzen sah sie, wie Denis die Treppe hoch- und auf Clara zukam. In deren Gesicht breitete sich ein hochmütiges Lächeln aus.

»Ach, da kommt ja mein Tanzpartner. Du musst zugeben, er ist wirklich der einzige Junge in diesem Saal, dem der dunkle Anzug steht, oder? Tut mir wirklich leid für dich.«

Julia suchte mit den Augen nach Jacky, die bereits neben Kai Aufstellung genommen hatte und auf ihren fragenden Blick hin bedauernd mit den Schultern zuckte und die Lippen aufeinanderpresste.

»Darf ich bitten?«, hörte Julia Denis sagen. Er hielt ihr die nach oben gedrehte Handfläche entgegen. Sie wurde rot und griff dann zögernd seine Hand. Mit erhobenem Kopf schritt sie an Clara vorbei, die die beiden fassungslos anstarrte. Sie reihten sich bei den übrigen Tanzschülern ein, und schon erklangen die ersten Takte aus Offenbachs »Fledermaus«.

»Das war glatte Erpressung«, raunte Denis Julia zu. »Jackys Bruder hat mir gedroht, überall zu verbreiten, dass ich immer schon schwul war und nur zum Schein mit Clara zusammen bin. Bloß deshalb tanze ich diese verdammte Française mit dir.«

Die Jugendlichen setzten sich in Bewegung und schritten langsam im Takt die Treppe herunter.

»Und stimmt es denn? Oder bist du wirklich in diese Ziege verknallt?«

Clara stand immer noch wie erstarrt am Treppengeländer,

und Julia warf ihr einen langen triumphierenden Blick zu, als sie an ihr vorbeikam.

»Das werde ich dir gerade auf die Nase binden.«

»Na soll mir auch egal sein.«

Sie begannen den Tanz, bei dem sich jeweils die Paare in Reihen gegenüberstanden, und wechselten über Kreuz zum nächsten Partner. Als Julia an Jacky vorbeikam, raunte sie ihr zu: »Danke, ich schulde dir schon wieder was.«

Jacky nickte voller Inbrunst.

»Aber nach diesem Tanz hauen wir ab, ja?«, rief Julia, als sie sich schon wieder voneinander entfernten. »Ich kann mich einfach nicht länger in einem Raum aufhalten, der mit riesigen Keramikelefanten dekoriert ist. Das beleidigt mein ästhetisches Empfinden.«

Sie wechselten hopsend die Plätze.

»Und das sagt ausgerechnet jemand, der Toffifees isst, von denen er zuvor den Staub weggeblasen hat«, erwiderte Jacky und glitt unter Kais hochgerecktem Arm in die Damendrehung.

Beate suchte mit den Augen nach ihrem Mann und sah bestürzt, wie er sich schwankend zwischen einer Gruppe von Gästen an der gemauerten Galeriebrüstung festhielt. In der anderen Hand hatte er das obligatorische Weinglas. Schnell ging sie zu ihm hinüber und hakte sich bei ihm ein. Sie nahm ihm das Glas ab und stellte es auf die weißgetünchte Mauer. Als sie sich umdrehte, standen Iris Sommer und ihr Mann vor ihnen.

»Beate, ich hatte schon befürchtet, ihr wärt dieses Jahr gar nicht mehr dabei«, sagte Iris Sommer und begrüßte sie, indem sie die Wangen abwechselnd genau einen halben Zentimeter neben ihre hielt. »Elegantes Outfit«, fügte sie hinzu und warf einen abschätzigen Blick auf das langärmelige, einfallslose Kleid ihrer Rivalin. »So schlicht! Schwarz passt ja einfach zu jedem Anlass.« Sie selbst trug ein enges rotes Kleid mit tiefem Ausschnitt, das ihre Rundungen deutlich hervorhob.

»Eichberg, alter Freund!« Ihr Mann trat zu Helmut Eichberg, den er nahezu um einen Kopf überragte, und klopfte ihm jovial auf die Schulter. Bei jedem seiner Schulterschläge torkelte Eichberg ein wenig. »Gehen wir nächste Woche mal gemeinsam zum Lunch, wie wär's? Lassen Sie sich doch einen Termin von meiner Sekretärin geben!«

Er wollte sich gerade wieder umdrehen und mit seiner Frau weiterziehen, als die Redakteurin und der Fotograf der Bildzeitung auf sie zukamen. »Was für eine schöne Gelegenheit. Ein gemeinsames Foto bitte. Frau Eichberg, was tragen Sie?«, fragte die attraktive Reporterin und zückte ihren Block.

»Ach, ich weiß gar nicht, was das für eine Marke ist …«

Die Frau mit den langen blonden Haaren lächelte professionell und fragte: »Und Sie, Frau Sommer?«

Iris Sommer stellte ein Bein vor das andere, so dass sich ein Schlitz in ihrem Rock öffnete und den Blick auf ihren drallen Schenkel freigab. Wie aus der Pistole geschossen, antwortete sie: »Louis Vuitton by Marc Jacobs, mein absoluter Lieblingsdesigner, eine Leihgabe …«

»Ach, Sie bekommen sogar schon Couture-Leihgaben?«

»Ja, ich hatte schon mehrere Anfragen – und da spare ich mir doch die Ausgabe und spende lieber für einen guten Zweck, nicht wahr, Schatz?« Sie warf ihrem Mann einen Beifall heischenden Blick zu.

Beate achtete darauf, nicht von ihrem Mann getrennt zu werden, und hakte ihn fest unter. Doch als der Fotograf vorschlug, die Herren sollten die beiden Damen in die Mitte nehmen, passierte es. Beate musste Helmuts Arm loslassen, er strauchelte und suchte an der Balkonbrüstung Halt. Dabei touchierte er sein Rotweinglas. Beate sprang hinzu und versuchte es festzuhalten, doch es war zu spät. Vor ihren Augen lief es ab, wie eine Zeitlupenaufnahme – und ging doch so schnell. Das volle Glas kippte über die Brüstung, und der Rotwein ergoss sich über die darunterstehende Abendgesellschaft. Es gab entsetzte Schreie, Menschen, die zur Seite sprangen.

Ein hellgrünes Abendkleid traf es direkt auf der Schulter, und rasch breitete sich ein tiefroter Fleck darauf aus. Der verschüttete Merlot aus Navarra sprenkelte bizarre Muster auf kostbaren Taft, Chiffon, Organza, edle Smokings und strahlend weiße Hemden.

Währenddessen nahm Beate das Blitzlicht des Fotografen wahr, der so geistesgegenwärtig gewesen war, sofort die Kamera auf die fassungslose Abendgesellschaft gehalten hatte und unablässig Fotos schoss. Das Glas klirrte, als es auf den Boden aufschlug, und aller Augen richteten sich nach oben auf die Galerie. In die bedrohlich werdende Stille hinein begann Helmut erst verhalten, dann immer lauter und schließlich dröhnend zu lachen. Daneben stand Beate vollkommen erstarrt, mit fahlem Gesicht. Währenddessen machte sich die Redakteurin Notizen. Sie war diskret genug, auf weitere Fragen zu verzichten, bedankte sich und zog zusammen mit ihrem Kollegen weiter. Erst als sie sich einige Meter entfernt hatten, stieß sie ihn mit dem Ellbogen an. »Ich glaube, das werden wir nicht bringen. Sonst sind wir hier nächstes Jahr nicht mehr dabei. Lass es uns einfach aufheben. Am Montag drucken wir ein ganz harmloses Foto von den beiden Paaren. Die Bildunterschrift habe ich schon im Kopf. ›Verstehen sich prächtig: Gewinner und Verlierer im Wettstreit um den Vorstandsstuhl.‹«

Woletzki hatte den Arm um Susanne gelegt, und sie schlenderten zusammen in die Panorama-Bar. Er nahm ein Glas Champagner vom Tablett einer Kellnerin, reichte es Susanne und bediente sich ebenfalls. Sie stießen an, tranken einen Schluck und blickten durch die hohen Fenster hinüber zur Europäischen Zentralbank. Ihre Blicke wanderten weiter zu der blauen EURO-Skulptur, deren gelbe Sterne das geduckt daliegende Zeltlager der Occupy-Bewegung überstrahlten.

»Sieh mal, es hat angefangen zu schneien.«

»Ja, die Schneeflocken zaubern sogar über das Frankfurter

Finanzzentrum einen Hauch von Romantik, findest du nicht auch?«

Woletzki brummte zustimmend. »Hm, ja, schon möglich. Muss heute Nacht ziemlich eisig sein in den Zelten, das stelle ich mir nicht unbedingt romantisch vor. Übrigens, hast du ihn auch gesehen?«

Susanne schaute ihm in die Augen und nickte. »Ja, habe ich. Goldenberg scheint mal wieder davonzukommen.«

»Abwarten. Aber vielleicht wäre die Kunstwelt auch langweilig ohne jemanden wie ihn«, flüsterte Woletzki und küsste sie.

RUTH UND HORST

Die Tür wurde aufgeschlossen, und eine aufmunternde Frauenstimme sagte: »Guten Morgen, Herr Lemberg. Hier ist Ihr Milchkaffee, und belegte Brötchen bringe ich Ihnen auch.«

Horst saß, bekleidet mit einer sauberen Hose und seiner frisch gewaschenen, grauen Strickjacke, in einem Stuhl am Fenster und starrte reglos hinaus auf die tanzenden Schneeflocken. Sie senkten sich langsam auf den Parkplatz vor der Seniorenresidenz Taunuspalais und überdeckten wie ein weißer Teppich den grauen Asphalt.

»Herr Lemberg? Nachher ist der Musiknachmittag. Das Kammerorchester der St.-Andreas-Schule spielt Beethoven. Da dürfen Sie mit in den großen Saal.« Er drehte ihr sein Gesicht zu, als Ruth ihm eine Hand auf die Schulter legte – den anderen Arm schonte sie, aber sie hatte kaum noch Schmerzen. »Ich habe Ihnen gleich zwei gefüllte Thermoskannen mitgebracht. Das ist eigentlich nicht erlaubt. Aber die leeren Kannen muss ich dafür wieder mitnehmen. Wir haben sonst bald keine mehr.«

Seine Augen weiteten sich, sein Brustkorb pumpte sich auf. Er öffnete den Mund und holte tief Luft.

Ruth legte den Zeigefinger auf ihre Lippen und sagte: »Psst, Herr Lemberg. Sie müssen nicht heulen und jaulen. Sie müssen auch keine Angst mehr haben. Ich habe Ihnen doch versprochen, dass Gertrud nicht wiederkommt. Und dass ich Ihnen jetzt immer Ihren Milchkaffee bringe.«

Horst atmete aus, und es war nur ein kurzer japsender Laut zu hören. Dann richtete er den Blick wieder auf den Parkplatz. Ein fast unmerkliches Lächeln umspielte seine Mundwinkel.

DANK

an Rechtsanwältin Dina Casparis für ihre Insidertipps aus Zürich

an Adèle Zahn Bodmer, Christie's Zürich, für ihre Auskünfte

an Ursula und Dr. Andreas Pohlmann für die einzige (fast) wahre Episode in diesem Roman

an meinen Ehemann Klaus für seinen Beistand

an meine Töchter Violetta und Charlotte für ihre Kritik und meinen Sohn Victor für seine Durchhalteparolen

an Michaela Kenklies, Anna Baubin, Antje Steinhäuser und die Mitarbeiterinnen und Mitarbeiter des Verlages Droemer Knaur.

Mit diesem Buch fing alles an:
der erste Band um Heike, Susanne und Claudia

Katharina Sulzbach

Westendladies

Roman

Drei Ladies, die alles im Griff haben. Ihre Jobs. Ihre Männer. Das Kindercoaching. Die Spitzenfigur. Ihre Jimmy Choos. Doch plötzlich sind Kratzer im Lack, und die heile Glamourwelt gerät ins Wanken. Was hilft? Ein Glas Champagner. Und der entscheidende Funke Esprit, Eleganz und Bosheit …

Knaur Taschenbuch Verlag

Claudia Brendler

Eiertanz

Roman

Kein Cappuccino in Sicht, dafür Milch, noch warm von der Kuh? Haxn-Hotline statt Pizzadienst? Gina, 29, karrierebewusste Großstädterin aus Köln, ist alles andere als begeistert von ihrem Auftrag, in einem oberbayerischen Nest ein Testament zu suchen. Die Eingeborenen sind auch nicht gerade hilfreich, sondern beobachten misstrauisch, wie sie auf Highheels über die Wiese eiert. Und der urbayerisch fluchende Papagei der Verstorbenen bringt sie fast um den Verstand. Dabei ahnt Gina nicht einmal, dass sie bald im Dirndl auf dem Laufsteg posieren, einer Kuh ihre schlimmsten Sexkatastrophen beichten und den attraktiven Surflehrer aus dem See retten wird ...

Knaur